PEÇA-ME *o que* QUISER *ou deixe-me*

MEGAN MAXWELL

PEÇA-ME *o que* QUISER *ou deixe-me*

Tradução
Ernani Rosa
Tamara Sender

15ª reimpressão

pa ra le la

Grafia atualizada segundo o Acordo Ortográfico da Língua Portuguesa de 1990, que entrou em vigor no Brasil em 2009.

Título original
Pídeme lo que quieras o déjame

Capa
Marcela Perroni sobre arte original da edição espanhola

Imagens de capa
© Eugene Sergeev / Shutterstock

Revisão
Ana Kronemberger
Ana Grillo

CIP-Brasil. Catalogação na publicação
Sindicato Nacional dos Editores de Livros, RJ

M418p
Maxwell, Megan
Peça-me o que quiser ou deixe-me / Megan Maxwell; tradução Ernani Rosa e Tamara Sender. – 1ª ed. – Rio de Janeiro: Objetiva, 2013.

Tradução de: Pideme lo que quieras o déjame.
Sequência de: Peça-me o que quiser, agora e sempre.
ISBN 978-85-8105-180-2

1. Romance espanhol. I. Rosa, Ernani, 1953-. II. Sender, Tamara, 1981-. II. Título.

CDD: 863
13-06886 CDU: 821.134.2-3

EDITORA SCHWARCZ S.A.
Rua Bandeira Paulista, 702, cj. 32
04532-002 —São Paulo — SP
Telefone: (11) 3707-3500
editoraparalela.com.br
atendimentoaoleitor@editoraparalela.com.br
facebook.com/editoraparalela
instagram.com/editoraparalela
twitter.com/editoraparalela

A minhas loucas e maravilhosas
GUERREIRAS MAXWELL,
com carinho. Como dizem vocês: "Não há dois sem três!"
Espero que Eric e Jud as apaixonem de novo.

Mil beijocas,
MEGAN

1

Às sete da manhã, ainda estou na cama quando meu celular começa a tocar. Olho o visor e não reconheço o número. Atendo e escuto:

— O que você fez?

— Quê? — pergunto, ainda meio grogue, sem entender nada.

— Por que você pediu demissão, Judith?

Eric!

Gerardo já deve ter informado o que eu fiz e ele grita irado:

— Pelo amor de Deus, pequena, você precisa de um trabalho! O que pretende fazer? Pensa em trabalhar com o quê? Quer voltar a ser garçonete?

Irritada por essas perguntas e principalmente por ele me chamar de "pequena", rosno:

— Não sou sua "pequena" e faça o favor de não me ligar nunca mais.

— Jud...

— Esquece que eu existo.

Desligo na cara dele.

Eric liga de novo. Corto a chamada.

Acabo desligando o celular e, antes que ele telefone para o fixo, tiro o aparelho da tomada. Furiosa, me viro na cama e tento pegar no sono outra vez. Quero dormir e me esquecer do mundo.

Mas não consigo e me levanto. Me visto e saio. Não quero ficar em casa. Ligo para Nacho e vamos a seu estúdio. Fico horas olhando as tatuagens que ele faz enquanto conversamos. Na hora de fechar, ligamos para uns amigos nossos e caímos na farra. Preciso comemorar a minha saída da Müller.

Chego em casa às três da manhã. Desabo na cama. Enchi a cara essa noite.

Lá pelas dez, a campainha toca. Levanto de má vontade. Meu queixo cai quando vejo que é um entregador com um lindo buquê de rosas vermelhas. Tento fazer com que leve de volta. Sei de quem são, mas o entregador resiste. Por fim, acabo ficando com elas e jogo direto no lixo. Mas meu lado curioso leva a melhor, procuro o cartãozinho e meu coração bate forte quando leio:

Como te disse há algum tempo, te levo na minha mente desesperadamente.
Te amo, pequena.
Eric Zimmerman

Atordoada, releio o bilhete.

Fecho os olhos. Não, não, não. Outra vez, não!

A partir desse momento, sempre que ligo o celular surge uma chamada de Eric. Agoniada, decido desaparecer. Eu o conheço e sei que é uma questão de horas para que bata na porta da minha casa. Alugo pela internet uma casinha de campo. Pego meu Leãozinho e sigo para Astúrias, especificamente para Llanes.

Ligo para meu pai e não digo onde estou. Não confio que ele guarde segredo de Eric. Eles se dão bem demais. Garanto que estou bem e meu pai fica mais aliviado. Apenas me exige que telefone todos os dias para dizer como estou e que o avise quando chegar a Madri. Segundo ele, precisamos ter uma conversa séria. Aceito.

Durante uma semana passeio por essa cidadezinha linda, durmo bastante e reflito. Tenho que decidir o que vou fazer da minha vida depois de Eric. Mas sou incapaz de pensar com clareza. Eric está tão enraizado na minha mente, no meu coração e na minha vida que eu mal consigo raciocinar.

Ele insiste.

Me entope de mensagens e, quando vê que não dou a menor bola, começa a me mandar e-mails que leio toda noite no quarto da casa linda que aluguei.

De: Eric Zimmerman
Data: 25 de maio de 2013 09:17
Para: Judith Flores
Assunto: Me perdoa
Estou preocupado, querida.

Eu errei. Te acusei de me esconder coisas quando eu próprio sabia da tua irmã e não te contei. Sou um idiota. Estou ficando louco. Por favor, me liga.

Te amo.
Eric

De: Eric Zimmerman
Data: 25 de maio de 2013 22:32
Para: Judith Flores
Assunto: Jud... por favor

Só me diga que está bem. Por favor... pequena.
Te amo.
Eric

Fico emocionada com seus e-mails. Sei que ele me ama. Não tenho dúvida. Mas nossa relação não dá certo. Somos fogo e gelo. Por que insistir nisso outra vez?

De: Eric Zimmerman
Data: 26 de maio de 2013 07:02
Para: Judith Flores
Assunto: Mensagem recebida
Sei que você está muito chateada comigo. Eu mereço. Fui um idiota (além de babaca). Agi supermal e me sinto péssimo. Estava contando os dias pra te encontrar na convenção de Munique e, quando te vi bem na minha frente, em vez de te dizer o quanto te amo eu me portei como um animal furioso. Me desculpa, querida. Sinto muito, muito, muito.
Te amo.
Eric

Saber que ele queria me ver na convenção é algo que me deixa alegre. Agora entendo por que se comportou daquela maneira. Usou sua capa de frieza como mecanismo de defesa e acabou vacilando comigo. Tentou me provocar ciúmes e conseguiu. Não mediu as consequências e agora estou supermagoada com ele.

De: Eric Zimmerman
Data: 27 de maio de 2013 02:45
Para: Judith Flores
Assunto: Estou com saudades
Tenho escutado nossas músicas.
Penso em você o tempo todo.
Vai me perdoar algum dia?
Te amo.
Eric

Também tenho escutado nossas músicas com o coração apertado. Hoje, enquanto almoçava num restaurantezinho de Llanes, começou a tocar *You are the sunshine of my life*, de Stevie Wonder, e me lembrei de quando ele me pediu para sair do carro e dançar com ele no meio da rua em Munique. Ficou mais humano. Detalhes como esse me mostram o quanto Eric mudou por minha causa. Eu o amo, mas tenho medo. Tenho medo de não parar de sofrer.

De: Eric Zimmerman
Data: 27 de maio de 2013 20:55
Para: Judith Flores
Assunto: Você é incrível

Flyn acabou de me contar a história da Coca-Cola e do seu tombo na neve. Por que você não me disse nada?

Se antes eu te amava, agora te amo ainda mais.

Eric

Saber que Flyn se abriu com o tio é algo que me comove. Isso mostra que ele está começando a se sentir mais confiante. Fico feliz em saber. Boa, garoto!

Quanto a Eric... eu o amo cada vez mais. Por que isso está acontecendo?

Será que o efeito Zimmerman me enfeitiçou de tal forma que não consigo esquecê-lo? Sim, com certeza.

De: Eric Zimmerman
Data: 28 de maio de 2013 09:35
Para: Judith Flores
Assunto: Oi, querida

Estou no escritório e não consigo me concentrar.

Não paro de pensar em você. Quero que saiba que não participei de nenhum joguinho durante todo esse tempo. Menti pra você, pequena. Como te disse, minha ÚNICA fantasia é você.

Te amo agora e sempre.

Eric

Agora e sempre. Como eram lindas essas palavras quando ele as dizia olhando nos meus olhos... Minha fantasia é você, seu cabeça-dura. O que preciso fazer para te esquecer e fazer você me esquecer também?

De: Eric Zimmerman
Data: 28 de maio de 2013 16:19
Para: Judith Flores
Assunto: Estou mandando

Que droga, Jud! Eu exijo que você me diga onde está.

Pega esse maldito telefone e me liga agora mesmo, ou me escreve um e-mail. Faz isso!

Eric

Pronto, o Iceman está de volta! Sua irritação me faz rir. Problema seu!

De: Eric Zimmerman

Data: 29 de maio de 2013 23:11

Para: Judith Flores

Assunto: Boa noite, pequena

Me desculpa pelo último e-mail. Meu desespero pela tua ausência me dominou completamente.

Hoje foi um grande dia para Flyn. Laura o convidou pro aniversário dela e ele quer te contar a novidade.

Nem pra ele você vai ligar? Sinto sua falta e te amo.

Eric

Meu desespero também toma conta de mim. Ai, meu Deus! Que vou fazer sem você?

Choro de alegria ao saber que Flyn está feliz pelo convite. Meu pequeno resmungão começa a viver. Eu também te amo, Eric, e sinto sua falta.

De: Eric Zimmerman

Data: 30 de maio de 2013 15:30

Para: Judith Flores

Assunto: Não sei o que fazer

O que preciso fazer pra você responder minhas mensagens?

Sei que você está recebendo. Sei disso, querida.

Sei pelo seu pai que você está bem. Por que não me liga?

Minha paciência está se esgotando a cada dia. Você me conhece. Sou um alemão cabeça-dura. Mas por você estou disposto a fazer qualquer coisa.

Te amo, pequena.

Eric (o babaca)

Quando fecho o computador, respiro fundo. Já imaginava que meu pai ia manter Eric atualizado sobre mim.

Os papéis se inverteram. Agora é ele quem escreve e eu que não respondo. Agora entendo o que ele sentiu em outro momento. Tento esquecê-lo, assim como ele tentou me esquecer, e tenho consciência de que ele não me deixa fazer isso, da mesma forma que eu não deixei que ele fizesse.

2

No dia em que chego a Madri após uma semana em Llanes, meu coração está ainda mais partido. Saber que Eric me procura é algo que me deixa insegura até mesmo em relação ao ar que respiro. O tempo não curou a dor; ao contrário, intensificou-a a níveis que nunca imaginei existirem.

Ligo para meu pai. Digo que cheguei a Madri e nós conversamos um pouco.

— Não, pai. Eric me deixa desesperada e...

— Você também não é nenhuma santa, querida. É teimosa e provocadora. Sempre foi assim, e agora você encontrou seu par perfeito, alguém que te encara.

— Paaaaaaiiii!

Meu pai ri e responde:

— É assim mesmo, moreninha! Não lembra o que sua mãe dizia?

— Não.

— Ela sempre dizia: "O homem que se apaixonar por Raquel terá uma vida sossegada, mas o homem que se apaixonar por Judith... tadinho! Vai ter encrenca todo dia!"

Sorrio ao lembrar essas palavras da minha mãe, e meu pai acrescenta:

— E é exatamente assim, moreninha. Raquel é como é, e você é como sua mãe, uma guerreira! E, pra aguentar uma guerreira, só há duas opções: ou você fica com um bobão que não abre a boca ou com um guerreiro como Eric.

— E você é o quê, pai? Um bobão ou um guerreiro?

Meu pai ri.

— Sou um guerreiro como Eric. Senão, como você acha que eu aguentaria sua mãe? E, apesar de Deus tê-la tirado de mim muito cedo, nunca outra mulher conquistou meu coração, porque sua mãe fez meu nível de exigência subir muito. E é isso que acontece com Eric, minha querida. Depois de te conhecer, sabe que não vai encontrar outra igual.

— Vai, sim, uma bobona — brinco.

— Não, querida. Uma mulher inteligente. Cheia de vida. Divertida. Engraçada. Resmungona. Briguenta. Maravilhosa. Linda. Estou falando de tudo isso, moreninha.

— Papai...

— Como eu bem imaginei, Eric te pertence, e você pertence a ele. Sei disso.

Não consigo segurar o riso.

— Fala sério, pai. Como roteirista de novela, você é imbatível!

Desligamos e eu sorrio.

Como sempre, falar com meu pai me relaxa. Ele quer o melhor para mim e, como ele disse, o melhor para mim é esse alemão, apesar de eu duvidar disso agora.

À noite, quando abro o computador, vejo que chegou uma nova mensagem de Eric.

De: Eric Zimmerman
Data: 31 de maio de 2013 14:23
Para: Judith Flores
Assunto: Não me abandone

Sei que você me ama apesar de não me responder. Vi nos seus olhos na última noite no hotel. Você me largou, mas me ama tanto quanto eu te amo. Pensa nisso, querida. Agora e sempre. Você e eu.

Te amo. Te desejo. Sinto sua falta. Preciso de você.

Eric

Por que está tão romântico?

Cadê aquele alemão frio?

Por que suas palavras românticas me deixam toda boba e eu preciso ler e reler? Por quê?

Quando apago a luz do quarto, volto a pensar na única coisa que vem ocupando meus pensamentos ultimamente. Eric. Eric Zimmerman. Cheiro sua blusa. Não sei o que terei que fazer para esquecê-lo.

Às seis da manhã, acordo sobressaltada. Sonhei com Eric. Nem em sonhos consigo tirá-lo da cabeça! É de matar!

Por que, quando estamos obcecados por alguém, o dia e a noite se resumem a pensar nessa pessoa o tempo inteiro?

Irritada, não consigo pegar no sono e decido me levantar. Nesse estado de ânimo, a melhor coisa a fazer é uma faxina geral na casa. Isso vai me relaxar.

Ponho mãos à obra e às dez da manhã a casa está tão revirada que nem sei por onde me mexer. Tudo está a maior confusão.

Estou nervosa. O coração bate enlouquecido e decido tomar uma chuveirada, deixar um pouco a arrumação e ir correr. Dar uma corridinha vai me fazer superbem. Vou extravasar a adrenalina. Quando termino o banho, prendo o cabelo num coque alto, coloco uma legging preta, uma camiseta e tênis.

De repente a campainha toca. Abro sem ver quem é e fico sem fala quando dou de cara com Eric. Está mais lindo que nunca com uma camisa branca e uma calça jeans. Assustada com sua proximidade, tento fechar a porta, mas ele não deixa. Mete um pé na frente.

— Querida, por favor, me escuta.

— Não sou sua querida, nem sua pequena, nem sua moreninha nem nada. Vai embora.

— Nossa, Jud! Você está machucando meu pé.

— Tira ele da frente e não vou machucar — respondo enquanto tento fechar a porta com todas as minhas forças.

Mas Eric não tira o pé.

— Você é meu amor, minha querida, minha pequena, minha moreninha e, além disso, minha mulher, minha namorada, minha vida e mil outras coisas. E por isso vim aqui te pedir pra voltar pra casa comigo. Estou com saudades. Preciso de você e não posso viver sem você.

— Vai embora, Eric — digo, resmungando, enquanto luto inutilmente com a porta.

— Fui um idiota, querida.

— Ah, sim, não tenha dúvida disso — concordo do outro lado da porta.

— Um idiota com todas as letras ao deixar escapar a coisa mais bonita que já passou pela minha vida. Você! Mas os idiotas como eu caem em si e tentam corrigir seus erros. Me dá mais uma chance e...

— Não quero te ouvir. Não, não quero! — grito.

— Querida... eu tentei. Tentei te dar espaço. E dar a mim mesmo também. Mas minha vida sem você não tem sentido. Não consigo dormir. Penso em você 24 horas por dia. Não vivo. O que você quer que eu faça se não posso viver sem você?

— Compra um macaquinho — digo.

— Querida... eu errei. Escondi de você aquela história da sua irmã e tive a cara de pau de ficar chateado contigo quando na verdade eu estava fazendo a mesma coisa.

— Não, Eric, não... Agora não quero te ouvir — insisto, prestes a chorar.

— Me deixa entrar.

— Nem pensar.

— Pequena, deixa eu te olhar nos olhos e falar contigo. Deixa eu resolver isso tudo.

— Não.

— Por favor, Jud. Sou um babaca. O cara mais babaca do mundo, e você pode me chamar assim todos os dias da minha vida, porque eu mereço.

Minhas forças estão acabando. Está começando a ficar difícil resistir a tudo isso que ele diz e quando paro de empurrar a porta, Eric a abre totalmente e murmura, olhando nos meus olhos:

— Me escuta, pequena... — E, ao olhar para dentro da casa, exclama: — Faxina geral? Nossa, você está realmente muito irritada!

Curva os lábios e eu grito histérica:

— Nem pense em entrar na minha casa.

Ele para.

— E, antes que continue com a enxurrada de palavras bonitas que está me dizendo — solto, furiosa —, quero que saiba que não vou mais botar minha vida toda em jogo pra depois dar tudo errado. Você me deixa desesperada. Não aguento mais. Não quero deixar de fazer as coisas que gosto só porque você quer me manter numa redoma de vidro. Não! Me recuso!

— Te amo, senhorita Flores.

— Ama porra nenhuma. Me deixa em paz!

E, sem pensar duas vezes, bato a porta com força. Meu peito sobe e desce. Estou acelerada. Eric voltou a me falar as coisas mais lindas que um homem pode dizer a uma mulher, e eu, como uma boba, escutei tudo.

Sou uma idiota. Uma imbecil! Por quê? Por que ouço o que ele diz?

A campainha toca de novo. É ele. Não quero abrir.

Não quero vê-lo, apesar de estar morrendo de vontade. Mas de repente escuto uma voz. Será que é Simona? Abro a porta e, espantada, vejo Norbert ao lado de sua mulher. O homem diz:

— Desde que a senhorita foi embora de casa, as coisas não foram mais as mesmas. Se voltar, prometo que vou ajudá-la a deixar sua moto nos trinques sempre que a senhorita quiser.

Levanto as sobrancelhas. Simona me abraça e me dá um beijo na bochecha.

— E eu prometo te chamar de Judith. O patrão me deu permissão. — Pega minhas mãos e cochicha: — Judith, sinto sua falta e, se você não voltar, o patrão vai nos atormentar o resto da vida. É isso que você quer pra gente? —

Nego com a cabeça e ela insiste: — Além do mais, ver *Loucura Esmeralda* sem você não tem a mesma graça. Por falar nisso, outro dia Luis Alfredo Quiñones pediu Esmeralda Mendoza em casamento. Gravei pra vermos as duas juntas.

— Ai, Simona...! — suspiro e levo as mãos à boca.

De repente, Susto e Calamar entram na casa e começam a latir.

— Susto! — grito ao vê-lo.

O cachorro pula e eu lhe dou um abraço. Senti tanta falta dele... Depois, afago Calamar e sussurro:

— Como você cresceu, nanico.

Os cãezinhos pulam radiantes ao meu redor. Não se esqueceram de mim. Apoiado na parede, Eric fica me olhando quando Sonia entra com um sorriso encantador e me beija.

— Minha querida, se você não vier conosco depois de toda essa mobilização de Eric, é sinal de que você é tão cabeça-dura quanto ele. Meu filho te ama, te ama demais e admitiu isso pra mim.

Olho surpresa para ela. Até que meu pai entra.

— Sim, moreninha, esse rapaz te ama muito e eu bem que te avisei: ele vai voltar pra você! E olha ele aqui. É teu guerreiro e você é a guerreira dele. Vamos, minha lindinha... te conheço e sei que, se você não gostasse desse homem, já teria retomado sua vida e não estaria com essas olheiras enormes.

— Pai... — digo, soluçando e levando as mãos à boca.

Meu pai me dá um beijo e murmura:

— Seja feliz, meu amor. Aproveita a vida por mim. Não me faça um pai preocupado o resto da vida.

Lágrimas rolam pelo meu rosto quando ouço:

— Fofinhaaaaaaaaa! — minha irmã grita, emocionada. — Aaaaai, que lindo o que Eric fez! Reuniu todo mundo pra te pedir desculpas. Que romântico! Que prova de amor maravilhosa! É de um homem assim que eu preciso, não de um brutamontes. E, por favor, perdoa ele por não ter contado da minha separação. Eu disse que ia esganá-lo se ele te contasse.

Olho para Eric. Continua apoiado no batente da porta, do lado de fora, e não tira os olhos de mim. Nesse momento, Marta entra, pisca para mim e cochicha:

— Se você disser "não" ao cabeça-dura do meu irmão, te juro que trago aqui todo o pessoal do Guantanamera pra te convencer enquanto bebemos todas e gritamos "*Azúcar*!". — Eu rio. — Pensa no esforço que significou para ele pedir ajuda a todos nós. Ele abriu a guarda por tua causa, e você precisa recompensá-lo de alguma forma. Ah, vamos! Você o ama tanto quanto ele te ama.

Eu rio. Eric também ri e minha sobrinha grita:

— Titiaaaaaaaaaa! O tio Eric prometeu que nesse verão vou passar os três meses de férias na sua piscina. Ah, e sobre o chin... ops, o Flyn, ele é muito maneiro. Precisa ver só como joga *Mario Cars*. Ele arrebenta!

A sala está cheia. Parece o metrô na hora do rush. Eric continua me olhando com seus lindos olhos azuis sem entrar na minha casa. De repente, Flyn aparece. Assim que me vê, se atira no meu pescoço. Me abraça e me beija. Adoro o seu carinho! Quando me solta, sai pela porta e eu rio ao vê-lo arrastando a árvore de Natal vermelha.

Trouxeram a árvore vermelha dos desejos?

Isso me faz rir. Olho para Eric e ele dá de ombros.

— Tia Jud — diz Flyn — , ainda não lemos os pedidos que fizemos no Natal. — Seu comentário me emociona e ele murmura: — Troquei meus pedidos. Os que escrevi no Natal não eram muito bonitos. Além disso, confessei pro tio Eric que eu também guardava segredos. Contei pra ele que fui eu que agitei a lata de Coca naquele dia pra explodir na sua cara e que foi por minha culpa que você caiu na neve e machucou o queixo.

— Por que você contou pra ele?

— Eu tinha que contar. Você sempre foi legal comigo e ele precisava saber.

— Ah, aliás, querida — intervém Sonia — , a partir de agora vamos fazer o Natal sempre juntos. Chega de comemorar separados.

— Eba, vó! — diz Flyn, pulando de alegria, e eu sorrio.

— E nós vamos também — diz meu pai, emocionado.

— Legal, vovô! — aplaude Luz, e Eric ri com as mãos nos bolsos.

Nossos olhos se encontram e, quando acho que não vai chegar mais ninguém, entram Björn, Frida e Andrés com Glen. Os dois homens não dizem nada. Apenas me olham, me abraçam e sorriem. E Frida, abraçando-me também, murmura no meu ouvido:

— Dá um castigo nele quando você perdoá-lo. Ele merece.

Nós duas rimos e coloco as mãos no rosto. Não posso acreditar. Minha casa está cheia de pessoas que me amam, e quem reuniu todo mundo foi Eric. Todos me olham à espera de que eu diga alguma coisa. Estou emocionada. Extremamente emocionada. Eric é o único que ainda está do lado de fora. Eu o proibi de entrar. Aproxima-se da porta com determinação.

— Te amo, pequena — declara. — Digo isso a sós, diante das nossas famílias ou de quem quer que seja. Você tinha razão. Depois do que aconteceu com Hannah, eu me fechei num casulo que não era bom pra mim nem pra minha família. Isso estava sendo ruim, principalmente pro Flyn. Mas você chegou à minha vida, às nossas vidas, e tudo mudou pra melhor. Acredita em mim, amor: você é o centro da minha existência.

Um "ohhhhhhhh!" meloso escapa da garganta da minha irmã, e eu sorrio quando Eric acrescenta:

— Sei que errei em algumas coisas. Tenho um gênio do cão, sou frio às vezes, chato e intratável. Vou tentar corrigir isso. Não prometo porque não quero falhar, mas vou tentar. Se você me der outra chance, voltamos a Munique com sua moto e eu prometo ser a pessoa que mais vai aplaudir e gritar quando você participar de uma corrida. Inclusive, se você quiser, posso te acompanhar com a moto de Hannah pelos campos ao lado de casa. — E, cravando seus olhos nos meus, sussurra: — Por favor, pequena, me dá mais uma chance.

Todos nos olham.

Não se ouve uma mosca.

Ninguém diz nada. Meu coração bate a um ritmo frenético.

Eric conseguiu outra vez! Está de volta!

Eu o amo..., o amo e o adoro. Esse é o Eric romântico que me deixa louca.

Vou até a porta, saio da minha casa, me aproximo de Eric e, na ponta dos pés, encosto minha boca na sua, chupo seu lábio superior, depois o inferior, dou uma mordidinha e digo:

— Você não é chato. Gosto do seu gênio de cão e da sua cara emburrada e não vou deixar você mudar.

— De acordo, querida — responde com um sorriso de orelha a orelha.

Nos olhamos. Nos devoramos com o olhar. Sorrimos.

— Te amo, Iceman — digo finalmente.

Eric fecha os olhos e me abraça. Me aperta contra seu corpo e todos aplaudem.

Nos beijamos e eu me aninho em seus braços, com vontade de nunca mais me soltar.

Ficamos assim por alguns minutos, até que ele se afasta de mim. As pessoas se calam.

— Pequena, você me devolveu o anel duas vezes, e espero que na minha terceira tentativa eu consiga fazer você ficar com ele.

Sorrio. E, surpreendendo-me de novo, apoia um dos joelhos no chão, me mostra o anel de diamantes e diz, de um jeito que me desconcerta:

— Sei que foi você quem me pediu em casamento primeiro, de impulso, mas desta vez quero que o impulso seja meu, e que seja oficial diante das nossas famílias. — Fico boquiaberta e ele continua: — Senhorita Flores, quer casar comigo?

Meu pescoço começa a me pinicar. As brotoejas!

Me coço. Casamento? Dá nervoso só de imaginar!

Eric me olha e sorri. Sabe o que penso. Levanta-se, aproxima sua boca do meu pescoço e assopra com ternura. No mesmo instante, aceito que ele é meu guerreiro e eu sou sua guerreira. Seguro seu rosto, olho bem nos seus olhos e respondo:

— Sim, senhor Zimmerman, quero casar contigo.

Dentro de casa todos pulam de alegria.

Casamento à vista!

Eu e Eric nos olhamos radiantes de felicidade. Pego na maçaneta e fecho a porta. Meu amor e eu ficamos a sós no hall da minha casa.

— Você organizou tudo isso pra mim?

— Aham, pequena! Usei todas as armas pro caso de você não querer me escutar, me ver, me beijar, nem me dar uma chance — sussurra, beijando meu pescoço.

Quero devorá-lo de tantos beijos!

Superfeliz com seu gesto, aceito seus beijos doces no meu pescoço e murmuro:

— Senti falta de uma coisa.

— Do quê? — pergunta.

— Da garrafinha de rótulo rosa com gosto de morango.

Eric solta uma gargalhada e me dá um tapinha gostoso no traseiro.

— Essa e todas as que você quiser estão esperando na geladeira da nossa casa.

— Oba!

Me aperto nele, o abraço e ele me aninha em seus braços. Entrelaço minhas pernas na sua cintura e ele me apoia contra a parede.

Me beija, eu o beijo. Me excita, eu o excito.

Eu o desejo, ele me deseja.

— Pequena, para — me alerta, rindo ao ver minha entrega total. — A casa está cheia de gente e estamos no corredor do seu prédio.

Adoro estar nos seus braços e murmuro fazendo-o rir:

— Só estou te mostrando o que vai acontecer quando estivermos a sós. Porque vou logo avisando que você vai receber um castigo.

Eric fica surpreso. Me olha. Meus castigos costumam ser rígidos e, mordendo sua boca, afirmo:

— Vou te castigar te obrigando a realizar todas as nossas fantasias.

Meu amor sorri e aperta sua ereção contra mim. Ah, que delícia!

Pega o celular do bolso e digita algo. Em questão de segundos, a porta da minha casa se abre. Björn nos olha e Eric lhe pede:

— Preciso que você tire todo mundo de casa com urgência e os leve embora.

Björn sorri e pisca para nós.

— Me dá três minutos.

— Um — responde Eric.

Sorrio. Esse é o Eric exigente que me deixa louca.

Em apenas trinta segundos, em meio a risadas, todos vão embora enquanto eu continuo nos braços de Eric. Me despeço deles consciente de que sabem o que vamos fazer. Meu pai pisca para mim e eu lhe jogo um beijo com a mão.

Quando entramos em casa e ficamos sozinhos, o silêncio do ambiente nos envolve. Eric me pousa no chão.

— Teu castigo vai começar. Vai pra cama e tira a roupa.

— Pequena...

— Vai pra cama... — exijo.

Surpreso, ergue as sobrancelhas, depois as mãos, e em seguida desaparece pelo corredor. Com o coração a mil, olho para as caixas que ainda não desfiz. Leio as etiquetas, retiro dali o que quero e, rindo, corro para o banheiro.

Quando volto para o quarto, Eric me olha assombrado. Estou vestida com minha fantasia de policial durona. Finalmente vou estreá-la com ele!

Eu o encaro. Dou uma voltinha, mostrando meu visual incrível, enquanto coloco a boina e os óculos. Eric me devora com o olhar. Provocante, caminho até o aparelho de som, coloco um CD e de repente a guitarra do AC/DC quebra o silêncio da casa. Começam os acordes de *Highway to Hell*, uma música que eu sei que ele adora.

Sorrimos um para o outro e ando como uma tigresa até ele. Saco o cassetete que levo na cintura e fico parada diante do amor da minha vida.

— Você foi muito mau, Iceman.

— Eu reconheço, senhora policial.

Dou duas pancadinhas na minha mão com o cassetete.

— Como castigo, já sabe o que quero.

Eric solta uma gargalhada e, antes que eu consiga fazer ou dizer qualquer coisa, meu amor, meu louco amor alemão, me joga na cama, deita em cima de mim e sussurra com uma sensualidade que me deixa louca:

— Primeira fantasia. Abre as pernas, pequena.

Fecho os olhos. Sorrio e faço o que ele pede, disposta a ser sua fantasia.

3

Munique... dois meses depois

— Corre, Judith! Já vai começar a novela — grita Simona.

Ao ouvi-la, olho para Eric, Luz e Flyn. Estamos na piscina e, diante da risada do meu alemão, digo:

— Em meia hora estou de volta.

— Titia, não vai! — resmunga minha sobrinha.

— Tia Jud...

Enxugando-me com a toalha, olho para as crianças na água, e aviso:

— Volto já, já, seus chatinhos.

Eric me agarra. Não quer que eu vá. Desde que voltei, ele me quer o tempo todo.

— Vamos, fica com a gente, amor.

— Querido — murmuro, beijando-o. — Não dá para perder esse capítulo. Hoje Esmeralda Mendoza vai descobrir quem é sua verdadeira mãe, e a novela acaba. Como posso deixar de ver?

Meu alemão dá uma risada e me beija.

— Tá bom. Vai lá.

Com um sorriso nos lábios, deixo meus três amores na piscina e corro à procura de Simona. Ela me espera na cozinha e me dá um lenço de papel quando sento ao seu lado. Começa *Loucura Esmeralda*. Nervosas, vemos como Esmeralda Mendoza descobre que sua mãe é a herdeira da fazenda "Los Guajes" e que está doente. Assistimos à cena em que aquela mulher maltratada abraça a filha e choramos como Marias Madalenas. Ao final a justiça prevalece: a família de Carlos Alfonso Halcones de San Juan fica arruinada, e Esmeralda Mendoza, que tinha sido sua criada, é a grande herdeira do México. Bem feito!

Concentradíssimas, eu e Simona vemos Esmeralda partir, com o filho, em busca de seu único e verdadeiro amor, Luis Alfredo Quiñones. Quando ele a vê chegar, sorri, abre os braços e ela se refugia neles. Uma cena linda! Simona e eu sorrimos emocionadas e, quando achamos que a novela acabou, de repente alguém atira em Luis Alfredo Quiñones e nós duas arregalamos os olhos quando surge na tela: "Continua..."

— Continua! — gritamos as duas.

Depois rimos. *Loucura Esmeralda* tem continuação, e com certeza vamos assistir todos os dias.

Simona vai preparar o almoço; e eu vou voltar para a piscina, mas encontro Eric com as crianças na sala, jogando *Mortal Kombat* no Wii. Ao me ver, Flyn diz:

— Tio Eric, vamos arrasar com as meninas?

Sorrio. Sentada ao lado do meu amor, reparo na cara da Luz diante do comentário de Flyn. Ela e eu juntamos os polegares, damos uma palmadinha e chamo:

— Vem, Luz. Vamos mostrar a esses alemães como as espanholas jogam.

Depois de mais de uma hora de partidas, minha sobrinha e eu levantamos e cantamos na frente deles:

We are the champions, my friend
Oh weeeeeeeeee...

Flyn nos olha com uma cara amarrada. Não gosta de perder, mas dessa vez foi isso mesmo que aconteceu. Eric se vira para mim e sorri. Gosta muito da minha animação, e quando me atiro sobre ele e lhe dou um beijo, avisa:

— Me deve uma revanche.

— Quando quiser, Iceman.

Nos beijamos de novo. Luz protesta:

— Ai, titia! Por que vocês ficam se beijando toda hora?

— É, que chatos! — concorda Flyn, mas sorri.

Eric, querendo nos livrar um pouco deles, sugere:

— Corram. Vão tomar uma Coca-Cola na cozinha.

É só mencionar o refrigerante e as crianças saem em disparada. Quando ficamos sozinhos, Eric me deita no sofá e, feliz, me apressa:

— Temos um minuto, no máximo dois. Vamos, tira a roupa!

Dou uma risada. Quando Eric enfia as mãos por baixo da minha blusa e começa a me fazer cócegas, escuto de repente:

— Foooooofaaaaa... fofinhaaaaa!

Eric e eu nos olhamos e logo nos endireitamos no sofá. Minha irmã nos observa da porta e exclama com uma expressão aflita:

— Ai, meu Deus! Meu Deus! Acho que a bolsa estourou!

Rapidamente, Eric e eu nos levantamos e vamos acudi-la.

— Não pode ser. Não posso estar em trabalho de parto. Falta um mês e meio. Não quero. Não! Me recuso!

— Calma, Raquel — murmura Eric, enquanto abre seu celular e faz uma ligação.

Mas minha irmã é minha irmã e, fazendo careta de dor, geme:

— Não posso entrar em trabalho de parto aqui. A menina tem que nascer em Madri. Todas as coisas dela estão lá e... e... Onde está o papai? Temos que ir pra Madri. Onde está o papai?

— Raquel... por favor, fica calma — digo, morrendo de rir com a situação. — Papai saiu com Norbert. Volta em algumas horas.

— Não tenho como esperar horas. Liga pra ele e diz pra voltar já. Ai, meu Deus! Não posso estar em trabalho de parto! Primeiro é seu casamento. Depois, volto a Madri e por último dou à luz. Essa é a ordem das coisas e nada pode dar errado.

Tento segurar suas mãos, mas ela está tão nervosa que me afasta com força. Por fim, depois de quase levar uns socos da minha enlouquecida irmã, olho para Eric e digo:

— Temos que levá-la ao hospital.

— Não se preocupa, querida — sussurra Eric. — Já liguei pra Marta e ela está nos esperando no hospital dela.

— Que hospital? — uiva, apavorada, Raquel. — Não confio nos hospitais alemães. Minha filha tem que nascer no Doze de Outubro, não aqui!

— Mas, Raquel — suspiro —, acho que a menina vai ser alemã.

— Não...! — Agarra Eric pelo pescoço e, fora de si, exige: — Chama seu avião. Pede pra buscar a gente e levar pra Madri. Tenho que dar à luz lá.

Eric hesita. Me olha e eu caio na risada outra vez. Desconcertada, minha irmã grita:

— Fofa, por favooooooor, para de rir!

— Raquel... olha pra mim — digo, esforçando-me para segurar o riso. — Primeiro, relaxa. Segundo, se a menina tiver que nascer aqui, vai ser no melhor hospital porque Eric vai cuidar de tudo. E terceiro: não se preocupa com meu casamento. Ainda faltam dez dias, querida.

Eric, com a cara bem aflita, pede a Simona para ficar com as crianças. Em seguida, sem dar bola para os lamentos da minha irmã, pega-a no colo e a coloca no carro. Em vinte minutos estamos no hospital onde trabalha minha cunhada, Marta. Ela está nos esperando. Raquel continua teimando. A menina não pode nascer ali.

Mas a natureza segue seu curso e, cinco horas depois, uma menina linda de quase três quilos nasce na Alemanha. Acompanho minha irmã durante todo o trabalho de parto, porque ela se nega a ficar sozinha em uma sala de cirurgia com desconhecidos que ela não entende. Depois, saio de cabelo arrepiado de horror e fico olhando Eric e meu pai. Estão sérios e logo se levantam. Vou até eles e me sento.

— Meu Deus, foi horrível!

— Querida — diz Eric num tom de preocupação — , você está bem?

Ainda me lembrando do que vi, murmuro:

— Foi um horror, Eric... um horror. Olha só meu pescoço cheio de brotoejas!

Pego uma revista em cima da mesa e me abano com ela. Que calor!

— Moreninha — diz meu pai — , deixa de bobagem e me conta como está sua irmã.

— Ai, papai, desculpa — suspiro. — Raquel e a neném estão ótimas. A menina pesa quase três quilos, e Raquel chorou e riu quando a viu. Está superbem!

Eric sorri, meu pai também, e eles se abraçam, dando parabéns. Mas aquilo tudo me deixou transtornada.

— A menina é linda... mas eu... eu... estou ficando enjoada.

Assustado, Eric me segura. Meu pai pega a revista da minha mão e me abana, enquanto balbucio:

— Eric.

— Diga, querida.

Olho para ele com cara de sofrimento.

— Por favor, querido. Nunca me deixe passar por isso.

Eric não sabe o que dizer. Meu estado o preocupa, e meu pai solta uma risada.

— Nossa, minha filha, você é igualzinha à sua mãe até nisso.

Quando o enjoo passa e me recomponho, meu pai se vira para mim.

— Outra menina. Por que estou sempre cercado de mulheres? Quando vou ter um netinho homem?

Eric me olha. Meu pai também. Hesito um instante e esclareço:

— Nem adianta olhar pra mim. Depois do que vi, não quero ter filhos nem morta!

Uma hora depois, Raquel está num quarto lindo e nós três vamos visitá-la. A pequena Lucía é uma gracinha, e Eric fica babando por ela.

Olho para ele boquiaberta. Desde quando gosta de crianças? Pede permissão à minha irmã, segura a neném com delicadeza e solta:

— Querida, quero uma!

Meu pai sorri. Minha irmã idem, e eu respondo num tom sério:

— Nem morta!

À noite, meu pai faz questão de ficar com Raquel e Luz no hospital. Chamo-o de Papai Pato quando me despeço, e ele ri. No carro com Eric, me bate o cansaço. Ele dirige em silêncio, enquanto uma música alemã toca no rádio, e eu olho feliz pela janela. De repente, quando chegamos à cidade, Eric para o carro à direita.

— Desce.

Pisco os olhos e rio.

— Ai, Eric, que foi agora?

— Desce do carro, pequena.

Achando graça, obedeço. Sei o que ele vai fazer. Então começa a tocar *Blanco y negro*, de Malú. Eric põe o som no volume máximo, para na minha frente e convida:

— Quer dançar comigo?

Sorrio e passo as mãos ao redor do seu pescoço. Ele chega meu corpo mais perto do seu, enquanto a voz de Malú diz:

Tú dices blanco, yo digo negro.
Tú dices voy, yo digo vengo.
Miro la vida en colores, y tú en blanco y negro.

— Sabe, pequena?

— Quê, grandalhão?

— Hoje, vendo a Lucía, assim pequenininha, fiquei pensando que...

— Não... Nem adianta me pedir! Me recuso!

Droga! Ao dizer isso, me lembrei da minha irmã. Que horror! Eric sorri, me abraça mais forte ainda e provoca:

— Não gostaria de ter uma menina pra você ensinar motocross?

Rio e respondo:

— Não.

— E um menino pra você ensinar a andar de skate?

— Não.

Continuamos dançando.

— Nunca falamos disso, pequena. Mas... você não quer ter filhos comigo?

Minha Nossa Senhora, por que estamos discutindo esse assunto?! Olho bem nos olhos dele e digo baixinho:

— Ai, meu Deus, Eric! Se você tivesse visto o que eu vi, entenderia por que eu não quero ter filhos. Você fica enorme desse tamanho ó... e deve doer horrores. Não. Definitivamente, me recuso a passar por isso. Não quero ter filhos. Se você quiser cancelar o casamento, vou entender. Mas não me peça isso agora porque não consigo nem imaginar.

Meu lindo sorri, sorri... e, beijando minha testa, murmura:

— Você vai ser uma ótima mãe. É só ver como você trata Luz, Flyn, Susto, Calamar e como você olhava pra Lucía.

Não respondo. Não consigo. Eric me obriga a continuar dançando.

— Não vou cancelar casamento nenhum. Agora fecha os olhos, relaxa e dança comigo a nossa música.

Faço o que ele pede. Fecho os olhos, relaxo e danço. Aproveito o momento.

Quatro dias depois, minha irmã recebe alta, e, dois dias mais tarde, o bebê também. Apesar de ter nascido prematura, é bem forte e uma verdadeira bonequinha. Meu pai fica o tempo todo dizendo que é a minha cara e, realmente, ela é moreninha e tem minha boca e meu nariz. É uma fofa! Cada vez que Eric pega a menina no colo, me olha de um jeito meloso. Nego com a cabeça e ele acaba dando uma risada. Não vejo a menor graça.

O tempo passa e o dia do casamento chega.

Na manhã da festa fico histérica. O que estou fazendo vestida de noiva?!

Minha irmã me enche o saco, minha sobrinha está insuportável e, afinal, meu pai é quem tem que pôr alguma ordem entre a gente. Para variar! Estou tão nervosa com o casamento que penso até em fugir. Meu pai faz de tudo para me acalmar.

Quando entro na igreja de São Caetano lotada, usando um lindo vestido tomara que caia e de braços dados com meu pai emocionado, e vejo meu Iceman me esperando deslumbrante em seu fraque, sei que não vou ter um filho: vou ter pencas de filhos.

A cerimônia é rápida. Eric e eu pedimos que fosse assim. Quando saímos, os amigos e parentes nos jogam arroz e pétalas de rosas brancas. Eric me beija, apaixonado, e eu sou feliz.

O banquete da festa acontece num bonito salão de Munique. A comida é deliciosa; metade alemã, metade espanhola, e parece que todo mundo aprovou.

Para nossa surpresa, Eric não economizou absolutamente em nada. Não quis que meu pai, minha irmã e eu nos sentíssemos sozinhos, então mandou trazer meu amigo Nacho; e de Jerez vieram o Bicho e o Lucena com suas mulheres, Lola e Pepi, além da Pachuca e de Fernando com sua namorada valenciana. Eles contaram que "o Frankfurt" entrou em contato e os convidou com tudo pago. Eric chamou até as Guerreiras Maxwell. Uma loucura!

Gente, dá vontade de encher meu marido de beijos!

Da Müller ele convidou Miguel com sua namorada furacão, Gerardo e sua esposa e Raul e Paco, que, ao me verem, aplaudem emocionados.

Brindamos com Moët Chandon rosé. Eric e eu entrelaçamos nossas taças e bebemos felizes diante de todo mundo. O bolo é de trufa e morango. Meus olhos faíscam de alegria. Foi uma surpresa do noivo.

No início da festa, meu agora marido me surpreende outra vez. Ele contratou a cantora Malú, e ela interpreta nossa música, *Blanco y negro*. Um momento inesquecível! Abraçada a ele, fico ouvindo a música enquanto nos olhamos com ar apaixonado. Meu Deus, como amo esse homem!

Depois entra uma orquestra, que passa a tocar um som mais suave. Sonia, meu pai e minha irmã estão eufóricos de alegria. Marta e Arthur aplaudem. Flyn e Luz correm empolgados pelo salão, e Simona e Norbert não conseguem parar de sorrir. Tudo é romântico e maravilhoso, e aproveitamos muito tudo desse dia tão especial.

Risonha, danço com Reinaldo e Anita a *Bemba colorá* enquanto gritamos "*Azúcar*!". Eric não cabe em si de tanta felicidade. E eu sou sua felicidade.

Com Sonia, Björn, Frida e Andrés, nos acabamos ao som de *September*. Quando a música termina, Dexter pega o microfone e canta solo um bolero mexicano dedicado a Eric e a mim. Sorrio e aplaudo.

Tenho amigos excelentes tanto dentro de um quarto como fora. São pessoas como eu, que gostam de sexo e de joguinhos eróticos entre quatro paredes e uma vez fora, revelam-se atenciosos, carinhosos, educados e muito divertidos. Todos eles me fazem sentir sortuda e feliz.

Dançamos por várias horas e, quando vejo Dexter falando animadamente com minha irmã, olho alarmada para Eric, que faz sinal para eu não me preocupar. No fim das contas, acabo sorrindo.

A festa termina às quatro da manhã. Papai e Raquel passam a noite na casa de Sonia, junto com Flyn e as crianças. Querem deixar a casa inteirinha só para nós dois.

Quando chegamos, Eric faz questão de me pegar no colo para atravessarmos a porta. Adoro seu gesto. Depois ele me solta e, todo bobo, sussurra:

— Bem-vinda ao lar, senhora Zimmerman.

Encantada com tudo, dou-lhe um beijo. Saboreio meu marido e o desejo.

Assim que entramos, fecho a porta, e em silêncio vou logo tirando seu paletó, sua gravata-borboleta, a camisa, a calça e a cueca. Eu o deixo nu para mim e sorrio ao pedir:

— Coloca a gravata-borboleta, Iceman.

Achando graça do meu pedido, ele obedece. Meu Deus! Meu alemão só de gravatinha é minha louca fantasia. Eu o puxo para mim e, diante da porta do escritório, olho para ele e sussurro:

— Quero que você rasgue minha calcinha.

— Tem certeza, querida? — meu amor pergunta, rindo.

— Certeza absoluta.

Excitado, Eric começa a levantar pano e mais pano... e mais pano. A saia do vestido é interminável. Por fim, em meio a risadas, eu o interrompo.

— Vem, senta na sua poltrona.

Ele se deixa guiar. Faz o que peço e olha para mim.

Enlouquecida, desabotoo a saia do meu lindo vestido de noiva, que desliza até meus pés. Apenas de corpete e calcinha, sento com sensualidade em cima da mesa do meu excitado marido.

— Agora, arranca!

Dito e feito.

Eric rasga a calcinha e, ao passar a mão pela minha tatuagem e meu púbis sempre depilado, murmura com voz rouca:

— Peça-me o que quiser.

Ao ouvir isso fecho os olhos de tanta emoção.

Nossa história começou naquele dia em que ele me disse essas palavras no arquivo do escritório. Sorrio ao lembrar a cara que fiz na primeira vez que Eric me levou ao Moroccio, e quando assisti àquela gravação no hotel, e quando enfiei o chiclete de morango na sua boca. Lembranças. Lembranças *calientes*, excitantes e divertidas passam pela minha cabeça enquanto meu fogoso marido me acaricia. Disposta a selar para sempre o que um dia começou, eu o beijo e enfio seu pau em minha vagina molhada e, quando meu amor geme, olho bem em seus maravilhosos olhos azuis que sempre me deixaram louca e sussurro perdidamente apaixonada:

— Senhor Zimmerman, peça-me o que quiser, agora e sempre.

4

Riviera Maya — Hotel Mezzanine

Praia de areias brancas...

Águas cristalinas...

Sol agradável...

Coquetéis deliciosos...

... e Eric Zimmerman.

Insaciável!

Essa é a palavra que define perfeitamente o tesão que sinto por ele. Pelo meu impressionante, bonito, sexy e excitante marido. Ainda não acredito. Estou casada com Eric! Com Iceman.

Estamos em Tulum, México, aproveitando nossa lua de mel, e eu gostaria que ela nunca acabasse.

Como é confortável estar numa espreguiçadeira maravilhosa, fazendo topless. Adoro sentir os raios do sol no meu corpo enquanto meu Iceman está falando ao telefone bem perto de mim. Pela expressão que faz com as sobrancelhas, sei que está concentrado nos assuntos da empresa. Sorrio.

Eric está bronzeado e muito gato de sunga azul-celeste. Fico olhando e, quanto mais o observo, mais gosto dele e mais ele me excita.

Será o efeito Zimmerman?

Com curiosidade, vejo que umas mulheres sentadas no belo bar do hotel estão olhando para ele também. Não é pra menos. Reconheço que meu marido é uma delícia para os olhos e, achando graça, sorrio, embora esteja a ponto de gritar: "Eiii, suas periguetes, ele é todo meu!"

Mas sei que não preciso. Eric é todo, absolutamente todo meu, sem necessidade de que eu grite isso aos quatro ventos.

Três dias depois do belo casamento em Munique, meu marido incrível me surpreendeu com uma romântica e sensacional viagem de lua de mel. E aqui estou eu, em Tulum, uma praia exótica do Caribe mexicano, curtindo paisagens lindas e ansiosa para voltarmos à intimidade do nosso quarto.

Com sede, me levanto e tiro os fones do iPod. Ponho a parte de cima do biquíni amarelo e me dirijo ao bar da praia.

Que tempo divino!

Sorrio ao ouvir a voz de Alejandro Sanz e cantarolo, enquanto vou caminhando.

Ya lo ves, que no hay dos sin tres,
Que la vida va y viene y no se detiene...
Y qué sé yo...

Não há dois sem três, a vida dá muitas voltas? Vêm dizer isso pra mim? A brisa suave balança meu cabelo, e sigo cantarolando até o bar.

¿Para qué me curaste cuando estaba herido
Si hoy me dejas de nuevo el corazón partío?
¿Quién me va entregar sus emociones?
¿Quién me va a pedir que nunca la abandone?
¿Quién me tapará esta noche si hace frío?
¿Quién me va a curar el corazón partío?

Peço ao garçom uma Coca-Cola tamanho gigante com bastante gelo. Quando tomo o primeiro gole, sinto que braços enlaçam minha cintura e alguém diz em meu ouvido:

— Já estou aqui, pequena.

Sua voz...

Sua proximidade...

Sua maneira de me chamar de "pequena"...

Uhm... me deixam louca. Com um sorriso enorme, observo como as mulheres no balcão ficam ruborizadas com a chegada de Eric. Não é para menos! E eu, feliz da vida, apoio a cabeça no peito dele e ele me beija a testa.

— Quer Coca?

Ele se acomoda no banco ao meu lado e pega o copo que lhe ofereço. Depois de beber um bom gole, murmura:

— Obrigado. Estava com sede. — E, com um sorriso brincalhão, depois de passear seu olhar azulado por meus seios, pergunta: — Por que botou a parte de cima do biquíni? Assim me priva de uma bela vista.

— Não gosto de ficar com os seios de fora aqui no bar.

Eric sorri. Sua sensualidade me atravessa. De repente a música muda, começa uma bem romântica.

Vivam as músicas românticas!

Que coisa essas canções! Quanto sentimento! Nunca imaginei que eu pudesse gostar tanto. Eric, que na intimidade é a pessoa mais romântica que conheci, ao ouvir a canção me olha sedutoramente, me agarra pela cintura com ar possessivo e convida:

— Vamos dançar, moreninha?

Ai, vai me dar uma coisa!

Ele que se cuide comigo!

Adoro quando ele relaxa e só pensa na gente.

Então toca uma música que Dexter nos dedicou no casamento. Sempre que a ouvimos, dançamos muito derretidos.

Louca...

Apaixonada até a raiz dos cabelos...

Boba de tão alegre...

Desço do banco e ali, no meio do bar da praia, sem nos importarmos com os turistas nos observando, derretidinhos, dançamos diante da cara de inveja das mulheres, enquanto Luis Miguel canta.

Si nos dejan, nos vamos a querer toda la vida.
Si nos dejan, nos vamos a vivir a un mundo nuevo.
Yo creo podemos ver el nuevo amanecer de un nuevo día.
Yo pienso que tú y yo podemos ser felices todavía.

Minha nossa, que momento maravilhoso!

É isso que eu quero, que nos deixem ser felizes ou, digamos melhor, que nós mesmos nos deixemos. Porque se uma coisa está clara é que somos o fogo e a água e, embora nos amemos com loucura, somos duas bombas a ponto de explodir.

Não discutimos desde o casamento. Agora é só paz e amor. Parece que estamos numa nuvem, só nos beijamos, dizemos coisas bonitas e nos dedicamos um ao outro.

Viva a lua de mel!

A música ainda está tocando, e nós, apaixonados, continuamos a dançar. Eric me faz feliz. Curtimos esse momento. Dançamos, esquecemos do mundo e nos fitamos olhos nos olhos com verdadeira adoração.

Seu olhar azul me atravessa, me diz o quanto me ama e deseja. Quando a canção acaba, meu marido, meu amante, meu louco amor me beija. Quando me sento de novo no banco, ele sussurra pertinho de minha boca:

— Como diz a canção, vou te amar por toda a minha vida.

Minha nossa! Dá vontade de apertar ele todo de tão lindo que é!

Cinco minutos depois, quando por fim deixamos nossos doces e deliciosos carinhos, diante dos olhares indiscretos de umas mulheres, pergunto:

— Era Dexter no telefone?

— Não, era o sócio dele. Quer que nos reunamos amanhã no escritório dele pra tratar de uns assuntos.

— Onde fica?

— A uns 30 minutos daqui. Na Praia do Carmen. Então, amanhã de manhã vamos a...

Corto:

— Vamos? Não, não. Você vai. Eu prefiro esperar aqui.

Eric levanta as sobrancelhas, nada convencido. Sorrio.

— Sozinha?

Acho graça de sua expressão e respondo firme:

— Eric, não vou ficar sozinha. O hotel está cheio de gente e a praia também. Não vê?

Ergue a sobrancelha. Iceman está de volta!

— Vai ficar sozinha, Jud! Não acho graça nenhuma nisso.

Caio na risada.

— Mas, querido...

— Não, Jud. Você vai vir comigo. Tem predadores demais por aí, atrás de uma mulher bonita, e não vou permitir que seja a minha — insiste, ansioso.

Isso me faz rir às gargalhadas. Ele, não, claro.

Seu lado ciumento me excita. Levantando do banco, chego mais pertinho dele e o abraço pelo pescoço:

— Nenhum predador chama minha atenção fora você. Meu grande predador! Portanto, calma, que eu sei me cuidar. Além do mais, conhecendo você, vai sair de madrugada, né? — Meu lindo concorda e me agarra pela cintura. E concluo, bancando a princesinha charmosa: — Não quero levantar cedo, quero dormir e, quando levantar, quero pegar um sol até que você volte. Qual o problema?

— Jud...

Eu o beijo — adoro beijá-lo. Por fim, com um sorriso ingênuo, digo:

— Vamos pro quarto.

— Estamos falando de...

— É que quando te vejo tão sério e tão possessivo — eu o interrompo —, fico louquinha de desejo.

Eric sorri. Óóóótimo!

Me segura pela nuca e me beija — me beija com verdadeira adoração, deixando as mulheres do bar admiradas.

Morram de inveja, suas intrometidas!

Depois, sem se importar com as pessoas olhando, me pega no colo e vamos para o quarto. Quando chegamos, meu predador particular já está a mil. Rindo, abro a porta com o cartão e Eric a fecha com o pé. Não me solta. Me leva até a cama.

— Vou encher a *jacuzzi*.

Observo-o. Caminha até a banheira que fica a poucos metros da cama e, depois de abrir as torneiras, me olha excitado.

— Tira o biquíni ou ele acabará em pedaços.

Uauuuuu!

Não é preciso dizer que o tiro rapidamente e com um sorriso sensual. O biquíni é sensacional, é o máximo! Comprei ontem numa loja caríssima de Tulum. Não quero que acabe como a maioria da minha lingerie.

Eric sorri da minha pressa. Morde o lábio me observando e, quando me vê nua, me chama com o dedo indicador. Obedeço. E quando meus seios tocam seu abdômen musculoso, Eric murmura com voz rouca:

— Me mostre o quanto me deseja.

Sim, meu amor, claro que sim!

Toda excitada, desprendo o cordão da sunga azul. Meto as mãos por dentro dela e me abaixo até ficar de joelhos diante de Eric. Depois que lhe tiro a sunga, levanto os olhos e observo o pênis.

Fascinante!

Me dá água na boca: está preparado para mim. Lá de baixo, observo Eric, que diz:

— Sou todo teu, pequena.

Seguro então seu pau duro e o passo por meu rosto, por meu pescoço, enquanto observo a expressão de desejo de Eric.

Com muita vontade de saborear essa delícia, passeio a língua, de cima abaixo, estimulando-o.

Eric sorri. Eu, excitada, dou umas mordidinhas com os lábios, sem desviar os olhos de Eric. Então ele solta um gemido de satisfação e pousa uma das mãos em minha cabeça. Minha respiração se agita. Eu desejo Eric! E, superansiosa, coloco na boca sua ereção, enquanto sinto que suas mãos se enredam em meu cabelo e o ouço gemer. Oh, sim!

Adoro seu pênis, rígido, ardente, mas suave. Nossa brincadeira continua por uns minutos até que sinto que Eric não aguenta mais. Me agarra pelo cabelo, puxa-o para que o olhe e ordena com a voz carregada de tensão:

— Deita na cama.

Obedeço. Levanto e meus joelhos tremem, mas chego à cama. Então Eric, meu poderoso deus do amor, se aproxima e, com a respiração entrecortada, ordena:

— Abra as pernas.

Arquejo, a respiração agitada. Sei o que vai fazer e fico louca.

Eric me beija. Como um leão sobre mim, de quatro, aproxima várias vezes sua boca da minha, provocante. E eu sinto uma ânsia viva por devorá-lo.

Beijos, mordidinhas e tesão. Sim, é tesão que meu marido provoca em mim. Quando percebe que estou totalmente disposta a fazer tudo que ele quer, desliza por meu corpo até ficar entre minhas pernas. E me faz gritar.

Sua boca — oh, sua boca! — já está em meu clitóris, mexendo, exigindo.

Seus dedos abrem meus lábios e, em seguida, entram em mim inúmeras vezes, enquanto gemo e suspiro.

— Não pare.

Santo Deus, não me obedece. Estou a ponto de matá-lo. De repente, sua língua, sua molhada e maravilhosa língua, entra em mim e me faz amor.

Sim, sim, como ele faz bem!

Ofegante, agarro o lindo lençol cor de marfim e me contorço, enquanto gemo sem parar e me entrego ao meu amor, meu marido, meu amante.

Quando acho que já não aguento mais, Eric levanta a cabeça, me olha, se inclina sobre mim e me penetra de um modo seco e forte. Eu me arqueio para recebê-lo, morta de prazer.

Sem me dar trégua, suas mãos agarram meus quadris ao mesmo tempo que me possui uma vez depois da outra. Duas, três, vinte... E eu me grudo nele, para recebê-lo. Minhas pernas tremem. Meu corpo vibra enlouquecido e, quando a excitação, a loucura e a paixão me dominam, ouço um gemido longo, másculo e satisfeito. Instantes depois, outro gemido sai de minha boca. Suando com tanto esforço, meu lindo cai sobre mim.

Trinta segundos mais tarde, acalorada por ter meu gigante sobre meu corpo, murmuro:

— Eric... não consigo respirar.

Rapidamente, ele rola para meu lado direito na cama. Nesse movimento, me leva com ele. Fico por cima. Com um sorriso maravilhoso, Eric me diz:

— Te amo, pequena. — E, como sempre, pergunta: — Tudo bem?

Ai, que irresistível!

Feliz da vida com meu amor, sorrio.

— Tudo perfeito, Iceman.

Entre risos e brincadeiras, passamos a tarde, sozinhos em nosso ninhozinho de amor particular. Eric me demonstra seu carinho, eu lhe demonstro o meu, e a felicidade entre nós dois é mágica e maravilhosa, enquanto repetimos nossos encontros *calientes*.

À noite, depois de um jantar maravilhoso no restaurante do hotel, toca o celular de Eric. Ele atende. Em seguida, o deixa na mesa e me explica:

— Era Roberto. Marquei com ele às oito da manhã no escritório.

Eu o fito brincalhona.

— Já sabe, amanhã você madruga!

Ao entender o que eu disse, vai falar, mas eu o interrompo:

— Ah, não. Eu já disse que não vou. Quero me bronzear.

— Jud...

— Deixe de ciúme bobo, querido. Quero dormir e depois pegar um sol. — E me aproximando de meu maridinho carrancudo, sugiro sedutora: — Então, quando você voltar, iremos pro nosso quarto pra nos divertirmos de novo, só você e eu. Que acha do meu plano?

Eric sorri. Sabe que não vai me convencer. Finalmente diz:

— Combinado, sua teimosa. Voltarei com uma garrafa de rótulo rosa, está bem?

5

Às seis e meia da manhã, acordo e ouço Eric tomando banho. Quero lhe dar um beijo antes de ele sair, mas estou com tanto sono que vou esperar que acabe. Mas quando acordo de novo já são dez e meia e só dá para resmungar:

— Merrrrrrda.

Volto a me deitar na maravilhosa e enorme cama que compartilho com meu amor, pego o celular e digito:

Tudo bem?

Me preocupo com meu lindo tanto quanto ele se preocupa comigo. Um minuto depois, recebo a resposta:

Quando eu estiver contigo, tudo estará bem de novo. Te amo.

Sorrio como uma boba, me aconchego na cama e curto o perfume dos lençóis. Fico de preguiça um pouco e depois abro o Facebook no meu laptop e posto uma foto de Eric comigo na praia. Dois segundos depois, meu mural se enche de comentários de minhas amigas guerreiras. Achando graça, leio coisas como: "Dê uns amassos em teu marido!", "Se você não o quer, dê ele pra mim!", ou aquele outro: "Quero um Eric em minha vida!"

Rio. As guerreiras, essas amigas que um dia conheci através de uma rede social, estão felizes com meu casamento e não param de brincar sobre minha lua de mel. Será que estão com inveja?

Depois de uma chuveirada refrescante, decido ligar para meu pai. Quero conversar com ele. Olho o relógio e calculo a diferença de horário. Na Espanha é de madrugada, mas sei que ele já está de pé. Ele, como Eric, dorme pouco.

Sento na cama e digito o número. Quando atendem, digo:

— Oi, paaaaiiiziinho, tudo bom?!

Ao reconhecer minha voz, meu pai começa a rir.

— Oi, querida. Como está minha moreninha?

— Beleza, papai, tudo ótimo! É tudo muito bacana e estou superfeliz aqui com Eric.

— Muito bom saber, minha linda.

— Você precisa se animar para vir aqui. Sério, papai. Devia dizer pro Bichão e pro Lucena que a próxima viagem de vocês têm de ser pra cá. Vocês vão adorar.

Meu pai solta uma gargalhada.

— Ora, ora, moreninha. Não arrancamos o Lucena da Espanha nem louco! Foi à Alemanha no teu casamento só porque era você. Não digo mais nada.

— Ele achou tudo tão ruim assim?

— Não, filha, achou muito bom. Mas tem esse negócio da comida diferente. Segundo ele, em lugar nenhum se come como na própria casa!

— Então faça a viagem com o Bichão e a mulher dele. Com certeza vão adorar!

— Sim, sim, esses com certeza vão gostar.

Conversamos por um bom tempo. Conto mil coisas e ele me conta como tudo vai por lá. Está um pouco preocupado com a crise. Teve que despedir um de seus mecânicos e isso lhe partiu o coração. Quando consigo que ria de novo, pergunto:

— Flyn está se comportando bem?

— É um doce e uma maravilhosa babá pra Lucía. Vive enchendo a menina de beijos. — Sorrio ao imaginar isso. — Sério, querida, ele está se divertindo muito com os meninos aqui da vizinhança e com Luz. Esses dois formam uma dupla perigosa! Precisa ver, como ele gosta de um presuntinho! E tem bom paladar. Não dê presunto comum pra ele, não. Se dou, logo me olha e diz: "Manuel, este presunto é daquele ruim?"

— Não me diga!

— Tem mais: o *salmorejo* da Pachuca, uau!, deixa ele louquinho. — Rio. — Não tem vez que a gente entre no bar que o rapazinho não peça a sopa de tomate bem fria. E se dá muito bem com Luz. Ela ensinou ele a andar de bicicleta e...

— Minha nossa, papai, se acontece alguma coisa... — digo preocupada.

Que horror, acabo de falar como o Eric.

— Calma, filhinha, o menino é durão. Embora tenha dado duas porradas contra a grade...

— Papaaai!

— Nada de mais, mulher. É um garoto, ora. Duas manchas roxas e uns arranhões não são nada. Agora, precisa ver como anda com a bicicleta.

Sorrio, ao imaginar. Luz e Flyn, quem poderia pensar?

Ainda lembro a primeira vez que se viram e a sapeca da minha sobrinha perguntou: "Por que não me fala em chinês?" Mas, para minha surpresa, logo se conheceram e se entendem muito bem. Tanto que Flyn exigiu ir para Jerez enquanto estivéssemos de lua de mel.

— E Raquel? — pergunto, para mudar de assunto.

— Tua irmã cansa minha paciência, filha.

Sorrio, comovida. Quando minha irmã voltou à Espanha, depois de meu casamento, decidiu passar uns tempos em Jerez com meu pai. Eu lhe ofereci a casa que Eric me deu, para que morasse lá com as meninas, mas nem meu pai nem ela aceitaram. Queriam ficar juntos.

— Espera aí, papai, o que está acontecendo com Raquel?

— Tua irmã... bom, tá me bagunçando a vida. Você acredita que ela se apossou do controle remoto? — Rio. — Estou cheio de ver programas de fofocas, telenovelas, amores de celebridades. Como pode gostar tanto dessas besteiras?

Nem sei o que responder, mas ele continua:

— E fique avisada: disse que quando vocês voltarem pra pegar o Flyn, vai falar com Eric pra que ele lhe arrume um emprego. Segundo ela, tem que começar sua vida de novo e sem trabalhar é impossível. E, pra completar, tem os telefonemas de José.

— José?! O que esse imbecil quer agora?

— Segundo tua irmã, só ver como estão as meninas e falar com ela.

— Você acha que ela quer voltar pra ele?

Ouço meu pai respirar fundo. Finalmente responde:

— Não. Graças a Deus isso ela tem bem claro.

Não acho graça nenhuma desses telefonemas. O imbecil do meu ex-cunhado abandonou minha irmã quando ela estava grávida, para viver na gandaia. Só espero que Raquel seja esperta e não se deixe levar na conversa por esse lobo em pele de cordeiro.

Tentando não falar mais desse assunto, que sei que preocupa meu pai, dou minha opinião:

— Quanto a isso de trabalhar, papai, sinto muito, mas ela tem razão.

— Pense bem, moreninha. Com o que eu ganho posso manter Raquel e as meninas. Por que ela quer trabalhar?

Como posso entender minha irmã e também meu pai, digo:

— Olha, papai, tenho certeza de que Raquel é muito feliz com você e te agradece tudo o que você pode fazer por ela. Mas sua intenção não é ficar em Jerez, você sabe. Quando falamos, ela te disse que seria algo provisório e...

— Mas o que ela vai fazer sozinha em Madri com as meninas? Aqui estaria comigo, eu tomaria conta dela e saberia que as três estão bem.

Sem poder evitar, sorrio. Como Eric, meu pai é superprotetor, e tento explicar, conciliadora:

— Papai... Raquel tem que retomar sua vida. E se ficar aí contigo, em Jerez, vai demorar mais ainda pra conseguir. Você entende, né?

Meu pai é a melhor e mais generosa das pessoas, e eu o entendo. Mas também compreendo minha irmã. Ela quer seguir em frente e, conhecendo-a, sei que conseguirá. Agora, claro, espero que não com José.

Quarenta e cinco minutos mais tarde, depois de me despedir de meu pai, como à beça no bufê livre. É tudo supergostoso, e fico pra lá de satisfeita. Por fim, com meu biquíni verde-fosforescente — que me deixa mais morena — , vou para a praia e procuro uma espreguiçadeira com guarda-sol. Quando vejo uma, me deito.

Adoro o sol!

Pego meu iPod, boto os fones para ouvir meu amado Pablo Alborán cantar:

Si un mar separa continentes, cien mares nos separan a los dos.
Si yo pudiera ser valiente, sabría declararte mi amor...
que en esta canción derrite mi voz.
Así es como yo traduzco el corazón.
Me llaman loco, por no ver lo poco que dicen que me das.
Me llaman loco, por rogarle a la luna detrás del cristal.
Me llaman loco, si me equivoco y te nombro sin querer.
Me llaman loco, por dejar tu recuerdo quemarme la piel.
Loco... loco... loco... locoooooooooooooo.

Cantarolo, enquanto olho as ondas.

Que música maravilhosa para ouvir contemplando o mar.

Curtindo esse momento feliz, abro meu livro e sorrio. Às vezes, sou capaz de ler e cantarolar. Coisa estranha, mas eu posso fazer isso. Porém, vinte minutos mais tarde, quando Pablo canta *La vie en rose*, minhas pálpebras pesam e a maravilhosa brisa me faz fechar o livro. Sem me dar conta, pego num sono profundo. Não sei quanto tempo dormi, quando ouço de repente:

— Senhorita, senhorita!

Abro os olhos. O que está acontecendo?

Sem entender nada, tiro os fones, e um garçom com um sorriso encantador me estende uma margarita e diz:

— Da parte daquele senhor de camisa azul que está no balcão.

Sorrio. Eric voltou.

Sedenta, tomo um trago. Sensacional! Mas quando olho para o balcão com um sorriso mais que encantador e sensual, fico petrificada ao ver que não é Eric que me mandou o coquetel.

Nossa, que situação!

O senhor da camisa azul é um homem de uns quarenta anos, alto, de cabelo escuro e com uma sunga listrada. Ao perceber que o olho, sorri, e eu quero que a terra me trague.

E o que faço agora? Cuspo a bebida?

Mas não é o caso de fazer nada disso. Agradeço como posso, paro de olhar para ele e abro o livro. Mas com o canto do olho, observo que ele sorri, senta num dos bancos em frente ao balcão e continua bebendo.

Durante mais de meia hora, me dedico a ler, mas na realidade não registro nada. O homem está me deixando histérica. Não se mexe, mas não deixa de me olhar. Por fim, fecho o livro, tiro os óculos escuros e decido dar um mergulho.

A água está fresquinha, sensacional. Ando uns metros, até ficar com ela pela cintura. Furo a primeira onda como uma sereia e depois começo a nadar.

Minha nossa, que sensação maravilhosa.

Cansada de nadar, fico boiando. Estou quase tirando a parte de cima do biquíni, mas desisto. Algo me diz que o homem do balcão continua me olhando e poderia tomar isso como um convite.

— Oi.

Surpresa ao ouvir uma voz tão perto, me assusto e quase me afogo. Rapidamente umas mãos desconhecidas me seguram e, quando consigo ficar de pé, me soltam. Limpando o rosto e a boca, pestanejo ao ver que se trata do homem que está me paquerando há mais de uma hora e pergunto:

— O que você quer?

Ele, com um sorriso gozador, responde:

— Em primeiro lugar, que você não se afogue. Sinto muito ter te assustado. Só quero conversar, linda senhorita.

Não dá para não sorrir. Sou mesmo uma boboca risonha. Seu sotaque mexicano é muito doce. Mas, me recompondo, me afasto um pouco dele.

— Olha, cara, muito obrigada pela bebida, mas sou casada e não quero conversar com você, nem com ninguém, certo?

Ele concorda e pergunta:

— Recém-casada?

Estou a ponto de mandá-lo passear. O que ele tem a ver com isso?

— Eu disse que sou casada, ok? Então, você poderia fazer a gentileza de me deixar em paz antes que eu me chateie e que você se arrependa? Ah, antes que insista, aviso que posso me transformar de *linda senhorita* numa verdadeira fera. Enfim, dê o fora e não me tire do sério!

O homem concorda e, ao se afastar, ouço que diz:

— Minha nossa, que mulher!

Sem tirar o olho dele, vejo que sai da água e vai direto para o bar. Pega uma toalha vermelha, seca o rosto e vai embora. Feliz da vida, sorrio e nado até a praia. Sento na areia e começo a fazer isso que tanto gosto: coloco areia nas pernas.

Pensativa, estou pegando mais areia molhada para deixar cair em minha pele, quando vejo que alguém se senta ao meu lado. É uma menina.

Alegre, sorrio. A menina me pede, me estendendo um baldinho:

— Brinca comigo?

Incapaz de dizer não, concordo e, enquanto encho o balde de areia, pergunto:

— Qual é o teu nome?

Ela, com um sorriso lindo, me olha e responde:

— Angelly. E o teu?

— Judith.

A menina sorri.

— Tenho seis anos. E você?

Puxa, outra perguntadeira como minha querida Luz. Com um sorriso, remexo o cabelo dela e, pegando o balde, sugiro:

— Vamos fazer um castelo?

Maravilhada, começo a brincar enquanto o sol me seca. Estou ficando cada vez mais bronzeada. Como diria meu pai, estou virando cigana!

Uma hora mais tarde, a garotinha vai embora com os pais. Quando volto para minha espreguiçadeira, na mesma hora um rapaz mais jovem que eu se aproxima e, sentando-se na areia, diz em inglês:

— Oi. Meu nome é Georg. Está sozinha?

Sem poder evitar, começo a rir. Como se paquera aqui!

— Oi. Meu nome é Judith e não estou sozinha, não.

— Espanhola?

— Sim. Com certeza você gosta de *paella* e sangria, né?

— Sim, claro. Como sabia?

Achando graça, sorrio. Esse sotaque tão característico eu conheço bem.

— Alemão, né?

Boquiaberto, me olha.

— Como sabe?

Tenho vontade de lhe dizer coisas como "Frankfurt!, Audi!", mas respondo com ironia:

— Conheço um pouco os alemães e seu sotaque.

Dito isso, começo a passar o bronzeador, quando ele pergunta:

— Quer que eu passe?

Paro. Olho para ele de cima a baixo e digo:

— Não, obrigada. Eu passo muito bem sozinha.

Georg concorda. Puxa conversa.

— Passei a manhã te observando e ninguém sentou com você, fora eu. Tem certeza que não está sozinha?

— Já te respondi.

— Vi que brincou com uma menina e deu o fora num cara.

Incrível, esse garoto estava me observando o tempo todo?

— Olha, Georg, não quero ser antipática, mas pode me dizer a troco de que está me observando?

— Não tenho nada melhor pra fazer. Estou de férias com meus pais e estou entediado. Posso te convidar pra uma bebida?

— Não, obrigada.

— Tem certeza?

— Absoluta, Georg.

Acho graça de sua insistência e sua juventude. Justo então toca meu celular. Uma mensagem.

Paquerando, senhora Zimmerman?

Rapidamente me viro. Olho ao redor e vejo Eric. Ele me observa do bar.

Sorrio para ele, mas ele continua sério. Ai, ai, ai, ai.

Por seu olhar, sei que deve estar pensando no que esse desconhecido faz ao meu lado. E eu, disposta a acabar com a situação, olho o rapaz e lhe digo:

— Tá vendo aquele homem alto e loiro nos olhando do bar?

— Aquele de cara azeda? — diz o rapaz, olhando na direção que meu dedo aponta.

Não dá para segurar uma gargalhada e concordo.

— Esse mesmo. Pois quero que saiba que é alemão como você.

— E daí?

— Daí que é meu marido. E pela cara dele acho que não está gostando que você esteja ao meu lado.

Seu rosto se contrai.

Pobrezinho!

Eric é mais alto e mais musculoso que ele. Com cara constrangida, Georg se levanta e murmura enquanto se afasta:

— Sinto muito. Desculpe. Já tô indo. Meus pais devem estar perguntando onde estou.

Alegre, sorrio enquanto ele se vai. Depois olho meu maridinho, mas ele não me sorri. Viro os olhos e lhe faço um sinal para que se aproxime. Não obedece. Faço um beicinho. Por fim vejo que sua boca se curva para cima.

Legalllll!

Insisto com o dedo de novo, mas ele não vem. Então decido ir eu. Se a montanha não vem a Maomé, Maomé vai à montanha.

Me levanto e então tenho uma ideia.

Com um sorriso maquiavélico, tiro a parte de cima do biquíni, que deixo na espreguiçadeira, e rebolo até meu marido, disposta a oferecer uma bela vista.

Estou ficando cada vez mais descarada!

Eric me olha, me olha e me olha. Ele me come com o olhar. E eu sinto uma excitação incrível com meu próprio descaramento, e meus mamilos se arrepiam.

Meu Deus, olha como ele me deixa ao me olhar assim.

Chego, fico na ponta dos pés, o beijo nos lábios e murmuro:

— Tava com saudade.

Lá de cima, sem se mexer, me olha. É meu valentão particular.

— Estava muito distraída falando com aquele garoto. Quem era?

— Georg.

— E quem é Georg?

Zombando de sua expressão franzida, respondo:

— Olha, querido, Georg é um rapaz que está de férias com os pais. Estava entediado e puxou conversa comigo. Não vai começar com isso de predadores.

Eric não diz nada, e eu me lembro do homem da camisa azul.

Minha nossa, se Eric chega a ver que o cara entrou na água comigo! Esse sim era um predador faminto. Uma coisa é Georg, um rapaz muito jovem, e outra coisa era o tipo que me pagou a margarita.

Depois de uns segundos em que Iceman me observa, e que eu estou a ponto de quebrar o pescoço de tanto olhar pra cima, por fim ele sorri:

— No quarto, no gelo, tenho algo com rótulo rosa.

Dou uma gargalhada e, sem mais, corro para minha espreguiçadeira. Pego minhas coisas apressada e volto de língua de fora e os seios à mostra. Eric me pega entre seus braços e, depois de me dar um beijo suave nos lábios, murmura:

— Vamos nos divertir, senhora Zimmerman.

Essa noite há uma festa no hotel. Depois de jantar, Eric e eu nos sentamos comodamente nos pufes espalhados para que as pessoas assistam ao espetáculo. O colorido das danças e o sabor mexicano estão presentes o tempo todo. Me divirto horrores enquanto canto:

Altanera, preciosa y orgullosa, no permite que la quieran consolar.
Dicen que alguien ya vino y se fue, dicen que pasa las noches llorando por él.
La Bikina tiene pena y dolor.
La Bikina no conoce el amor.

Surpreso, Eric me olha e sorri.

— Também conhece esta canção?

Digo que sim e me aproximo dele:

— Querido, fui a vários shows de Luis Miguel na Espanha e sei todas as músicas de cor!

Nos beijamos. Aproveitamos o momento, enquanto os *mariachis* cantam *La Bikina*. Quando eles acabam e soam novos acordes, um dos homens vestido de *charro*, o traje típico mexicano, me convida para dançar, como a outras turistas. Eu não me faço de rogada e aceito. Farra é comigo!

De mãos dadas com ele, chego à pista, onde os outros dançarinos e turistas fazem o que podem ao ritmo da música. Eu os imito, feliz da vida. Não tenho vergonha de dançar, pelo contrário, me divirto como uma louca, enquanto Eric me observa e sorri — parece tão descontraído, curtindo o que vê. E eu estou a ponto de explodir de felicidade.

De repente, numa das voltas da dança, meus olhos se encontram com os do homem que me pagou a margarita na praia e me seguiu até a água, hoje de manhã.

O da camisa azul!

Santo Deus, nem pense em me abordar outra vez, vai ser uma confusão daquelas.

Fico nervosa. Mas por quê?

Rapidamente, olho Eric, que me pisca um olho, e quando vejo que o desconhecido vai direto até ele e o cumprimenta, perco o equilíbrio. Se não é o dançarino, que me segura pela mão, teria caído de costas diante de todo o público do hotel.

A partir desse momento, meto os pés pelas mãos. Nem sei mais dançar.

Observo que Eric fala amavelmente com o homem e o convida a se sentar em meu pufe.

Meu pufe!

Uns minutos depois, a dança acaba e o bailarino me acompanha até minha mesa. Quando me deixa, olho Eric, que me dá um beijo e diz:

— Você dançou maravilhosamente bem.

Concordo, com um sorriso artificial, mas não consigo dizer nada, pois ele acrescenta:

— Querida, te apresento Juan Alberto, primo de Dexter. Juan Alberto, esta é minha linda esposa, Judith.

O homem, com um sorriso de gozação, me pega a mão e, sedutor, beija-a, dizendo:

— Judith, é um prazer te conhecer... enfim.

— Enfim? — pergunta Eric, surpreso.

Antes que eu diga qualquer coisa, Juan Alberto esclarece, brincando:

— Meu primo me falou muito bem dela.

Fico vermelha.

Santo Deus! Saaannntttooo Deus! O que Dexter terá contado?

Ao ver minha cara, Eric sorri. Sabe o que penso, quando Juan Alberto prossegue:

— Mas digo enfim porque, hoje de manhã, tentei conhecê-la. Mas, puxa, que gênio tem tua mulherzinha. Me enxotou a pontapés e me avisou que, se eu continuasse incomodando, teria sérios problemas com ela.

Eric cai na risada. Gostou de ouvir isso, mas, surpreso porque não lhe contei nada, me olha. Esclareço:

— Sei me defender sozinha dos predadores.

Juan Alberto dá uma risada:

— Sim, sim. Isso eu posso garantir, meu amigo. Até me deu medo.

Eric se senta no pufe, me puxa para seu colo e me abraça protetor. Com um sorriso irônico, pergunta:

— Este mexicano tentou te paquerar?

Eu sorrio, e o mexicano responde:

— Não, cara. Só tentava conhecer a mulher do meu amigo. Dexter me contou que vocês estavam neste hotel e, quando vi esta jovem tão linda, soube que era Judith.

Eric sorri. Juan Alberto também. Por fim, eu os imito. Está tudo esclarecido.

Nós três nos divertimos, enquanto bebemos deliciosas margaritas e a música toca agradavelmente no bar. Juan Alberto é tão divertido e espirituoso como Dexter. Inclusive fisicamente se parecem. Ambos são morenos e atraentes, mas, ao contrário do primo, não me olha com desejo.

Falamos, falamos e falamos. Fico sabendo que Juan Alberto nos acompanhará à Espanha e depois viajará pela Europa. É assessor de segurança e trabalha criando sistemas para empresas.

A conversa se alonga até as duas da madrugada, quando Juan Alberto nos olha com cumplicidade e diz, se levantando:

— Bom, vou dormir, pra que vocês possam se divertir.

Eu sorrio e Eric, me erguendo, pergunta, lhe estendendo a mão:

— Você vai no jantar que Dexter organizou na casa dele no México?

— Não sei — responde Juan Alberto. — Ele comentou comigo. Vou tentar. Se não puder, nos vemos no aeroporto, combinado?

Eric concorda. Juan Alberto se vai, depois de me dar dois beijos no rosto.

Já a sós, Eric aproxima a boca de meu pescoço e murmura:

— Gostei de saber que você soube se defender dos predadores.

Olho com carinho para ele.

— Não te falei, querido?

— Que acha de Juan Alberto?

Ao ver seu olhar, ergo uma sobrancelha:

— Em que sentido?

— Como homem. Acha sexy?

Sorrio. Acho que manjo o que ele quer saber.

— Só você me parece sexy.

— Mmmmm... Saber disso me excita — sussurra contra minha boca.

Nossos olhares se encontram. Estamos pertinho um do outro, e já sei o que Eric quer e o desejo. Sua respiração se acelera. A minha também.

Como somos!

Sorrimos. De repente, sinto a mão de Eric sob minha saia longa e, excitada, pergunto:

— O que você está fazendo?

Eric — meu Eric — sorri perigosamente. Num fiozinho de voz, digo:

— Aqui?

Concorda. Está brincalhão. E eu me excito mais ainda.

Quer me masturbar ali?

As pessoas ao nosso redor riem, se divertem e bebem margaritas, enquanto ouvem as ondas e a música. Estou de costas para todo mundo, sentada no pufe diante do meu amor. Sinto que a mão dele chega na minha coxa. Traça pequenos círculos e logo alcança a calcinha.

— Eric...

— Psiu.

Sorrio, toda nervosa.

Minha nossa!

Disfarçando, olho para os lados. Cada um na sua, ninguém presta atenção na gente. Eric, aproximando-se mais de mim, cochicha brincalhão:

— Ninguém está olhando, pequena.

— Eric...

— Calminha.

Afasta o tecido fino da calcinha, e rapidamente um de seus dedos brinca com meu clitóris. Fecho os olhos, e minha respiração fica mais profunda.

Minha nossa, eu adoro isso.

A sensação de proibido me excita. Me excita muito. Quando Eric mete em mim um de seus dedos, fico ofegante. Ao abrir os olhos, me deparo com seu sorriso sensual.

— Gosta?

Aceno que sim, como um bonequinho, enquanto meu estômago se desfaz em mil pedacinhos de prazer.

Não quero que Eric pare.

Ele sorri enquanto seu dedo brinca dentro de mim e as pessoas, alheias ao nosso excitante joguinho, se divertem ao redor.

Que sem-vergonha ele é!

Mas eu gosto, eu gosto, eu gosto. Então quero participar, sorrio e me mexo em busca de mais profundidade e prazer.

Minha expressão de safada faz Eric arquejar.

Sim...

Eu o deixo louco.

Sim...

E aproximando sua boca da minha, sussurra, extremamente excitado:

— Não se mexa se não quer que percebam.

Deus, santo Deus, que tesãooooooo...

Vou ter um troço!

Como não vou me mexer?

Sua maneira de me tocar faz com que eu queira mais e mais. Quando minha cara demonstra o que penso, Eric retira sua mão debaixo de minha saia, se levanta, me pega e diz:

— Vamos.

Excitada, nervosa, ávida, eu o sigo. Posso segui-lo ao fim do mundo!

Me surpreendo ao ver que não vai na direção do nosso quarto e sim na da praia. Quando as luzes do bar deixam de nos iluminar e a escuridão da noite e a brisa nos envolvem, meu amor me beija com desespero.

Ansiosa para tocá-lo, desabotoo a camisa de meu marido e me delicio com seu corpo. É suave, musculoso e ardente.

Eu o acaricio. Ele me acaricia.

A excitação de nossos corpos cresce a cada segundo.

Entre beijos e carícias, chegamos à barraquinha onde de manhã preparam umas margaritas sensacionais. Agora está fechada. Mas Eric quer brincar. Com pressa, abre a camisa que uso amarrada na cintura. Quando meus seios ficam à mostra, ele diz:

— É isto o que eu quero...

Como um lobo faminto, se ajoelha e me beija os mamilos. Primeiro um, depois o outro. A camisa cai no chão, e fico apenas com a saia longa. Excitada, olho para o bar, onde as pessoas continuam se divertindo. Estão a uns cem metros, mas sem me importar com quem possa nos ver, agarro o cabelo de Eric e murmuro, levando meu seio direito a sua boca:

— Saboreie.

Entusiasmado, ele acaricia meu seio, enquanto suas mãos percorrem minhas pernas e erguem minha saia, lenta e pausadamente. Quando meu mamilo está arrepiado, sem necessidade de que eu peça, Eric se dedica ao outro, enquanto sussurro:

— Sim, sim, é assim que eu gosto...

Enlouquecido, suas mãos apertam meu traseiro, e ouço o tecido de minha calcinha se rasgando. Quando olho Eric, ele diz caçoando:

— Isso não faz falta.

Dou uma gargalhada, mas quando, com um puxão, Eric me baixa a saia até o chão e fico nua na barraquinha, meu riso fica nervoso.

Estou a poucos passos dos turistas do hotel, nua, com a calcinha rasgada, mas com vontade de me divertir. Nesse instante, ouvimos um riso de mulher perto de nós. Eric e eu olhamos e descobrimos que no outro lado da barraquinha estão uma mulher e um homem na mesma situação que a gente.

Não dizemos nada. Nem é preciso. Sem nos aproximarmos uns dos outros, cada casal continua em sua excitante atividade.

A presença deles nos estimula muito.

Eric me beija. Deseja minha boca como eu preciso da dele. Suas mãos agarram e sobem meus pulsos por cima da cabeça. Seu corpo esmaga o meu contra a parede da barraquinha, e noto sua ereção pressionando minha barriga. Isso mexe mais ainda comigo.

Duro. Incansável. Eu o quero dentro de mim, ele sussurra:

— Você me deixa louco.

Sorrio e fecho os olhos. Sou imensamente feliz.

De repente, o gemido da mulher nos faz olhar de novo. Ela agora está no chão, de quatro, e seu companheiro a penetra por trás, sem parar.

Sem conseguir afastar os olhos desse espetáculo, observo a expressão da mulher. Sua boca, seu rosto, seu olhar extasiado me mostram todo o prazer que ela sente, e me excito mais ainda.

Gosto de olhar.

Olhar me excita.

Olhar me faz querer jogar.

— Gosta do que vê? — pergunta Eric ao meu ouvido.

A pergunta me faz lembrar nossa primeira visita ao Moroccio, aquele restaurante tão especial em que ele me levou em Madri. Sorrio com a lembrança de minha cara de horror naquele dia e suspiro ao imaginar minha cara neste momento. Tudo é diferente. Graças a Eric minha percepção do sexo mudou e, na minha opinião, para melhor.

Agora sou uma mulher que aproveita o sexo. Que fala de sexo. Que brinca com o sexo e que já não o vê como tabu.

Aceno que sim. A voz de Eric, carregada de erotismo, e o espetáculo a que assistimos são excitantes como poucos. E então a mulher geme cada vez mais alto e os movimentos de seu parceiro são mais duros e certeiros.

Não posso desviar o olhar: Eric solta o cordão da calça de linho e a tira. Com rapidez, me vira e me diz ao ouvido:

— Agora quero ouvir você gemer.

Sem mais, me separa as pernas e, depois de passar o pênis entre minhas nádegas, baixa-o até meu sexo e, após uns segundos em que me deixa impaciente, me penetra.

Oh, sim, sim!

Ele é certeiro e vigoroso. Como nós dois gostamos. Seu pênis — duro mas suave — entra totalmente em mim. Minha vagina, deliciada de recebê-lo, o prende, o aperta.

O prazer é enorme.

A excitação me mata.

Estou ofegante, e meu amor, meu amante, meu alemão me agarra possessivo pela cintura, ansioso pelo prazer, enquanto me preenche, me arrancando gemidos que nos deixam loucos.

Olho para a direita. Os que antes gemiam nos observam. Agora sou eu que mostra à outra mulher o tamanho do meu prazer.

Sim, sim, quero mostrar para ela.

Quero que saiba o quanto gozo.

Eric com sua altura e força me levanta um pouco do chão umas duas vezes, e eu me agarro na madeira da barraquinha, à espera de que ele entre e saia de mim outra vez. Gosto do modo que me possui.

Eric continua, sem parar. Eu adoro. Ele adora. Os desconhecidos também, até que minhas forças se vão, meu corpo se desmancha de prazer e chego ao orgasmo com um gemido delicioso. Eric goza um instante depois, com um gemido rouco.

Ficamos quietos por uns instantes, sem nos mexer. Estamos esgotados. Até que um movimento nos faz voltar à realidade: o outro casal se veste e, após nos acenar um tchau, se vai.

Eric, ainda me abraçando, sai de dentro de mim. Beija minhas costelas e, quando vê que me encolho, me vira e diz, me puxando entre seus braços:

— Que acha de um banhozinho de mar?

Sim, claro! Com ele tudo me parece ótimo e, sem hesitar, aceito.

Adoro sentir Eric tão natural. Nem um pouco tenso. Nem um pouco sério.

Nus, felizes, de mãos dadas, corremos até a praia e mergulhamos. Quando nossas cabeças reaparecem, meu amor me abraça e, depois de me beijar, diz:

— A cada dia estou mais louco por você, senhora Zimmerman.

Sorrio.

Não é para sorrir? Para babar, gritar de felicidade. Que marido sensacional eu tenho!

Envolvo seu corpo com as pernas e, quando noto que seu pênis começa a crescer de novo, com expressão divertida olho meu insaciável, fogoso e excitante marido, e sussurro:

— Peça-me o que quiser.

6

Depois de vinte dias em nosso paraíso particular, onde tudo era mágico e divertido, quando chegamos a Cidade do México, olho surpresa pela janela do carro as ruas entupidas de gente. Eric fala pelo celular com sua habitual expressão séria, enquanto o motorista dirige a limusine espetacular.

Ao chegar a um edifício dos mais modernos, um homem uniformizado nos abre a porta. Cumprimenta Eric e rapidamente chama o elevador. No décimo oitavo andar, quando as portas se abrem, Dexter vem ao nosso encontro. Seu sorriso caloroso mostra como está alegre com nossa visita.

— Olha só, lindo e bronzeado chega o casalzinho. — Sorrimos, e o mexicano, me pegando as mãos, diz: — Deusa, que alegria ver você de novo.

— E eu? — protesta Eric.

Dexter toca o punho de Eric com o seu e, cúmplice, diz:

— Desculpe, cara, mas gosto mais da tua mulher que de você.

Achando graça, me aproximo dele e me abaixo, pois ele está na sua cadeira de rodas. Dou dois beijos em suas bochechas. Dexter, depois das demonstrações de felicidade com nossa chegada, nos apresenta uma mulher que está a seu lado:

— Graciela, minha assistente pessoal. Eric você já conhece.

— Bem-vindo, senhor Zimmerman — diz a morena.

Eric lhe dá a mão e, com um sorriso caloroso, responde:

— É um prazer ver você de novo, Graciela. Tudo bem com este chato?

A jovem de cabelo escuro olha Dexter com um sorriso tímido e murmura:

— Agora mesmo, tudo perfeito, senhor.

Dexter, animado, me olha:

— Judith é a mulher de Eric e passaram pra nos visitar na volta da lua de mel.

— Prazer, senhora Zimmerman, e parabéns pelo casamento — me cumprimenta a moça.

— Por favor — digo rapidamente, enquanto estico a minissaia —, me chame de Judith, ok?

A jovem olha Dexter, ele concorda, mas intervenho:

— Não olhe pra ele nem pro meu marido. Não é preciso o consentimento deles pra me chamar pelo meu nome, combinado?

Sorrio. Ela sorri. E Eric conclui:

— Já sabe, Graciela, chame-a de Judith.

— Combinado, senhor Zimmerman. — A moça sorri de novo. — Muito prazer, Judith.

Ambas sorrimos, e isso me tranquiliza.

Que me chamem o tempo todo de senhora, ou senhora Zimmerman, não é uma coisa que me tire do sério. É pior. Me sinto uma coroa cafona.

Esclarecido isso, observo Graciela e deduzo que deve ter poucos anos mais que eu. Tem uma aparência delicada e, na minha opinião, é bonita. Cabelo escuro, olhos cativantes e uma doçura que relaxa. Agora, a moda não é seu forte. Se veste de um jeito antiquado para alguém da minha idade.

Por fim, entramos numa sala muito clara e sem obstáculos, para que Dexter possa se mover sem problemas com a cadeira de rodas.

Durante uma hora, nós quatro conversamos cordialmente e lembramos o casamento. Dexter pergunta por minha irmã e, quando fala dela pela quarta vez, olho para ele e aviso:

— Nem chegue perto de minha irmã, Dexter.

Eric e ele caem na risada. De certo modo, eu entendo. Não quero nem pensar no que aconteceria se Dexter tivesse um encontro com minha irmã e lhe propusesse alguma de suas coisas. Com certeza levaria um bofetão. Rio só de pensar nisso.

Eric, que lê meus pensamentos, ao ver minha expressão risonha, diz:

— Calma, Jud. Dexter sabe muito bem com quem deve ou não sair.

Aceno que sim. Quero que isso fique claro, quando o sacana do Dexter pergunta:

— Deusa, com ciuminhos de tua linda irmã?

Achando engraçado, olho para ele.

Eu, com ciúmes de minha irmã? Só faltava essa! Eu adoro Raquel!

Melhor deixar isso bem claro:

— Não. Simplesmente cuido dela.

Dexter sorri.

— Você é muito lindinha, minha querida Judith.

— Obrigada, lindinho — zombo. — Mas, por tua integridade física, deixe minha irmã pra lá. Quem avisa amigo é. Lembre disso.

Nós três rimos — todos sabemos a que me refiro. Mas de repente me dou conta de que Graciela está séria. Não sorri e olha para o chão, os olhos momentaneamente cheios de lágrimas. Depois de respirar fundo duas vezes, levanta a cabeça de novo, e seus olhos voltam ao normal.

Puxa, que capacidade de recuperação. E que interessante o que acabo de intuir!

Viva o sexto sentido das mulheres!

Bastaram uns minutos com Graciela para me dar conta de que está caidinha por Dexter. Pobrezinha. Até sinto pena.

Instantes depois, a jovem se despede e sai.

Quando ficamos os três na sala enorme, Dexter pergunta como nos trataram no hotel durante a lua de mel. Meu amor me olha, e eu sorrio como uma boba.

Tudo foi fantástico. A melhor viagem de minha vida. Eric me adora como nunca pensei que um homem pudesse me adorar, e eu estou completamente apaixonada por ele.

Entre risadas e cochichos, Dexter nos pergunta se rolou algum joguinho em nossa lua de mel. Respondo que brincamos muito, muito, mas a brincadeira foi apenas entre mim e meu marido.

Santo Deus, só de lembrar acho que vou ter um troço.

O hotel...

A cama...

Seus olhos, suas mãos...

Aquelas conversas picantes e excitantes...

Ao me ouvir e, principalmente ao ver minha cara, Eric sorri. Segundo ele, minha expressão transmite com clareza o que penso e com certeza adivinhou meus pensamentos. Ao ver nossa troca de olhares, Dexter, gozador como sempre, me pisca um olho e murmura, olhando minhas pernas bronzeadas:

— Quando quiser brincar, Deusa, sabe que estou pronto.

Isso me excita mais ainda.

As brincadeiras com Dexter são ardentes e excitantes. Ao ver a expressão de Eric, sorrio. Meu marido sempre está disposto. Mas nossa conversa picante é interrompida por um telefone tocando. Segundos depois, Graciela entra com ele na mão.

Dexter atende. Eric se aproxima de mim e comenta:

— Parece agitada, querida, o que há?

Que sem-vergonha é esse cara.

Sem poder evitar, sorrio. Mas antes que eu possa responder, Eric passa uma das mãos pelas minhas pernas e murmura em tom meloso:

— Se você quiser, eu estou disposto...

Uau, que calor! Que calorão!

Sei a que se refere e fico pra morrer!

Sexo!

Como sempre que a ocasião se apresenta, meu estômago se contrai e minha vagina fica molhada em segundos. No fim das contas, Eric pode ter razão, estou me transformando numa pervertida.

Minha nossa!

Quem diria que eu ia adorar esse jogo?

Realmente, estou ficando viciada em sexo.

Uma coisa é certa, eu gosto. Meu desejo cresce num instante, e só de ver como me olha meu recém-estreado maridinho, já fico a mil.

Meu amor sorri. Eu também. E decidida a me divertir, sussurro com sensualidade, sem que Graciela me ouça:

— Rasgue minha calcinha.

Santo Deus, eu falei isso?

O olhar azulado de meu Iceman de repente se torna intenso e excitado.

Uau! De uma hora pra outra estou frenética. E, pelo modo que Eric me olha, sei, está a mil por hora também.

Minha ousadia e minha entrega o deixam louco. Sorrio do modo como sei que faz seu sangue ferver. Brincalhão, ele murmura algo que os mexicanos dizem muito:

— Gostosa!

Quando Dexter termina a ligação e Graciela vai embora, Eric diz:

— Dexter, a que horas chegam os convidados pro jantar?

Seus olhares se encontram, e sei que se entenderam perfeitamente. Puxa, esses dois!

— Faltam três horas — responde, todo animado.

Eu sorrio. Dexter levanta as sobrancelhas e, com cumplicidade, depois de passear seus olhos desavergonhados por meus mamilos, pergunta:

— Que acham se a gente for pra um lugar mais íntimo?

Tum... Tum... Meu coração sai pela boca. Sexo!

Me levanto, nervosa. Eric pega com força minha mão. Gosto dessa sensação. Seguimos Dexter, e me surpreendo quando vejo que entramos em seu escritório. Eu achava que íamos a um quarto.

Eric fecha a porta, e fico boquiaberta quando o mexicano aperta um botão na estante e esta se desloca para a direita. Devo ter feito uma cara e tanto, porque Dexter diz:

— Bem-vinda, Deusa, ao quarto do prazer.

Sem soltar minha mão, Eric me guia. Entramos nesse lugar escuro e, quando a estante se fecha atrás de nós, uma luz tênue e amarelada se acende.

Tesão em estado puro.

Meus olhos se adaptam à penumbra, e vejo um espaço de uns trinta metros com uma cama, uma *jacuzzi*, uma mesa redonda, uma cruz na parede, um gaveteiro e várias coisas penduradas. Chego perto e vejo que são cordas e brinquedos sexuais. Sadomasoquismo! Não quero nada disso.

Deve estar escrito na minha cara, pois Eric me pergunta:

— Assustada?

Nego com a cabeça. Com ele nada me assusta. Sei que nunca permitiria que eu sofresse e menos ainda me deixaria fazer o que não quero.

Dexter se aproxima de um aparelho de som e bota um CD. Instantes depois, o quarto se inunda com uma música instrumental muito sensual. Excitante. Depois ele vai até a mesa redonda. Eric me dá um beijo de língua. Eu adoro, adoro e adoro, enquanto me beija enfia suas mãos em meu traseiro e aperta com prazer.

A excitação volta com tudo. Meu corpo reage ao seu contato em décimos de segundo.

Durante vários minutos nos beijamos e nos acariciamos. Sei que Dexter nos observa e se diverte. E quando estou completamente excitada, o gato do meu marido abandona minha boca e diz, sentando na cama:

— Tire a roupa, querida.

Os olhos dos dois homens me devoram, enquanto observo que nem Eric nem Dexter estão se despindo. Apenas me olham e esperam que eu faça o que me foi pedido.

Sem hesitar, desprendo o botão e abro o fecho de minha minissaia, que cai no chão.

Os dois fitam minha calcinha. Mas eu não a tiro.

Dexter faz um movimento com a mão. Entendo e, girando, lhes mostro meu traseiro.

— Mãezinha do céu — murmura o mexicano.

Quando os encaro de novo, tiro lentamente a camiseta de alcinhas, ficando apenas de calcinha e sutiã e os sapatos de salto alto. Eu conheço esses dois, sei que adoram que eu fique com os sapatos.

— Bote as mãos na cintura e separe um pouquinho as pernas — diz Dexter.

Obedeço, enquanto minha respiração se acelera.

— Acaricie os seios — diz Eric.

Com sensualidade, levo as mãos aos seios e, por cima do sutiã, aperto-os e massageio. Eric e Dexter percorrem meu corpo todo com o olhar, e eu ardo de desejo.

Estou sendo observada por dois homens que querem me comer.

Estou sendo observada por dois homens que querem me saborear.

Estou sendo observada e quero que me observem, porque isso me excita.

Minha respiração se acelera. Desejo que me toquem. Dexter se aproxima e, sem se mexer, murmura:

— Ainda me lembro de como aquela mulher, na Alemanha, usufruía de teu corpo e você gemia. Foi um espetáculo. Não vejo a hora de ver de novo.

Lembrar disso me deixa ofegante. Gosto de Diana, a alemã de que Dexter fala. O modo como me possuiu foi tão avassalador que pensar nela me deixa mais molhada.

Eric sabe. Saber o excita.

Nós falamos disso em nossa lua de mel, e ele está tão ansioso como eu para estar com ela outra vez. Agora, ao ver minha expressão, diz:

— Você vai ver, meu amigo. Sei que Jud quer repetir a dose.

Dexter concorda, ofegante. Depois se dirige a um lado do quarto onde há uma pequena geladeira e pega uma garrafa de água e um potinho com alguma coisa vermelha. Morro de curiosidade:

— Que tem nesse pote?

Dexter o destapa e mostra.

— Cerejas vermelhas. Adoro!

Sem mais, mete uma na boca. Mastiga e saboreia, murmurando:

— Hmmm, que doce.

Eric, ao ver minha expressão, sorri. Dexter, depois de largar a garrafa de água e o pote de cerejas na mesa, abre uma das gavetas da mesinha de cabeceira, tira uma caixa e um lenço, que entrega a Eric.

— Coloque.

Eric pega o lenço, se aproxima de mim e, depois de me olhar daquela forma que me deixa louca, me beija e o amarra sobre meus olhos. Meu mundo se torna escuro. Não vejo nada. Ouço Dexter pedir:

— Sente Jud na mesa.

Meu lindo me guia. Quando sento, as mãos de Dexter já estão em meus joelhos. Acaricia-os e diz:

— Deite, querida.

Mais uma vez obedeço.

A mesa é dura. Como não vejo nada, não sei onde Eric está, e isso me deixa um pouco aflita. Então, um dedo passeia por minha calcinha e me arrepio toda. Estou tomada de desejo, totalmente exposta a eles, enquanto ouço a cadeira de rodas dar voltas em torno da mesa.

— Deusa, teu cheiro a sexo me deixa louco. Mas quero que seja teu homem que tire tua calcinha pra mim e me convide a tomar de você tudo o que eu quiser.

Instantes depois, sinto a boca de Eric em meu umbigo. A reconheço. Ele me beija. Deixa uma trilha de beijos do meu umbigo até o começo de minha calcinha e acaricia minhas coxas com prazer. Só então a tira.

Agitada, a respiração ofegante, a boca seca, murmuro:

— Estou com sede.

No mesmo instante um cubinho de gelo percorre meus lábios. Abro a boca, para me refrescar. Eric, muito perto, diz:

— Dexter, convido você a tomar o que quiser de minha mulher.

— Obrigado, meu amigo. Será um enorme prazer.

Minha boca, úmida pelo gelo, seca em segundos quando de repente sinto água gelada entre as minhas pernas. Uma toalha suave me seca, e a voz de Eric murmura:

— Agora está pronta, meu amor.

O coração vai me sair pela boca. Estou terrivelmente excitada e, atrás do lenço, quero saber:

— Gosta do que vê?

Com delicadeza, Eric se inclina sobre mim na mesa, desprende meu sutiã e o tira. Depois de beijar meus seios, diz:

— Você me deixa louco, pequena.

Então, inteiramente nua sobre a mesa, sinto que Eric se afasta e Dexter se coloca entre minhas pernas. Pega-as, pondo-as sobre os ombros.

— Que banquete você me oferece, linda. Sensacional.

Estremeço. Sei o que vai acontecer e já começo a gemer. Sem parar, Dexter passeia sua mão por minha tatuagem e quando imagino que já a leu, murmura:

— Peço que se entregue a mim.

Enlouquecida por me sentir tão desejada, me mexo sobre a mesa à espera de que me chupe, quando de repente ele diz:

— Bote os pés no chão, se vire e deite na mesa.

Faço o que pede. Quando meu rosto toca a madeira e minha bunda fica exposta, ele me dá vários tapinhas.

— Avermelhada... assim... vermelhinha pra mim.

Minha bunda arde com os tapas. Sei que Eric olha e controla. De repente sinto que Dexter separa as minhas nádegas e diz, enquanto aplica gel em meu ânus:

— Hoje vamos brincar de outra coisa.

Outra coisa? De quê?

Estou a ponto de protestar, quando noto as mãos de Eric em meus ombros. Ele sussurra em meu ouvido, lentamente:

— Não se mexa.

Sua voz me acalma. Noto que Dexter introduz algo em meu ânus, enquanto, com a voz carregada de excitação, sussurra:

— Essas bolas anais vão aumentar teu prazer.... e o nosso. Já vai ver.

Deitada na mesa, deixo que introduza em mim as bolas, uma a uma. É excitante.

Santo Deus, como gosto de ser seu brinquedo!

Dexter se diverte com as bolas e meu ânus. A cada uma que introduz, me dá um tapinha na bunda, seguido de uma mordidinha terna e uma massagem. Sim, sim, gosto disso.

Quando ele termina, sinto meu ânus preenchido. É uma sensação estranha, mas gosto.

— Deusa, se vire outra vez e deite na mesa.

Obedeço, com o traseiro avermelhado, cheio de bolinhas, e os olhos vendados pelo lenço.

— Eric, posso chupar tua mulher agora?

Meu coração se acelera mais a cada segundo.

Eles são dois amantes libidinosos e experientes, estão me deixando louca sem quase terem me tocado. Abro a boca para respirar e solto um suspiro, quando ouço Eric dizer:

— Chupe o quanto quiser.

Não vejo seus olhos...

Não vejo seu olhar...

Não vejo sua expressão...

Mas imagino tudo, e o tom de sua voz reflete o prazer que sente neste momento. Respiro enlouquecida, e minha respiração ressoa pelo quarto todo.

Sim, sim, sim.

Não quero que parem.

Quero que se divirtam.

Quero que me chupem.

Quero que me fodam.

Dexter me abre as coxas. Totalmente exposta a ele, sinto que algo redondo e melado passeia por meu clitóris. Dexter diz:

— Cerejas vermelhas e Judith. Uma mistura maravilhosa e explosiva.

E, sem mais, noto como seus dentes aprisionam a cereja e começam a apertá-la contra mim. A firmeza suave da pele da fruta golpeia e desliza por meu clitóris, e eu gemo de prazer enquanto Dexter move a boca com habilidade. A cereja me excita e estimula em décimos de segundo. Noto que Dexter solta a fruta e ela escorrega por meu sexo, enquanto ele toca o clitóris com a língua para, logo a seguir, voltar a pegar a cereja e repetir tudo de novo.

Deus, santo Deus!

Meu corpo reage.

Gemo e enlouqueço quando a boca de Eric toma a minha.

Me beija...

Me saboreia...

Me deixa louca...

Enquanto isso, Dexter chupa meu clitóris inchado, e eu ergo o quadril, disposta a me oferecer toda.

— Assim, amor, assim — murmura Eric, ao notar minha entrega.

Durante vários minutos sou o manjar deles sem poder ver nada. Sei apenas que um se diverte entre minhas pernas e o outro na minha boca. Mas o melhor é que eu aproveito tudo.

Que maravilha!

De repente, Eric abandona minha boca. Levanto o pescoço em busca dele, mas não o encontro. Por causa do lenço, não o vejo.

Quero seus beijos...

Quero seu contato...

Quando sinto que jogam água de novo entre as minhas pernas, sei que a brincadeira vai mudar. Dexter se retira, e ouço a cadeira de rodas fazer a volta à mesa até parar onde está minha cabeça. Dexter pega minhas mãos e, depois de beijá-las, murmura:

— Agora vão te dar o que eu não posso.

As mãos de Eric me tocam. Eu as reconheço. Sorrio. Pegando minhas coxas com força, separa-as com vigor e me penetra de forma certeira.

Seu gemido másculo me deixa louca.

Minha respiração se acelera. Dexter solta minhas mãos. Eric me ergue da mesa e diz, retirando o lenço:

— Encaixe em mim.

Tremo...

Gemo...

Enlouqueço...

Enquanto isso, o homem que adoro me penetra sem parar, com força. E eu o olho nos olhos, sem que precise me pedir.

Meu Deus, o olhar dele!

Seus olhos me atravessam, me falam, dizem que me ama, enquanto Dexter me dá tapas na bunda, deixando-a vermelha, como ele gosta.

Então Eric me penetra mais forte e, nesse instante, Dexter puxa a cordinha das bolas anais. Tira uma e me dá um tapa. Surpresa, solto um grito. Isso os enlouquece.

Eric sorri e me agarra com força.

Nova penetração.

Novo puxão nas bolinhas e novo tapa.

Novo grito meu.

Uma a uma, as suaves bolinhas são retiradas, e eu me entrego, enlouquecida, enquanto Eric, que me segura entre seus braços, me olha e murmura:

— Assim, querida, assim. Olha para mim e aproveita.

Depois de tirar a última bolinha, Dexter vai para um lado, e Eric assume o controle. Caminha até a parede, me apoia nela e, me devorando a boca como só ele sabe fazer, me penetra uma vez, outra vez e outra e outra. Sua força me parte em duas, mas eu gosto. Suas mãos me apertam a bunda enquanto eu o recebo e me abro mais e mais.

Nosso prazer é imenso. Não quero que acabe. Quero que me coma eternamente. Seus gemidos roucos me enlouquecem. Quando acho que vamos explodir, soltamos juntos um gemido e, depois que volta a entrar em mim, chegamos ao orgasmo extasiados pelo prazer.

Esgotada, com Eric ainda dentro de mim, apoio a cabeça em seu pescoço. Adoro o cheiro dele. O contato. Fecho os olhos e o abraço mais forte. Meu amor também me abraça, e sei que sente tudo o que eu sinto.

Depois de uns instantes nossas respirações se normalizam e Eric pergunta ao meu ouvido, como sempre:

— Tudo bem?

Concordo e sorrio.

Eric caminha até a mesa e me deixa sobre ela. Quando se separa de mim, Dexter se aproxima, me pega uma das mãos e a beija.

— Obrigado, deusa.

Eu sorrio e, sem um pingo de vergonha pela minha nudez, pego na mesa a calcinha e a boto, ansiosa por uma chuveirada.

— Obrigada a você, lindinho.

Duas horas mais tarde, depois do banho no nosso quarto, meu lindo e eu nos vestimos para o jantar e voltamos para a sala, que já está transbordando de gente.

Não conheço ninguém, mas todos me cumprimentam com um grande sorriso. São a família e os amigos de Dexter. Eric conhece todo mundo, e me surpreende vê-lo de tão bom humor e feliz.

Claro, quando quer, o safado é um amor!

A família de Dexter é encantadora, seus pais maravilhosos. Pelo modo que tratam Eric, vê-se que gostam muito dele. E, quando ele me apresenta como sua mulher, me abraçam, me paparicam e me dizem coisas lindas com seu doce sotaque mexicano.

Em pouco tempo, todos vêm falar comigo, tios, primos e amigos de Dexter, de um modo que me faz sentir muito especial. Lembram meu pessoal de Jerez, íntimo e carinhoso. Sorrio ao ver que Eric pega no colo o bebê da irmã de Dexter e me olha.

Minha nossa, como me pinica o pescoço!

Ao ver que me coço, meu Iceman dá uma gargalhada. Também acho graça.

Lá pelas tantas, vejo uma cara conhecida, o primo de Dexter!

Com um sorriso supersimpático, Juan Alberto cumprimenta Eric, depois eles se aproximam de mim. Juan Alberto me pergunta:

— Posso te cumprimentar sem botar minha vida em perigo?

Sorrio.

Cada vez que me lembro das coisas que disse para o coitado naquele dia, sou obrigada a rir, mas gosto de ver que ele não levou a mal. Se fosse eu, esquentada como sou, com certeza ainda não ia querer papo com ele.

É uma reunião agradável, mas de repente noto Graciela, a assistente de Dexter. A jovem permanece num segundo plano. Nesse momento, a mãe de Dexter, Cristina, se aproxima de nós, pega o braço de seu sobrinho Juan Alberto, que chama carinhosamente de Juanal, e pergunta:

— É verdade que você vai com eles pra Espanha depois de amanhã?

— É, sim, tia.

— E vai por quê? Se se pode saber.

Juan Alberto sorri e responde com carinho:

— Quero visitar a Espanha e alguns países da Europa, pra ver se posso expandir meu negócio.

— Mas vai voltar logo, não? — ela insiste.

— Claro que sim, tia. Minha empresa está aqui e minha vida é no México.

A mulher acena com a cabeça. Não sei o que pensa, mas não parece muito convencida. Então ouço que Dexter diz animado:

— Eu também vou, mãezinha.

Rio. Não aguento com Dexter e suas caras malandrinhas.

— Então vai, seu sem-vergonha? Já passa metade da vida fora.

— Mãe, mãezinha linda, minha empresa é internacional, então preciso viajar muito. Mas desta vez, pra que você fique mais tranquila, Graciela vai me acompanhar.

O rosto da mulher se transforma. Sorri. E diz, empolgada:

— Ah, agora gostei de ver. Ela vai botar ordem nos teus horários.

Rio de novo.

Nem Deus bota Dexter nos eixos!

Quando acho que ela vai embora, ela me olha e diz:

— Querida, arrume uma boa mulherzinha pro meu sobrinho. Meu Juanal precisa de uma esposa bonita e carinhosa, que cuide dele, que o paparique.

— Aproveita, Judith, e arruma uma para mim também — zomba Dexter.

Sua mãe o olha e, diante de todos, baixa a voz:

— Se quisesse, você já a teria. Já disse mil vezes.

Dexter vira os olhos e, depois de olhar para Graciela, que segura no colo o filho da irmã de Dexter, murmura:

— Para com isso, mãezinha.

Juan Alberto olha a tia e, apontando duas amigas de Dexter que estão por perto, diz:

— Tia, o que eu menos preciso é de uma mulher. Agora que fiquei solteiro de novo, posso ter muitas e...

— Deixe pra lá essas fulanas fáceis e arrume uma mulher de verdade. É disso que você precisa! — E, se virando para mim: — Não sei o que acontece com essa juventude. Ninguém quer ter uma história tão bonita como você e Eric têm.

— É que Judith é um amor, Cristina — explica Eric, me agarrando pela cintura. — Mulheres como minha pequena não há muitas por aí. Com certeza. Por isso, quando a conheci, eu a amarrei ao meu lado, até que consegui que se casasse comigo.

Nossa!

Minha nossa!

Minha Nossa Senhora!

Gelou meu sangue. Que coisa mais bonita e romântica meu marido disse. Vou enchê-lo de beijos! Vou cobri-lo todinho de beijos!

Perdidamente apaixonada, apoio a cabeça no braço de Eric e respondo, ao ver a expressão de ternura da senhora:

— É lindo encontrar alguém especial. Eu tive a sorte de encontrar Eric.

Meu amor me aperta mais contra ele. E Cristina pergunta:

— Você não teria uma irmã pro meu Dexter, hein?

A gargalhada que Eric solta é tão monumental, que Dexter diz:

— Sim, mamãe, ela tem. Mas, segundo Judith, a irmã dela não é pra mim.

— É tão ruim assim?

Agora quem ri às gargalhadas sou eu.

— Não, Cristina. Pelo contrário, é boa e inocente demais pro teu filho.

Antes que me pergunte mais sobre minha irmã, Dexter leva sua mãe do meu lado. Todos nós sentamos à mesa para jantar.

Durante a noite, várias amigas de Dexter, com certeza umas periguetes, nos acompanham. São um tanto escandalosas para meu gosto e acho que para o gosto de Cristina também. A maneira que têm de se aproximar de Dexter ou de Juan Alberto não é a correta. Quando tentam isso com Eric, olho-as com a expressão "te arranco os olhos". E por fim se afastam. Eric sorri.

Depois do jantar, todos passamos ao salão, onde bebemos e conversamos. E, como costuma acontecer nessas festas familiares, no fim Dexter arruma um violão, que o pai pega e a mãe o acompanha e vai logo cantando uma rancheira.

Tenho certeza de que, se a festa fosse na Espanha, meu pai cantaria uma *música flamenca* com o Bichão.

São mesmo uns artistas!

Deslumbrada, escuto a mãe de Dexter. A voz dela me lembra a da tristemente desaparecida cantora espanhola Rocío Dúrcal.

Que força tinha essa mulher para cantar, fosse o que fosse!

Meu pai tem todos os discos dela. Sorrio ao lembrar como minha mãe os cantarolava. Que bela lembrança!

Quando a música acaba, aplaudo e não tenho vergonha de pedir que cante *Se nos deixam*. Eric me olha e eu sorrio. Oficialmente, é a canção de nossa lua de mel.

Cristina não hesita nem um segundo e Dexter canta junto com ela.

Santo Deus, que incrível! Que vozes lindas eles têm.

Sentada no colo de meu marido, que me segura com firmeza, ouço essa canção bonita, romântica e cheia de paixão. No fim, Eric me beija e murmura em meu ouvido:

— Eu te amo, pequena.

Depois de várias canções, me fazem cantar. Sou a espanhola!

Minha nossa, que festa vai ser.

Eric me olha e sorri. Sabe que, numa farra, sou um terremoto. Canto a Macarena, e todos morrem de rir. Eles conhecem a música!

Quando acabamos essa canção divertida, com suas respectivas dancinhas, o pai de Dexter, que sabe tocar muito bem o violão, toca uma rumbazinha. Eu, feliz da vida, começo a cantar e, no mais puro estilo Rosarillo Flores, toco o cabelo e boto para fora todo o meu lado artístico.

Viva a energia espanhola!

Quando acabo, Eric aplaude orgulhoso, e todos lhe dão parabéns pelo talento de sua mulherzinha.

Por fim, com todos mais calmos, presto atenção em Graciela. Segue Dexter pelo salão com o olhar. Me dá uma peninha. Sei o que é sofrer pelo seu chefe e não poder fazer nada.

Enquanto Eric fala com os pais de Dexter, decido dar uma voltinha pela festa e acabo ao lado de Graciela, que me olha e sorri, embora eu sinta algo que não percebi de manhã: ressentimento. Já quando olha para Dexter, é com verdadeira adoração.

Ai, que gracinha.

Isso me faz sorrir. Pergunto, me concentrando nela:

— Está há muito tempo trabalhando para Dexter?

A jovem me encara.

— Uns quatro anos.

Faço um gesto de concordância. Quatro anos é tempo demais para viver sem esperança. Fico curiosa:

— E como é Dexter como chefe?

De modo sedutor afasta o cabelo do rosto e diz, resignada:

— É um bom chefe. Procuro fazer com que se sinta bem em casa e não lhe falte nada.

Sorrio, percebendo que mesmo que ele fosse um tirano ela nunca me confessaria. Uma cólica me faz praguejar. Merda! Com certeza menstruei. Então, enquanto estou distraída com isso, a jovem continua em voz baixa:

— Às vezes é meio complicado. Mas hoje, com sua visita e esta festa, ele está muito feliz. Gosta muito de vocês.

Seu sorriso, sua expressão, seu olhar me dizem que é uma boa moça. Tentando me aproximar para ficarmos amigas, comento:

— Sabe? Eric também era meu chefe e se comportava como você diz que Dexter se comporta.

Isso a surpreende e me pergunta, muito atenta:

— O senhor Zimmerman era teu chefe?

— Sim. Mas eu trabalhava no escritório dele, não em sua casa.

Sua atitude muda. De repente me vê como uma igual.

— Então fico ainda mais alegre que seu amor tenha virado realidade. Que bacana!

— Obrigada, Graciela.

Eric e Dexter nos olham. Sei que cochicham. Eu sorrio e Graciela fica vermelha. Gostaria de perguntar muitas coisas a ela, mas me contenho. Não quero ser uma fofoqueira como minha irmã, ou nem mesmo eu me perdoaria. Por isso, para não ser intrometida, é melhor me afastar:

— Preciso ir ao banheiro. Onde fica?

— Vou com você — diz Graciela. Num corredor amplo, ela abre uma porta. — Espero aqui, pra voltarmos juntas, tá bem?

Concordo e entro no banheiro. Mas que droga, fiquei menstruada. Abro a porta e peço:

— Graciela, poderia me arrumar um absorvente?

— Agorinha mesmo. Já volto.

A jovem desaparece. Fico no banheiro, com raiva por ter ficado menstruada e, quando Graciela volta com o absorvente, sorrio. Por ora, não sinto dor, mas tenho certeza de que daqui a pouco estarei me contorcendo.

Quando saio do banheiro, ela me olha. Conheço esse olhar. Sei que deseja alguma coisa e pergunto de uma vez:

— Você quer perguntar alguma coisa, né?

Ela concorda. Querendo tirar suas dúvidas, insisto:

— Vamos, pergunte.

Olha para os lados e abaixa a voz, vermelha como um tomate:

— Dexter vai muito pra Alemanha. Tem alguém especial lá?

Coitadinha. Agora entendo melhor sua angústia. Desejando abraçá-la, digo:

— Se você se refere a uma mulher, não. Não há nenhuma em especial.

Sua expressão muda. Minha resposta a faz sorrir. Segurando-a por um braço, resolvo deixar de meias palavras. Empurro a moça para o banheiro e fecho a porta:

— Só precisei de umas horas pra me dar conta de que você gosta muito de Dexter.

— Tá tão na cara assim?

— Intuição feminina, Graciela. Poucas vezes falha. Você sabe, nós, mulheres, somos um pouco bruxas.

Sorrimos. Sabemos que temos nosso sexto sentido.

— Quanto a tua pergunta, posso dizer que na Alemanha não há ninguém especial. Sei de fonte segura.

Ela concorda, vermelha até não poder mais. Tirei um grande peso de cima dela. Mas, sem poder evitar, digo:

— Ele sabe?

Encolhe os ombros, envergonhada.

— Não sei. Às vezes penso que sim, pelo modo como me trata, mas outras horas, sinceramente, acho que nem sabe que eu existo. Gostei dele desde o primeiro momento, quando o vi jogado numa cama. Prestei atenção nele porque me lembrou um cantor mexicano chamado Alejandro Fernández. Conhece?

— Ui, claro. É um pedaço de mau caminho.

Felizes pela nossa cumplicidade, ela continua:

— Eu trabalhava como enfermeira no hospital. Quando sua família me propôs esse trabalho, não hesitei. Era uma maneira de continuar perto dele. Foi amor à primeira vista. — Sorri. — Mas acho que nunca se interessou por mim. Me trata bem, não deixa me faltar nada, mas é só.

Surpresa com o profissionalismo de Dexter, pergunto:

— Nunca se insinuou para você?

— Não.

— Nem um pouquinho?

— Não.

— De jeito nenhum?

— De jeito nenhum. E olha que até tentei.

Caio na risada. Não imagino Dexter deixando passar uma oportunidade dessas.

— Não sou de pedra, Judith, e tenho minhas necessidades. Mas está na cara que ele não me acha uma mulher atraente. Não existo.

O tom doce de sua voz me toca o coração.

— Você não é mexicana, né?

Ela sorri.

— Nasci no Chile. Em Concepción, especificamente. Um lugar maravilhoso. Mas trabalho há muitos anos no México. Meu pai era daqui. Sou uma mistura de chilena e mexicana.

Achando graça, olho Graciela que, mal me conhecendo, se abriu comigo ao saber que Eric era meu chefe. Sua aparência física é muito agradável, mas totalmente assexuada. O vestido que usa e o coque apertado não a favorecem nem um pouco.

— Olha, Graciela, não sei se você sabe que Dexter não pode...

Arregala os olhos.

— Sei, sim. Lembre, eu o conheci no hospital. Sei tudo sobre ele.

— Sabe que não pode... isso... e mesmo assim quer ficar com ele?

Mais vermelha ainda, concorda.

— Nesta vida, o sexo convencional não é tudo.

Imagine, que assexuada nada...!

Boquiaberta ao ver que é menos inocente do que eu pensava, pergunto:

— Ah, não, é?

Ela nega com a cabeça e sussurra, se aproximando:

— Algumas vezes, eu o vi com alguma de suas amigas e amigos no escritório, ou no quarto que há atrás da estante. — Eu a olho. — No quarto onde vocês três estiveram hoje. Sei muito bem o que acontece ali.

— Sabe?

Graciela acena que sim.

Quem deve estar vermelha agora sou eu, e entendo o seu olhar de censura.

Mas sem se importar com o que eu penso, ela olha o teto e diz:

— Meu Deus, Dexter é tão fogoso, tão sensual... tão! — Ao ver que caio na risada, a pobre diz rapidamente: — Por favor, por favor... mas, o que estou dizendo? Nem sei por que estou te contando tudo isso. Me desculpe.

Ao ver que esconde o rosto, horrorizada, sinto pena e lhe digo:

— Calma, Graciela. Não tem problema. — E, querendo saber exatamente o que ela sabe, digo: — O que você acha desses jogos que Dexter faz com os amigos?

Graciela suspira e sorri.

— Excitantes.

Eu, hein?! Olha só a santinha! Quem diria.

— E você já participou de algum desses joguinhos?

Nervosa, suspira. Mas, disposta a deixá-la à vontade, admito:

— Eu já, mas fora daqui negarei tudo. E você?

Surpresa, ela pestaneja, mas afinal responde:

— Depois de ver o que ele fazia, investiguei e conheci umas pessoas com quem transo e fantasio que é ele. Mas com Dexter nunca me atrevi.

— Mas você faria?

Acena que sim, sem um pingo de dúvida. Sorrio. Está claro que todos nós gostamos de sexo excitante. Como diz Eric, há quem aproveite e quem passa meia vida fugindo do que gostaria de fazer.

Por fim, vendo a cara constrangida de Graciela, digo:

— Calma, você me confiou um segredo e não tenho o direito de contar para ninguém. Espero que você também guarde o meu.

— Com certeza, Judith.

— Agora, se você gosta de Dexter, acho que deve fazer alguma coisa pra chamar a atenção dele.

— Já fiz de tudo e nada.

Sem querer ofendê-la, digo:

— Talvez, se você se vestisse de outra maneira, isso mudaria, que acha?

Tocando o coque todo repuxado, diz:

— Se tenho de parecer com as vagabundas das amiguinhas dele, nada feito!

— Não falo disso, Graciela. Você vai mesmo acompanhar Dexter à Espanha e à Alemanha?

Emocionada, diz que sim. Querendo ajudar, digo:

— Ótimo! Então, amanhã, você e eu vamos fazer um programa de mulherzinha. Vamos às compras enquanto eles tratam de negócios. Que acha?

— Faria isso por mim?

— Claro que sim. Nós, mulheres, estamos aqui pra nos ajudar, mesmo que às vezes pareça o contrário — respondo, convencida de que me meto onde não fui chamada.

Nesse momento, batem na porta. É Eric com cara de preocupação:

— Por que demora tanto? Aconteceu alguma coisa?

Quando saímos do banheiro, olho meu lindo e, dando-lhe um beijo carinhoso nos lábios, digo:

— Querido, fiquei menstruada. — O pobre franze a sobrancelha. Sabe que fico impossível nesses dias. — Olha, amanhã vou às compras com Graciela. Tudo bem?

Fica surpreso com essa amizade repentina. Pressente que estou tramando alguma coisa. Vejo isso em seus olhos.

— Por mim, tudo bem. Acho que por Dexter também.

Sorrio. Que esperto o safado. Inteligência alemã. Não perde uma.

7

Na manhã seguinte, depois de uma noite com uma cólica desgraçada, quando abro os olhos a dor desapareceu. Ótimo! Sei que é uma trégua, que ela voltará com tudo, mas já estou acostumada.

Me levanto e, durante o café da manhã com Dexter e Eric, falo de meus planos com Graciela. Dexter faz questão de que alguém nos acompanhe. Não quer de jeito nenhum que andemos sozinhas pela cidade. Dá um telefonema e, uma hora depois, um motorista dos mais simpáticos nos leva às lojas mais exclusivas.

De loja em loja, me divirto comprando tudo que me dá na cabeça para minha família e para Eric. Adoro levar coisas para meu amor. Eu o conheço e sei que nunca usará a camiseta vermelha em que diz "Viva a moreninha", mas compro assim mesmo só para vê-lo sorrir.

Horas depois, quando estou cheia de compras e Graciela com nada, ao chegar a uma loja enorme, crio coragem e digo:

— Então, Graciela, o que podemos comprar pra você?

Ela me olha com cara de cerimônia.

— Não sei. Alguma coisa bonita pra usar na viagem. Quanto ao preço, não tem problema. Faz tanto tempo que economizo que acho que hoje é um bom dia pra gastar com roupas.

Sorrio. Adoro a doçura dela. Olhando ao redor, proponho:

— Que acha se começarmos procurando uns jeans que te deixem irresistível?

— Não uso jeans desde que era adolescente.

— Sério? Olha, garota, eu não poderia viver sem eles. São o que mais uso e te garanto que combinam com tudo.

Graciela sorri. Ao ver sua boa disposição, acrescento:

— Poderíamos comprar várias coisinhas pra combinar que sejam modernas e atuais, alguns jeans, uns vestidos e algo mais elegante, caso tenhamos que ir a alguma festa como a de ontem à noite.

Os olhos dela se iluminam:

— Legal!

Disposta a ajudá-la a conquistar Dexter, sorrio e procuro ao redor. Ao fundo, toca a canção *Money*, de Jessie J, e eu a cantarolo.

It's not about the money, money, money.
We don't need your money, money, money.

Pego uns jeans de cintura baixa, uma camiseta violeta de alcinha e umas botas pretas de cano alto.

Uau! Dexter vai adorar essas botas, se o conheço bem.

Aliás, vou comprar umas vermelhas pra mim. Meu lindo vai ficar louco.

— Prove. Com certeza vai ficar sensacional.

Graciela olha o que lhe entrego como quem olha um disco-voador. Não faz seu estilo, mas se quero impressionar Dexter, a melhor maneira é esta. Por fim, como vejo que Graciela não se mexe, empolgada empurro-a para o provador. Então pego outras botas e as experimento.

São demais!

Dou uma voltinha. Suaves, altas até os joelhos e vermelhas. Meu Iceman vai adorar. Como ficam um luxo com os jeans que uso, resolvo nem tirá-las. São lindas. Nesse instante, meu celular vibra. Uma mensagem.

Saudades, pequena. Espero que compre tudo o que quiser. Te amo.

Ai, meu lindo. Dá vontade de beijá-lo todinho. Está grudado em mim. Com um sorriso bobo, digito e envio:

O cartão Visa está até queeeeeente.
Te amo, fofinho.

Imagino o sorriso dele ao ler. Isso me aquece o coração. Eric é tão maravilhoso que simplesmente pensar nele me faz sorrir.

Então o provador se abre e, como era de se esperar, Graciela está fantástica.

Que corpão tem a chilena!

Olho-a boquiaberta.

— Se Dexter não se impressionar com uma gostosa como você, é que está mais morto do que eu pensava.

Graciela sorri, mas pergunta:

— Não será exagerado?

Nego. Estou convencida de que a garota tem um grande potencial..

— Te garanto, quando Dexter vir você, levanta e anda.

Rimos. Ansiosa para que prove mais coisas, insisto:

— Venha, vamos enlouquecer aquele mexicano.

Faço-a, então, provar uma saia longa, preta, presa num lado, acompanhada de uma camisa sensual, pistache, que se amarra na cintura. Depois uns belos sapatos de salto alto da mesma cor. O resultado é espetacular. Até Graciela se olha surpresa no espelho.

— Isto você pode usar em qualquer festa. Está o máximo.

Ao se olhar no espelho, aplaude:

— Adoooореееееiiii!

Quando se despe, passo para ela um vestido simples, preto, sem mangas e com decote em V. E com uns bonitos sapatos pretos de salto alto, Graciela fica linda de arrasar.

A balconista está feliz. Estamos fazendo uma boa compra. Pergunto pela lingerie, e ela nos indica o lugar. Graciela murmura ao ver que lhe passo um conjuntinho dos mais sexy, cor de berinjela:

— Ai, isto já é mais difícil que eu compre.

— Por quê?

Suspira, com um sorrisinho malicioso.

— Porque é lingerie.

Caio na risada.

Nós, mulheres, somos às vezes umas bobocas envergonhadas. Se você gosta de um homem, quer que ele ache você sexy, mas sexy, muiiiiito sexy. A mais sexy do mundo!

Mostro um conjunto azul-metálico de calcinha e sutiã e digo:

— Vou provar. Digamos que estou comprando um presente de aniversário pro Eric.

Graciela também ri, e entramos nos provadores. Vinte minutos depois, acabamos, e pergunto:

— Ficou bem em você?

Graciela sorri e, com expressão malandra, murmura:

— Na hora certa poderia ser um bom presentinho pro Dexter.

É tarde quando saímos da loja. Passamos toda a manhã ali. Então decidimos sentar num restaurante. Estamos famintas, e eu preciso tomar um analgésico antes que a dor fique insuportável.

Enquanto estudamos o cardápio, noto que vários homens nos olham e muitas vezes dizem, com voz cantada, “gostosa!”. Graciela e eu sorrimos.

Se Eric estivesse aqui, encararia todos com ar de valentão e eles desviariam o olhar. Mas não está e gosto de me sentir admirada. Sou mulher e daí?

Ao terminar o almoço, proponho irmos a um salão de beleza que vi ali perto. Ela aceita, entusiasmada. Rapidamente, peço que me façam uma escova. Sei que Eric gosta quando o uso assim. Graciela, depois de ouvir os conselhos da cabeleireira, aceita fazer um corte jovial e que favorece mais seu tipo.

O resultado é espetacular.

A cada coisa que Graciela faz, fico mais perplexa. Ela é incrivelmente bonita e deve tirar proveito disso.

Duas horas mais tarde, quando saímos do salão, um dos homens que passam ao nosso lado pergunta com graça:

— Que fazem duas estrelas voando tão baixinho?

Estão cantando a gente!

Rimos. Toda alegre, Graciela diz:

— É a primeira vez em anos que um homem me faz um elogio lindo assim.

De novo outro homem que passa exclama:

— Minha mãe do céu, que gostosas!

Rimos de novo. Graciela comenta:

— Estes mexicanos são muito galanteadores.

Sem me surpreender com isso, faço com que se veja na vitrine de uma loja.

— Mas Graciela, você já se olhou bem?

Incrédula, contempla sua imagem.

— Obrigada, Judith. Muito obrigada por este dia junto comigo.

Animada, dou um de meus beijões na sua bochecha e digo, segurando-a pelo braço:

— De nada, querida. Com teu novo look, vai receber um monte de cantadas. Prepare-se, porque, quando chegarmos, Dexter vai ficar sem palavras.

— Você acha?

— Claro. — Sorrio divertida. — Te garanto, vai ficar de queixo caído. Agora, presta atenção: você deve jogar bem tuas cartas pra que ele se interesse. Continue tratando ele do mesmo jeito, mas deixe que outros te elogiem. Você é jovem, bonita, solteira, e esta viagem que vai fazer com a gente pode esclarecer as coisas. Acho que Dexter é muito parecido com Eric. Se se interessar por você, vai agir rapidinho ou, como dizem aqui, vai te manter na rédea curta!

Rimos de novo.

— Tem certeza de que é isso que você quer? — insisto.

— Totalmente, Judith.

— Muito bem. — Continuamos andando. — Janta todas as noites com Dexter?

— Sim. Quando ele não sai, jantamos juntos.

— Pois esta noite não vai jantar com ele, nem com a gente.

— Não?! — diz com cara de horror.

Nego com a cabeça.

— Liga pra alguma amiga tua e marca um jantar ou um cinema. Pode fazer isso?

— Não tenho muitas amigas, na verdade. Faz quatro anos que me dedico ao Dexter e perdi minhas amizades pelo caminho.

Não me surpreendo, mas insisto.

— Nem uma com quem possa tomar um café?

— Bom... Posso ligar pra um casal com quem saio de vez em quando.

Sua expressão maliciosa me diz que tipo de casal é.

— Olha, lindona, aproveite o sexo sempre que possível, que é o que Dexter faz. Além disso, hoje você está maravilhosa e com certeza vai se divertir em dobro.

Vermelha como um tomate, concorda enquanto eu faço planos.

— Vamos dizer ao Dexter que topamos com algum amigo teu no shopping e você combinou de jantar com ele. E veremos se ele fica chateado. Que tal?

Graciela está meio indecisa, mas se divertindo como uma adolescente com o que tramamos.

— Prometo te contar amanhã com todos os detalhes se ele sentiu tua falta no jantar.

Rio. Como sou má! Por fim, ela também ri.

Liga para o tal casal e combina o encontro. Depois vamos para o estacionamento, onde o motorista nos espera.

— Prepare-se, Graciela, hoje você vai tirar Dexter dos eixos.

Dito e feito. Às sete da tarde, depois de um dia inteiro de compras, entramos na casa de Dexter, no alto de nossas botas novas. Os homens, que estão conversando na sala, viram a cabeça. Meus olhos cruzam com os do Iceman. Sorrio.

Com confiança, Graciela e eu vamos até Eric, Juan Alberto e Dexter. Quase tenho um ataque de riso quando Dexter diz:

— Olha que belas meninas chegam aqui. — E olhando para Graciela, acrescenta: — Ei, me diz onde deixou Graciela e quem é você.

Ela o olha com uma expressão indiferente, como lhe pedi, e sorri.

— Sou a mesma de sempre, apenas de roupa nova.

Surpreso com mudança tão incrível, Dexter vai dizer alguma coisa, quando Juan Alberto pergunta:

— Graciela, tem planos pro jantar?

Uau! Isso começa a ficar interessante.

Não disse que a garota tinha potencial? Olho para ela. Pobre, está vermelha como um tomate.

Vamos, Graciela, responda. Resssspoooonnndaa!

Mas não, não é ela quem o faz e sim Dexter:

— Claro que tem planos. Vai jantar com a gente, né?

Graciela me olha. Pobrezinha, que aflição está passando.

Ainda não me esqueci como Eric me intimidava. Pisco um olho para Graciela, indicando que chegou o momento de mostrar suas cartas.

— Sinto muito, Dexter, mas hoje não vou jantar aqui. Marquei com um amigo.

Isso! Muito bem!

Tenho que me segurar para não aplaudir ao ver a cara de decepção dele. E ela segue:

— Como você já tem companhia pro jantar, não pensei que fosse sentir minha falta.

"Dá-lhe, Graciela!", estou a ponto de gritar. Disposta a botar mais lenha na fogueira, digo:

— Encontramos um amigo de Graciela no shopping. — E, olhando o relógio, digo: — Olha, melhor você se apressar, ou chegará tarde ao teu encontro.

Ela, nervosa, olha o próprio relógio.

Está tão perturbada quanto Dexter. Para lhe dar uma ajuda, me desprendo de Eric e dou dois beijos nela, o que a faz voltar à realidade.

— Vamos, se divirta e não volte tarde, que amanhã vamos pra Espanha.

— Me espere, Graciela — diz Juan Alberto. — Eu também estou indo.

Dexter, ao ver isso, aproxima a cadeira de Graciela.

— Vou dizer ao motorista que te leve.

— Não, obrigada. Não preciso de motorista.

E, sem mais, se vira e, no alto de suas botas impressionantes, desaparece junto com Juan Alberto pela mesma porta por onde entramos.

Dexter continua de olhos arregalados, e Eric me olha. Achando graça, pisco um olho para meu Iceman, que, ao me abraçar, me acaricia o cabelo e sussurra:

— Ficou linda com o cabelo assim. E adorei as botas.

— Obrigada.

Sem deixar de sorrir, quando Dexter desaparece pela porta, meu querido e único amor me olha e cochicha:

— Moreninha, sinto que você tá aprontando alguma.

Rimos.

Jantamos só nós três essa noite. O brincalhão do Dexter está muito calado. Inclusive reparo que olha o relógio várias vezes. Isso me faz sorrir. Ora, ora, vejam só o que estou descobrindo.

8

No dia seguinte, no café da manhã, não vejo Graciela. Onde ela terá se metido?

Minha barriga dói. Essa menstruação horrorosa me mata, quando vem e quando vai. Não é uma beleza?

Ao ouvir meu gemido, Eric ergue a sobrancelha. Sabe que estou mal e respeita meu silêncio. Teve de aprender isso pelo bem de sua integridade física.

Somos os primeiros a chegar ao aeroporto. No jato particular, me esparramo toda numa das confortáveis poltronas e tomo um comprimido. Essa dor miserável precisa passar logo.

Aguento calada. Se falo, me dói mais.

Eric se senta ao meu lado e me acaricia a cabeça.

— Detesto saber que você está com dor e não posso fazer nada.

— Eu detesto mais — respondo com grosseria.

Pobrezinho. Me dá uma pena. Me aconchego nele e sussurro:

— Calma, querido. Daqui a pouco passa e não vai doer até o mês que vem.

De repente, meu loiro me abraça. Eu, cheia de dor, termino caindo num sono profundo.

Quando acordo, estamos voando. Estou sozinha. Eric está com Dexter e Juan Alberto. Mas assim que me mexo, ele já está do meu lado.

— Oi, pequena. Como está?

Me dou conta de que a dor desapareceu.

— Agora, ótima. Não dói mais.

Sorrimos.

— Que cochilinho bom você tirou.

— Dormi muito?

Sorrindo, passa a mão em meu cabelo e me beija a testa.

— Três horas.

— Três horas?!

Meu lindo ri:

— Sim, querida. Quer comer?

Concordo, ainda surpresa com a sesta. Dormi como um urso-polar e estou com fome.

Nesse momento, a porta do banheiro se abre e Graciela aparece. Ao me ver, seus olhos se iluminam. Rápida, vem sentar comigo. Eric diz:

— Vou dizer pra aeromoça trazer alguma coisa pra vocês.

Quando ficamos sozinhas, ela murmura disfarçando:

— Dexter me perguntou onde estive ontem à noite.

— E o que você disse?

— Que tinha jantado com um amigo.

Ao lembrar seu encontro erótico, pergunto:

— E como foi com o casal? Tudo bem?

Graciela sorri e fala baixinho:

— Ficaram admirados com minha aparência. Nos divertimos muito.

Sem poder evitar, soltamos uma gargalhada, o que faz os homens nos olharem. Eric sorri; mas Dexter está sério.

— Iiih, acho que alguém se chateou.

Ela concorda e cochicha, se ajeitando na poltrona:

— Dexter queria saber o nome de meu amigo. Ficou todo emburrado quando eu não disse.

Acho graça.

— Ontem à noite, no jantar, quase não falou e passou o tempo todo olhando o relógio. Quando Eric e eu fomos dormir, ele ficou sozinho na sala.

— Quando voltei, às três da madrugada, estava lá mesmo, acordado.

— Como é que é?! — exclamo.

— Isso mesmo — ela ri. — Estava lendo na sala. Quando entrei, não falou nada, e eu fui direto dormir. Minutos depois, ouvi que entrava em seu quarto.

Entusiasmada, olho Dexter e me dou conta de que nos observa. Estou surpresa. Não é possível que tudo esteja indo tão rápido entre eles. Olhando Graciela nos olhos, insisto:

— Espera aí, Graciela. Quando você se insinuou pro Dexter, ele nunca se mostrou interessado?

— Nunca.

— Mas, pelo menos, te dizia alguma coisa?

Nesse momento chega a aeromoça com as bandejinhas com comida.

— A última vez que tentei, faz um ano mais ou menos, me disse que não insistisse, porque ele não podia me dar nada do que eu desejava e não queria me decepcionar.

— Ora...

— Lembro que não engoli bem esse fora e fiquei quase um mês sem falar com ele. Até procurei outro trabalho nos classificados. Quando Dexter se deu conta, se chateou. Não queria que eu trabalhasse pra outra pessoa. O incrível foi que no mês seguinte dobrou meu salário. Quando eu disse que não tinha pedido nenhum aumento, me respondeu que, já que não podia dar o que eu desejava, pelo menos queria me alegrar financeiramente, pra que eu não fosse trabalhar pra outro.

Ora, ora, aqui tem alguma coisa muito interessante. Abaixo a voz e afirmo com certeza:

— Minha nossa, Graciela, o que você acaba de dizer só confirma que ele te ama, e muito.

— Não, ele não me ama. Nunca fez a menor menção.

— E a troco de que aumenta teu salário sem você pedir?

— Não sei. Dexter é muito mão aberta.

— Não será mão aberta com você porque te ama?

— Acho que não.

— Pois eu acho que sim. Ele te ama. Nenhum chefe sobe o salário assim sem mais nem menos.

— Acha mesmo?

Acho. Ainda me lembro quando Eric me propôs acompanhá-lo naquela viagem pelas sucursais e me disse para estabelecer o salário.

— Graciela, esse homem é louco por você, te garanto.

— Deus do céu — murmura, vermelha como um tomate.

Dexter nos olha de novo. Eu pisco um olho para ele. Coitado, se soubesse do que estamos falando! Ele sorri e desvia o olhar.

— Olha, Graciela, depois dizem que nós, mulheres, é que somos esquisitas, mas os homens também não ficam atrás. — Rimos. — Te garanto que Dexter gosta de você tanto quanto você gosta dele. Sua reação foi exagerada pro pouco que você fez. Está na cara que ele se interessa por você, sua maneira de se comportar está demonstrando isso.

— Ai, Judith! Nem me fale, que chego a passar mal.

Caímos na risada. Preciso tapar a boca para disfarçar:

— Ele é que vai passar mal, quando chegarmos a Jerez e meus amigos ficarem te paquerando.

Nossa chegada em Jerez é uma sensação.

Meu pai quer nos buscar no aeroporto, mas Eric já providenciou tudo: um homem nos entrega a chave de um SUV Mitsubishi para oito passageiros, igualzinho ao que temos na Alemanha. Ao ver que olho surpresa, meu lindo explica:

— Comprei este carro pra gente usar sempre que viermos a Jerez, acha bom?

Concordo, sorridente. Eric é um controlador, gosta de ter as rédeas de tudo.

Rindo de tudo, vamos para Jerez. Quando chegamos ao chalé que Eric me deu, vejo um cartaz que diz "Vila Moreninha". Morro de tanto rir, enquanto meu marido adora me ver tão feliz.

Dou um beijo nele, e ele se derrete.

Depois, pega um controle remoto no porta-luvas para abrir o portão preto, e eu não deixo de sorrir. Adoro as surpresas de Eric e ver que os jardins estão bem cuidados me emociona de novo.

Ele comenta que falou com meu pai para contratar alguém para cuidar da propriedade, mesmo quando estivéssemos fora.

Sou a primeira a sair do carro. Feliz da vida, olho meus convidados e digo:

— Bem-vindos a nosso lar em Jerez.

Mal entro em casa, ligo para meu pai e aviso que em uma hora estaremos em sua casa. Ele, entusiasmado, preparou alguma coisa para o jantar e nos espera feliz, junto com minha irmã e as crianças.

Como anfitriã da Vila Moreninha, rapidamente organizo onde os convidados vão dormir. Há quartos para todos. Depois de dar uma horinha para todo mundo tomar banho, pegamos o Mitsubischi e nos dirigimos para a casa de papai.

Estou ansiosa para vê-lo.

Quando estacionamos, vejo, emocionada, Flyn e Luz correrem para nós.

Minhas crianças!

Mal Eric desliga o carro, e já estou descendo. Flyn e Luz se atiram sobre mim, e eu os abraço, boba de tanta felicidade. Minha sobrinha grita, emocionada:

— Tiiiiaaaa! Tia, o que trouxe para mim?

— E pra mim? — pergunta Flyn.

Minha Nossa Senhora!

Mas, incapaz de me chatear com eles, beijo-os e respondo:

— Um montão de presentinhos. Agora, venha dar oi pro...

Mas Flyn já se jogou nos braços de Eric. Como sempre, me emociono ao ver o carinho que um tem pelo outro. De repente minha sobrinha, que é mais desajeitada que um mastodonte, se atira em cheio contra eles. Eric perde o equilíbrio, e os três acabam esparramados no meio da rua.

Dexter e companhia riem, e Eric, feliz, diz:

— Jud, querida, me ajuda!

Me aproximo rapidamente. Ele me estende a mão, mas, quando a pego, o sem-vergonha me puxa, e acabo no chão também. Com Eric agora tudo é espontâneo, amoroso e engraçado.

Quando por fim conseguimos nos levantar, meu pai já chegou e diz, abrindo os braços:

— Como está minha moreninha?

Corro para ele e o abraço.

Eu o adoro. Eu o amo com loucura.

Emocionada ao ver a expressão dele, respondo:

— Muito bem, papai. Feliz e loucamente apaixonada pelo cabeça-dura.

Eric vem, dá a mão a meu pai, depois o abraça. Em seguida apresenta Dexter, Graciela e Juan Alberto.

Depois de cumprimentar os vizinhos, que amavelmente vieram nos receber, entramos na casa.

— Papai, onde está Raquel?

— Acabando de dar banho na Lucía, querida. Está no teu quarto.

Ansiosa, entro no meu antigo quarto e sorrio. Ali está a louca da minha irmã, secando sobre o trocador sua bebezinha, que já tem um mês e pouco. Sem fazer barulho, me aproximo de Raquel e, abraçando-a por trás, murmuro, aspirando seu cheiro de água-de-colônia:

— Oiiiiiiiiiiiii.

Ela grita na hora, se virando:

— Fofinhaaaaaa!

Nos abraçamos e beijamos muito. Temos tantas coisas para contar que falamos atropeladamente, sem parar, até que Lucía faz um barulhinho. Então nós duas a olhamos.

— Santo Deus, como cresceu esta menina!

Raquel concorda e, com a típica voz de quem fala com um bebê, diz, acariciando as bochechas da filha:

— É que está godinha, né? Muiiiito godinha, né, goduchinha?

Emocionada ao ver o bebê, me aproximo e a beijo e aspiro seu cheirinho de água-de-colônia, depois digo com a voz nhe-nhe-nhem da minha irmã:

— Oi, coisinhazinha da titia. Ai, meu Deus, que vontade de apertar ela! Ai, apertar toda todinha, meu amorzãozinhoinhinho.

— Diga oi pra titia — insiste minha irmã. Pega a mãozinha da menina e diz: — Oi, titia. Eu sou a Lucía.

— Oi, queridinhainhinha. Oiiii, Bilu, bilu.

— Oláaa, oláaaa!

A neném fecha os olhos. Tenho certeza de que, se pudesse responder, nos mandava passear por sermos tão bobocas!

Mas o que fazemos falando tatibitate? Por que, diante de um bebê, começamos a falar assim?

Por fim, Lucía espirra, e minha irmã rapidamente começa a vesti-la para que não se resfrie.

— Deixei na cozinha da tua casa o que você me pediu, Jud.

— Fez a tortinha de chocolate?

— Fiz. — Sorri. — Olha, foi uma batalha fazer sem que as crianças vissem. Mas consegui. Tudo pelo meu cunhado. Tá num tupperware, bem no fundo da geladeira, atrás das Cocas.

Sorrio. Amanhã faz um mês que Eric e eu nos casamos. E quero surpreender meu maridinho.

— Fofinha, vai ver teus convidados. Já, já Lucía e eu estamos indo.

Dou um beijo nela e saio disparada para o jardim, onde todos já se acomodaram em volta da mesa e tomam cerveja. Dexter e meu pai falam sobre as rosas que meu velho planta. Graciela e Juan Alberto prestam atenção na conversa. As rosas são sensacionais: as mais bonitas que vi em toda a minha vida. Enquanto isso, Eric e Flyn trocam confidências. Luz, ao me ver, diz rapidamente:

— Tia, o tio Eric disse pra nos dar os presentes.

Ele sorri:

— Eu disse que foi você que comprou e você...

— Nada disso, querido — digo animada. — Nós dois compramos os presentes e vamos entregar nós dois juntos.

Ansiosas, as crianças não param de olhar o malão que trouxemos. Por fim, Eric o abre sobre a mesa do jardim. Juntos, começamos a distribuir os presentes entre as crianças e meu pai.

As crianças começam a abrir os pacotes entusiasmadas, quando, de repente, como se se tratasse de um terremoto, aparece minha irmã, mais andaluza que nunca, com o cabelo preso num coque, com a filha numa das mãos e o celular na outra. Aí, sem nem pedir licença, deixa Lucía nos braços de um desconcertado Juan Alberto, que não sabe o que fazer. Virando as costas para ele, Raquel diz:

— Olha, não vai dar. Neste fim de semana de jeito nenhum. Tenho planos.

Todos a olhamos. Melhor sair da frente, quando fala com essa voz séria. Olho meu pai, que balança a cabeça, enquanto a figura da Raquel caminha até a piscina, onde para de repente.

— Não. Não quero te ver, José. Me esqueça! Fale com o advogado e faça o favor de pagar a pensão das meninas, porque eu preciso. Tá ouvindo? Eu pre-ci-so!

Mas meu ex-cunhado, o pateta, deve ter dito alguma coisa, porque ela grita:

— Estou cagando para você e toda a sua família! Não estou nem aí pra tua situação pessoal! Sabe por quê? — Continuamos olhando para ela, e não se ouve uma mosca. — Porque tenho duas meninas pra cuidar e preciso de dinheiro. Portanto, deixe de pensar em viajar porque não quero te ver. Deposite o que tiver na minha conta. As meninas comem e precisam de outras coisinhas. O quê?! Sabe de uma coisa? Você é um descarado sem-vergonha com complexo de Peter Pan. Vê se cresce, seu vagabundo, cresce de uma vez! E nunca mais me pergunte se a gente se vê amanhã, porque juro que vou te encontrar, sim, nem que seja pra encher tua cara de porrada.

Espantada, nem sei o que fazer. Minha nossa, ela está uma fera. Mas de repente percebo que minha Luz, minha Luzinha, está ouvindo tudo também e fico gelada. Troco um olhar com Eric. Como estou sem ação, ele diz:

— Olha, Luz, o que te comprei. Uma máquina fotográfica do Bob Esponja.

As palavras Bob Esponja fazem minha sobrinha esquecer os gritos de minha irmã. Ela olha para Eric.

— Que legal, tio!

A câmera digital amarela, com o chato do Bob Esponja, é a única coisa que importa naquele momento. Ainda bem que meu lindo reagiu rápido.

Eric dá outra câmera a Flyn, mas com os personagens do Mortal Kombat. As crianças ficam enlouquecidas. Aproveitando a deixa, Graciela as leva um pouco para longe, já que Raquel ainda está fora de si no telefone.

Meu pai, angustiado, vai acalmá-la. Pobre coitado, o que tem passado com Raquel e comigo. Eu, ao ver Juan Alberto sem saber bem o que fazer com Lucía no colo, corro para pegá-la.

Acho que se ficar um segundo mais com a neném, vai sufocar de tanto prender a respiração. Quando me entrega Lucía, solta um suspiro de alívio, o pobre. Passou por um mau pedaço!

Com carinho, aproximo o rostinho de Lucía do meu e digo:

— Olá, fofinhazinhazinhazinha! Que vontade de apertar essas bochechas! Ai, fofinhazinhazinhazinha!

Lucía me olha. Deve pensar que a idiota tatibitate de antes voltou. De repente, Dexter diz:

— Olha só para você, Judith. Fica linda com um bebezinho no colo.

Me viro para ele e vejo que os três homens me observam. Precisava ver a cara do meu marido. Que expressão mais melosa. Com um sorriso radiante, diz:

— É mesmo, está linda com um bebê.

Ui! Meu pescoço começa a coçar de repente.

Não e não. Não quero falar de bebês nem de outras besteiras do tipo.

Sem pensar, procuro alguém para passar Lucía. Eric vem e estende os braços. Entrego-a como um pacote e ele diz com seu sotaque alemão:

— Oiiii. Oi, lindinha. Sou o tio Eric. Como está minha queridinha?

Puxa, mais um babando!

Eric se senta ao lado de Dexter e os dois começam a falar em tatibitate com a Lucía, enquanto olho meu pai e leio em seus lábios como pede calma a Raquel, quando ela desliga com fúria o celular. Minha irmã está irritada e, quando se irrita, perde a noção das coisas.

Nossos olhares se encontram. Quando penso em ir falar com ela, ela muda de expressão e, como a melhor atriz de Hollywood, vem até nós e diz a Eric:

— Oi, cunhado, como vão as coisas?

— Bem, e com você?

Raquel encolhe os ombros e diz, na lata:

— Como diz meu pai, fodida mas contente.

Eric e ela se beijam com carinho.

— Tem certeza de que está bem? — ele insiste.

Raquel acena que sim e Dexter, pegando as mãos dela, diz:

— O que acontece com minha linda espanhola?

Minha irmã respira fundo, olha ao redor e, depois de ver que Luz não está por perto, explica:

— Meu ex quer me enlouquecer. Mas antes acabo com ele.

Eric me olha, e eu digo rápido:

— Raquel, te apresento Juan Alberto. É primo do Dexter. Vai passar uns dias na Espanha.

— Prazer — diz, mal olhando para ele.

Juan Alberto, que não tira os olhos dela, concorda com a cabeça e olha Dexter com cumplicidade, murmurando:

— Mãezinha do céu, que mulher!

Nesse momento aparecem Luz e Flyn com Graciela e começam a tirar fotos com as câmeras novas. Meia hora depois, meu pai nos serve um jantar divino, onde não falta um presuntinho delicioso, camarão, cação temperado por ele e *salmorejo*.

Na manhã seguinte, meu despertador toca às seis e meia. Desligo, rápida. Estou morta. Ai, que sono! Mas quero surpreender Eric.

Um mês de casados. Um mês! E quero levar o café da manhã na cama para ele.

Olho-o com carinho. Dorme. Como sempre me acontece, tenho muita vontade de agarrá-lo. Mas aí, claro, vou acordá-lo e adeus surpresa.

Levanto em silêncio, vou ao banheiro e fecho a porta com todo o cuidado. Tiro rapidamente o pijama, boto a camiseta que comprei para Eric e me penteio. Não estou mais menstruada. Que bom!

Dou uma conferida no espelho, sorrio e saio de fininho. Quando chego à cozinha, procuro atrás das Coca-Colas, como disse minha irmã, e encontro um tupperware rosa.

Raquel é uma verdadeira artista fazendo tortas.

Sem demora, pego uma bandeja, preparo dois cafés com leite, pratinhos, colherinhas, guardanapos e uma faca. Coloco a bela torta no centro.

Ficou muito lindo.

Tiro uma foto com meu celular para guardar de lembrança. Afinal, é nosso primeiro mesinho de casados.

Feliz pela surpresa que vou fazer para meu amor, volto ao quarto e chego na cama toda sedutora. Pouso a bandeja numa lateral, com a torta do meu lado, e cantarolo a canção que inventei.

Feliz, feliz mesaniversário de casado.
Alemão que a espanhola acha demais
seja feliz a meu lado
por muitos e muitos anos maisssss.

Eric abre os olhos e, ao me ouvir, sorri. Em geral, é ele que me acorda. Seu sorriso se alarga quando vê a camiseta vermelha que uso, que diz "Viva a Moreninha".

— Felicidades, meu amor! Hoje faz trinta dias que casamos.

Me abraçando, me puxa para cima dele. Olha, achando graça, a camiseta e lê, imitando o sotaque mexicano com seu forte sotaque alemão:

— Viva a moreninha!

Rimos, superfelizes.

— Foram os melhores trinta dias de minha vida — diz carinhoso. — Agora espero muitos mais.

Sua boca busca a minha. Me beija. Incrível, nem recém-acordado tem mau hálito.

Me chupa o lábio superior, depois o inferior e então me dá sua maravilhosa mordidinha.

Sim, sim. Adoro que faça isso!

Sua respiração se acelera e sua maneira de me abraçar fica mais intensa. Rapidamente, me tira a camiseta vermelha, que cai no chão. Adeus "Viva a Moreninha!".

Encantada, me deixo levar pela paixão do momento, quando Eric, sem que eu possa fazer nada, se levanta, me suspende e me deixa cair na cama. Então se ouve: pruuuuu!

Surpreso, ele me olha, enquanto eu fecho os olhos e explico:

— Não é o que você está pensando. — Eric levanta as sobrancelhas, caçoando. — Esse barulho foi da torta que eu trouxe e que agora está bem embaixo da minha bunda.

Ao ver a massa e o chocolate esmagados, ele se atira na cama, rindo. Eu não posso me mexer ou lambuzarei tudo. Por uns segundos, observo ele se retorcer de tanto rir. Acabo rindo também, porque o que aconteceu é pra isso mesmo. Quando ele se acalma um pouco, digo:

— A torta já era, mas os cafés ao menos sobreviveram aí na bandeja.

Eric pega uma xícara e toma um gole, muito calmamente. Desconcertada, eu o olho, o cenho franzido.

— Pode-se saber o que você está fazendo?

— Tomando o café da manhã, ora essa.

— Café da manhã?

Ele acena que sim e me faz rir:

— E agora quero minha torta.

Entendo suas intenções.

— Nem pense nisso.

— Quero torta.

— Nem em sonhos.

Mas, ao perceber suas intenções, rio e me sinto sem forças justo quando ele me puxa e me deita de bruços.

— Não, Eric!

Meu protesto não serve de nada. Meu louco amor lambe minha bunda e exclama:

— Hum... É a melhor torta que comi na vida.

— Eric! — protesto, mas ele lambe e lambe, saboreando sua porção de torta.

Morrendo de rir, vou falar, mas ele diz:

— Uma delícia.

— Era parte do presente.

— Genial! Depois me lembre de dar o teu.

— Tem um presente pra mim?

— Duvida, hein? Como você disse, é nosso mesaniversário!

Nem dá para responder. Ele me vira de frente.

— Eu te amo, pequena.

Estou com uma das mãos sobre a torta amassada, pego um pedaço e, continuando com a brincadeira, lambuzo meus seios. Depois sigo até o umbigo e termino no meu púbis.

Eric sorri. Decidida a nos lambuzar de vez, pego mais torta e esparramo pelo abdômen e pelos ombros de Eric.

A lambança está servida.

Brincalhão, ele se deita sobre mim. A essa altura, a torta cobre completamente nossos corpos e a cama.

— Você sempre foi doce, moreninha, mas hoje mais do que nunca.

Sorrio com entusiasmo, sentindo o cheiro de chocolate impregnar tudo. Eric começa a me chupar os mamilos e segue a trilha que marquei, desce até o umbigo e, ao chegar no púbis, aspira meu perfume. Seu desejo por mim é tão grande, que me quer já. Me abre as pernas, e sua língua entra em mim.

Agitada, me retorço ao sentir a vibração de meu corpo, enquanto Eric, como um lobo faminto, me agarra as coxas e me abre mais ainda.

— Sim, querido, sim — gemo deliciada.

Eric passeia sua língua em mim. Seus dedos, ágeis, buscam espaço entre os grandes lábios. Dois deles me penetram, e sua língua brinca e brinca comigo, me arrancando ondas de prazer.

A cama balança, e eu agarro enlouquecida os lençóis e tento não gemer. Não quero que o resto da casa acorde. Aperto os calcanhares contra o colchão e me jogo para trás até que minha cabeça cai por um lado da cama.

Eric me segura, me puxa de novo para o centro da cama, e já não posso me mexer. A energia do meu predador particular está no máximo. Está descansado e quer sexo, sexo do jeito selvagem de que os dois gostamos. Vejo como morde o lábio inferior enquanto fica de joelhos, me pega pela cintura e me vira.

Adoro como ele me movimenta na cama. Adoro seu jeito possessivo. E como sei o que ele quer, me ergo um pouco até ficar de quatro. Aproxima o pênis e lenta e pausadamente me penetra.

— Mais — exijo.

— Quer mais?

— Sim.

— Apressadinha — ri, adorando.

— Gosto de ser apressada. Mais fundo — suplico.

Ouço o riso dele. Adoro seu riso.

Eric me dá um tapa na bunda. Depois, me agarrando pelos quadris, me penetra como pedi, mais e mais fundo. Eu grito, depois mordo os lençóis.

— Psiu, não grite ou acorda todo mundo — me diz Eric ao ouvido.

Ele continua a me penetrar sem parar, enquanto mordo os lençóis para abafar meus gemidos. Eu gosto do que ele faz, como gosto. Gosto de nosso lado animal.

Estimulando-o a continuar, ergo os quadris em sua direção.

O encontro é devastador. Nós dois gememos mais forte do que o normal.

De repente ele para. Sai de dentro de mim e me vira. Nossos olhos se encontram. Quando me penetra de novo, sussurra:

— Me olhe.

Cravo meus olhos nele. Em meu rei, meu sol, e então sou eu quem sobe de repente a pélvis e faço Eric ofegar. Sorri perigosamente, meio de lado.

Uau, acordei meu Iceman!

Insaciável, ele passa uma das mãos por baixo de meu corpo pra me imobilizar e, deitando-se sobre mim, me beija e me penetra sem descanso. Nossas bocas ardentes atenuam nossos gemidos.

Prazer...

Calor...

Desejo...

E amor...

Sinto tudo isso, enquanto ele me penetra mil vezes, e eu me abro para recebê-lo, até que um delicioso espasmo me faz arquear, e gozo. Instantes depois, Eric me toma uma última vez e, com um gemido rouco, cai rendido sobre mim.

Minha vagina o prende. Tremo por dentro, enquanto o corpo de Eric vibra sobre mim. Sinto o sêmen me encharcar e me aperto de novo contra ele.

Dois minutos mais tarde, Eric rola na cama para não me esmagar e, no mesmo movimento, me deixa sobre ele. Adora fazer isso. Fica louco comigo por cima.

Meu cabelo está melado de torta de chocolate. Na verdade, nós dois estamos completamente lambuzados.

— Quando minha irmã te perguntar se gostou da torta, diga que sim ou ela me mata.

Eric sorri e me assegura, a respiração entrecortada:

— Não se preocupe, moreninha. Estou totalmente convencido de que foi a melhor torta da minha vida.

Rimos. Cinco minutos depois, quando nossos corpos ficam grudentos com o açúcar, vamos direto para o banho. Enquanto lavamos um ao outro, somos de novo levados pela paixão. Outra vez faço amor com meu alemão.

9

Nesse dia, às duas e meia, estamos todos, a não ser Juan Alberto, que foi visitar um possível cliente em Jerez, no restaurante da Pachuca, para comemorar nosso aniversário. Eric nos convidou para almoçar.

Antes de sair do quarto, ele entrega meu presente. É um envelope. Ele e os envelopes. Rio. Abro e leio:

Vale um equipamento completo de motocross.

Está feliz. Seu rosto, seus olhos, seu sorriso me dizem que tudo está bem, e eu sou a mulher mais feliz do mundo. Nem é preciso dizer que o encho de beijos.

Desde que nos casamos, não discutimos nem uma só vez, e isso me espanta. Estou até pensando em entrar em contato com os editores do *Livro dos recordes Guiness* para registrarem isso. Porque, como diz nossa música, se ele diz branco, eu digo preto, mas nossa felicidade até o momento é tanta, que nem em cores pensamos. Nossa harmonia é completa, e espero que continue assim durante muito, mas muito tempo.

Meu pai está radiante por estarmos todos reunidos, e eu curto a felicidade dele. Pensei sempre que é o melhor pai do mundo e a cada dia fico mais convencida disso. Só por aguentar a mim e minha irmã vai merecer o céu.

Eric e ele se dão maravilhosamente bem. Gosto disso. Adoro ver a cumplicidade que há entre os dois. Embora eu saiba que algumas vezes isso pode se virar contra mim, não me importo. Essa aliança entre eles é algo que meu pai nunca teve com o pateta do meu ex-cunhado.

Eric o escuta e não banca o esperto com ele. Meu pai gosta disso, e eu mais ainda.

É claro, são dois homens de classes sociais diferentes, mas ambos se adaptam às situações, e isso talvez seja o que me apaixona nos dois: saber se relacionar.

Enquanto estamos todos ao redor da mesa, observo como Dexter olha uns rapazes que entraram no restaurante. Eles assobiaram quando Graciela voltava do banheiro.

Acho graça no olhar de valentão de Dexter. Não sei o que vai acontecer entre eles, mas o que sei, com certeza, é que alguma coisa vai surgir no final. Só é preciso dar tempo ao mexicano.

Minha irmã parece descontraída. Depois de falar com ela e saber que o boboca do meu ex-cunhado quer reatar, fico calma quando Raquel me deixa claro que não volta para ele nem a pau. Ele já se aproveitou bastante dela, por isso ela não pensa em lhe dar mais nenhuma oportunidade.

Por fim, meu pai a convenceu a morar com ele pelo menos durante o primeiro ano de vida de Lucía. Adiar a volta a Madri e a busca por um emprego. Acho uma ideia excelente. Raquel com meu pai viverá como uma rainha, embora às vezes queiram se estrangular mutuamente.

Flyn e Luz ficaram muito amigos nas férias. Rio quando fico sabendo das travessuras que aprontaram. Cada vez que comentamos que dentro de uns dias voltaremos à Alemanha, ficam tristes, mas entendem que o ano letivo começará logo e que nós todos devemos voltar à rotina.

Quando a Pachuca traz uma torta, minha irmã pergunta a Eric:

— Gostou da torta desta manhã?

Meu lindo me olha. Sorrio.

— Foi a melhor torta que comi em toda a minha vida.

Raquel sorri, derretida com o elogio.

— Olha, quando quiser uma, me fale. Faço uma de limão que é uma delícia.

— Limão? — murmura Eric, me olhando. — Que refrescante!

Incapaz de me aguentar, rio às gargalhadas, e Eric comigo. Nos beijamos, e minha irmã, que nos olha, com Lucía no colo, diz:

— Ai, fofa, como é lindo o amor, quando você está apaixonada e é correspondida.

Esse comentário, unido a sua voz de pena, me entristece. Tomara que Raquel conheça alguém e refaça sua vida. Ela precisa. É a típica mulher que precisa ter um homem do lado para ser feliz. E esse homem não é meu pai.

Nossos dias em Jerez são uma maravilha. Juan Alberto visita várias empresas pela Andaluzia e, entusiasmado, comenta com a gente que a região tem potencial.

Nesses dias, observo como vem olhando para minha irmã. Parece interessado, e inclusive notei que se dá bem com minha sobrinha. Claro que se dar mal com Luz é difícil. É tão moleca, que se você dá bola para ela, a conquista para a vida toda.

Juan Alberto viaja todos os dias, mas sempre quer voltar à noite para Jerez. Segundo ele, prefere ter companhia. Segundo Eric e eu, ele está gostando da Raquel. Dá pra ver pelo jeito que procura chamar sua atenção.

Como é lógico, nada disso escapa a Raquel. Me surpreende que passem os dias e não me fale nada. Mas claro, como sempre digo, minha irmã é minha irmã, e uma tarde, enquanto tomamos sol, sozinhas perto da piscina de meu pai, diz:

— É bem legal esse Juan Alberto, né?

— É, sim.

Espero. Se quer puxar o assunto, que puxe. Depois de uns minutos de silêncio, insiste:

— Parece muito educado, né?

— Muito educado.

Sorrio. Vejo que ela me olha com o canto do olho, e então me pergunta:

— Que acha dele como homem?

— É legal.

— Sabe o que me disse esses dias, quando fomos todos jantar?

— Não.

— Quer saber?

— Claro. Conte.

Nesse momento aparece Graciela, que se deita ao nosso lado. Imagino que minha irmã vai fechar o bico, mas, em vez disso, se senta na espreguiçadeira e continua:

— Uma noite dessas, quando a gente voltava depois de termos bebido um pouco, antes de irmos pra tua casa, me olhou nos olhos e disse: "Você é como um gostoso cappuccino: doce, quente, e me deixa nervoso."

Graciela comenta:

— Os mexicanos são muito galeantadores.

Surpresa, olho minha irmã:

— Ele te disse isso?

— Sim, exatamente assim.

— Puxa, que cantada mais bonita, não acha?

Raquel concorda e acrescenta, com uma voz muito sugestiva:

— Sim, é uma cantada muito elegante, como ele.

Graciela dá uma risadinha, e todas ficamos caladas. Minha irmã, hein? E parecia uma boba.

Silêncio. Raquel volta a deitar, mas eu a conheço, essa paz vai durar pouco. Em menos de dois minutos, volta a se sentar na espreguiçadeira.

— E agora, cada vez que nossos olhares se encontram, ele me diz: "Gostosa!"

— Gostosa?! — Graciela se senta também. — Isso, no México, é como dizer "você está um arraso" ou "eu te comeria inteira".

— Sério? — diz Raquel, excitada.

Seguro o riso. É algo novo para mim ver minha irmã com esse tipo de disposição.

De repente ela diz, me batendo no braço:

— Acabou, me rendo! Não posso continuar fazendo de conta que não gosto desse mexicano bonitão, parecendo galã de novela. E quando me chama de "gostosa!"... Ai, fofinha, me dá uma coisa. E agora que sei o que quer dizer, então! Santo Deus, que calor!

Caio na risada.

— Fofa, não ria, que estou preocupada.

— Preocupada?

Raquel chega mais perto de Graciela e de mim:

— Há várias noites ando sonhando coisas picantes com ele e agora quem está nervosa sem tomar o cappuccino sou eu.

Me sento na espreguiçadeira, olho Graciela e rio. Sei, minha irmã é uma figura. Mas ao ver sua expressão de preocupação, digo:

— Espera aí. Você gosta mesmo de Juan Alberto?

A louquinha da minha irmã pega sua Fanta laranja e toma um gole.

— Mais do que comer lagosta com as mãos.

Nós três rimos.

— Gostaria de saber mais sobre ele, fofa. É um cara muito agradável, e eu gosto do jeito simpático dele.

— Não é pra você, Raquel.

— Por quê?

— Porque vai voltar pro México e...

— E daí? Pouco me importa.

Isso me confunde. Como pouco importa?

— Eu não quero que ele me jure amor eterno nem nada disso. Quero ser moderna uma vez na vida. Quero saber como é ter um casinho selvagem.

— Como?! — digo aturdida.

— Fofinha, quero me divertir: esquecer de meus problemas e me sentir bonita e desejada. Mas não gostaria de me meter com ele e depois descobrir que é casado. Não quero fazer outra mulher sofrer.

Ora, ora.

Minha irmã é a pessoa mais convencional que existe na face da terra e quer ser moderna e ter um casinho selvagem? Viajei. Estou imaginando coisas.

Como ela me olha à espera de que lhe conte alguma coisa sobre seu possível casinho, olho Graciela. Ela conhece Juan Alberto melhor que eu, mas, disposta a pegar no pé de Raquel, pergunto:

— Casinho selvagem, né?

Ela sorri. Que linda quando sorri. Ao ver meu olhar de gozação, diz:

— Ai, fofa, devo estar precisando muito de atenção, porque quando estou com ele ou quando me chama de "gostosa", sinto uma vontade louca de agarrar ele no meu quarto e fazer de tudo. Puxa, me deixa excitada!

Deixa, né?

Minha irmã está dizendo que Juan Alberto a deixa excitada?

Caio na risada de novo. Minha nossa, Raquel precisa de sexo urgentemente. Ao ver que ela continua à espera de que conte coisas, digo:

— Graciela, você conhece Juan Alberto melhor que eu. Por favor, conte o que sabe dele.

A jovem chilena sorri.

— Ele se divorciou.

— Divorciado?

— Ãhã.

Minha irmã gosta disso. Nervosa, bebe mais Fanta.

— Ele se chama Juan Alberto Riquelme de San Juan Bolívares.

— Nossa, tem nome de personagem de novela — sussurra Raquel, satisfeita.

— É mesmo — concordo, achando graça.

— Tem quarenta anos e é primo de Dexter por parte de mãe. Não tem filhos. Sua ex-mulher, Jazmina, uma jararaca de marca maior, nunca quis lhe dar esse prazer nos seis anos de casamento. Mas logo que se divorciou dele, arrumou outro cara e está grávida.

— Vagabunda — resmunga minha irmã.

— Muito vagabunda — concordo, pensando que não quero ter filhos.

— Juanal é dono de uma empresa de segurança bem-sucedida no México. E com esta viagem tenta expandir o negócio pela Europa. É um homem caseiro, carinhoso e grande amigo dos amigos.

Durante um instante, observo como minha irmã processa a informação.

— Esse negócio dos filhos eu tinha imaginado. Basta ver como ele pega Lucía para saber que nunca pegou um bebê no colo.

— Eric também não tem filhos e...

— É diferente — afirma Raquel.

— Diferente por quê? — digo curiosa.

— Ora, porque criou o sobrinho sozinho. E tenho certeza de que quando Flyn era um bebê, era supercarinhoso com ele. Basta ver como cuida dele, como olha pra Luz e como se desmancha todo com Lucía. E, por falar em crianças...

— Não vem que não tem — corto. — Ainda não pensei nisso. Portanto, vamos deixar isso pra lá.

Mal acabei de falar, me dou conta dos olhares das duas. Bato na madeira: toc, toc, toc!

Raquel se deita na espreguiçadeira:

— Ora, fofinha, teus filhos vão ser lindos!

Quando enfim ela se cala, respiro com calma.

Por que todo mundo quer tanto que eu tenha filhos?

Enfim, sem querer mais pensar nisso, também me deito na espreguiçadeira e curto o sol da minha Andaluzia.

Viva minha terra!

Nessa noite, quando nos reunimos todos na casa de meu pai para jantar, observo minha irmã e Juan Alberto com mais atenção. Até que formam um casal interessante.

Quando, depois de jantar, Raquel desliga o celular após falar com o bobalhão, vejo que o mexicano se aproxima dela e a acalma. Cada vez que o trapalhão do meu ex-cunhado liga, minha irmã sai dos eixos.

Meu pai me olha, ergo as sobrancelhas e, de repente, vejo que ele olha para Juan Alberto. Não quero nem imaginar o que estará pensando.

Eu te conheço, papai!

Os dias passam, as férias terminam, temos de voltar à Alemanha. Eric tem de trabalhar, o colégio de Flyn começa e nossa vida tem que voltar à rotina.

Após um excelente almoço no restaurante da Pachuca, onde Flyn e eu nos entupimos de *salmorejo*, resolvemos sair essa última noite para beber alguma coisa.

Meu pai não vai. Prefere ficar em casa cuidando dos filhotes, como diz ele.

Às oito da noite, depois que Juan Alberto volta de uma viagem a Málaga, passamos pela casa de meu pai para pegar Raquel e saímos todos para jantar e beber.

Quando chegamos ao barzinho de Sergio e Elena, como sempre o mais movimentado de Jerez, meus amigos vêm falar comigo. Dão parabéns pelo casamento, e Eric os convida para uma bebida. Rocío, minha amiga, está contente. Percebe que estou feliz e isso é o que lhe importa. De repente começa uma música, e Rocío, me pegando pela mão, me leva até a pista onde cantamos como loucas.

Never can say goodbye, no, no, no, no,
never can say goodbye.
Every time I think I've had enough
And start heading for the door.

Rimos. Mil lembranças de verões loucos voltam, enquanto cantamos aos gritos e dançamos ao som da voz de Jimmy Somerville.

Quando acaba, vamos ao banheiro, centro nevrálgico da verdadeira fofoca, e respondo tudo o que Rocío quer saber. Falamos, falamos e falamos. Em dez minutos colocamos a conversa em dia e quando saímos estamos sedentas. Paramos no balcão para pedir umas bebidas. De repente, alguém me segura pela cintura, e ouço que me dizem ao ouvido:

— Oi, linda.

Reconheço a voz. Me viro e dou com David Guepardo, meu amigo das corridas de motocross. Me dá dois beijos e me abraça. Sabendo que Eric não vai gostar da forma como ele me segura, escapo de suas mãos como posso.

— E aí? Você por aqui?

David, um perfeito gato, passeia seus olhos pelo meu corpo e avança mais um passo na minha direção, me deixando contra o balcão do bar.

— Cheguei ontem. E apareci pra ver se te via.

Rocío me olha. Eu a olho e, antes que possa dizer qualquer coisa, vejo meu alemão, conhecido como Iceman, com cara zangada por trás de David, murmurando:

— Poderia se afastar da minha mulher pra que ela possa respirar?

Ao ouvir isso, David olha para trás e, ao ver Eric, diz sem se mexer:

— Você de novo. — Não consigo dizer nada. — Olha, amigo, esta não é tua mulher e, pelo que sei, não vai ser nunca. Por que então não vai dar uma voltinha e nos deixa em paz?

Minha nossa, a cara do Iceman. Suas narinas se dilatam. Eu digo, rapidamente:

— David, tem que...

Não consigo dizer mais nada. Eric o agarra pelo braço com suas mãos enormes e o afasta de mim, dizendo contra a cara dele, num tom nada calmo:

— Quem vai dar uma voltinha é você. Se encostar na minha mulher de novo, vai ter problema comigo, estamos entendidos?

David fica quieto. Levanto a mão e lhe mostro meu dedo.

— David, Eric é meu marido. Nós nos casamos.

A expressão dele muda por completo. No fundo, é um bom garoto. Levantando as mãos, diz rapidamente:

— Sinto muito, cara. Pensei que esse encontro fosse como o da outra vez.

O rosto de Eric se descontrai. Sua irritação diminui. Pegando-me pela mão, me puxa, dizendo:

— Agora já sabe. Trate de não se enganar de novo.

Rocío, ainda no balcão, me olha. Sorrio, enquanto me afasto com Eric. Embora eu não aprove os ciúmes, reconheço que esse momento possessivo de meu maridinho me excitou. Como fica sexy quando me olha assim.

Sem falar nada, nos afastamos. De repente surge Fernando. Nossos olhares se cruzam, e ambos sorrimos.

Vem de mãos dadas com a mesma menina simpática com quem foi a meu casamento na Alemanha. Eric me solta. Fernando e eu nos damos um longo abraço.

— Oi, jereziana.

Em seguida me solta e estende a mão para Eric:

— Como vai?

— Muito bem, meu amigo. Tudo vai muito bem.

Eles se entendem. Por fim, depois de tudo o que aconteceu entre nós três, conseguimos ser amigos e que nossas relações se normalizassem. Gosto disso. Fernando é uma das melhores pessoas que conheço. E me sinto feliz ao ver que Eric e ele enfim se dão bem.

Depois de cumprimentar Aurora, que é o nome da menina, tomamos algo juntos até que Fernando, olhando o relógio, diz:

— Temos que ir. Marcamos com uns amigos.

Sorrio, e nos despedimos. Quando se vão, Eric me segura pela cintura e pergunta:

— Está feliz, pequena?

Beijo-o toda entusiasmada e respondo:

— Muitíssimo, grandalhão.

Quando voltamos para o resto do grupo, batemos papo durante horas e nos divertimos. Estar com meu pessoal é assim: alegria, brincadeiras e diversão.

Gosto de ver o interesse que Graciela provoca. Essa chilena de voz doce está deixando os jerezianos impressionados, enquanto Dexter observa e resmunga. Ele se aguenta. Isto vai levar mais tempo do que eu tinha pensado.

O bom clima entre todos é evidente. Então minha irmã, que está sentada ao meu lado, diz contrariada:

— Ai, fofinha.

Sua atitude e voz me deixam em suspense:

— Que que foi?

— Acabo de ver o José estacionando o carro.

Minha pressão sobe. Caso o bobalhão de meu ex-cunhado se atreva a se aproximar, vou lhe dar uma porrada tão grande, que ele vai parar em Madri sem o carro. Atordoada, olho ao redor, e Eric pergunta:

— Que foi?

— O imbecil do José está aqui.

Seu rosto se contrai, mas Eric diz:

— Calma, pequena. Somos adultos e civilizados.

Seu comentário me faz sorrir, lembrando o que aconteceu antes com David. Mas para acalmar a vontade de rachar a cabeça de quem fez minha irmã sofrer tanto, pego meu copo e tomo um gole, quando vejo que Raquel se levanta. Aonde vai?

Vou agarrá-la para que não chegue nem perto de José, mas ela me deixa sem palavras. Vai até Juan Alberto, que está conversando com Dexter, pega-o pelo pescoço, se senta no seu colo e o beija na boca.

Inacreditável!

Me engasgo.

Eric pega minha mão.

Dexter me olha e eu, olhos arregalados, só posso ver que minha irmã está aos beijos como uma adolescente, diante de todos.

Meu ex-cunhado, que se aproxima, ao ver a cena fica petrificado e grita:

— Raquel!

Mas ela continua seu beijo devastador em Juan Alberto. Naturalmente que a safadinha está curtindo. Vejo-a dizendo "gostoso".

Mas as coisas não ficam por aí. O mexicano, animado, enlaça minha irmã pela cintura e a beija ainda mais profunda e demoradamente, enquanto uma de suas mãos desce até o traseiro dela e o aperta.

Pelo amor de Deus, o que ele está fazendo?

O tempo parece passar em câmera lenta, enquanto eles se beijam sem nenhuma pressa. Mas, enfim, seus lábios se separam, e escutamos:

— Raquel, você acredita em amor à primeira vista ou tenho que te beijar de novo?

Uau, eu é que não acredito no que vejo!

Novela mexicana ao vivo e a cores!

Um ex-marido, um novo amante e a mocinha, nada mais, nada menos que minha própria irmã. Superemocionante!

Eu toda surpresa; mas Eric, ao meu lado, observa calmamente a situação. O cara é gelo puro quando quer. E então, com uma expressão venenosa que me deixa paralisada, a doida da minha irmã olha meu ex-cunhado, que está parado diante dela, e pergunta:

— O que você quer, chatonildo?

Ele não consegue falar. Até o queixo dele treme. E eu estou a ponto de gritar: "Bem feito, imbecil, engole essa!"

Instantes depois, quando José consegue se recuperar, diz, os olhos arregalados:

— Raquel, não vou levar isso em conta, mas temos que conversar.

Não vai levar isso em conta?

Minha nossa! Assim eu vou lá e dou uns tapas nele. Vai ser sem-vergonha assim na...

Mas Eric, que vê como me remexo na cadeira, me olha e, sem soltar minha mão, me pede calma com os olhos.

— Olha, José — responde Raquel, me surpreendendo — , leve sim isso em conta porque penso repetir de novo tantas vezes quanto me der na telha. Estamos separados! E antes que você comece com tuas insistências, a resposta é NÃO!

— Mas, minha passarinha!

— Já não sou tua passarinha — ela grita.

José olha para ela. Pela cara dele, vejo que não a reconhece. Mas, cá pra nós, não acho estranho, eu também não a reconheço.

De repente, surpreendendo a todos nós, Juan Alberto se levanta, com minha irmã ainda entre seus braços e, expressão séria e ameaçadora, diz a José:

— Escuta, cara, esta linda mulherzinha não tem nada pra falar contigo. Daqui pra frente, toda vez que você ligar pro celular dela, vai se ver comigo, porque estamos cansados de tuas ligações e de tua insistência. Ela não quer nem almoçar, nem jantar, nem tomar o café da manhã com um sujeito como você. Primeiro, porque não quer, segundo, porque esta mulher linda está comigo e eu sou muito possessivo: o que é meu é meu, não permito que ninguém toque. Pague a pensão das tuas filhinhas, que é o que tem que fazer, afinal você é o pai, não? Quanto a minha princesa aqui, agora sou eu quem cuidará dela. Portanto, dê o fora, suma da minha vista, entendido?

Boquiaberta...

Apatetada...

E ainda me surpreendo quando minha irmã, agarrada ao gigante mexicano, olha seu ex com um sorrisinho de satisfação e diz:

— Você já ouviu, José! Adeus!

— Mas e as meninas?

— As meninas você verá, sempre que for teu dia de visita. Não se preocupe com isso — afirma Raquel.

Quando por fim o bobalhão processa o que aconteceu ali, se vira e vai embora. Eu olho minha irmã ainda de boca aberta. Ela, depois de tanto atrevimento, confusa por uns segundos, balbucia, com cara de susto, para Juan Alberto:

— Obr... obrigada pela ajuda.

Ele, soltando-a, senta de novo onde estava e, dando uma boa olhada pelo corpo de Raquel, diz em tom meloso:

— Está com tudo em cima, hein, linda?

— Porra — murmuro.

Eric ri.

Mas como se pode rir numa hora dessas?

Como vejo minha irmã totalmente confusa depois do que aconteceu, decido entrar em ação e, pegando-a pela mão, puxo-a e me afasto dos olhares gozadores de todos. Quando chegamos ao banheiro, solto Raquel. Ela abre a torneira e passa água na nuca. Não sei o que dizer.

— Ai, fofinha — murmura Raquel.

— Sei.

— Ai, que calor, fofinha.

— Normal.

Totalmente fora dos eixos, a puritana da minha irmã me pergunta:

— Acabo de fazer o que penso que fiz?

— Hum-hum.

— Sério?

— Te garanto. Você acaba de fazer.

— Beijei o... o... Juan Alberto?

— Beijou. — Ela não reage. — Você deu um amasso no cara que deixou ele meio vesgo. Bem, só faltou você cantarolar pra ele: "Gostoso!"

Estamos surpresas, sem saber o que dizer, até que a espertinha diz:

— Puxa vida, você viu como esse homem beija?

Eu vi e metade de Jerez também. Mas ela continua:

— Me atirei e... depois ele me agarrou e... e... me passou a mão na minha bunda, o descarado! Além de meter a língua até o fundo da garganta. Santo Deus, que coisa! E depois disse aquele negócio de se acredito em amor à primeira vista ou...

— ... Ou te beijava outra vez. Sim, bem novela mexicana — concluo.

Dou uma abanada nela ou ela cai dura, que é uma exagerada.

Bota de novo água na nuca, ofegante como um cachorrinho. Ainda não pode acreditar no que fez. Coitadinha. Mas desejo que volte a sorrir e digo:

— Acho que hoje você se livrou do Zezinho pro resto da vida. O mexicano fez ele cair na real, hein?

— Ai, fofa, não ria.

— Não posso evitar, Raquel.

Ela toca o rosto, horrorizada.

— Esse homem deve ter pensado que sou uma sem-vergonha.

— Ué, não dizia que queria ser moderna?

— Sim, mas não uma vagabunda — insiste, constrangida.

Como sei que precisa de uma força, digo:

— Olha, Raquel, que ele pense o que quiser. Você gostou do beijo?

Responde sem hesitar um segundo:

— Gostei. Não dá para negar.

— Então? Seja positiva e pense duas coisas. A primeira: você se livrou de José. A segunda: um mexicano como os das novelas de que você gosta te deu um beijo que te deixou tontinha.

Ao ouvir isso, por fim sorri. Eu também. Ainda que, segundos depois, me olhe e diga:

— Puxa vida, fofinha, se eu pego ele... Vai ver só...

10

Nunca gostei de despedidas e menos ainda se envolvem meu pai, minha irmã e minhas sobrinhas. Me afastar deles de novo me parte o coração, mas tenho Eric para me fazer sorrir e prometer que os veremos sempre que eu quiser.

No aeroporto de Jerez, o jato nos espera. Minha sobrinha faz de tudo para embarcar. Quer uma barra de chocolate, e a aeromoça entrega uma com alegria. Mas o tempo passa, é hora da partida, e não há mais remédio: temos que nos despedir.

— Olha, moreninha — diz meu pai ao me abraçar —, você está muito feliz. Dá pra ver. Sempre gostei de Eric, desde o começo, você sabe, né? Então sorria e curta a vida, que eu me viro também.

Faço o que ele recomenda, mas respondo:

— Papai, é que morro de saudade de vocês. E esse negócio de não saber quando vamos nos ver de novo...

Meu pai sorri, bota um dedo sobre meus lábios e diz:

— Prometi a Eric que passaremos o próximo Natal todos juntos na Alemanha. Esse rapaz te ama. E não parou de me pedir até que me convenceu.

— Sério?

Meu sorriso se abre, e abraço meu pai de novo. Enquanto isso, olho Eric, que nesse momento se despede de minha irmã, todo sorridente. Nunca imaginei que um homem como ele se preocuparia tanto com meu bem-estar. Mas aí está, esse alemão meio quadrado que me apaixonou, conseguindo que eu volte a sorrir.

Quando me separo de meu pai, é minha irmã que se aproxima com cara de patinho feio.

— Você nem foi e já estou com saudade.

Sorrio e a abraço. Dessa vez sou eu que digo:

— Ai, fofinhaaaaa, te amo muito!

Rimos, mas insisto:

— Comporte-se com o mexicano. E, mesmo que queira ser moderna, pense bem antes de fazer qualquer coisa, que de moderna você tem muito pouco, ok?

Minha louca irmã sorri e me cochicha ao ouvido:

— Me pediu que o acompanhe a Madri.

— Sério? Quando?

— Daqui a três semanas. Amanhã vai pra Barcelona. Prometi acompanhá-lo quando voltar. Olha, no fundo é uma boa ir, assim trago as coisas que Luz precisa. Calma, sou moderna, mas não vou dormir com ele. Não estou tão desesperada! — Ao ver minha cara de gozação, diz: — Ontem à noite falei da viagem com papai e ele achou uma boa. Bom, me disse que gosta do mexicano. Que é um homem de verdade, com H maiúsculo.

Acho graça. Meu pai e seus homens de verdade.

Me disse a mesma coisa quando conheceu Eric. Os homens devem ter um código especial que nós, mulheres, não conhecemos. Meu pai viu em Eric e em Juan Alberto a mesma seriedade em relação a suas filhas meio louquinhas.

— Ouça, Raquel, tem certeza do que vai fazer?

Ela sorri. Olha para Juan Alberto, que está com o resto do grupo.

— Não, fofa. Mas preciso fazer alguma coisa maluca. Nunca fui espontânea e tenho vontade de viver algo diferente com este homem. Nossa história vai durar o tempo que ele ficar na Espanha, mas...

— Raquel, você vai sofrer quando ele for embora. Eu te conheço!

Minha irmã concorda, mas com uma calma que ultimamente me confunde, responde:

— Sei, fofa, mas quero aproveitar o tempo que ele estiver aqui. Tenho consciência de minha situação, de que tenho duas filhas, acho que não posso pedir grandes emoções da vida. Por isso, vamos lá, a vida é curta!

Sorrio, mas me dá pena que pense assim. É jovem demais para acreditar que sua vida já não será emocionante. Quando vou falar, chega Eric, que me segura pela cintura:

— Meninas, sinto interromper este momento de vocês, mas o piloto avisou que temos de partir.

Então se aproxima o tão falado mexicano. Enquanto minha irmã e Eric se despedem, eu o olho, mas ele diz antes de mim:

— Já sei. Não se preocupe. Eu darei um jeito pra que ela e todos fiquem bem. Já falei com Eric, mas quero agradecer a você também por me emprestar a Vila Moreninha.

Não consigo dizer nada. Sem resposta nenhuma, sorrio e bato com o punho em seu peito:

— Já sabe, cara, como reajo quando a coisa não me cai bem. Entendido? — aviso.

O casinho de Raquel sorri e me dá dois beijos. Abraço de novo meu pai, minha irmã e beijo minha Luz como se fosse a última vez (ela choraminga porque Flyn vai embora). Também beijo Lucía, de novo falando tatibitate, e meu pai diz:

— Lembre-se, moreninha, quero mais netos. E, se for um netinho, melhor!

— Eu prefiro outra moreninha — balbucia meu marido.

Não respondo.

Minha cara diz tudo.

Eles sorriem. Viro os olhos, enquanto coço o pescoço.

Homens!

11

A chegada ao aeroporto Franz Josef Strauss Internacional de Munique é no tempo previsto e sem complicações. Quando desembarcamos, Eric se distrai falando com o piloto, e vejo Norbert com o carro. Flyn corre para ele e se atira em seus braços. Me emociono ao notar como o homem sorri de felicidade ao ver o garoto.

Depois que o menino se mete no carro com Graciela e Dexter, eu olho Norbert com cumplicidade e lhe dou um abraço. Como sempre, ele fica mais duro que um poste, mas não me importo, eu o abraço do mesmo jeito e o ouço dizer emocionado:

— Que alegria tê-la em casa de novo, senhora.

Sorrio. Passei de senhorita Judith à senhora!

— Norbert, não combinamos que me chamaria por meu nome?

O homem concorda com a cabeça e diz, depois de cumprimentar Eric com um aperto de mãos:

— Isso é coisa de minha mulher, senhora. Aliás, ela está louca pra tê-la de novo em casa.

Quando chega nossa bagagem, Norbert a bota no porta-malas do carro, enquanto Eric me segura pela cintura com atitude possessiva, me dá um beijo e murmura:

— Está de novo em meu território, pequena.

Sua expressão é divertida. Beliscando-o na cintura, explico:

— Perdão, bonitão, mas este território agora é meu também.

Animados, embarcamos e seguimos para nossa casa. Nosso lar. No caminho, Graciela olha pela janela com curiosidade e, enquanto os homens brincam com Flyn, vou explicando por onde passamos.

Eric sorri satisfeito ao ver que sei me virar em Munique. Pisco um olho para ele.

Ao chegar em casa, Norbert abre o portão — uma grade cor de aço — com o controle. Quando cruzamos o lindo jardim, vejo Simona na porta principal da casa, junto com Susto e Calamar.

A mulher sorri radiante e corre até o carro com os cachorros.

Emocionada, antes que o carro pare, abro a porta e desço como uma louca. Susto e Calamar se atiram sobre mim e eu os beijo, enquanto eles pulam e latem de felicidade. Segundos depois, meu olhar cruza com o de Simona, minha Simona!, e me fundo num caloroso abraço com ela.

Mas de repente noto que alguém me pega pelo braço e me puxa. Então me deparo com a expressão perturbada de Eric. O que deu nele?

— Ficou louca?

Surpresa com sua seriedade, em especial com o tom de sua voz, pergunto:

— Por quê? O que foi?

Flyn, que se atirou bruscamente nos braços de Simona, diz:

— Tia Jud, não pode abrir a porta com o carro em movimento. Isso é perigoso.

Nessa hora me dou conta de que isso é verdade. Minha impulsividade me deu mais uma rasteira. Horrorizada, pestanejo. Eric nem se mexe. Que péssimo exemplo sou para Flyn. Olhando meu alemão irritado, murmuro, enquanto Susto pede atenção:

— Sinto muito, Eric. Nem me dei conta. Vi Simona e...

A expressão de meu amor se descontrai. Ele passa a mão pelo meu rosto e diz:

— Eu sei, querida. Mas, por favor, tenha mais cuidado, tá bem?

Sorrindo, eu o abraço e suspiro.

— Prometo, mas agora sorria, por favor.

Ele não hesita. Sua expressão fica risonha outra vez. Ele me beija nos lábios.

— Quando estivermos sozinhos, você vai me pagar.

Com expressão sacana, eu o olho e cochicho, antes que Graciela chegue até nós:

— Uau, isso tá ficando interessante.

Depois de uma gargalhada, Eric cumprimenta os enlouquecidos Susto e Calamar.

Como meus cachorrinhos estão emocionados de nos ver de novo!

Quando Eric, junto com Flyn, se abaixa e os abraça, meu coraçãozinho bate desenfreado. Se lhes dissessem, um ano atrás, que fariam isso, estes dois duros alemães não teriam acreditado. Mas aí estão, tio e sobrinho esbanjando mil carinhos a nossos bichinhos de estimação.

Quando Flyn corre até um lado do jardim, os cachorros vão atrás dele. Enquanto Norbert tira as malas, Eric tira a cadeira de rodas, onde, depois de aberta, Dexter senta.

— Judith, como estou contente de te ver!

— E eu de ver você, Simona. Acredite se quiser, morri de saudades de você.

A mulher sorri. Ao ver Graciela ao nosso lado, apresento-a:

— Simona, esta é Graciela.

— Prazer, senhorita Graciela.

— Por favor, Simona — diz a jovem em alemão —, me sentiria mais à vontade se me tratasse sem cerimônias, como a Judith.

A história se repete.

Nota-se que às moças criadas em famílias de classe média esse negócio de "senhorita" incomoda. Olhando Simona com cumplicidade, digo:

— Já sabe, vamos deixar o senhorita pra lá.

— É isso mesmo, Simona. Ok? — insiste Graciela.

A mulher sorri e de repente exclama, surpresa:

— Fala como a protagonista de *Loucura Esmeralda*!

Ao ouvir o nome, Graciela nos olha.

— Vocês veem *Loucura Esmeralda* aqui na Alemanha?

Simona e eu dizemos que sim.

— Sério?

— Sério mesmo, Graciela — respondo.

Rio pra não chorar.

Ainda não entendo como me deixei fisgar por uma novela dessas.

— Precisa ver como adoramos seguir Esmeralda Mendoza e Luis Alfredo Quiñones. Que tristeza quando deram um tiro nele no último capítulo. Mas não vai morrer, vai?

Graciela nega com a cabeça, e Simona e eu suspiramos aliviadas. Ainda bem!

— É a novela de maior sucesso no México. Lá já acabou a segunda temporada.

— Aqui anunciam que em 23 de setembro começa de novo.

— Nossa, é mesmo? — exclamo emocionada.

Simona confirma, feliz.

— Reprisaram duas vezes no México — diz Graciela. — Esmeralda Mendoza ganhou o coração de todas as mexicanas por seu jeito guerreiro.

Simona e eu concordamos. Está causando o mesmo efeito nas alemãs.

— Simona, como está, bela mulher? — Dexter pergunta.

Alegre com nossa volta, a mulher responde:

— Pra lá de bem, senhor Ramírez. Bem-vindo! — E, apontando para Graciela, acrescenta: — Permita que lhe diga: sua namorada, ou esposa, é linda.

Ai, ai, ai, ai, o que Simona disse!

Dexter fica sem ação e Graciela toda vermelha. Eu, dando uma de espertinha, não desminto nada quando Simona, piscando um olho cúmplice para Dexter, afirma convencida:

— Soube escolher muito bem.

Eric sorri diante de meu silêncio. Como me conhece meu alemão. Mas Dexter quer esclarecer logo tudo:

— Obrigado, mas preciso te dizer que Graciela é só minha assistente.

Simona o olha, depois olha para a moça e, ao notar seu constrangimento, junta as mãos e pede perdão.

— Desculpe minha indiscrição, senhor.

— Tudo bem, Simona, não foi nada — sorri Dexter.

Entramos todos na casa e, quando chegamos à sala, ouço que Simona pergunta a Graciela:

— É solteira?

— Sim.

A mulher a olha. Depois me pisca um olho.

— Te garanto, aqui na Alemanha vão chover pretendentes. Gostam muito das morenas por essas bandas.

Dexter fica com cara de tacho ao ouvir isso. Eu, sem poder remediar a situação, olho para outro lado para que não me veja rir. É óbvio que ele vai ter que se entender com a chilena de uma vez por todas.

À tarde, aparecem Sonia, a mãe de Eric, e Marta, sua irmã, com seu namorado Arthur. Flyn corre para eles e os abraça. Observo a cara de Sonia, que curte este contato tão íntimo com o neto, enquanto Marta, animada, o pega nos braços e rodopia com ele. Nunca estiveram tanto tempo separadas do menino e o reencontro as emociona.

Como era de se esperar, ao ver Graciela as duas pensam a mesma coisa que Simona pensou. Dexter tem de explicar de novo que a jovem não é sua namorada, nem sua mulher.

Pergunto a Sonia por Trevor e ela, se aproximando, murmura:

— Terminamos. Na minha idade não quero compromissos. Homens? Eu, hein!

Concordo e rio. Minha sogra nunca para de me surpreender. É de morte!

Por duas horas, todos muito à vontade em volta da mesa, conversamos e bebemos. E Eric e eu mostramos nossas fotos da lua de mel.

Bom, todas não. Há umas que reservamos apenas para nós dois. São íntimas demais.

Ao saber que Graciela é solteira, Marta rapidamente a convida para uma noite de farra, e quero ir junto também. Desejo ir ao Guantanamera ver meus amigos, dançar e gritar "azúcar!".

Eric me olha. Vejo em seus olhos que não acha graça nenhuma nisso, mas não planejo deixar de sair com os amigos pelo simples fato de ser a senhora Zimmerman. Nem de brincadeira!

Voltar à rotina significa esclarecer tudo de novo. Uma coisa foi toda a agitação do casamento e da lua de mel e outra muito diferente vai ser o dia a dia. E, embora eu adore meu marido e ele me adore, sei que vamos ter nossos atritos. E sei só de sentir esse simples olhar.

12

Combinamos de jantar no dia seguinte com Björn, Frida e Andrés no restaurante de Klaus, o pai de Björn, o Jokers. Dexter, Graciela, Eric e eu, depois de cumprimentar o simpático Klaus, nos dirigimos à mesa que ele nos indica. Pedimos umas cervejas e começamos a bater papo.

— Minha nossa, adoro a cervejinha Los Leones.

— A Löwenbräu? — pergunta Eric.

Graciela acena que sim e toma um gole.

— Há muitos anos, quando eu morava no Chile, tinha um vizinho que o pai era alemão e mandava buscar essa cerveja daqui. Hum, está muito boa!

Dexter, com um sorriso enorme ao vê-la tão feliz, pergunta:

— Peço outra?

— Mas é claro.

Olho para eles. Ora, ora, feitos um para o outro.

Eles se gostam, mas nenhum dá o primeiro passo. Bem, Graciela acabou dando e agora é a vez de Dexter. Tenho certeza de que deseja, mas sua condição o detém. O que não entendo é como pode ser tão bobo. Sabe que ela conhece suas limitações e mesmo assim se interessa por ele. Sinceramente, não o entendo.

Quando nos trazem outra rodada de cerveja, brindamos, e o bom humor reina entre nós, como sempre. Nesse momento, vejo que entra o bonitão do Björn acompanhado por uma mulher. Quem será?

Ele ainda não nos viu, de modo que posso bisbilhotar à vontade. A mulher, como era de se esperar, é uma gata. Alta, saltos superaltos, sexy, loira e bonita, muito bonita.

Quando seu pai lhe faz um sinal avisando que estamos aguardando, Björn se vira, e nossos olhares se cruzam. Me pisca um olho.

É um grande amigo!

— Eric, chegou teu amiguinho — sussurro, feliz.

Meu loiro se levanta para encontrar Björn. Esses dois gigantes que tanto amo dão um longo e significativo abraço. Eles se adoram. Depois, Björn me abraça e diz ao meu ouvido:

— Bem-vinda à casa, senhora Zimmerman.

Sorrio e observo que sua acompanhante me olha com uma expressão pouco amável. Por sua atitude, nota-se que não se sente muito feliz com este jantar. Björn continua cumprimentando a todos. Depois de apertar a mão de Dexter e de ser apresentado a Graciela, diz:

— Frida e Andrés não chegaram?

— Estamos aqui! — ouve-se de repente a voz de Frida.

Ao ouvi-la, dou um pulo e corro para ela. Minha louca amiga vem dando saltinhos e diz, enquanto nos abraçamos:

— Como vai tudo?

— Sensacional. Até agora não nos matamos.

Frida sorri. Agora é Andrés quem me abraça apertado. São todos tão carinhosos comigo, que não consigo parar de sorrir. Vejo que conhecem Graciela do tempo que foram ao México.

Cravo o olhar na loira que, num lado da mesa, nos olha com cara enjoadinha. Digo a Björn:

— Faça o favor de ser um cavalheiro e nos apresentar sua acompanhante.

Ele, que está emocionado com o reencontro, se aproxima da desconhecida e a segura pela cintura:

— Agneta, te apresento a meus amigos. Eric e sua mulher, Judith. Andrés e sua mulher, Frida. Dexter e sua namorada, Graciela.

Ai, meu Deus, ele também disse isso.

Desato a rir sem conseguir parar.

Antes que Dexter se explique, Graciela olha o bonitão do Björn e diz:

— Não somos namorados. Sou apenas a assistente dele.

Björn olha surpreso para o mexicano, depois para ela, e diz em espanhol, para que Agneta não entenda:

— Então acho que vamos marcar um encontro.

Ai, eu morro. Björn não desperdiça uma oportunidade, e Graciela, com uma graça que me espanta, concorda:

— Será um prazer.

Nossa, essa chilena!

Não quero nem olhar para Dexter.

Pobrezinho.

Mas, por fim, como sou mesmo intrometida, zás!, olho. Está todo carrancudo e afasta o cabelo escuro do rosto. Não diz nada e toma um gole de sua cerveja. Coitado, me dá até pena.

Depois das apresentações, todos nos sentamos e começamos a conversar. Klaus, o pai de Björn, rapidamente nos enche a mesa de pratos deliciosos. Meus olhos soltam faíscas enquanto explico a Graciela um pouco do que é tudo aquilo.

Ufa, estou com uma fome, minha nossa!

— Sabe quem é essa? — cochicha Frida, disfarçando.

Ao notar que aponta a acompanhante de Björn, digo:

— Quem?

— É apresentadora de televisão, no noticiário da CNN daqui da Alemanha.

— Puxa — sussurro, olhando-a com curiosidade.

Graciela, que é boa de garfo, como eu, rapidamente entra em ação. Depois de comer uma almôndega fabulosa, me olha e diz com sua voz doce:

— Que delícia!

Concordo. Essas almôndegas de carne moída estão supergostosas. Como desejo que continue descobrindo coisas, pego dois *brezn* e lhe entrego um.

— Prove esta rosquinha. Passe no molho e verá.

— Os *brenz* daqui são espetaculares — intervém Frida, que pega outro. — Você vai ver.

Nós três molhamos as rosquinhas e as comemos. Nossas expressões exageradas dizem tudo: deliciosas!

Os rapazes nos olham e sorriem. Pedimos mais cerveja. Comer dá sede.

Enquanto os homens conversam, nós aproveitamos nossa degustação, até que, de repente, o olhar de Agneta chama minha atenção.

— Não come?

Ela nega com a cabeça e responde, franzindo o nariz:

— Tem gordura demais pra mim.

— Olha, sobra mais pra gente! — responde Graciela em espanhol.

Contenho o riso. Acho que a cerveja começa a fazer efeito em Graciela.

Frida, que está ao nosso lado, diz:

— Mas tem de comer alguma coisa, mulher.

Agneta, com uma cara que me lembra não sei quem, a olha e diz:

— Pedi uma salada de rabanete e queijo.

— Vai comer só isso?

A loira alemã acena que sim e acrescenta, levantando o queixo:

— Tudo o que a gente come leva um segundo na boca e seis meses nos quadris. Devo respeito meu público, que quer me ver magra e bonita.

Tem razão.

Mas, vê lá: o segundo na boca é sensacional! Quanto aos seis meses de que falou, prefiro não discutir. Esta fulana é idiota, completamente idiota.

Durante vários minutos, comemos e comemos. De repente paro. Já sei quem me lembra a cara da Agneta!

É igualzinha a um poodle chamado Fosqui que a Pachuca teve quando eu era criança. Rio de novo. Não posso me conter. Eric chega mais, me beija o pescoço e pergunta:

— Qual é a graça?

Não posso dizer a verdade, então digo:

— Graciela. Viu como está contente?

Eric a olha.

— Acho que não deveria beber mais Löwenbräu.

Concordo com ele e lhe dou um beijinho na ponta do nariz.

— Eu te amo, senhor Zimmerman.

Eric sorri e bota uma mecha do meu cabelo atrás da orelha.

— Sabe?

— Quê?

— Faz muito tempo que não discutimos e que você não me chama de uma coisa.

Caio na risada, pois sei a que se refere.

— Vou dizer isso só quando você merecer. Agora não merece. Então não. Me nego a te dar esse prazer.

— Me deixa louco quando me chama...

— Eu sei — rio, divertida.

Me faz cócegas na cintura e pede:

— Vamos, diga.

— Não.

— Diga.

— Não. Agora você não merece.

Me dá uns beijinhos. Muito contente afinal digo:

— Babaca.

Eric solta uma gargalhada. Depois nos beijamos de novo. Minha nossa, como meu lindo sabe beijar.

— Essa salada não é a que pedi — diz uma voz estridente.

Eric e eu voltamos à realidade. Olhamos Agneta, que protesta, muito chateada:

— Pedi uma salada de queijo e...

— Isto é uma salada de queijo e rabanete — corta Björn, olhando-a.

A estrelinha da CNN olha o prato à sua frente e adota uma expressão mais doce.

— Ah, tudo bem. Se você diz, então acredito.

— Se eu digo?

Aproximando-se de Björn, que a olha meio transtornado, a loira diz:

— Sim. Se você diz.

Frida e eu nos olhamos. Intuo que pensamos a mesma coisa. Ela é idiota, irremediavelmente idiota.

Agora, cá para nós, que pouca personalidade. O que Björn viu nela?

Bom, claro, é gostosona. Conhecendo os gostos de meu amigo, a moça deve ser uma fera na cama, no mínimo. Mas, é a perfeita loura burra.

Todos continuamos comendo, e pouco a pouco a conversa se normaliza. Frida, alemã como Agneta, tenta incluí-la na conversa, mas ela não se dá ao trabalho de participar.

Depois da sobremesa e das risadas, Graciela pede à garçonete:

— Me traz dez Löwenbräu pra levar.

Todos rimos, mas Dexter diz à mulher:

— Nem pensar, nem pensar.

Graciela o olha e, apoiando um cotovelo na mesa e o queixo na mão, pergunta:

— Por quê? Por que acha que não devo levar umas cervejinhas?

O mexicano, com um sorriso carinhoso, diz:

— Vai te deixar mal, pode acreditar.

Graciela dá uma gargalhada. Notei que, faz um tempo, sua timidez desapareceu. Antes que eu possa detê-la, se aproxima de Dexter e diz:

— Mal? Estou mal por ver que você não quer nada comigo, quando seria maravilhoso se brincássemos juntos no teu quarto do prazer.

Uau, essa agora ninguém segura mais!

— O que disse?! — pergunta ele, totalmente desconcertado.

— Sei que você gosta de mim e minha comadre aqui, Judith, também já percebeu. Não se faça de desentendido, cara.

Toma!

Frida me olha. Eu a olho.

Eric me olha. Eu o olho.

Björn me olha. Eu o olho.

Todos me olham, até Dexter. Então digo:

— Como é, Graciela? Você se refere a...

Mas não posso continuar.

Graciela pega Dexter pelo queixo e lhe dá um beijo do tipo desentupidor de pia, o que nos deixa atônitos.

Outra como minha irmã. Que coisa essas "quietinhas"!

Quando termina, sorri e explica, bem pertinho do rosto dele:

— Me refiro a isso, queridinho lindo. Quero deixar de brincar com outros pra brincar com você.

Minha Nossa!

Nem sei o que fazer.

Estou pasma. Graciela não para de pestanejar na direção de Dexter. Ele, me olhando, pergunta:

— O que ela quer dizer quando fala em brincar?

Ergo as sobrancelhas e Dexter, transtornado, me entende. Olha Graciela, boquiaberto.

— Pelo amor de Deus, com quem você brinca?

— Com meus amigos.

— Como?! — ele berra.

Graciela, sob o efeito das muitas cervejas, responde:

— Ora, já que você não quer brincar comigo, tratei de me virar.

Ninguém se mexe. Ninguém sabe o que fazer. Então Eric, tomando as rédeas da situação, se levanta e diz:

— É tarde, acho que será melhor voltarmos pra casa.

Levantamos todos. Me aproximo de Graciela e, ao ver que Dexter é o primeiro a ir saindo com sua cadeira de rodas, pergunto em voz baixa:

— O que tá fazendo, sua louca?

Ela dá de ombros.

— Dizendo a verdade pra ele de uma vez por todas. Acho que as cervejinhas me ajudaram.

— Já vai ver se ajudaram. Vamos, já pra casa — resmungo.

Saímos do restaurante. Enquanto Dexter se acomoda no carro e Eric dobra a cadeira de rodas, Frida e Andrés vão embora. Agneta, muito diva, não se despede de ninguém e entra logo no carro esportivo de Björn. Ô tipinha antipática.

Björn, que espera que Eric termine, me olha e sorri, percebendo que Dexter pode nos ouvir. Como diz meu pai, esse é macaco velho. Quando se despede de Graciela, Björn sussurra:

— Foi um prazer, e o convite pro jantar continua de pé. Amanhã falamos.

Mas que cara de pau!

Nem precisa que lhe peçam e já está ajudando a fisgar Dexter. Então, Björn beija Graciela e a mim e vai embora. Nós duas entramos no carro. Vamos os quatro em silêncio até em casa.

Dexter, chateado, vai para seu quarto no térreo. Depois que Graciela vai para o seu, Eric me olha achando graça.

— Por que você é assim tão danadinha, pequena?

— Eu?!

— Sim, você.

— Por que diz isso?

Chega perto de mim e insiste:

— Que negócio é esse de que Graciela brinca e de que você sabe que Dexter gosta dela?

Achando graça do modo como me olha, digo:

— Primeiro: ela me confessou sem eu dizer nada.

— Caramba, que intimidade — murmura, me beijando o pescoço.

— E segundo: é óbvio! Basta reparar no Dexter quando um homem chega perto de Graciela pra ver como fica chateado.

Eric sorri, me abraça e, depois de um beijo profundo, diz:

— Que acha se brincarmos um pouquinho, você e eu, e deixarmos de conversa mole?

Ele me prende contra a parede e eu lhe devolvo o beijo.

— Acho ótimo, senhor Zimmerman.

13

Dois dias depois, minha cunhada Marta liga. Combinamos de sair pra night.

Uau, não vejo a hora.

A ideia era Graciela e eu irmos, mas no fim os rapazes se juntaram a nós. Não querem nos deixar ir sozinhas. Quando chegamos à porta do Guantanamera, observo a cara de meu amor e sei que não vai dar muito certo ele ter vindo conosco.

Entramos. Vejo Anita e Marta com Arthur. Alguns amigos já estão na pista, dançando. Sorrio. Olha só como essa dança mexe com minha cunhada. Eric a observa. Nunca a viu dançar. Surpreso ao ver como requebra, pergunta:

— Por que minha irmã faz essas caras?

Animada, olho no momento em que Marta também nos vê e, com uma gargalhada, corre para nós com seu namorado atrás. Nos cumprimentamos.

De repente, noto um rapaz que dança com Anita. De onde saiu esse gato? Marta, ao ver a direção de meu olhar, cochicha:

— Impressionante, né?

Concordo, admirando o cara. Trata-se de um morenaço incrivelmente sensual.

— Nós o apelidamos de Senhor Peitoral Perfeito.

— Não é pra menos, gostosão assim — murmuro.

— Se chama Máximo — diz Marta.

— E quem é?

— Um amigo de Reinaldo.

— É cubano?

— Não, argentino. Muito lindo, né?

— Nem me diga.

Negar seria uma das maiores mentiras do mundo. Estamos maravilhadas observando como Anita dança tão bem salsa com o argentino. De repente, Eric diz a meu lado:

— Tua bebida, Jud.

Ao pegar o copo, vejo nos olhos dele que ouviu nossa conversa e que está chateado.

Ai, meu menino, todo ciumento.

Eu sorrio. Ele não.

Dou um beijo nele.

— Só gosto de você.

— E do Máximo — zomba.

Mas enfim, depois de beijá-lo muitas vezes, consigo que sorria e me beije. Enquanto o grupo bate papo, noto como Dexter e Eric se comunicam com o olhar, quando passa uma mulher que acham atraente. Rio. Não posso me chatear. Eu também tenho olhos.

Eric paga uma rodada de *mojitos* justo quando começa uma música. Quase todos gritamos:

— Cuba!

Surpreso, Eric me olha. Eu começo a mexer o quadril lenta e pausadamente ao som da música e observo como meu marido me examina com seu olhar azulado. Ele gosta do vestido curto que uso, comprou-o em nossa lua de mel. Tentando-o, digo:

— Vem. Vamos pra pista.

Meu lindo arqueia as sobrancelhas e recusa com a cabeça. Só falta me dizer: "Nem louco!"

Estamos de volta à Alemanha. Seu jeito espontâneo em nossa lua de mel parece ter desaparecido. Isso me entristece. Gosto mais do Eric desinibido. Ele me observa com expressão séria e, ao ver que não paro de rebolar, diz:

— Vai você pra pista.

Querendo dançar e cantar a canção do grupo Orishas, vou para a pista com meus amigos e danço com eles. Nossos movimentos são lentos e sensuais. A música entra em nossos corpos. E cantamos:

Represent, represent,
Cuba orishas undergroud de la Habana.
Represent, represent,
Cuba, hey mi música.

A pista enche.

Todos dançamos, enquanto cantamos aos gritos. Observo que Eric não tira o olho de mim. Me vigia. Não se sente à vontade.

Chega meu amigo Reinaldo. Vê Eric e corre para cumprimentá-lo. Sorriem. Meu loiro lhe apresenta Dexter e Graciela e me aponta. Reinaldo, com seu grande sorriso cubano, corre para a pista e, me agarrando pela cintura, começa a dançar essa música sensual.

Represent, represent,
Cuba orishas underground de la Habana.

Olho Eric e vejo que ele não está gostando nada nada dessa nossa dancinha. Rapidamente, me solto, e todos na pista começam a pular enquanto cantamos:

Aprenderás que en la rumba está la esencia.
Que mi guaguancó es sabroso y tiene buena mezcla.
A mi vieja y linda Habana un sentimiento de mañana.
Todo eso representas,
Cuba-a-a!

O lugar todo acompanha a canção com gritos e palmas, e dança. Quando termina, o DJ muda de ritmo, e eu volto a meu maridinho, sedenta. Pego o *mojito* e tomo um bom gole.

— Não dança, meu amor?

Eric me olha, me olha e me olha, afasta meu cabelo do rosto suado e pergunta:

— Desde quando gosto de dançar?

Sua resposta é de uma grosseria horrorosa, mas como não quero discutir nem lembrá-lo de que em nossa lua de mel dançou tudo o que quis e mais um pouco, deixo pra lá. Seguro-o pelo pescoço e murmuro:

— Tudo bem, então me beije. Disso você gosta, né?

Por fim, sorri.

Estamos curtindo nosso beijo, mas de repente Marta me puxa, me leva para a pista, e começamos a dançar a *Bemba colorá*. Eric fecha a cara de novo. É óbvio que não está gostando nem um tiquinho do Guantanamera.

Graciela nos olha, e faço um sinal para que se junte a nós. Nem pensa, vem pra pista, se requebrando toda. Dexter e Eric se olham e suspiram.

Que dupla, eles são!

Logo também chegam Reinaldo, Anita, Arthur, dois amigos cubanos e o Senhor Peitoral Perfeito.

Meu Deus! De perto o argentino é ainda melhor.

Como não é a primeira vez que venho aqui, já sei como dançam. Fazemos um círculo e, no meio, casal por casal, mostramos os passos que sabemos fazer nessa dança deliciosa e sensual. Marta e eu nos mexemos como duas loucas, enquanto gritamos:

— *Azúcar*!

Quando a música acaba, volto para a mesa. Estou com sede de novo. Eric, com cara de chateado, me diz:

— Vai ser assim a noite toda?

Observo que Dexter diz alguma coisa a Graciela e que ela revira os olhos. Olho meu garoto nada latino de novo e pergunto, depois de beber um gole enoooooormeee do meu *mojito* delicioso:

— Não gosta dessa zoeira?

Não entende a palavra. Insisto:

— Não gosta dessa animação toda e do clima tão legal daqui?

Eric, ou melhor, Iceman, olha ao redor e responde com uma sinceridade esmagadora:

— Não. Nem um pouco. Mas você, sim, né?

Acabo o *mojito* e olho Eric. Apesar de saber que isso o chateia, digo, sublinhando meu sotaque cubano:

— Você já sabe, *mi amol.*

Seu nariz se dilata.

Uau, excitante!

Depois, me aproximo dele e murmuro:

— Me deixa louquinha quando fica tão sério assim.

Colo meu corpo ao dele. Mesmo de salto alto, chego apenas até seu nariz. Eric não se mexe. Só me olha. Começo a mover meu corpo lentamente ao compasso da música. Noto sua ereção. Beijo-o:

— Quer que a gente vá pra casa?

Concorda na hora. Sorrio.

Quando chegamos, são duas e quinze da madrugada. Nos despedimos de Dexter e Graciela e vamos para nosso quarto. Mas Eric continua de cara amarrada.

Eu estou um pouco zonza por causa dos *mojitos.*

— Olha, querido...

Mas não consigo dizer mais nada.

Iceman me agarra e, com uma paixão que me deixa sem fala, me beija com violência. Me imprensa contra a parede e, me arrancando a calcinha, diz perto de minha boca, enquanto abre a calça:

— Não gosto que dance com outros.

Me penetra com violência, me fazendo arquejar.

— Não quero que você vá lá de novo, entendido?

Sua paixão me enlouquece, mas não sou besta. Me agarro com força em seus ombros e, olhando-o, respondo com sensatez:

— Meus amigos vão lá, qual é o problema?

A expressão de Eric fica sombria de novo. Agarra meus quadris, me aperta outra vez contra ele, e eu grito. Ele me deixa louca quando mete fundo assim. Adoro.

— Não gosto daquele lugar — murmura.

Eu o beijo. Quando separo meus lábios dos seus, digo:

— Eu gosto. Me divirto e não faço mal a ninguém.

— Faz mal a mim — resmunga, entrando em mim de novo.

Me falta o ar. Mas gosto de nossa brincadeira *caliente*. Quero mais.

— Não, querido. Eu nunca faria mal a você.

Após uma nova penetração, Eric arqueja:

— Tem homens demais te olhando.

— Mas sou só tua.

Sua boca toma a minha. Suas mãos baixam e me seguram pela bunda. E me penetra sem parar. Sem descanso. Está furioso e sua fúria me entusiasma. Me abro. Me delicio com esse momento tão possessivo. Tão passional. Mas então meu corpo não se aguenta mais. Me aperto contra Eric, e um prazer intenso e viciante me domina.

Eric percebe e mete mais e mais. Ele mergulha e mergulha em mim, até que um gemido vigoroso me faz saber que chegou ao limite.

Continuamos contra a parede, sem nos soltarmos. Adoramos esse tipo de sexo. Nossas respirações estão agitadas. Eu o olho e digo:

— Nossa, como o Guantanamera te excitou!

Ele me olha e, ao ver meu sorriso, por fim sorri também e me abraça.

— É você que me excita, pequena... Apenas você.

Não torna a me proibir mais nada. Sabe que não deve. Embora já tenha ficado claro para mim o que ele pensa do Guantanamera.

Essa noite, depois de fazer amor como loucos debaixo do chuveiro, dormimos abraçados e muito, mas muito apaixonados.

Os dias passam — e Dexter e Graciela continuam na mesma.

Já estou enjoada dessa situação.

Björn liga para convidar Graciela para jantar. Ela aceita, e Dexter não diz nada.

Diabo, esse homem não tem sangue nas veias?

No dia seguinte, pergunto a Graciela como foi seu encontro. Entusiasmada, ela me conta que Björn se comportou como um cavalheiro o tempo todo. Nada de sexo.

Não me surpreendo, sinceramente. Se alguma coisa Björn tem, fora estar em forma, é que é um verdadeiro gentleman e um bom amigo de seus amigos.

As aulas de Flyn começam. Em seu primeiro dia, ele fica nervoso. Durante o trajeto, Norbert e eu sorrimos ao vê-lo tão feliz. Leva na mochila o presente que fez para sua amiga especial Laura e não vê a hora de entregá-lo.

Mas sua expressão já não é a mesma quando vamos buscá-lo, à tarde. Está triste e abatido.

— O que foi? — pergunto.

Em lágrimas, meu pequeno alemão-coreano me olha e murmura, o presente ainda embrulhado nas mãos:

— Laura trocou de colégio.

— Por quê?

— Ariadna me contou que seus pais mudaram de cidade.

Ai, meu menino. Sua primeira decepção amorosa. Que pena.

Por que o amor é sempre tão terrivelmente complicado?

Eu o abraço, e ele se deixa abraçar, enquanto Norbert nos leva. Beijo sua cabecinha morena e tento achar as melhores palavras que meu pai diria.

— Olha, Flyn, entendo que você esteja triste por não ver Laura, mas tem de ser positivo e pensar que ela, embora não esteja nesse colégio, está bem. Ou preferiria que estivesse mal?

O menino me olha, nega com a cabeça e diz:

— Mas não vou ver Laura nunca mais.

— Isso não se sabe. A vida dá muitas voltas e talvez algum dia você reencontre tua amiga.

Meu menino não responde. Tentando fazê-lo sorrir, proponho:

— E se a gente fosse comprar um presente pra Eric? Sábado é o aniversário dele.

Flyn concorda. Rapidamente, digo a Norbert que não vamos mais para casa, mas a uma joalheria onde vi um relógio de que meu marido gosta. Custa uma fortuna, mas, cá entre nós, podemos nos permitir o luxo.

Na joalheria, não me conhecem, mas conhecem Flyn e Norbert. Quando digo que sou a senhora Zimmerman, só faltam me estender um tapete vermelho e atirar pétalas de rosa pelo caminho.

Impressionante o que o dinheiro faz!

Depois de comprar o relógio e uma pulseira preta de couro que Flyn achou que o tio gostaria, deixo que embalem tudo para presente e me entristeço com a carinha de meu sobrinho. Não gosto de vê-lo desse jeito, ainda mais depois de um mês tão feliz. Já dentro do carro, tento fazê-lo sorrir.

— Sabe que daqui a dois fins de semana vou participar de uma corrida de motocross com Jurgen?

— Eiii! Sério?

— Sim. Quer ser meu ajudante?

O garoto concorda, mas não sorri. Eu insisto:

— O que você acha da gente começar a treinar com a moto?

Sua expressão muda, seus olhinhos se iluminam.

Desde antes do meu casamento, ele quer aprender a andar de moto e por isso pedi a meu pai que aproveitasse o verão e lhe ensinasse primeiro a andar de bicicleta. Isso me facilita a tarefa.

Penso em Eric e estremeço. Sei que essas aulas me darão muitas dores de cabeça, mas também sei que no fim Eric acabará aceitando. Meu amor prometeu mudar de atitude com todos e tem de cumprir.

Flyn começa a me fazer perguntas sobre a moto. Respondo sem preocupações, até que o menino diz:

— O tio Eric vai se chatear, né?

Minimizando o peso da pergunta, beijo Flyn na cabeça e digo, convencida de que ele tem razão:

— Não se preocupe tanto. Prometo que o convencerei.

Assim ficamos combinados, Flyn e eu. Nessa tarde, quando Dexter e Graciela saem para acertar uns assuntos da empresa, falo a Eric sobre as aulas de direção. Eric se chateia.

— E por que teve que lembrar o menino? — diz, do outro lado da escrivaninha de seu escritório.

— Olha, Eric — digo, olhando a estante com as armas. — Flyn está arrasado com a perda de Laura, então pensei que...

— Decidiu que trocasse Laura por uma moto, é?

Eu o olho. Ele me olha. Como sempre, nos desafiamos com o olhar.

— Antes do casamento prometi que ele aprenderia a andar de moto.

— Sei que prometeu. O que não entendo é por que teve de lembrá-lo.

Nisso tem razão. Como sempre, fui impulsiva demais. Não penso antes de falar e aí meto os pés pelas mãos. Mas não aprendo.

— Ele teria pedido, de qualquer forma. Daqui a dois fins de semana, participo com Jurgen de uma corrida e...

— Você vai fazer o quê?

Ai, ai, ai, ai. Nova complicação à vista.

Eric franze o cenho e noto que está tenso. Mas, disposta a fazê-lo cumprir o que prometeu, explico:

— Já tinha comentado com você. Faz um mês que você sabe. Te disse que Jurgen me avisou dessa corrida e você mesmo me disse que achava ótimo que eu participasse. A troco de que ordenou que trouxessem minha moto no teu avião?

Me olha espantado.

— Eu ordenei?

— Isso mesmo. E se tem menos memória que Dory, a amiga de Nemo, não é problema meu! Mas, deixa pra lá, isso agora não importa. O que importa é conversarmos sobre Flyn.

Eric me olha com a cara amarrada.

— As aulas estão começando e não quero que ele se distraia dos estudos. Deixe o negócio da moto pra primavera.

— O quê?!

— Jud, pelo amor de Deus. Pro Flyn dá na mesma aprender agora ou daqui a um tempo.

— Mas eu prometi que...

— O que você prometeu não é problema meu — corta com voz seca. — Além disso, a moto de Hannah ou a tua são muito altas pra ele. Seria preciso comprar uma adequada pro menino.

— Arhhhmmmm!

Eu aprendi com a moto de meu pai e aqui estou, inteirinha!

— Olha, Jud, claro que ele vai aprender a andar de moto, mas agora não é o momento.

— Agora é que é.

Tensão, muita tensão.

— Jud... — diz baixinho.

Sem desanimar, respondo:

— Eric...

Fazia um tempinho que não sentia isso. Ele me olha com os olhos de Iceman, e meu estômago se contrai. Deus do céu, olha como me deixa excitada! Quando vou dizer que não quero discutir, toca o telefone. Eric atende e me faz um sinal. Entendo que se trata de trabalho.

Espero cinco minutos. Ao ver, então, que a coisa vai demorar, decido sair do escritório e ir à cozinha tomar alguma coisa. Lá topo com Flyn, sentado. Está tristinho de novo. Ainda segura o pacotinho para Laura. Ao me ver, diz:

— Não quero que você e o tio discutam.

— Não é nada, querido.

— Mas ouvi o tio todo irritado.

— Ele se chateou porque lembrou que eu vou participar de uma corrida de moto, não porque você vai aprender a andar — minto. Ao ver a carinha dele, insisto: — Não é nada, não, amor. Pode acreditar.

— Não. Vocês vão brigar e você vai embora de novo.

Ao ouvir isso, sorrio. Meu baixinho resmungão gosta de mim. Isso me toca o coração. Por isso, me sento ao lado dele e faço com que me olhe.

— Olha, Flyn, teu tio e eu nos amamos muito, mas mesmo assim somos muito diferentes em tantas coisas que vai ser muito difícil não discutir. Mas o fato de a gente discutir não quer dizer que eu vá embora e deixe vocês dois. Seria preciso acontecer uma coisa muito, mas muito grave, e não vou permitir que isso aconteça, ok?

O menino concorda. Pego-o pela mão e o sento no meu colo. Ainda me surpreende ter conseguido essa intimidade. Quando ele me abraça e apoia sua cabeça em meu ombro, murmuro:

— Gosto muito dos teus abraços, sabia?

Noto que sorri. Durante mais de cinco minutos, continuamos assim, sem falar e sem nos mexermos. Por fim ele me olha:

— Gosto muito que você more com a gente.

Rimos. Me surpreendendo mais uma vez, pega minha mão e diz:

— Já que Laura se foi, quero dar o presente pra você.

— Tem certeza?

Flyn acena que sim, e pego o presente.

Abro o pacote e sorrio ao ver uma pulseirinha feita à mão com as peças de um brinquedo da Bratz de minha sobrinha, que, curiosamente, é da minha cor preferida: lilás.

— Adorei, é linda!

— Gosta?

— Claro que gosto. — Boto a pulseira e estico a mão. — E aí, como ficou?

— Fica muito bem em você. Sabe, fiz da tua cor preferida.

— Como sabia?

— Luz me disse. Também me lembrei de um dia que o tio me contou.

Sorrio e o beijo.

— Obrigada, querido. Adorei teu presente.

— Não brigue com o tio por minha causa.

— Flyn...

— Me prometa — insiste.

Como quero que volte a sorrir, grudo meu polegar ao dele e afirmo:

— Prometo.

Me abraça tão forte que até me machuca os ombros, mas não me queixo. Decidida que ele será feliz de um modo ou de outro, digo, lhe fazendo cócegas:

— Vou te encher de beijos, sabia?

Ele dá uma gargalhada. Entusiasmada, rio também. De repente nos damos conta de que Eric está na porta. Seu olhar, como sempre, me impressiona. Ele se aproxima de nós e, abaixando-se para ficar da nossa altura, diz:

— Primeiro: Judith não vai embora nunca, entendido? — O menino concorda. — Segundo: compraremos uma moto pra um menino da tua idade, assim pode começar as aulas com Jud. Terceiro: que acha de irmos às compras pra que Jud seja a mais bonita na Oktoberfest?

Flyn, surpreso, se atira nos braços do tio e depois sai correndo da cozinha. Já eu não entendo nada, nem me mexo. O que houve? Meu louco amor, ajoelhado na minha frente, diz:

— Teria de ser uma coisa muito, muito, muito, muito grave entre a gente pra eu te deixar ir embora. Entendido, pequena?

Sorrio.

— Esteve escutando nossa conversa, né?

— Ouvi o suficiente pra saber que meu sobrinho e eu estamos loucos por você e que já não sabemos viver sem a moreninha.

Me desarma...

Suas palavras derrubam todas as minhas defesas.

Eu o beijo e ele corresponde, deliciado. Eu o desejo desesperadamente, e quando minhas mãos o agarram com mais paixão, Eric me segura e diz:

— O que eu mais desejo agora é te despir e fazer mil coisas com você, mas agora não pode ser.

Eu protesto.

Ele sorri e diz, ao ver minha cara:

— Flyn vai voltar em seguida pra irmos fazer compras.

— Compras, onde?

Levantamos. Meu lindo me beija, me beija, me beija e, quando perdi por completo a noção das coisas, diz, dando um empurrãozinho no meu traseiro:

— Vamos, precisamos comprar alguma coisa bonita pra grande festa de Munique.

Horas depois, numa loja de roupas típicas, encontramos Dexter e Graciela. Ao nos ver, vêm até nós, e me divirto comprando os trajes típicos para a festa. Vamos à Oktoberfest!

14

Dois dias depois começa a Oktoberfest, a festa da cerveja mais importante do mundo. Eric combinou de encontrar com os amigos e a família.

Termino de me vestir e me olho no espelho. Pareço uma camponesa alemã com o *dirndl*, que é o traje típico, composto por saia longa, avental, corpete e blusa branca. Divertida, começo a fazer tranças na frente no espelho, sorridente. Tenho certeza de que Eric vai me adorar arrumada desse jeito.

Batem na porta do quarto, e Flyn entra. Está belíssimo com a calça curta de couro marrom, seus suspensórios, o gorrinho verde e a jaqueta acinzentada.

— Está pronta?

— Puxa, como você está bonito, Flyn!

Ele sorri. Dou uma voltinha e pergunto:

— Pareço uma alemã vestida assim?

— Tá muito bonita. Mas acontece o mesmo que comigo: não tem cara de alemã.

Rimos. Alegre, faço outra trança.

— Diga a teu tio que desço em cinco minutos.

O menino sai a toda. Quando termino de me pentear, me viro e me surpreendo ao ver Eric apoiado no marco da porta.

Ele diz, com um sorriso malicioso:

— Não sei como você faz, mas está sempre linda.

Minha boca resseca.

Santo Deus, que pedaço de homem é meu marido.

Aqui o elegante, o lindo, o impressionante, o arrasador é ele!

Vestido com uma calça larga de couro marrom-escuro, uma camisa bege e umas botas marrons de cano alto, está impressionante. Nunca imaginei que, com essas roupas típicas, Eric pudesse ficar tão sexy.

Claro que adoro como ele fica bem de couro. Farei questão que compre alguma coisa de couro.

Quando consigo reagir, repito a voltinha que acabo de fazer com Flyn. E, quando olho Eric de novo, suas mãos já estão em minha cintura e ele me beija com voracidade.

Sim, sim, adoro essa intensidade.

Sem me conter, me agarro ao pescoço dele, pulo e rodeio sua cintura com as pernas.

— Vamos, se continuar me beijando assim, acho que vou fechar a porta e jogar a chave fora, para fazermos a festa aqui mesmo, só nós dois.

— Gosto da ideia, pequena.

Novos beijos. Mais intensos.

— Ei, o que estão fazendo? — pergunta Flyn, nos surpreendendo. — Deixem de beijos e vamos pra festa. Estão todos esperando a gente.

Nos olhamos e sorrimos.

Ao ver que Flyn, com as mãos nos quadris, não se mexe da porta, à espera de que nos decidamos, Eric me põe no chão e murmura:

— Isso não acaba aqui.

Concordo, feliz, e corro atrás de Flyn, enquanto já sei que Eric sorri vindo atrás de mim.

Dexter e Graciela nos esperam. Estão elegantíssimos nos trajes típicos. Então nos despedimos de Simona, que não quis nos acompanhar, e vamos pegar o carro.

Norbert nos deixa o mais perto possível da esplanada Theresienwiese, lugar onde a enorme festa se realiza.

O tumulto é incrível. Surpresa, digo a Eric:

— Você pode acreditar que isso me lembra a Feira de Abril de Sevilha? Estou quase gritando "Olé, toureiro!".

Eric solta uma gargalhada.

— Claro, querido, aqui estamos vestidos de bávaros e tomamos cerveja, lá vamos vestidos de flamencos e tomamos *rebujito,* mistura de vinho com refrigerante.

Meu amor, feliz, me dá um beijo na cabeça, enquanto centenas de alemães e estrangeiros vestidos de todas as maneiras estão animadíssimos com a música e litros e litros de cerveja.

Eric caminha de mãos dadas comigo e Flyn. Não quer perder nenhum de nós. Olhando Dexter e Graciela, diz:

— Me sigam.

Abrimos caminho entre as pessoas. Vejo que os barracões têm o nome de marcas de cerveja. Ao chegar a um deles, o grandalhão que está na porta, ao ver Eric, nos deixa entrar. Tem uma música tocando. As pessoas cantam, dançam e bebem. Nossa, como se divertem! Eric para, olha ao redor e, quando localiza o que procura, continuamos andando.

— Isto vai arrebentar de gente — grito.

— Calma, nós temos um lugar reservado todos os anos.

Ao fundo, no meio da confusão, de repente vejo Frida e Sonia com Glen no colo, enquanto Marta e Andrés dançam.

— Olha só quem veio! — grita Sonia ao ver o neto.

Depois de abraçá-la, Flyn começa a fazer macaquices para Glen, que sorri para ele.

Frida, contente de me ver, exclama:

— Mennniiiinnnnaaaa, qualquer roupa que você usa te cai bem.

Sorrio maliciosa.

— Meu marido merece mais ainda o elogio. Viu como está bonitão?

Minha boa amiga olha-o de cima a baixo.

— É verdade, teu maridinho tem uma bela estampa, mas meu Andrés também está muito bonito e... Olha outro bonitão vindo, e como está bem acompanhado.

Sigo a direção apontada e vejo que Björn, em todo o seu esplendor, chega de braços dados com a poodle antipática e de mais uma loira. As pessoas os olham. A tal Agneta é muito conhecida por trabalhar na televisão, e logo tem gente rodeando-a para pedir autógrafo.

Quando se aproximam mais, vejo que a outra loira é Diana. Björn consegue arrancar sua garota das garras dos fãs e vem até nós. Depois de beijá-lo, tento ser amável com a apresentadora.

— Oi, Agneta.

Ela me olha de cima a baixo e diz:

— Desculpe, não lembro teu nome.

— Judith.

— Sim, claro. — Vira-se pra sua amiga: — Esta é Judith.

Mas nós já nos conhecemos. Diana se aproxima e diz:

— Prazer em ver você de novo, Judith.

Meu estômago se contrai ao lembrar o que senti com esta mulher naquela noite na casa de swing. Com um calor repentino, respondo:

— O prazer é meu.

De repente ouço que a poodle com prisão de ventre exclama:

— Eric! Que alegria te ver de novo. Vem, quero te apresentar Diana.

Puta que pariu a poodle. Se lembra do nome dele e não do meu? Se eu gostava pouco dessa fulana, agora gosto menos ainda.

Como se lesse meus pensamentos, meu belo marido cumprimenta ela e Diana, mas em seguida me abraça e me levanta bem alto nos braços.

— Amigos, é a primeira Oktoberfest de minha linda mulher na Alemanha. Gostaria que fizéssemos um brinde a ela.

Nesse momento, todos os alemães, conhecidos e desconhecidos, que estão ao nosso redor levantam seus enormes copos de cerveja e, depois de um grito de guerra, brindam a mim. Eu sorrio e Eric me beija.

Passou meu mau humor!

Flyn quer curtir os brinquedos. Marta e eu nos oferecemos como voluntárias para acompanhá-lo. Preciso tomar um ar.

Quando saímos da barraca, a multidão nos absorve. Marta me olha e eu digo que não se preocupe comigo, que estou seguindo logo atrás. Quando chegamos, Flyn entusiasmado vai logo andar num dos brinquedos. Marta e eu esperamos. Aponto uns bêbados que passam trocando as pernas.

— Minha nossa, esses tomaram todas.

Marta sorri.

— Têm pinta de ingleses. Sabe qual deve ter sido o problema? Com certeza devem ter tentado beber no mesmo ritmo que algum alemão e a cerveja que se serve nessa festa é muito mais forte que a habitual. — Rio às gargalhadas. — Mas se o copo menor é de um litro, o que você pode esperar?

Rindo à beça esperamos Flyn, que logo já mudou de brinquedo. Quando voltamos à barraca, Eric me pisca um olho. Frida me pega pela mão e me faz subir numa das mesas para cantar uma canção típica alemã. Eu os sigo muito animada. Curiosamente, conheço a canção, e Eric e sua mãe sorriem.

Quando vou descer da mesa, um homem se aproxima e me ajuda. Me pega pela cintura e não me larga mais.

— Sabe que você é uma moça muito bonita?

Sorrio, agradeço e vou para junto do meu grupo. Então uma fúria repentina toma conta de mim: vejo Amanda diante de Eric.

O que Amanda está fazendo aqui?

Odeio a desgraçada dessa mulher!

Meu pescoço pinica. Me coço e xingo em espanhol para ninguém entender.

De repente, ela me vê. Eric, ao notar que sua cara mudou olha na minha direção. Chateada, me viro e dou de cara com o homem que me disse o galanteio pouco antes. Agora percebo que ele está completamente bêbado.

— Oi de novo, minha linda.

Não respondo, e ele insiste:

— Me deixe te convidar pra uma cerveja.

— Não, obrigada.

Me viro. Estou puta da vida, muito puta, quando sinto que alguém me pega pela cintura. Bêbado desgraçado. Me inclino e dou uma cotovelada para trás, com todas as minhas forças, para afastá-lo. Ouço um protesto. Ao me virar de novo, meu coração sai pela boca ao ver Eric todo encolhido. Ele me olha e resmunga:

— Mas, o que foi isso?

Percebo que o machuquei.

Minha nossa, sou uma idiota!

Fico paralisada. Ele se recupera, me pega com força pela mão e, sem me soltar, me leva até um lado da barraca. Então diz, irritado:

— A troco de que me deu uma cotovelada?

Vou responder, mas não me deixa, segue falando:

— Se é por causa de Amanda... Ela é alemã, tem o direito de vir à festa. E antes que você continue soltando fumaça pelas orelhas, ou distribuindo outras cotoveladas selvagens, deixe eu te dizer que ela não deu em cima de mim, não se insinuou e não fez nada de que tenha que se envergonhar, porque dá valor a seu trabalho e sabe que não quero problemas. Ela já entendeu; e você?

Não digo nada. Me recuso. E continuo chateada por tê-la visto.

Eric espera, espera, espera. Quando vejo que se desespera, digo:

— Tudo bem, entendido.

Sua expressão se descontrai. Me acaricia o cabelo e murmura:

— Pequena, só você me interessa.

Vai me beijar, mas eu me afasto.

— Acaba de me virar o rosto, senhora Zimmerman?

Sua expressão, sua voz e seu riso conseguem por fim me fazer sorrir:

— Cuidado, senão, lá vai cotovelada, entendido?

Eric cai na risada e me abraça. Voltamos então para o grupo de amigos. Fico muda ao ver Graciela sentada nas pernas de Dexter, enquanto ele a segura e a beija. Ora, ora. Acho que esses dois beberam cerveja Los Leones de novo.

Ao vê-los, Eric murmura:

— Aqui todo mundo beija, menos eu.

Acho graça de sua ironia. Me virando para ele, me agarro a seu pescoço, possessiva, e peço, olhando-o nos olhos:

— Me beije, seu bobo.

Não se faz de rogado. Me beija diante de todo mundo. Sua mãe é a primeira a brindar e beber um bom gole de cerveja.

Não vejo Amanda de novo. Ela sumiu do mapa.

A festa continua pela noite toda. Björn vai embora com suas amigas e Marta com Arthur. Frida e Andrés também, com Glen, que já está cansado.

Dexter e Graciela querem ir logo para casa. Têm pressa, sim. Eu sorrio ao ver a cara da chilena.

Eric, sem perguntar nada, liga para Norbert e combina que pegue o pessoal no mesmo lugar onde ele nos deixou. Cinco minutos depois, Dexter e Graciela, acompanhados por Sonia e Flyn, desaparecem. Eric murmura em meu ouvido:

— Acho que alguém vai se dar muito bem esta noite em nossa casa.

Sorrio.

Finalmente os dois vão poder aproveitar e recuperar o tempo perdido. Se tudo funcionar bem, talvez tenham uma oportunidade.

Durante uma hora, Eric e eu continuamos nos divertindo, até que toca o celular. Eric lê a mensagem e me diz:

— É Björn.

Nossos olhos se encontram. Depois de uns segundos, Eric acrescenta:

— Está numa casa de swing chamada Sensations e quer saber se queremos ir.

Meu corpo reage na hora. Meu lindo não latino sorri:

— Só iremos se você quiser.

Nossa, que calor!

Acalorada como estou com tanta bebida, isto me deixa pegando fogo.

Bebo minha cerveja enquanto Eric me observa. Fico nervosa. Por fim, pergunto:

— Ele está com aquelas duas mulheres?

Eric me olha. Sacou que a poodle e eu somos duas raças incompatíveis.

— Só Diana.

Saber que a poodle não estará me faz sorrir, e então sinto uma excitação incrível, porque três predadores querem brincar comigo: Eric, Björn e Diana. Gosto da ideia.

Meu coração acelera. Eric, lendo meus pensamentos, murmura, aumentando ainda mais minha excitação:

— Quero oferecer você. Quero te foder e quero ficar olhando.

Concordo, concordo, concordo.

E finalmente respondo com um fio de voz, olhando Eric bem nos olhos:

— Quero, sim, Eric. Quero muito tudo isso.

Meu amor sorri. Digita no celular. Segundos depois, se levanta:

— Vamos.

Eu o sigo até o fim do mundo, enquanto meu corpo se agita e minha mente pensa: sexo!

15

Quando saímos da barraca, Eric me passa um braço pelos ombros e tenta evitar que as pessoas se encostem em mim. Gosto do seu jeito protetor e acho graça. É possessivo. Não suporta que os homens me olhem ou me toquem; mas em nossos momentos íntimos, fica excitado ao me oferecer a eles.

No começo de nossa relação, eu mesma não conseguia entender isso. Era de pirar! Mas, depois de meses praticando o mesmo tipo de sexo que ele, sei diferenciar uma coisa da outra. A vida, o respeito e o dia a dia são uma coisa; as fantasias sexuais, quando decidimos vivê-las, são outra.

Eu também não suporto que nenhuma mulher olhe ou paquere Eric. Fico uma fera. Mas, quando estamos nas nossas brincadeiras, gosto de ver seu prazer.

Sei que para muita gente nossa relação, em especial nossa sexualidade, é algo difícil de entender. Minha irmã na certa botaria a boca no mundo e me chamaria de degenerada, puta e coisas piores, e meu pai, bem, nem quero imaginar. Mas é a nossa relação e, com nossas próprias regras, tudo funciona às mil maravilhas, e não quero que mude. Me recuso! Eric me revelou um mundo excitante e prazeroso que eu desconhecia e que me atrai muito.

Gosto que me observem quando faço sexo.

Gosto que sintam prazer quando meu parceiro me abre as pernas para outros.

E gosto de ver como meu parceiro tem prazer com isso.

Estou perdida em meus pensamentos, enquanto Eric vai abrindo caminho no meio da multidão. Quando saímos da confusão, ele para um táxi e dá o endereço. Em seguida me diz:

— Está muito calada. O que há?

Eu o olho. Quero ser sincera.

— Penso no que vai acontecer.

Sorri e murmura ao meu ouvido, para que o taxista não nos ouça:

— O que quer que aconteça?

— O que você quer?

Meu lindo apoia a cabeça no assento do carro, respira fundo e, com intimidade, sussurra em espanhol:

— Quero olhar, quero te foder e quero que te fodam. Desejo beijar tua boca, desejo que você gema. Desejo tudo, absolutamente tudo o que você esteja disposta a me dar.

Como um bonequinho, aceno que sim de novo, e meu estômago volta a se contrair. Ouvir Eric dizer "foder" me excita, me deixa pronta! Minha calcinha já está molhada só de pensar.

— Te darei tudo o que você quiser.

Meu amor sorri.

— Agora mesmo quero a calcinha.

Dou uma risada. Ah, Eric e minha lingerie.

Obedeço, disfarçadamente, sem que o taxista se dê conta, do contrário eu morreria de vergonha. Eric leva a calcinha ao nariz, depois a guarda no bolso da calça.

Vinte minutos mais tarde — eu ainda sem calcinha —, o táxi para numa rua movimentada. Saímos do carro, meu amor me segura possessivo pela cintura, e vamos até a porta de um bar iluminado, que se chama Sensations. O porteiro nos olha e, aos nos ver ainda com os trajes típicos, sorri e nos deixa passar.

Muitos casais no bar estão vestidos como nós. Isso me deixa mais calma. Vamos direto até o fundo. Eric abre uma porta, e entramos numa segunda sala. Ali a música não está tão alta como na primeira, e observo que as pessoas nos olham. Somos os novatos, atraímos a atenção.

Eric me leva até um balcão, onde vejo que dois homens e uma mulher se acariciam intimamente. Sorrio, sem surpresa, e os observo naquela brincadeira sensual, enquanto Eric pede duas bebidas.

— Quero saber por que está rindo — diz meu marido ao meu ouvido.

Animada, me sento num dos bancos e, depois de apontar o trio que se diverte perto da gente, boto os braços em volta do pescoço de Eric.

— Acabo de lembrar de quando, em Barcelona, você me levou naquele bar de swing, me sentou num banco e me fez abrir as pernas pra que outros olhassem. Naquela noite você me excitou à toa, não quis nada comigo.

— Foi meu castigo por você ir embora do hotel sem me avisar, pequena — responde sedutor, me beijando o pescoço. — Isso te excitou muito.

— E como.

Minha respiração se agita quando Eric, meu Eric, meu amor, pega minha saia longa e começa a subi-la lentamente até minhas coxas. Muito animadinho!

— Há um homem à tua direita que não para de nos observar. Eu me excitaria muito se ele pudesse ver alguma coisa a mais de minha mulher. Você quer?

Suas mãos sobem pela parte interna de minhas coxas até chegar a meu púbis. Me acaricia. Eu o olho com paixão e sussurro:

— Quero, sim.

Não espera mais. Me beija e em seguida vira o banco. O homem, de uns cinquenta anos, atraente, nos observa. Me encara e vai descendo o olhar. Atrás de mim, Eric me abre mais as pernas. Vejo como os olhos do desconhecido se dilatam e brilham.

Excitada, eu mesma subo mais a saia, e Eric diz ao meu ouvido:

— Está louquinho pra que o convidemos a se meter entre tuas pernas. Olhe pra ele. Seus olhos te possuem, viu?

Concordo, enquanto percebo como estou molhada e minha respiração se acelera. Eric sabe e, pondo uma das mãos sobre o corpete, toca um de meus seios.

— Você é apetitosa, querida, muito apetitosa. — Enquanto o desconhecido cinquentão não tira os olhos de mim, Eric pergunta: — Nunca transou com um homem dessa idade?

Nego com a cabeça.

— Não. O mais velho foi você.

Meu lindo apoia a cabeça em meu ombro.

— Que acha de transar com ele?

— Acho muito bom — respondo sem pensar.

Numa hora dessas, na excitação em que estou, só desejo que me satisfaçam. Imagino coisas. Me viro e sorrio.

— Por que sorri, linda?

Olho bem dentro de seus olhos e umedeço meu lábio inferior.

— Esta noite eu também quero brincar com você.

Eric me entende. Percebo logo. Mas ele não sorri.

— Quero ver de novo como um homem te chupa — sussurro.

Olha para o chão. Depois olha para mim e levanta as sobrancelhas.

— Gosta tanto de ver isso?

— Gosto.

— Não tem medo de que eu possa gostar mais disso do que outras coisas?

Rio. Se tenho certeza de alguma coisa é de que ele sempre gostará mais das mulheres.

— Você gosta de me ver com outra mulher, não é?

— É, sim.

— E não tem medo que eu possa gostar mais disso que de outras coisas?

Eric sorri. Entende o que acabo de dizer. Move a cabeça e me beija.

— Muito bem, pequena. Brinquemos os dois. Mas só sexo oral.

— Eric, quanto tempo sem aparecer!

Essa voz nos tira de minha bolha sensual. Sorrio. Saber que Eric está disposto a entrar em meu jogo me excita ainda mais. Muito mais.

Meu amor e o desconhecido apertam as mãos.

— Oi, Roger. Esta é minha mulher, Judith.

Excitada, sorrio. Não posso nem falar quando Eric diz:

— Viu Björn?

O homem acena que sim e cumprimenta, com uma piscada, uma mulher que passa ao nosso lado.

— Está no reservado dez.

Puxa, nosso amigo não perde tempo.

Fecho as pernas e baixo a saia. Ao ver isso, Eric sorri e me dá um beijo na testa. Durante uns vinte minutos, nós três conversamos, e vejo que o homem maduro que me olhava já encontrou outro casal com quem se divertir e desapareceu com ele atrás de uma cortina vermelha. Mas também noto que Roger não para de olhar meus seios, até que diz:

— Tua mulher é linda.

Meu marido concorda:

— Os seios dela te enlouqueceriam.

Roger volta a olhar para eles e, ao se afastar, diz:

— Me ligue.

Surpresa com essa conversa esquisita, pergunto:

— Que história é essa sobre meus seios?

Eric sorri.

— Roger adora seios, adora chupar mamilos.

Isso me deixa admirada. Mas não posso continuar perguntando, porque Eric me desce do banco. Vamos até a cortina vermelha, atrás da qual vi desaparecer aquele senhor e outros casais.

Ao ultrapassá-la, ouço gemidos, muitos gemidos e gritos de prazer. Olho ao redor e vejo vários reservados separados por cortinas coloridas. Eric abre várias cortinas, e eu olho. Nos cubículos vejo várias pessoas fazendo sexo das formas mais variadas.

— Que acha? — pergunta Eric diante de um dos reservados.

Depois de passar meus olhos curiosos pelo quartinho e ver um homem com duas mulheres, respondo:

— Que estão se divertindo.

Saímos dali, e Eric abre outra cortina. Vemos um casal com vários homens. Brincam e se divertem com a mulher e entre eles. O homem maduro e atraente que nos olhava no balcão, ao nos ver, para e se levanta, enquanto os outros continuam na brincadeira. Seus olhos me percorrem o corpo de novo. Eric entra no reservado e diz:

— Deite na cama, Jud.

Obedeço sem discutir. Me deixa a mil quando me ordena alguma coisa com esse tom de voz. A cama balança com o movimento das outras pessoas, e eu fico louca olhando-as. Me dou conta de que a mulher me olha. Ela não se incomoda com nossa presença. Me sorri, e eu sorrio para ela. Eric se aproxima, senta na cama e diz, inclinando a cabeça:

— Desejo que você se acaricie pra mim, tá bem?

Deitada na cama, concordo. É o que desejo, mas sussurro:

— Antes eu quero outra coisa.

Eric me olha. Já conhece e intui o que vou pedir.

— Já sabe o que é, né?

Meu lindo resiste. Mas eu insisto:

— É o nosso acordo. Só sexo oral, lembra?

Acena que sim. Sorrio. Olho o cinquentão que está na nossa frente e digo:

— Ajoelhe diante dele.

Sem hesitar um segundo, o desconhecido obedece. Desabotoo a calça de Eric e ordeno ao homem:

— Chupe. — Ele pousa as mãos na calça de Eric, que estremece, mas não se mexe diante do meu olhar. Com delicadeza, o homem abaixa a calça de meu amor e a cueca junto, deixando tudo pelo meio das pernas.

O pau de Eric aparece alto e duro. Suspiro enquanto o homem ajoelhado diante do meu marido o toca. O homem adora. Curte. E passeia a mão pelos testículos e pelo membro de Eric, endurecendo-o mais ainda. Instantes depois, com delicadeza, ele o lava e depois o seca.

Eric me olha e eu sorrio.

Em seguida, o cinquentão aproxima sua boca da cabeça do pênis e o lambe e chupa. Eric fecha os olhos, e eu fico toda arrepiada.

Excitante!

Com imenso prazer, observo como o desconhecido é um senhor especialista. Percorre cada milímetro do membro de Eric com sua língua, lenta e pausadamente, para depois introduzi-lo inteiro na boca, uma vez depois da outra.

Calor!

Suas mãos acariciam os testículos e os apertam com delicadeza. Quando tira o pênis da boca, chupa-os.

Eric arqueja. Seu corpo vibra de prazer, enquanto joga a cabeça para trás.

Ardor!

A respiração de meu amor se acelera em segundos, e a minha também. Ver isto me parece excitante, *caliente*, pervertido, mais ainda quando observo que meu lindo se delicia, que as veias de seu pescoço se dilatam.

Cada vez mais calor!

Tudo ali é excitante. A meu lado, três homens proporcionam prazer a uma mulher e um desconhecido a meu louco amor, enquanto observo o espetáculo que eu provoquei. É demais. Estou toda molhada.

Nesse instante, o cinquentão desliza uma de suas mãos para o traseiro de Eric e o aperta, depois lhe separa as nádegas. Mas quando vai meter um dedo no cu, meu marido o para. O homem não insiste e volta a se concentrar em sua enorme ereção. Entende a negativa e intensifica suas lambidas. Ouço Eric gemer de novo.

Fogo!

Com a mão direita, Eric começa a empurrar a cabeça do desconhecido com força, para meter todo o pênis na sua boca. O homem fica louco com essa exigência.

Eu mais.

Ele se encosta mais em Eric e, agarrando-o com força pela bunda, repete a mesma ação até que meu amor, meu maravilhoso amor não aguenta mais, solta um gemido potente e goza.

Incêndio!

Quando acabam, o desconhecido vai para o banheiro. Eu me levanto da cama e, com uma jarrinha de água, lavo o pênis de meu marido. Depois o seco e pergunto:

— Tudo bem?

Eric concorda, sorridente.

— Excitada?

— Muito.

Instantes depois, o cinquentão volta. Sem necessidade de que Eric diga nada, me deito de novo na cama.

Sem falar, o homem levanta minha saia até a cintura, e eu me mexo nervosa. Em seguida, ele passeia as mãos por minhas coxas e as separa um pouco para jogar água sobre meu sexo. Lê minha tatuagem e sorri.

A água me refrescando cai bem. Fecho os olhos, e Eric sussurra:

— Abra as pernas pra ele.

Obedeço. É excitante. Sinto a respiração do homem entre minhas pernas. Suas mãos abrem meus lábios, me tocam, e um de seus dedos entra em mim.

Brinca.

Aperta.

Abro os olhos e Eric diz:

— Assim, deixe entrar, assim.

O momento...

A voz de Eric...

Suas ordens...

Tudo me deixa ardendo de prazer em segundos. Enquanto isso, as outras pessoas vivem suas fantasias ao nosso lado.

O desconhecido coloca e tira o dedo de dentro de mim, enquanto com a língua chupa o clitóris, e minha respiração se torna sibilante. Perco a noção do tempo em que ficamos assim. Sei apenas que aproveito o momento ao máximo.

De repente, ele para, bota um preservativo e se deita sobre mim. Então Eric avisa:

— Sua boca é só minha.

O desconhecido concorda e, passando um de seus braços por baixo de meu traseiro, me levanta e, exigente, impaciente, me penetra. Oh, sim, é tudo o que eu preciso.

— Me olhe — pede Eric.

Olho. Sem parar, o homem com quem sequer falei nem sei como se chama, entra e sai de mim sem parar, e eu quero que vá mais fundo. Preciso que vá, então boto as pernas em seus ombros. Isso o excita. Sorri e, me agarrando os quadris, mergulha em mim. E eu sufoco quando Eric, aproximando-se de minha boca, murmura:

— Vamos, querida, me dê teus gemidos.

Me falta ar, mas beijo meu amor e gemo como ele pediu. Estou ofegante sob sua boca. Eric bebe meus gemidos, enquanto seus dentes mordem meus lábios. Isso o excita, isso o deixa louco. E o homem continua sua festa particular dentro de mim, e eu me entrego ao prazer. Até que ele não se aguenta mais e goza, após uma última metida que me faz gritar.

O desconhecido sai de mim e de novo joga água no meu sexo.

Delícia!

Depois pega um pano limpo e me seca. Passados uns segundos, meu coração se acalma. Eric me segura pela mão e diz:

— Levante, querida.

A saia desliza para os pés.

Sem olhar para trás nem trocar uma palavra com o desconhecido, saímos do reservado. Eric tem pressa.

Ao chegar ao corredor, onde se ouvem mil gemidos, meu dono, meu amor, meu marido, me segura entre seus braços, me encosta contra a parede e me beija. Seu beijo é exigente, louco, devastador. Embriagada pela loucura que demonstra, lhe correspondo. Então sinto que abre a calça e me penetra.

Sim, sim, esses são o contato e a profundidade que preciso.

Eric!

Sem uma palavra, meu exigente marido entra em mim várias vezes sem parar. Eu me grudo nele, gemo e me agarro em seus ombros, pronta para recebê-lo até o fundo.

Eric me move entre seus braços como se eu fosse uma boneca. Eu enlouqueço.

— Sinto muito, pequena, mas vou gozar agora.

Está muito excitado com o que viu, e suas penetrações buscam um alívio que eu sei que precisa e que eu quero lhe dar. Instantes depois, meu útero se contrai, e Eric range os dentes e goza.

Sem me soltar, diz:

— Pena que foi tão rápido, mas me excitou demais ver o que você fazia.

Com um olhar malicioso, digo:

— Não se desculpe, querido, agora vou exigir muito mais.

Sorrimos. Eric me beija e me bota no chão. Sinto como seu esperma corre por minhas pernas.

— Preciso de uma chuveirada.

Ele concorda, e passamos pelo corredor dos gemidos. De repente, para, abre a cortina do reservado número dez. Lá estão Björn e Diana. Cada um deles está com duas mulheres. Parecem se divertir. Björn nos vê com seus olhos azuis e diz:

— A gente se vê na sala dos espelhos. Está reservada.

Eric acena que sim, e seguimos.

— Nota-se que você conhece bem esse lugar.

Meu amor sorri e me beija.

— Tenho anos de vantagem na sua frente, querida.

Eric abre uma porta, e entramos. Está escuro, mas, ao acender a luz, me surpreendo ao ver que as paredes, o teto e o assoalho estão cobertos de espelhos. De repente, a luz se torna violeta. Meu lindo me beija e diz:

— Tua cor preferida.

Sorrio e o beijo — adoro seus lábios carnudos. Então ele me agarra pela bunda.

— Vamos tomar uma ducha.

Entre risos, tiramos os trajes típicos e nos metemos debaixo de uma ducha moderna.

— Tudo bem, querida?

Concordo, sorridente. Já estava com saudade dessa pergunta.

A água corre por nossos corpos. Estamos curtindo o momento, quando Eric diz:

— Você está conseguindo de mim coisas que sempre achei impossíveis.

Sei que se refere ao homem de antes.

— Adoro ver teu rosto quando um homem te chupa.

Sorrimos e nos beijamos.

Quando saímos da ducha, a impressionante jacuzzi que há num lado do aposento, cheia de água que muda de cor, nos atrai logo. Eric me pega nos braços, e entramos nela.

Ele me beija, eu o beijo.

Ele me faz carinhos, eu faço carinhos nele.

Ele me toca, eu o toco.

Tudo entre nós é pura excitação. Então a porta se abre e entra Björn acompanhado por Diana. Vêm nus, mas trazem umas sacolas, que deixam sobre a cama. Sorriem para nós na jacuzzi e vão direto para a ducha. Depois Björn vem para a jacuzzi também, e Diana pega uns CDs de música na sacola e os examina. Escolhe um, deixando o resto numa cadeira. Instantes depois, ouço a voz de Duffy cantar *Mercy*.

Por fim Diana vem para a jacuzzi e, ao ver que cantarolo a canção, diz com voz melosa:

— Adoro esta mulher.

Nós quatro conversamos um pouquinho. Comentamos sobre o que fizemos esta noite ali no bar, e eu me surpreendo sendo tão franca como eles. Falo de sexo normalmente e me divirto com a conversa.

— Sério, nunca experimentou sado? — pergunta Diana.

Eric e Björn sorriem, quando respondo:

— Não. Dor não é comigo. Prefiro outro tipo de prazer.

Diana concorda, e Eric diz:

— Tudo bem, sado não é contigo, Jud, mas deu pra perceber que no sexo você é submissa e atende minhas ordens. Percebeu isso?

— Sim, porque também me excita que você me obedeça.

Ambos sorriem, e meu amor murmura:

— Você é minha dona e eu sou teu dono.

— E sexo é só sexo — encerro eu.

Me aproximo dele, toda sedutora, e sento entre suas pernas. Enquanto sinto seu pênis se movimentando embaixo d'água, digo:

— Sou tua e você é meu. Não se esqueça disso, amor.

Sem se preocupar com nossos parceiros, Eric diz:

— Você está ousando mais e mais dia após dia. Primeiro você conheceu os vibradores, depois os trios e o swing. E no dia que estivemos com Dexter, me dei conta de como você gosta de satisfazer o outro, de obedecer.

Björn sorri.

— Dexter é chegado no sado. Tem muito prazer com certas coisas.

Os dois amigos se olham. Adoro a cumplicidade deles. Se comunicam com o olhar.

— Com Jud — explica Eric —, não vai experimentar nunca certas coisas, porque antes ela cortaria o pescoço dele.

Rimos. Não é preciso entrar em detalhes ao que se referem. Imagino. Dor jamais entrará nos meus planos. Nem pensar.

Björn, que bebe champanhe ao nosso lado, ao ver como nos olhamos, diz, para nossa surpresa:

— Espero conhecer algum dia uma mulher que me surpreenda, e viver o sexo e a vida como vocês vivem. Confesso que os invejo.

Eric me beija e murmura:

— Uma coisa boa em minha vida. Bom, já era hora, né?

Björn concorda e toca a taça com a de seu amigo.

— Como diria meu pai — digo —, com certeza tua cara-metade existe, só precisa encontrá-la!

Rimos todos. Eric me olha de uma maneira especial e diz:

— Se, nesta noite, te dou ordens como teu dono, você vai obedecer?

Sorrio com expressão de mulher fatal.

— Depende...

Ele sorri. Ele gosta de minha resposta e explica:

— Nunca te ordenaria nada de que não gostasse, querida.

Convencida disso, respondo:

— Ordene, meu senhor.

Nossa brincadeira — nossa brincadeira excitante começa de novo. Só o olhar de Eric já me excita. Sua boca me deixa louca, e vou gostar de suas ordens, sei. Eric tem razão, gosto de obedecer e de lhe entregar tudo que quiser.

— Judith, você se excita se vamos comentando o que sentimos enquanto a estamos fodendo, né? — afirma Björn com a objetividade de sempre.

Concordo, e Eric confirma:

— Sim, meu amigo. Minha mulherzinha é *caliente*, muito *caliente.*

Diana, que até agora estava calada nos ouvindo, intervém:

— O que me deixa louca é esse negócio de "Peça-me o que quiser". Essa tatuagem que tem naquele lugar me deixa muito excitada, quero fazer coisas com você e te pedir muitas outras, Judith.

— E o que espera pra fazer? — pergunta Eric e, com um sorriso malicioso, me olha e diz: — Vamos brincar de amo e senhor.

Todos me olham. Não sei o que dizer. Minha respiração se acelera quando Diana diz:

— Prometo ser uma ama... carinhosa.

Ergo a sobrancelha. Não sei se vou gostar dessa brincadeirinha de amo e senhor. Então Eric diz, decidido:

— Jud, como sou teu amo e senhor, quero que saia da jacuzzi e deite na cama pra que Diana faça o que quiser. Quando ela estiver satisfeita, volte pra jacuzzi e sente entre Björn e eu. Esta noite tenho planos pra você, e você vai me obedecer.

Nossa, me dá um nó no estômago!

Sem hesitar, saio da jacuzzi ansiosa para entrar na brincadeira. Quando pego uma toalha para me secar, Eric diz:

— Jud, não disse pra você se secar. Largue a toalha e deite na cama.

Obedeço. Segundos depois, vejo que Diana sai também da jacuzzi. Eric e Björn nos observam em silêncio. Também sem se secar, Diana se aproxima, toca minha tatuagem que gosta tanto, beija-a e murmura:

— Vire.

Não precisa repetir. Quando estou de bruços, ela se deita sobre mim e me acaricia. Sinto como passeia seu corpo no meu.

— De quatro.

Obedeço. Diana pega então meus seios molhados e os aperta. Seus dedos acariciam meus mamilos, e gosto da sensação. Enquanto isso, ela se encaixa por trás de mim. Fico excitada.

A sala de espelhos me dá uma boa visão de tudo. Sorrio ao ver como o olhar de Eric revela o que está sentindo.

Então Diana diz:

— Deite.

Quando deito, ela pega uma das sacolas que Björn e ela deixaram sobre a cama. Tira algo, que mostra a Eric. Ele acena que sim. Eu não sei o que é, até que Diana diz:

— Me entregue teus seios.

Obedeço. Vejo que se trata daquela espécie de pinça como a que Dexter usou em mim. Me acalmo. Coloca os *clamps* em meus mamilos e, puxando pela correntinha, diz enquanto gemo:

— Teu amo te entregou a mim. Agora eu sou tua ama.

Olho para Eric, ele confirma.

Nesse instante, Diana pega meu rosto com uma das mãos e com a outra me dá um tapa. Me encarando de perto, sussurra:

— Não olhe pra ele. Olhe só pra mim.

Estou a ponto de mandá-la ver se estou na esquina, mas reconheço que a situação me excita e olho para Diana. Ela observa minha boca, se aproxima e, quando vai me beijar, para e diz:

— Respeitarei tua boca, porque sei que é só dele, mas tomarei o resto como meu, porque quero te possuir pro meu próprio prazer.

Estou desconcertada. A voz dela é sibilante e sua expressão, agressiva. Mas mesmo assim, excitada, não me movo, deixo que fique no comando da situação e espero os acontecimentos.

Quando me tem como quer, se delicia com o que vê e, puxando os *clamps*, me estica os mamilos e murmura, olhando minha tatuagem.

— Quero te chupar. Me entregue o que desejo.

Separo as pernas e levanto os quadris em sinal de entrega. Diana sorri e, ansiosa para provar o que lhe ofereço, solta a correntinha e pega minha bunda com as mãos. Sua boca desce até meu sexo.

Me beija, me dá umas mordidinhas, depois me abre com os dedos e ataca direto meu clitóris. Molha-o com a língua e então o chupa. Sinto um prazer enorme. Me chupa com voracidade, enlouqueço e abro mais as pernas. Quero que continue.

Sua maneira exigente de me tocar e de me chupar sempre me excita. Diana tem a delicadeza de uma mulher; mas o desejo de um homem. Assedia meu corpo, e gemo.

— Vamos, minha linda, vamos. Me dê teu gozo — exige.

Lambida a lambida, ela consegue de mim tudo o que quer. Estou supermolhada e me escapam gemidos devastadores. Enquanto isso, Diana murmura:

— Assim, assim, goze assim.

Um calafrio me percorre o corpo. Diana para. Protesto e ela diz:

— Fique de joelhos e abra as pernas.

Ao me levantar, fico tonta, mas me recupero rapidamente e me ajoelho sobre a cama, como Diana. Antes que eu possa olhar Eric de novo, ela me segura pela cintura e, me puxando bem contra ela, introduz dois dedos em minha vagina molhada, enquanto diz:

— Assim, vamos, gema pra mim. Me mostre o quanto você gosta.

Seus dedos entram e saem de mim sem parar. Deus do céu, esta mulher sabe o que faz. Estou ofegante e excitada, enquanto Diana ordena, contra minha boca:

— Mexa, vamos, mexa, assim, assim... — sorri após um novo gemido meu. — Quero que goze, que se molhe, pra depois eu abrir tuas pernas e beber teu gozo doce.

Fico louca ao ouvir os sons de sua mão encharcada dentro de mim. Quero sentir sua boca entre minhas pernas. Desejo sua língua em meu clitóris, e que beba meu gozo. Minha respiração parece uma locomotiva, e Diana aumenta a rapidez de seus movimentos, a intensidade e a penetração.

Não posso acreditar. Esta mulher me leva de um orgasmo a outro de maneira ininterrupta. Estou toda molhada. E quando sinto que o prazer se prolonga por meu corpo, grito e caio para trás.

Diana, então, me abre rapidamente as coxas e toma posse do que deseja em mim. Chupa, lambe. E de novo me entrego. Cedo completamente, desejando que não pare.

Quando acho que se saciou de mim, tira os *clamps* e me chupa os mamilos. A suavidade de sua língua me reconforta e mais ainda quando sopra, e sinto um formigamento delicioso em meus seios. Uhm, adoro.

Penso em Eric. Em seus olhos. Em como deve estar me olhando neste momento — eu o imagino duro e excitado. Ouço então sua voz:

— Diana, use o arnês duplo inflável.

Ela tira da sacola algo que nunca vi antes. É uma espécie de calcinha de couro com prendedores, uma bola e dois pênis, um por dentro da calcinha e outro por fora. Ela o entrega a mim e diz:

— Bote em mim.

Excitada, eu a olho, com os mamilos como pedra e a tal calcinha na mão. Nunca usei um negócio desses. Ela me explica:

— Me enfie o pênis que tem dentro e depois prenda o arnês na cintura pra que eu possa te foder.

Então, fica de joelhos na cama, separa as pernas e exige, me dando tapas:

— Vamos, bote de uma vez.

Ao enfiar as mãos entre suas pernas, sinto sua excitação. Eu nunca acaricio as mulheres, prefiro que elas me acariciem, e apesar da vontade que tenho de fazê-lo nesse momento, me limito a fazer o que me pediu.

Separo com os dedos seus lábios vaginais, que são suaves e estão molhados, e meto lentamente o pênis. Gosto dessa sensação de controlar o momento.

Eu gostaria de ser a ama?

Depois que boto o arnês em seu corpo, prendo as correias em seus quadris.

— Deite, Jud, e abra as pernas. Quando eu te penetrar, me rodeie a cintura com elas e me responda, tá bem?

Deito. De joelhos, com o arnês posto, Diana observa o que faço e, quando abro as pernas, se deita sobre mim. Depois de introduzir lentamente o outro pênis em mim, murmura:

— Agora as pernas.

Obedeço. Com uma das mãos, ela aperta a bola que está enganchada no arnês e explica:

— Estou inflando o pênis que está dentro de você para te alargar.

Segundo a segundo, minha vagina se enche mais e mais. Nunca tive nada tão grosso assim dentro de mim. Quando acho que vou arrebentar, Diana para e diz:

— Me dê as mãos.

Mais uma vez obedeço. Pegando-as, ela as coloca por cima de minha cabeça e, apertando-me contra o colchão, mexe os quadris. Nós duas gememos.

— Tá gostando?

— Estou.

De novo se aperta contra mim, e gememos. A sensação é plena e minha vagina se dilata para se amoldar ao pênis. Sem parar, ela entra e sai de mim, e fico ofegante.

Nesse momento, Eric diz:

— Mais fundo, Diana. Jud gosta.

Ela põe minhas pernas em seus ombros e vai mais fundo, como Eric pediu.

Meus gemidos se transformam em gritos de prazer.

Sim, sim, eu gosto.

Enlouquecida, pego os seios de Diana e a obrigo a colocá-los na minha boca. Enquanto mordo os mamilos e vejo que ela gosta, ela me penetra, sem piedade. Eu lhe arranho as costas e gemo com seus mamilos entre os lábios.

— Sim, sim, não pare, não pare.

Ela não para.

Me obedece.

Me dá tudo o que peço.

Estou muito excitada. Estou ardendo, pegando fogo.

E quando o prazer se espalha por nós duas, Diana cai sobre mim, e grito ao sentir que cheguei ao orgasmo.

Esgotada, suada e satisfeita, vejo Eric e Björn nos espelhos do teto.

— Me olhe — exige Diana.

Obedeço. Ela me agarra os ombros e me faz gritar. Eu, em troca, lhe mordo um mamilo. Isso a anima e, como uma possessa, aperta sua pélvis contra a minha, e nós duas gememos.

Minutos depois, quando seu ataque termina, minha respiração se normaliza. Não me mexo. Não sei se Diana já se saciou. Ela manda, eu obedeço. A brincadeira é essa. E eu gosto. Gosto muito.

Quando ela sai de mim, minha vagina aos poucos vai voltando ao normal.

Diana se deita ao meu lado e, me olhando, explica:

— Eu continuaria com você o resto da noite, mas não quero ser egoísta. Agora é a vez deles. — E, levantando a voz, diz: — Eric, por ora acabei.

Sorrio. Gosto de ouvir isso de "por ora".

Quero repetir a dose com Diana. Ela me deixa louca.

— Jud, venha pra jacuzzi — diz Eric.

Me levanto. Minhas pernas tremem, meu gozo escorre por elas, mas caminho até lá. Quando entro na jacuzzi, me lembro que Eric disse que na volta eu devia me sentar entre os dois. Sento e suspiro ao sentir a água em minha pele.

Que delícia!

Embaixo da água, sinto que Eric procura minha mão. Eu a dou e aperto a dele. Sei o que ele está me perguntando com esse gesto.

Durante uns minutos ninguém diz nada, ninguém se mexe. Fecho os olhos e aproveito o momento. Sei que esperam que eu me recupere.

Quando ouço um ruído, abro os olhos. Diana está na ducha, e Eric diz:

— Masturbe a gente.

Como tem minha mão presa, a leva até seu pênis. Está duro, ereto. Eu o acaricio e, sem demora, com a outra mão pego o de Björn. Ambos estão como pedra, prontos para mim e, embora quisesse fazer outra coisa com eles nesse momento, tenho que obedecer. Eu os masturbo.

Meus movimentos são rítmicos. Subo e desço as duas mãos ao mesmo tempo até que entram em descompasso por causa dos movimentos de Eric e

Björn. Olho o espelho diante de mim e observo que eles estão de olhos fechados. Eles se entregam ao prazer que continuo proporcionando.

Em pouco tempo meus ombros doem. Isto é cansativo, mas não paro. Não quero decepcioná-los. Continuo meus movimentos, e meu lindo diz com voz entrecortada:

— Diana, traga camisinhas.

Ela pega na sacola e as entrega a Björn. Está claro para quem são. O olhar dele e o meu se encontram. Solto seu pênis, e ele se levanta. Vejo que é enorme. Fico com água na boca.

Björn é tão sexy.

— Diana, troque o CD. Bote o azul.

A mulher obedece. Quando soam os primeiros acordes de *Cry me a river*, de Michael Bublé, Björn e eu sorrimos. Ele diz:

— Esta música sempre me lembra você.

Eric se move, e seu pênis emerge da água. Me esqueço de Björn. Meu marido é o máximo, e fico louca.

Eu o desejo.

Eu o desejo dentro de mim com urgência, uma ânsia viva.

Com um sorriso que me demonstra que está gostando, vai até uma parte da jacuzzi onde quase se pode deitar e diz:

— Vamos, pequena, venha pra cima de mim.

Excitada, vou até ele e o beijo. Sua língua se enrosca na minha. Sorrimos, brincamos, nos acariciamos. Ele me agarra para, lentamente, entrar em mim. Gemo.

— Você me deixa louco, moreninha.

Sorrio. Ele me abraça e murmura:

— Tua entrega me excita cada dia mais.

— Eu sei.

Enquanto mexo os quadris e busco meu prazer, digo no ouvido dele:

— Gosto do que fazemos e gosto que me dê ordens.

Me fitando bem nos olhos, ele concorda e me penetra com força.

— Pelos teus gemidos, sei que gostou muito.

— Sim. Muito.

Com um sorriso perigoso, que me arrepia, Eric acrescenta:

— Agora vai se divertir mais. — E, olhando por cima de meu ombro, diz: — Björn, esperamos você.

Sinto que a água da jacuzzi se move, e nosso amigo fica atrás de mim.

— Adoro tua bundinha, linda.

Meu olhar é mais intenso quando ouço meu marido dizer:

— Neste momento é toda tua, meu amigo. Vamos gozar com minha mulher. E Jud vai enlouquecer conosco.

Björn me beija o pescoço e, agarrando meus mamilos doloridos, murmura:

— Estou louco por isso.

Quatro mãos me acariciam embaixo d'água, enquanto Michael Bublé canta.

Eric separa minhas nádegas e Björn guia sua ereção até meu ânus. Sem necessidade de lubrificante, ele se dilata. Em questão de segundos, os dois homens me possuem na jacuzzi, enquanto Diana nos observa e toma sua bebida.

— Assim, querida, assim. Me diga que gosta.

— Gosto, sim.

Por trás, Björn pergunta:

— Mas gosta quanto?

— Muito, muito — respondo.

— Quero que aproveite tudo com a gente, querida.

— Estou aproveitando, meu amor, aproveitando ao máximo — sussurro, tendo certeza disso.

Eles me possuem sem descanso.

Enlouqueço entre meus dois homens preferidos. Amo Eric com loucura, minha vida sem ele não teria sentido. Gosto de Björn como amigo e parceiro sexual. Nosso trio é sempre excitante e sacana. Nós três nos ajustamos de maneira incrível e sempre que ficamos juntos é tudo muito bom.

De repente, Eric se reclina um pouco mais na jacuzzi e diz, olhando Björn:

— Duplo.

— Tem certeza? — pergunta ele.

— Sim.

Não sei ao que se referem. Sinto apenas que Björn sai de mim, se levanta, tira o preservativo e coloca outro. Depois se agacha de novo na jacuzzi e, tocando a entrada da minha vagina embaixo d'água, onde Eric me penetra, murmura em meu ouvido, enquanto um de seus dedos entra em mim.

— Mmmm... apertadinha. Adoro.

Isso me deixa tensa. Dupla penetração vaginal?

Olho Eric. Está calmo, muito seguro. Mas tenho medo de que doa. Ele percebe isso e me diz, bem pertinho de minha boca:

— Calma, pequena. Diana te dilatou. — Me beija. — Depois, querida, eu nunca permitiria que você sofresse.

Concordo, enquanto seu beijo me domina, e sinto o dedo de Björn junto ao pênis de Eric em meu interior. Depois de um dedo, entram mais dois, até que meu marido para um pouco de se mover.

Björn bota então a ponta de seu pênis em minha vagina e tira os dedos. Depois de dois movimentos, sinto que seu membro duro entra totalmente, colado ao de meu amor.

— Assim, pequena, assim. Aproveita.

— Santo Deus, Judith, que maravilha — diz Eric ao meu ouvido, enquanto se aperta mais contra mim.

Gemo, gemo, gemo.

Minha vagina fica totalmente dilatada de novo. Dois pênis juntos, quase fundidos um no outro, entram e saem de mim, e eu só posso gemer e me abrir para eles.

Sim, sim, estou fazendo isso. Eles estão dentro de mim ao mesmo tempo.

Enlouquecido, Eric me aperta a cintura e pergunta:

— Tudo bem, querida?

Aceno que sim. Só posso acenar e desfrutar aquele instante.

Excitado, Björn se mexe atrás. Suas mãos me abrem as nádegas, me aperta.

— Me diga o que sente.

Mas não posso falar. Estou tão tomada pelo desejo que só posso gemer.

— Vamos, Jud — murmura Eric. — Diga o que sente ou paramos.

— Não... não parem... por favor... Não parem... Eu gosto — consigo balbuciar.

Estou tremendamente excitada.

O desejo intenso me sobe pelo corpo todo. Estou fervendo. Quando a excitação chega à minha cabeça, grito e me deixo cair sobre Eric, enquanto eles penetram meu corpo em busca do prazer deles.

Minha nossa, que sensação. Toco o botão da jacuzzi, e as borbulhas nos rodeiam.

Estou entre meus dois gigantes.

Ambos me acariciam, me dão mordidinhas, me exigem, me penetram.

Seus pênis, duros, apertados um contra o outro, entram e saem de mim, enquanto o prazer me percorre e grito enlouquecida, me pressionando contra Eric e Björn.

O ruído da água ao se movimentar abafa nossas vozes, nossas respirações fortes, nossos gritos de prazer. Mas eu os ouço. Ouço meu amor, ouço Björn, ouço a mim mesma, até que nós três somos arrastados por um orgasmo devastador.

Nessa noite, quando chegamos em casa lá pelas cinco da manhã, estou esgotada. Quando o táxi nos deixa no portão, está friozinho. Em setembro, na Alemanha, já começa a esfriar.

Eric me pega firme pela mão. Em silêncio, caminhamos para casa. Susto e Calamar vêm na nossa direção. Com carinho, Eric e eu beijamos os cachorros, e eles correm à nossa volta até irem embora.

Sorrio. Gosto de minha vida. Ainda não consigo acreditar em tudo que fiz nesta noite, mas tenho certeza de que vou querer repetir.

Sou uma máquina sexual! Quem me diria uma coisa dessas?

Quando chegamos à porta de nossa casa, puxo Eric e, olhando para ele, digo:

— Eu te amo. E adoro tudo o que fazemos juntos.

Ele sorri.

— Agora e sempre, querida.

Nos beijamos...

Nós nos amamos...

Nós nos adoramos...

Depois do beijo carinhoso, Eric abre a porta, e vemos luz na cozinha. Surpresos, nos olhamos e vamos até lá. Graciela e Dexter se beijam.

Os pombinhos nos olham. Divertida, pergunto:

— O que fazem acordados até tão tarde?

Sem se levantar das pernas de Dexter, Graciela sorri.

— Estávamos com sede e viemos beber algo gelado.

Sobre a mesa há uma garrafinha com rótulo rosa. Eric, achando graça, me olha e exclama:

— Boa escolha!

— Claro, cara, este Moët Chandon rosado está maravilhoso.

Eric e eu sorrimos.

— Essa garrafinha com rótulo rosa é demais! — digo.

Rindo, nos sentamos para beber umas taças com os dois. Em certo momento em que Eric e Dexter conversam, Graciela murmura para mim:

— Se antes eu já gostava deste mexicano, agora me enlouquece.

— Tudo bem entre vocês?

— Mais que bem, sensacional!

Isso me faz sorrir. Penso que, às vezes, o amor é algo muito grande, grandíssimo. E esta é uma dessas ocasiões.

Quinze minutos depois, nos despedimos deles, e meu amor e eu vamos para nosso quarto. Estamos cansados. Quando nos despimos e nos deitamos na cama, Eric me acaricia a cabeça com delicadeza. Sabe que adoro isso.

— Durma, pequena.

Me aconchego entre seus braços e, feliz da vida, durmo.

16

Dois dias depois, não me sinto muito bem. Me dói o estômago. Suponho que minha menstruação está chegando.

Odeio que me doa tanto. Por que tem de acontecer isso justamente comigo? Tenho amigas que não sentem nada.

Vou ao banheiro e, zás!, aí está. Depois tomo um sedativo. Isso e ouvir música vão me relaxar. Pego meu iPod, boto os fones e ouço:

Me llaman loco
por no ver lo poco que me das.
Me llaman loco
por rogarle a luna detrás del cristal.

Fecho os olhos, e a voz de Pablo Alborán me relaxa como sempre. Acabo dormindo.

Beijos suaves e doces me acordam. Abro os olhos e Eric está diante de mim. Tiro os fones.

— Oi, pequena, como está?

— Enxaqueca... uma enxaqueca horrorosa.

Ele fica em alerta rapidamente. Ao ver sua expressão, explico:

— Fiquei menstruada, e a dor está me matando.

Eric concorda. Há meses sabe que é assim.

— Há um remédio alemão muito bom pra isso.

— Qual? — pergunto esperançosa.

Qualquer coisa para não ter esta dor nojenta.

— Engravidar. Durante quase um ano, você esquecerá a dor.

Não acho graça na piada.

Mas ele ri.

Tenho vontade de lhe dar uma bofetada. Dou? Ou não dou? Por fim, contenho meus impulsos trogloditas e digo, cheia de dor:

— Estou morrendo de rir.

— Não acha que é um bom remédio?

— Não.

— Uma moreninha com teus olhinhos... teu narizinho... tua boquinha...

— Não tá me entendendo — resmungo.

Eric ri e me beija.

— Seria linda. Eu sei.

— Tenha você, espertinho.

— Se pudesse, teria.

Olho para ele e me coço.

— Olhe como está ficando meu pescoço. Quer parar?

Ele ri. Risinhos desgraçados. Pego uma almofada e atiro-lhe na cabeça com toda a força.

Ai, ai, ai, ai, eu me conheço. Se ele continuar rindo, sou capaz de estrangulá-lo.

O volume de seu risinho aumenta. Olho para ele e, com cara fulminante, murmuro:

— Poderia fazer a gentileza de dar o fora e me deixar sozinha pra que a dor passe?

— Não se chateie, querida.

Mas meu nível de tolerância em ocasiões como esta é nulo.

— Bico calado, e dê o fora!

Hesita. Sabe que às vezes a menstruação me deixa com um humor péssimo. Depois de me beijar o alto da cabeça, vai embora. Fecho os olhos, boto os fones de novo e tento relaxar, desta vez com a voz de Alejandro Sanz. Preciso me livrar dessa dor.

Na sexta-feira, Juan Alberto, o primo de Dexter, aparece em Munique.

Quando o vejo, me surpreendo. Ninguém me avisou de sua chegada. Na primeira oportunidade, pergunto:

— Como anda minha irmã?

O mexicano sorri e ajeita o cabelo.

— Linda como sempre.

Essa resposta não me adianta de nada.

— Quero saber se anda bem ou mal com tua partida.

— Bem, mocinha, bem. Prometi pra ela passar por Jerez antes de voltar ao México. Olha, ela mandou isto pra você.

Me entrega um envelope fechado. Eu o guardo no bolso da calça. Mas dez minutos depois, ansiosa para ler o que ela escreveu, escapo para meu quarto e leio sentada na cama.

Oi, fofinha:

Por aqui tudo bem. Papai está ótimo, Luz feliz no colégio e Lucía engordando e crescendo.

Te escrevo pra dizer que estou bem, apesar de que já imagina que a partida do mexicano me deixa arrasada. Você já tinha avisado. Mas eu quis ser uma mulher moderna e, apesar de me sentir mal agora, estou feliz por ter experimentado.

Não dormi com ele, claro! Não sou tão moderna, embora tenha havido entre nós mais do que beijos doces e ternos.

Com ele, conheci um homem maravilhoso, carinhoso e encantador. E por fim consegui acabar com o gosto amargo que o enrolado do José me deixou na boca. Então, quando o vir, trate-o com carinho, que te conheço, e ele merece, entendido?

Te amo, fofa, e prometo te ligar um dia destes.

Raquel

Lágrimas imensas me brotam dos olhos.

Pobrezinha da minha irmã, deve estar passando mal e com medo de que eu rache a cabeça de Juan Alberto. Mas, droga, não sou assim tão idiota.

Simplesmente pego o telefone e ligo para Jerez. Quero falar com Raquel.

Um toque, dois toques. No terceiro, ouço sua voz.

— Tudo bem, Raquel?

Quando me reconhece, solta um suspiro sofrido.

— Sim. Tudo bem, apesar dos pesares.

— Eu te disse, Raquel, eu te disse que ele ia voltar pro México.

— Eu sei, fofa, eu sei.

Depois de um silêncio mais que significativo, diz, me deixando totalmente surpresa:

— Sabe? Eu faria tudo de novo. Valeu a pena o tempo que tive com ele. Juan Alberto não tem nada a ver com José. Embora eu hoje choramingue pelos cantos, reconheço que minha autoestima melhorou. Agora me valorizo mais como mulher. Ele está bem?

— Sim, acabou de chegar. Está na sala com Eric e Dexter e...

— Diga que mando um beijo, tá?

— Tá, claro.

Falamos uns minutos mais e por fim nos despedimos, quando Lucía começa a chorar. Minha irmã tem que atendê-la.

Quando volto à sala, só vejo Graciela lendo uma revista.

— Os homens estão no escritório — me informa.

Vou para a cozinha. Estou com sede. Falar com minha irmã me deixa triste, mas saber de sua própria boca que se valoriza mais como mulher me deixa feliz. Enfim, há males que vêm pra bem.

Abro a geladeira e pego uma Coca-Cola. Bebendo, encostada no balcão, ouço Simona, que cochicha na lavanderia:

— Por que tem que vir pra cá?

— Laila vem à Alemanha por uns assuntos de trabalho.

— Por acaso não sabe que sua presença nos incomoda?

— Ouça, mulher — diz Norbert. — O que aconteceu, aconteceu, é passado, pronto. Ela é minha sobrinha.

— Isso mesmo, tua sobrinha. Uma estúpida que...

— Simona...

— Quando ela chega?

— Amanhã.

— Desgraçada!

— Simona, cuidado com a língua, por favor! — censura Norbert.

Não me contenho, sorrio. Mas Simona continua, a voz terrivelmente chateada:

— Claro, claro, como tua sobrinha é uma mulher muito fina, liga antes pro senhor Zimmerman e fica pra dormir nesta casa em vez da nossa, né? Por acaso não lembra o que poderia ter acontecido, se não fosse por Björn?

— Eu lembro, sim. Calma, não vai acontecer de novo.

Ouço então a porta da lavanderia se abrir e, pelo janelão da cozinha, vejo Simona caminhar muito chateada até sua casa e Norbert vai atrás.

O que está acontecendo?

Surpresa, eu os sigo com o olhar. É a primeira vez que vejo esse casal tão ingênuo não estar de acordo em alguma coisa e isso me preocupa. Mas me preocupa mais saber quem é Laila, por que liga para Eric em vez de ligar para seu tio e o que aconteceu da última vez.

Preciso falar com Simona logo que puder.

Nessa noite, quando Eric e eu estamos em nosso quarto, digo, apontando meu celular:

— Não sabe que toque salvei pra quando você me ligar.

Ele me olha. Pega seu celular, liga para o meu e sorri ao reconhecer a música *Si nos dejan*.

Apaixonados, nos abraçamos e sorrimos. Cinco minutos depois, após vários beijos, quando Eric me solta, digo:

— Posso te perguntar uma coisa?

— Claro, querida. Pode me perguntar o que quiser.

— Você me daria trabalho?

Eric me olha. Sorri e, me abraçando, diz, aproximando-se de minha boca:

— Te falei há muito tempo já que teu contrato foi renovado pela vida toda, pequena.

Rio. Lembro que me disse isso no dia em que lhe mandei as flores no escritório. Mas insisto:

— Me refiro a trabalhar na empresa Müller.

— Trabalhar? — Ele me solta. — Por quê?

— Porque quando Dexter e Graciela se forem, vou ficar entediada. Estou acostumada a trabalhar, a vida ociosa não é pra mim.

— Querida, eu trabalho por nós dois.

— Mas eu quero colaborar. Já sei que você tem muito dinheiro e...

— Temos, querida — me corta. — Temos. E antes que continue, Jud: você não precisa trabalhar porque eu posso te manter na boa. Não quero que minha mulher esteja presa a horários diferentes dos meus e que não tenha sua companhia porque tem obrigações a cumprir. Portanto, assunto resolvido.

— Assunto resolvido coisa nenhuma!

Não gostou do meu tom de voz. E eu não gostei de sua resposta. Apontando o dedo para ele, digo sem muita vontade de discutir:

— Deixa pra lá, por enquanto. Mas que fique bem claro, bonitinho, vamos falar disso de novo. Ok?

Eric respira fundo e concorda. Depois vai para o banheiro. Quando sai, sem lhe dar descanso, digo:

— Preciso perguntar outra coisa.

Me olha incomodado e senta na cama.

— Diga.

Ando pelo quarto. Quero perguntar sobre Laila, mas não sei como. Saber que essa mulher ligou para ele e que ele não me disse nada me preocupa. Finalmente, deixando de rodeios, digo:

— Quem é Laila? Por que não me disse que te ligou? E por que vai ficar em nossa casa?

Surpreso, ele pergunta:

— Como ficou sabendo?

Minha expressão muda.

Toc, toc. O ciúme me domina.

Aperto os olhos e, desconfiada, insisto:

— Aqui a pergunta é, antes, por que você não me disse que uma desconhecida pra mim te ligou e que vai ficar na nossa casa a partir de amanhã? E agora, pode se chatear, mas saiba que estou muito mais chateada por não ter sabido de tudo por você.

— Chega amanhã?! — pergunta, surpreso.

Por sua expressão, parece que é sincero. Não lembrava.

— Sim — respondo. — Um pouco mais e fico sabendo só quando ela sentasse à mesa.

Eric me entende. Seu olhar me deixa bem claro. Ele se aproxima e diz lá de cima de sua altura toda:

— Querida, estou tão enrolado ultimamente que tinha me esquecido de comentar. Me perdoa. — Ao ver que não respondo, continua: — É a sobrinha de Norbert e Simona. Era a melhor amiga de minha irmã Hannah. Me ligou sim. Ao saber que vinha pra Alemanha, a trabalho, convidei ela para ficar aqui em casa.

— Por quê?

— Hannah gostava muito dela.

— Você teve alguma coisa com ela?

Minha pergunta o surpreende. Dando um passo atrás, ele diz:

— Claro que não. Laila é uma mulher encantadora, mas nunca tivemos nada, Jud. Por que pergunta?

— E Björn?

Boquiaberto, me olha e diz chateado:

— Que eu saiba, também não. Mas, vem cá, se tiveram, não me interessa e acho que a você também não deveria interessar. Ou devo pensar que te preocupa se teve um caso com Björn?

Ao ver onde está querendo chegar, olho-o confusa.

— Por Deus, Eric, não diga besteira!

— Então não faça essas perguntas.

Me calo. Não quero comentar o que ouvi Simona dizer, mas vou descobrir a que se referia o “Não lembra o que aconteceu da última vez?”.

— Tem ciúme de Laila?

Sua pergunta direta me leva a uma resposta direta:

— Em relação a você, sim. E te perdoo o esquecimento.

Ele sorri; eu não.

Dá um passo em minha direção, mas fico quieta. Me abraça, mas eu não o abraço. Descalça sobre o tapete, me sinto pequena. Eric me pega pelo queixo obrigando-me a olhar para ele.

— Ainda não se convenceu de que a única mulher de que preciso, adoro e quero em minha cama e em minha vida é você? Eu disse e vou repetir mil vezes que vou te amar a vida toda.

Pronto, já me ganhou. Ouvir "Vou te amar a vida toda" derrubou de novo minhas defesas.

Já me fez sorrir.

— Sei que você me ama tanto quanto eu te amo, porque o agora e sempre que levamos em nossos anéis é sincero — digo, mostrando meu dedo com o anel. — Mas fiquei chateada porque não me falou do telefonema e mais ainda porque uma mulher que não conheço vai dormir em nossa casa.

Eric me ergue pela cintura e, quando me tem diante de seu rosto, aproxima a boca da minha. Me lambe o lábio superior, depois o inferior e por fim me morde com carinho.

— Bobinha ciumenta, me dá um beijo.

Estou para me afastar, mas acabo não lhe dando um beijo e sim vinte e um. Terminamos fazendo sexo ao nosso modo, contra a parede.

No dia seguinte, de manhã, quando desço à sala, Juan Alberto já foi para a Bélgica. Ontem à noite, antes de dormir, lhe dei o beijo que minha irmã lhe mandara, e ele o recebeu com carinho. Casinho esquisito o desses dois.

Tento falar com Simona, mas ela foi às compras.

Dexter e Eric vão passar a manhã fora, resolvendo coisas da empresa, e Graciela e eu vamos fazer compras. Na próxima semana, ela e Dexter voltam ao México e ela quer levar muitas lembrancinhas da Alemanha.

Pela tarde, quando chegamos, encontro Simona na cozinha. Ela sorri. Me aproximo e a abraço. Preciso desse contato quando Eric não está. Ela compreende, me abraça também.

Quando me sento à mesinha, a mulher continua suas tarefas.

— Está muito séria. O que aconteceu?

— Nada.

— Tem certeza, Simona?

— Sim, Judith.

Concordo. Durante uns minutos permanecemos caladas. Quando vou dizer alguma coisa, de repente me olha e me anima:

— Vamos, tá na hora. Vai começar *Loucura Esmeralda*.

Dou um pulo e corro com ela. Entramos na sala, e Graciela está lendo. Depois de cumprimentá-la, nos acomodamos no sofá e ligamos a televisão.

— Começa *Loucura Esmeralda* — cochicho emocionada, olhando para Graciela.

Ela sorri e não diz nada.

Melhor. Já sei que estou ficando brega.

Quando começa a tocar o tema musical da novela, Simona e eu nos olhamos e, rapidamente, cantarolamos:

> *Ámame, en nuestro loco amanecer.*
> *Bésame, en nuestra cama en la aurora.*
> *Cuídame, porque soy tuya y no de otro.*
> *Mímame, soy tu Locura Esmeralda.*

Graciela solta uma gargalhada. Simona e eu também.

Puta que pariu, que papelão devemos fazer nós duas cantando a musiquinha em alemão. Estou me tornando uma esquisitona! Que vergonha!

Com o coração apertado, vemos de novo como atiram em nosso amado Luis Alfonso. Esmeralda Mendoza vai correndo acudi-lo. Do nada surge um homem de boa aparência que os ajuda. Termina o primeiro capítulo com Esmeralda chorando no hospital. Teme pela vida de seu amado Luis Alfonso. Que ela chore, tudo bem, mas o diabo é que choramos todas, ela, Simona, Graciela e eu.

Ora, os três patetas de saia!

Nos entreolhamos com expressão sofredora. Então acabamos rindo. Vamos para a cozinha, achando graça da situação. Precisamos beber alguma coisa para repor as lágrimas perdidas.

Nesse instante, a porta se abre. Entra Norbert e, com ele, uma mulher bastante bonita, de cabelo claro, que diz:

— Oi, tia Simona.

Sem pestanejar, observo como a desconhecida se atira nos braços de minha querida Simona e como esta, para não dar bandeira, sorri.

— Laila, que alegria.

Norbert, que está atrás delas, dá meia-volta e vai embora. É esperto. Tira o corpo fora.

Quando se separam, Simona me olha e diz:

— Laila, te apresento a senhora Zimmerman.

A jovem me olha com um sorriso agradável. Eu, lhe estendendo a mão, digo:

— Pode me chamar de Judith.

— Prazer, Judith.

Então apresento Graciela:

— Esta é Graciela, uma boa amiga.

— Prazer, Graciela.

— O prazer é meu, Laila.

Então Simona me olha e pergunta:

— Onde posso instalá-la, Judith?

— Onde você quiser, Simona.

Laila nos observa, confusa, e diz a sua tia:

— Chama tua patroa pelo nome?

Antes que eu possa responder, Simona diz:

— Sim. E agora, me siga.

Simona, que espera com a mala pesada na mão, sai. A jovem Laila diz, num tom que não me agrada nem um pouco:

— Tia, leve a mala pro quarto e depois me diga qual é. Já conheço a casa. — Depois, me olhando com um sorriso enorme, acrescenta: — Muito obrigada por permitir que fique em teu novo lar.

Primeiro: teria de ser ela a levar a mala para o quarto, não Simona. Segundo: esse negócio de "conheço a casa" não me bateu bem. Terceiro: acaba de ultrapassar o limite.

Estou a ponto de dizer alguma coisa, quando Eric entra na cozinha. A recém-chegada exclama:

— Eric!

— Oi, Laila.

— Parabéns pelo casamento. Meus tios acabam de me apresentar tua mulher. Ela é um doce.

Ele lhe dá dois beijos e diz, me olhando:

— Obrigado. Pode-se dizer que estou no melhor momento de minha vida.

Rimos todos. Dexter entra, e logo os dois homens se vão para o escritório. A garota me pisca um olho:

— Espero que seja muito feliz, Judith.

Com expressão contrariada, Simona sai e Laila senta comigo e Graciela à mesa da cozinha, onde passamos à próxima etapa.

Nossa, a cada dia me pareço mais com minha irmã Raquel.

Quando Flyn volta da escola, Laila se levanta para abraçá-lo. O menino se alegra ao vê-la. Em suas lembranças está gravado que era amiga de sua mãe.

Nessa noite, uma hora mais tarde que o normal, jantamos todos na sala. Convido Simona e Norbert para que jantem com a gente, mas Simona se nega. Não insisto. Vejo com clareza o quanto Laila a incomoda e decido falar com ela no sábado pela manhã.

* * *

Quando acordo, como sempre, estou sozinha na cama. Me espreguiço e de repente me dou conta de algo tremendamente importante: é o aniversário de Eric!

Feliz da vida, corro para o banheiro, escovo os dentes, tomo uma ducha rápida e me visto. Voando, pego o presente que comprei para Eric e desço as escadas de quatro em quatro degraus.

Ouço vozes na sala. Eric e Dexter estão ali. Quero fazer uma surpresa para Eric, corro como uma louca até a poltrona e me atiro por cima do encosto para cair em seus braços. Mas a má sorte faz com que eu dê um impulso forte demais e termine estatelada num canto da sala, com o presente rolando pelo chão.

Que tombo, minha nossa! Acho que abri um pulso.

Eric se levanta rapidamente e me ajuda, seguido por Dexter. Os dois me olham surpresos, sem saber ainda o que aconteceu, e eu não sei se estou mais ferida física ou moralmente.

Que vergonha!

Eric me carrega no colo até a poltrona e me pergunta:

— Onde se machucou, querida?

Mostro a mão esquerda. Ao movê-la, solto um gemido.

— Ai, que dor, que dor! Acho que abri o pulso.

Eric se paralisa, fica branco. Não entende o que é abrir o pulso. Então, explico:

— Querido, torci a mão. — Movimento a mão. — Não se preocupe. A solução é imobilizá-la.

Ele respira, a cor volta a seu rosto. Nesse momento aparecem Graciela e Laila, que perguntam ao nos ver:

— O que foi?

Dexter olha sua garota e diz:

— Não sei, amorzinho. Sei apenas que vi Judith voar por cima da poltrona e cair com toda a força no chão.

Graciela, que é enfermeira, rapidamente se aproxima.

— Estou bem — digo —, mas me dói o pulso.

Eric se levanta, rápido:

— Vamos, te levarei ao hospital pra fazer uma radiografia.

Rio.

— Não diga bobagem. Graciela dá um jeito nisso com uma atadura.

Ela, depois de examinar minha mão e de movê-la, concorda.

— Não há fratura. Calma, Eric.

Mas claro, Eric é Eric.

— Vou ficar mais calmo depois de uma radiografia.

— Concordo com você — diz Laila. — É melhor ter certeza de que tudo está bem.

Sorrio. Olho meu loiro preferido e me levanto.

— Olha, querido, minha mão está bem. Só precisa de uma atadura. Assunto encerrado.

— Tem certeza?

— Total.

— Vou buscar a maleta dos primeiros-socorros na cozinha — diz Laila.

Graciela vai atrás, e Dexter também. A sós, olho meu amor e sorrio:

— Feliz aniversário, senhor Zimmerman.

Eric sorri. Enfim sorri!

— Obrigado, querida.

Nos beijamos com ternura. Quando se separa de mim, digo:

— Hoje faz um ano que jantei grátis com meu amigo Nacho no Moroccio, me fazendo passar por tua mulher, e depois você veio a minha casa com cara de poucos amigos e me disse com teu vozeirão de chateado: "Senhora Zimmerman?!"

Ele solta uma gargalhada.

— Lembra, Eric?

— Sim, meu ursinho panda — responde.

Ai, que fofo!

Rio. Acho graça que se lembre de meu olho naquele dia. Santo Deus, já faz um ano! Como o tempo passa!

Feliz de lembrar esses momentos tão bonitos, olho ao meu redor em busca do presente e o localizo embaixo da mesa. Me agacho e o pego. De volta, faço minha carinha de menina boazinha e digo:

— Espero que goste. E, principalmente, que funcione depois da queda.

Eric abre o pacote e me olha, ao ver o relógio. Depois o coloca e diz:

— Como sabia que eu gosto deste relógio?

— Tenho dois olhos, querido, e vi como olhava essa revista que recebe todo mês de uma joalheria. Olha, os donos me abriram uma conta, mesmo que eu dissesse que não.

— Normal, querida, você é minha mulher. Quando quiser alguma coisa bem bonita e original, Sven, o joalheiro, pode fazer pra você.

Sorrio. Eu sou mais de bijuterias. Nesse momento, entra Graciela sentada sobre as pernas de Dexter. Me mostra a gaze.

— Vamos, Judith, venha, vou te imobilizar o pulso.

De repente me dou conta de que não vi Flyn.

— Cadê o Flyn?

Eric responde, quando Laila entra na sala:

— Marta passou pra pegá-lo faz pouco. Depois nos veremos no jantar.

— Não jantam aqui? — pergunta Laila.

— Não. Hoje convido todos pra jantar. É meu aniversário — responde Eric, enquanto observa o que Graciela faz.

— Oh, então jantarei sozinha — murmura.

Olho para ela. Vejo sua expressão triste e, como sempre, sinto pena.

Meus olhos encontram os de Eric. Nos comunicamos em silêncio. Quando ele faz um sinal afirmativo, digo a Laila:

— Não quer vir com a gente?

A jovem, surpresa, diz:

— Adoraria.

Quando todos se acalmam depois de meu belo tombo, procuro Norbert. Está na garagem com minha Ducati. Só de vê-la minha adrenalina fica a mil e sorrio.

— Precisa de ajuda?

Ele sorri.

— Não, senhora. Não se preocupe. A moto está perfeita. No domingo da competição vai funcionar às mil maravilhas. A senhora vai ver. Quer experimentar?

Concordo, sem hesitar. Como resistir a uma voltinha em minha Ducati?

Subo e dou partida. Ao ouvir seu ruído selvagem, grito. Norbert sorri. E eu saio da garagem.

Sem proteção nem capacete, dou uma voltinha pelo terreno. Susto e Calamar correm atrás de mim. A moto funciona como sempre, perfeitamente. Que máquina meu pai comprou pra mim.

Ao passar diante de um dos janelões da sala, vejo que Eric me observa. Exibida, empino a moto e ando só no pneu traseiro. Ao ver a expressão tensa dele, rio e abaixo o pneu dianteiro. Aí sinto o pulso doendo.

Dez minutos mais tarde, volto à garagem, onde Norbert me espera.

— Que achou, senhora? Está tudo bem com ela?

Aceno que sim e toco o pulso. Me dói. Mas não me preocupo. Tenho certeza de que em uma semana estará melhor.

Eric nos leva para jantar num restaurante maravilhoso. Combinou de encontrar lá sua mãe, seu primo Jurgen, Marta com o namorado e Flyn. Quando chegamos com Dexter, Graciela e Laila, já nos esperam. Flyn, ao nos ver, corre para nos abraçar. Quando a mãe de Eric o beija, seu jeito tão carinhoso me deixa arrepiada.

— Felicidades, meu querido.

Entre risos, num ótimo clima, esperamos os que faltam. Jurgen se senta entre mim e Laila, e falamos da corrida. Estou emocionada. Não vejo a hora de dar saltos com minha moto e me divertir. Eric nos escuta. Não diz nada, apenas escuta. Quando aponto num papel o lugar onde será o evento, sorri.

Aparecem Frida, Andrés e Björn, que vem sem acompanhante. Presto atenção à cara dele quando vê Laila e percebo certo mal-estar, mas quando Björn se aproxima a cumprimenta normalmente. Senta, porém, o mais longe possível da moça. Isso me dá o que pensar. Laila é uma jovem muito bonita, é estranho que Björn, o grande predador, queira ficar afastado dela. Aí tem coisa. Preciso descobrir.

Um a um, todos dão seus presentes a Eric, e ele sorri agradecido. Que feliz está meu amor ao fazer seus 33 anos.

Quando boto umas velas no bolo que o garçom traz e o faço soprar, sei que quer me matar! Eu rio e canto "Parabéns pra você". Finalmente ele sorri, sorri e sorri.

— Acho que tem alguma coisa pra me contar, né? — murmura Frida, se aproximando de mim.

Ao ver sua cara, sei do que fala. Cochicho, divertida:

— Se se refere sobre como acabou a noite da Oktoberfest, só direi uma palavra: *caliente*!

Frida sorri.

— Björn me contou que vocês se divertiram pra valer.

Confirmo com a cabeça. Ela diz:

— Diana é impressionante, né? — Confirmo de novo. Frida diz, olhando Graciela: — E esses dois, como vão? Já brincaram com eles?

— A primeira pergunta: pelo que vejo, vão bem. A segunda: não, não brincamos com eles.

Meia hora depois, Sonia recebe uma ligação. É de seu namorado atual. Marta e Arthur se oferecem para levá-la e vão embora. Laila fala com Jurgen. Pergunto a Frida:

— Que acha de Laila?

— Muito legal. Era a melhor amiga de Hannah. — Ao ver que franzo o cenho, pergunta: — O que é que realmente te preocupa?

Sem querer revelar o que ouvi de Simona e a sensação que me dá ver que Björn não troca uma palavra com Laila, digo:

— Ela brincou alguma vez com Eric ou com vocês?

— Não, nunca. Acho que não está na nossa. Por que pergunta?

Sorrio ao ver que Eric não mentiu pra mim. Isso me tranquiliza.

— Nada não. Só pra saber.

17

Dois dias depois, Sonia e Marta nos convidam para sua formatura na escola de paraquedismo.

Eric vai sem muita vontade — como eu o obriguei, não teve escapatória. Durante a cerimônia, tenta manter a pose apesar do nervosismo em que está. Mas quando sua irmã e sua mãe, junto com outros alunos, sobem no aviãozinho e este se eleva no céu, me olha e diz:

— Não posso olhar.

— Como não pode olhar?

— Já disse que não posso — resmunga. — Me avise quando estiverem em terra, tá bem?

Resignada, digo que sim. Há coisas que não têm remédio. Até sinto pena dele. Coitadinho, os esforços que faz ao tentar entender a todos.

Flyn, emocionado com a proeza de sua avó e sua tia, aplaude loucamente. E quando um dos monitores me diz que as duas que descem à direita são Sonia e Marta, aviso o menino, que grita entusiasmado para Arthur, que o levanta nos ombros.

— Iraaaaado! Descem a toda!

Eric pragueja. Ouviu o sobrinho, mas não se mexe.

Graciela e Dexter, num verdadeiro grude, não param de se beijar. Não olham a exibição nem nada. Eles estão satisfeitos com beijinhos e carícias. Acho graça. Mais melosos impossível. Custaram a se decidir, mas agora não se separam o dia inteiro. Nem quero imaginar os bacanais que devem organizar no quarto. É tal o nível do grude, que Flyn os batizou de "os carrapatos".

Observo o céu. Vários pontinhos se aproximam rapidamente, até que os paraquedas se abrem e descem lentamente. Olho Eric. Está branco como cera. Me preocupo.

— Tudo bem, querido?

Sem levantar o olhar do chão, nega com a cabeça.

— Já chegaram?

— Não, meu amor. Estão caindo.

— Santo Deus, Jud, não diga isso — murmura aflito.

Tentando entender o esforço que é para ele estar ali, toco sua cabeleira loira para tranquilizá-lo. Quando Sonia e Marta botam os pés em terra, digo:

— Pronto, querido, elas já chegaram.

A respiração de Eric muda, olha de novo para onde todos estão olhando e aplaude para que sua mãe e sua irmã o vejam.

Grande ator!

Passam dois dias. Noto que Laila é um amor comigo e com Graciela, mas também observo que, com Simona, toda vez que se veem, o clima fica gelado. O que terá acontecido?

Numa dessas tardes, quando estamos na piscina coberta, aparece Eric com Björn. Vêm do escritório e estão lindos de terno.

Dexter, que está na água com a gente, grita:

— Vamos, caras, venham dar um mergulho.

Eric e Björn sorriem. Desaparecem da piscina e, dez minutos mais tarde, voltam com seus calções e se atiram n'água.

Rapidamente, meu amor nada até mim. Seus braços me rodeiam; depois de me beijar com adoração, Eric murmura:

— Oi, linda.

Devolvo o beijo, e dois segundos depois estamos brincando n'água como crianças. Simona aparece com uma bandeja com várias coisas. Sem demora, Laila vai até a bandeja, enche um copo de suco de laranja e, aproximando-se da borda da piscina onde estamos, diz a meu alemão:

— Toma, Eric. Espremido agorinha mesmo. Como você gosta.

Animado, meu lindo o pega, enquanto eu, surpresa, olho para Laila. Ela não me olha, só tem olhos para Eric. De repente diz:

— E, como sei que ela adora, esta Coca-Cola com bastante gelo pra Judith.

Isso chama minha atenção: como é observadora!

— Obrigada, Laila.

— Obrigada a você por ser sempre tão amável comigo.

Vinte minutos depois, todos estamos sentados na borda da piscina, e Björn, na brincadeira, me empurra e caio n'água. Rapidamente, Eric empurra Björn, que também termina n'água.

— Aposto que te ganho — me desafia.

Sem responder, começo a nadar com todas as minhas forças até o outro lado da piscina. Quando estou quase chegando à borda, Björn me pega pelos pés, e eu afundo.

Quando consigo tirar a cabeça d'água, me pega pela cintura e me leva até onde dá pé para mim, para que eu descanse. Ele me solta; e eu, brincando, digo:

— Seu trapaceiro.

Ele sorri.

— Sou como você. Não gosto de perder.

Rimos. Ao sentir que é um bom momento, pergunto sem mudar de expressão:

— O que há entre você e Laila?

— Nada.

Mas seu olhar de tigre mudou. Björn tenta descobrir o que sei. Nós nos entendemos perfeitamente pelo olhar. Sussurro:

— Aconteceu alguma coisa. Eu sei.

— Você é muito espertinha.

— E você um péssimo ator.

— Quieta!

— Ui, que história esquisita! — Ao ver como me olha, digo: — Acontece que você mal fala com ela, mal chega perto. E você é um predador perfeito. Ela é muito bonita, seria lógico que você estivesse dando em cima.

Björn sorri. Acabo de surpreendê-lo.

— Só te digo que ficarei feliz quando ela se for.

— Eric sabe que não a suporta?

Ele nega com a cabeça.

— E então, vai me contar o que houve?

— Sim, mas outra hora, tá?

Concordo e começo de novo a brincar. Afundo Björn, ele me afunda — nos divertimos até que, ao sair, enquanto Eric me enrola numa toalha, ouço Laila dizer:

— Dá gosto ver como você se dá bem com Björn.

— É um bom amigo — respondo.

— O melhor — sublinha Eric.

Björn nos olha e sorri.

— Você não pode dizer — diz Laila — que Björn não seja um homem muito bonito.

Ele olha para ela, sorri e resmunga, com uma expressão tipo "cala a boca!":

— Obrigado, Laila.

Sigo o jogo:

— Não nego, Laila. Björn é um homem muito bonito e sexy.

Eric nos olha. Eu sorrio para ele e lhe dou um beijo.

— Mas como você, nenhum!

Sorrimos todos. O bom clima impera. Mas Laila volta à carga.

— Se não tivesse conhecido Eric, teria se interessado por Björn?

Acho graça na pergunta. Sincera, como sempre, respondo:

— Claro que sim. Sempre gostei mais dos morenos que dos loiros.

— Sério? — ri Graciela.

Aceno que sim. Então Eric me agarra pela cintura, me puxa para seu colo e diz, me olhando:

— Pois se casou com um loiro que não planeja te deixar escapar.

— E eu não quero que deixe — respondo, enquanto o beijo com entusiasmo.

Levantando-se da espreguiçadeira, meu louco amor me joga sobre seu ombro como um homem das cavernas e diz:

— Pessoal, já estamos voltando.

— Me solte — rio, divertida.

— Não, querida. Vou fazer você pagar pelo que disse.

— Pouco tarado o cara — zomba Björn.

Ao ver como rio da urgência de meu marido, Dexter diz:

— Vamos, compadre, faça Judith pagar pela ousadia de gostar dos morenos.

Sem se deter, Eric chega ao nosso quarto e, depois de me jogar na cama como um saco de batatas, diz, tirando o calção:

— Pelada, agora.

Com um sorriso de orelha a orelha, tiro o biquíni. Quando estou nua, Eric se deita sobre mim, passa as mãos pelo meu sexo e diz:

— Tou a mil, moreninha.

Nosso lado selvagem então vem à tona e fazemos amor loucamente.

18

Acordo às sete da manhã. Hoje é domingo, dia da corrida de motocross. Salto da cama direto pro chuveiro. Depois, boto um jeans e desço para o café da manhã. Ao entrar na cozinha, encontro apenas Dexter.

— Bom dia, princesa.

Sorrio. Sirvo café e me sento à mesa com ele. Dexter me oferece um bolinho. Aceito. Durante vários minutos, devoro tudo o que está diante de mim, até que o ouço dizer:

— Eric está nervoso. Ele quase não dormiu porque você vai participar dessa corrida.

— E como você sabe disso?

— Porque às quatro da madrugada, quando vim tomar um copo d'água gelada, estava sentado nessa mesma cadeira onde você está agora.

Isso me surpreende. Por que Eric se preocupa tanto? Mas, sem querer pensar mais nisso, digo:

— E você, o que fazia acordado às quatro da manhã?

Dexter sorri.

— Não podia dormir. Muitas preocupações.

Tomo um gole de café.

— Essas preocupações começam por *Gra* e terminam por *ciela*?

O mexicano sorri e se joga para trás na cadeira.

— Estou confuso. Não acho que seja justo o que estou fazendo com ela.

— Pelo que sei, ela está adorando, Dexter.

Concorda, mas sério.

— Quando aconteceu o acidente, minha vida deu um giro de cento e oitenta graus. Passei de homem atraente que tinha um celular sempre tocando a um homem que por mais que desejasse o celular não tocava. Houve um tempo em que sofri pra aceitar o que tinha me acontecido e consegui superar quando deixei de ter sentimentos românticos sobre as mulheres. Estava tudo sob controle, mas Graciela...

— Você ama Graciela, né?

— Sim. Muito, demais.

— E você se surpreendeu principalmente por causa... bom, nós sabemos. É ou não é?

Dexter concorda, me olha nos olhos e diz:

— Tenho medo de magoá-la e de que ela me magoe. Conheço minhas limitações e...

— Ela também conhece e, pelo que sei, não se importa. Talvez, se vocês fossem um casal típico, seria importante e preocupante pra você, mas vocês não são. E acho que vocês dois seguem a mesma direção em relação ao sexo. Portanto, não há com que se preocupar.

— E filhos? Também não devo me preocupar com isso? Ela é uma mulher e cedo ou tarde vai querer ter um bebezinho e isso eu não posso dar.

Ufa. Falar de filhos não é meu assunto preferido, mas pergunto:

— Como não?

Dexter me olha com cara de pirado. Deve pensar que enlouqueci.

— Há muitas crianças no mundo em busca de uma família. Não acho que um bebê precise nascer da gente pra que a gente o ame, cuide dele e o proteja. Tenho certeza de que, chegada a hora, Graciela e você poderão ter seu próprio filho se ambos desejarem. Vocês só precisam discutir isso. Você vai ver. Mas agora, curta, Dexter, divirta-se com Graciela e deixe que ela se divirta com você. Agora é o momento de vocês se amarem, de ficarem na boa, de se conhecerem e de não permitirem que nada nem ninguém estrague esse prazer.

Ele sorri e toma um gole de café.

— A cada dia entendo mais o sortudo do meu compadre. Você é uma lindinha, não só por fora, mas também por dentro. Que Deus te abençoe, querida Judith.

— Obrigada, lindinho — respondo.

Nesse momento, a porta da cozinha se abre e ouço Eric dizer, divertido:

— Mexicano safado, paquerando minha mulher às escondidas?

— Pois é, cara, desde que soube que gosta dos morenos, não perco a esperança!

Rimos. Ninguém entenderia nossa amizade. Mas nós sim e isso é a única coisa que importa.

Quando acabamos o café, chega a hora de eu ir. Vejo Simona e me dirijo a ela. Nesses dias, com tanta gente em casa e tanta atividade, mal nos falamos.

— Tudo bem, Simona?

Ela concorda. Mas eu sei que não está nada bem. Aproveitando o momento, digo:

— Sei que tem algum problema com Laila. — Ela me olha surpresa. — Quando voltar, esta tarde, precisamos conversar, ok?

Simona responde que sim. Eu a abraço e a beijo. Combino, antes de me afastar:

— Depois a gente se vê.

— Boa sorte! — responde com um sorriso.

Às dez e meia, chegamos ao endereço que Jurgen me deu. Dexter, Graciela, Laila, Norbert e Flyn nos acompanham. Eu estou nervosa, querendo andar logo na minha moto. Eric está atacado. Marta e Arthur já estão ali nos esperando. Sonia acabou não podendo vir.

Não corro com a moto desde antes do meu casamento. Embora, na lua de mel, tenha pilotado vários jet skis, não é a mesma coisa. Não vejo a hora de subir na minha Ducati.

Depois de estacionar o carro, vou me preparar com Norbert, enquanto Eric desce a moto do reboque. Quando me dão meu número, sorrio. Vou falar com Eric e comento, achando graça:

— Veja nas minhas costas. 69. Não é sexy?

Meu louco amor tenta sorrir, mas não consegue. Sei que está tenso, mas tem que relaxar e isso depende apenas dele.

Jurgen aparece, e nos abraçamos. Está tão agitado como eu com a competição. Me entrega um mapa do circuito e, como faz meu pai em Jerez, me explica um pouco como são os saltos e em que curvas devo ter cuidado para não cair.

Eric nos ouve. Memoriza tudo o que Jurgen diz. Quando ele se vai, junto com Laila, diz, apontando o papel:

— Lembre, tenha cuidado na curva dez e tente entrar aberta na 15.

— Ok, chefe — concordo, achando graça.

Ele sorri.

Flyn está nervoso e entusiasmado com tantas motos em volta.

Marta e ele me acompanham até os vestiários e me ajudam a colocar o macacão. Quando, enfim, estou pronta com o traje completo, o menino me olha e murmura com expressão maravilhada:

— Iraaaaddoooo!

Sorrio. Marta pega a mão do sobrinho e me pisca um olho.

— Jud é nossa super-heroína particular.

Voltamos para o grupo que nos aguarda. Laila diz:

— Você tá incrível.

— Obrigada — sorrio.

Graciela, com expressão assustada, murmura, sentada sobre as pernas de Dexter:

— Judith, tem certeza de que quer fazer isso?

Com meu capacete sob o braço, concordo.

— Certeza total.

Eric me olha. Eu o olho e lhe sorrio. Mas ele não me devolve o sorriso. Tem medo. Eu não.

As corridas estão divididas entre homens e mulheres. Aceito, mas gosto mais quando são mistas. Me informam que saio no terceiro grupo. Quando a corrida começa, observo, concentrada, enquanto em meu iPod ouço Guns N'Roses.

A música *heavy* sempre mexe com minha adrenalina. E para competir e ganhar preciso me sentir em ponto de bala. Nunca corri neste circuito e preciso ver como minhas adversárias agem para saber administrar minha corrida.

Eric, ao meu lado, observa e não diz nada. Deixa eu me concentrar, mas sua cara, cada vez que vê uma queda, revela o que pensa. Está horrorizado!

Quando anunciam pelo megafone que vai começar a terceira rodada, dou um beijo rápido em Eric e, botando o capacete, digo sem alongar a despedida:

— Já volto. Me esperem.

Arranco.

Sei que o deixei arrasado, mas não posso ficar me despedindo como se fosse para a guerra. Só vou enfrentar uma corrida que dura apenas sete minutos.

No grid de largada, junto com as outras motoqueiras, procuro meu amor com o olhar e logo o vejo junto com Flyn e Marta. Ajusto o capacete e ponho os óculos de proteção. O ruído dos motores alimenta minha adrenalina, e acelero minha moto.

Uau, como ronca!

Foco na pista. Visualizo o circuito que repassei com Jurgen e planejo chegar encostada à direita para pegar a primeira curva, que é à esquerda.

Aceleramos os motores. Os nervos estão tinindo quando se ouve um ruído e as engrenagens que freiam as motos no chão descem. Saio como uma bala.

Acelero e sorrio ao ver que posso pegar a primeira curva em que pensei. Ao deixar a curva para trás, derrapo e salto, mas quando a moto toca o chão sinto meu pulso e gemo. Mas não vou deixar a corrida por causa dessa dorzinha boba.

A zona com lombadas faz com que meu pulso doa horrores, grito e acelero para sair o quanto antes dali. Mas ao chegar à curva seguinte, quase passo direto. Não posso ir tão rápido ou acabarei caindo.

Me mantenho entre as primeiras corredoras como posso. Quando a corrida termina, estou em terceiro lugar. Sorrio e respiro feliz. Estou classificada para outra rodada.

Quando saio da pista e me encaminho para onde está todo mundo, eles aplaudem entusiasmados. Flyn dá pulos de alegria.

Ao tirar os óculos e o capacete, sorrio e pisco um olho para meu bonitão Zimmerman. Digo alto e claro:

— Já voltei, querido.

Ele me abraça e me beija sem se importar com a poeira e a sujeira. Deliciada, eu também o abraço e o beijo.

Sofro nas duas próximas voltas por causa da desgraçada da dor no pulso. Mas me nego a me dar por vencida e me classifico para a rodada final.

Me dói demais. Ainda assim, me calo ou meu maridinho me arrastará daqui. Aguento como posso. Quando faltam dez minutos para a final feminina, olho Graciela e digo:

— Preciso que mude minhas ataduras. Quero que as aperte ao máximo.

— Mas isso não é bom, Judith. Vai te cortar a circulação.

— Não importa. Aperte.

Ela me olha. Intui que me dói mais do que demonstro.

— Judith, se dói você deveria...

— Aperte. É o jeito.

Sem dizer nada, ela aperta as ataduras. Quando boto a luva, tenho a mão quase rígida. Isso evita a dor, mas também limita meus movimentos e é muito desconfortável.

Eric se aproxima. Digo, sorridente:

— Alegre essa cara, querido. É a última rodada. Já pode comprar uma estante bem grande pros meus troféus. Penso em ganhar o primeiro aqui.

Sorri. Minha segurança o acalma. Me dá um beijo e diz:

— Vamos lá, campeã. Vamos lá e mostre pra elas quem é minha mulher.

Sua animação me motiva. Ótimo, Zimmerman!

Retorno para o grid de largada.

Última volta. Dela sairão três ganhadoras. Jurgen, junto com Marta, Eric e todo o meu grupo gritam e me incentivam. Sorrio e olho ao redor. As outras corredoras são muito boas, mas quero ganhar. Eu desejo ganhar.

A corrida começa e, como sempre, minha adrenalina vai ao infinito e um pouco mais.

Corro, acelero, salto, derrapo e acelero de novo. Me divirto loucamente. Isto é motocross!

Com o canto do olho, vejo que uma das garotas me ultrapassa. A fulana é boa, muito boa, mas confio em mim mesma e quero ser a melhor. Ao chegar à curva 15, entro aberta, mas isso me faz perder tempo e outra corredora me ultrapassa. Isso me enche de raiva. Não gosto de perder nem no jogo de damas. Restam duas voltas, ainda tenho tempo para me adiantar. Consigo. Ultrapasso as duas. Fico na frente. Viram?! Mas na zona das lombadas minha mão se ressente, perco força, e as garotas me ultrapassam.

Merda! Estou na quarta posição!

Resta apenas uma volta para a chegada. Decido arriscar e esquecer a dor na mão. Quando estou para chegar mais uma vez na curva 15, intuo que ganharei alguns segundos se entrar por dentro em vez de por fora. O problema pode ser que, ao sair dela, meu pulso falhe e eu não controle a moto. Mas, cá pra nós, já fiz coisas mais difíceis. Decido tentar.

Aperto os dentes e me aproximo da curva. As garotas entram abertas, eu reduzo e me jogo. Entro na curva como planejei e... ótimo! Meu pulso aguentou, e posso controlar a moto. Acelero. Três curvas mais e levo um troféu para casa. Sim, sim!

De repente, uma das motoqueiras salta. Vejo como a roda traseira desliza, e a garota perde o controle, e sua moto bate em minha roda dianteira. Sem poder evitar, saio voando por cima do guidom de minha moto.

Tudo escurece.

19

Ouço um som constante e irritante.

Maldito despertador!

Tento desligá-lo, mas não posso me mexer. Como estou cansada!

Ruído. Vozes. Que confusão!

Alguém me chama. Eric me chama.

Tento abrir os olhos. Não posso. Escuridão.

Não sei quanto tempo passa até que volto a ouvir o despertador.

Desta vez consigo abrir os olhos. Pestanejo. Movo o pescoço com cuidado. Suspiro. Me dói a cabeça. O que foi que bebi? Abro lentamente os olhos e vejo um televisor desligado, pendurado na parede. Onde estou? Algo me prende a mão. Ao olhar, vejo a cabeça de Eric apoiada nela.

O que está acontecendo?

Num clarão, tudo volta à minha mente. A pista, a curva 15, a queda por cima da moto. Suspiro.

Minha nossa, que paulada devo ter levado. Respiro, me dói o corpo todo, mas isso não importa. Me importa apenas saber que Eric está bem. Eu o conheço, sei que deve estar arrasado e assustado.

Olho a cabeleira loira dele. Eric está imóvel, mas, quando mexo a mão, levanta rápido a cabeça e me olha. Meu coração para, enquanto murmuro:

— Oi, bonitão.

Eric se ergue e se inclina.

— Pequena, como está?

Não consigo falar. Ele tem os olhos avermelhados, terrivelmente avermelhados.

— O que foi, querido? — pergunto.

Então ele faz algo que me deixa totalmente sem fala: seu rosto, seu lindo rosto se contrai, quando diz com um soluço sufocado:

— Não me assuste assim de novo, combinado?

Ainda sem entender o que aconteceu, quero abraçá-lo. Quero acariciá-lo, consolá-lo. Eu o puxo, faço com que me abrace. Minhas lágrimas correm quando noto que chora desesperado. Iceman, meu sério, resmungão e teimoso alemão, chora como uma criança em meus braços, enquanto eu o beijo na cabeça, acalmando-o.

Ficamos assim por vários minutos, até que noto que sua respiração se normaliza. Separando-se de mim, murmura, envergonhado:

— Sinto muito, querida. Me desculpe.

Mais apaixonada que nunca por este homem, sorrio. Seco as lágrimas dele e digo, emocionada:

— Não tenho nada pra te perdoar, meu amor.

— Estava tão assustado... eu...

— Você é humano, querido. Nós, humanos, temos sentimentos.

Ele move a cabeça e, tentando sorrir, me dá um beijo na ponta do nariz.

— O que aconteceu, Eric?

Mais calmo ao falar comigo, retira com delicadeza o cabelo do meu rosto e explica:

— Houve um acidente. Você saltou por cima da moto, desmaiou e só voltou a si quando chegou ao hospital. Me assustei tanto, Jud...

— Querido...

— Achei que ia te perder.

Seu desespero me deixa arrepiada. Não gostaria de ter estado no lugar dele. Histérica como sou, na certa teria armado uma confusão. Tentando diminuir o dramatismo da situação, pergunto:

— Mas estou bem, né?

Emocionado, Eric confirma.

— Sim, querida. Está bem. Teve um traumatismo craniano leve. — Engole o nó de emoções e acrescenta: — Mas está bem. Te examinaram, você não tem nada quebrado. Só uma fissura no pulso esquerdo.

— Não ligou pro meu pai, né?

Eric nega com a cabeça.

— Achei melhor esperar você acordar.

— Não ligue, não. Estou bem, não quero assustá-lo.

Meu lindo me dá um beijo na mão e diz:

— É preciso ligar pra ele, Jud. Podemos deixar para amanhã, se você quiser, quando te derem alta.

Protesto:

— Amanhã?! Por que não me dão agora?

— Porque querem te manter em observação por 24 horas.

— Mas eu estou bem, não vê?

Ele sorri pela primeira vez.

— Tua teimosia me mostra que você realmente está bem, e nem imagina o quanto isso me deixa contente. Mas eu também quero que você fique no hospital. Vou ficar mais tranquilo. — Ao ver minha expressão, acrescenta: — Eu estarei com você. Não vou sair do teu lado.

Gosto disso. Se tenho de ficar aqui, a melhor companhia que posso ter é a dele. Nesse momento, a porta se abre e Marta entra com uma Sonia angustiada.

— Minha filha, você está bem?

— Sim, Sonia. Calma, estou bem. Foi só um tombo.

— Um tombo? Um senhor tombo, isso sim! — Marta exclama. — Você precisa ver como a moto ficou pra entender o que houve.

Eric abre espaço para sua mãe se aproximar da cama e me beijar. Toca o ombro de Sonia e diz:

— Calma, mamãe. Jud está bem.

Agora quem está arrasada sou eu. Olho para Eric:

— O que houve com minha moto?

Ele não responde, e meus olhos se enchem de lágrimas e meu pescoço coça. Deixando todos boquiabertos, peço:

— Diga que minha moto está inteira, por favor.

— Meu amor — diz Sonia —, não fique nervosa.

Eric lança um olhar de censura para Marta por causa do comentário e diz, por fim:

— Olha, querida, agora não é hora de se preocupar com a moto. O que importa é você.

Isso não me convence. Coço o pescoço.

Adoro minha moto. Meu pai a comprou com muito esforço anos atrás. Insisto:

— Me diga pelo menos se dá pra consertar.

Com sorriso angelical, Eric fica de novo ao meu lado e, soprando meu pescoço, diz:

— Dá pra consertar, sim.

Isso me acalma. Pra mim, minha moto é importante. É minha conexão com o passado, com minha família, com minha Espanha.

Toca o celular de Eric, e ele sai para o corredor para atender.

— Minha filha — sussurra Sonia —, que susto levei quando Marta me ligou!

Sorrio e a tranquilizo.

— Susto levei eu — diz minha cunhada. — Precisava ver o Eric. Vocês não imaginam como ficou histérico. Quase tive que dar uns tabefes nele pra que te soltasse e o pessoal da ambulância pudesse te atender.

— Deve ter revivido o acidente de Hannah. Coitadinho — murmuro horrorizada.

Todas nós sabemos que foi isso mesmo o que ele lembrou. Ele estava presente naquela ocasião.

Saber que Eric, meu amor, passou por um momento de aflição, me dói na alma.

Sonia diz então:

— Está com olhos de quem chorou. Sou mãe dele, eu sei.

— Nem pense em dizer isso, mamãe. Já sabe como ele é.

A porta se abre, ele entra e se aproxima da cama.

— Simona e Norbert te mandam beijos. Disse pra eles que não precisam vir, que amanhã você vai pra casa.

Concordo. Pobrezinhos, devem ter ficado tão preocupados.

— E você, filho? Está bem?

Eric olha para a mãe. Sabe por que pergunta isso e, sem se importar em demonstrar seus sentimentos, diz:

— Estou, agora que vejo que Jud está bem.

Esse comentário me faz sorrir. Realmente, ele é Eric, o durão. Mas hoje me mostrou uma faceta que eu não conhecia. Vi de novo o quanto ele me ama e precisa de mim.

Horas depois, o quarto se enche de gente. Dexter, Graciela e Laila chegam com Flyn, que me abraça, me pega pela mão e não permite que ninguém o separe de mim. Depois chegam Frida, Andrés e Björn, que me trazem um lindo buquê de lírios alaranjados. Eu agradeço.

Todos falam a minha volta. Björn, aproximando-se de mim, murmura com expressão preocupada:

— Puxa, que susto nos deu, sua maluquinha.

— Sei, mas não era minha intenção.

— Você está bem?

Aceno que sim. Eric se aproxima da gente.

— Precisa de alguma coisa?

Respondo que não, sorridente. Björn bota uma das mãos no ombro de seu amigo e diz:

— Querem que eu traga alguma coisa de casa?

Eric o olha, depois olha para mim.

— Seria bom alguma roupa pra Jud. Aqui só temos o macacão da corrida. Duvido que amanhã possa sair do hospital com isso.

— Passo depois na casa de vocês e trago de noite. Simona preparará tudo.

Meu lindo amor sorri e me beija na testa.

— Não precisa ser esta noite, Björn. Tendo a roupa amanhã cedo tá bom.

— Eu posso trazer — intervém Laila. — Björn não precisa passar lá.

— Não é trabalho nenhum pra mim — insiste nosso amigo.

Eric, que não se deu conta de nada, propõe:

— Bom, Björn pode te pegar e vocês vêm juntos, que tal?

A jovem, metida como sempre, olha nosso amigo e diz:

— Ah, não. Não posso. Justo amanhã de manhã tenho uma reunião.

Björn concorda, me olha, e eu sorrio. Assunto resolvido.

20

Os dias passam, e minha melhora é visível. Na quinta-feira, com pena, me despeço de Graciela e Dexter. Voltam para o México. Mas prometemos nos ver aqui ou lá.

Sinto falta da companhia de Graciela. É uma moça tão boa que é impossível não ter saudade dela. Laila continua com a gente. A verdade é que é encantadora. Ainda não falei com Simona. Comigo, pelo menos, a moça é muito simpática.

Eric volta ao hospital. Tem que fazer uma revisão nos olhos por causa de seu problema. Marta me deixa entrar com ele, enquanto o atende. Com medo, o acompanho na consulta. No fim, nós três nos sentamos no escritório de Marta, que pergunta:

— A cabeça tem doído ultimamente?

— Às vezes.

Protesto:

— Por que não me disse?

— Porque não queria que se preocupasse, ora.

Irritada, olho Marta, que me pede calma.

— Eric, por ora está tudo bem, mas se voltar a ter dor de cabeça, me avisa, ok?

Ele acena que sim. Na saída do hospital, meu alemão me diz:

— Sorria que eu sorrio.

Dias depois, quando já me sinto muito melhor, ligo para meu pai e falo do acidente. Como sempre, ele se assusta e se chateia porque não contei na hora. Mas, como sempre, também me perdoa. É um amor.

Falo ainda com minha irmã, que são outros quinhentos. Raquel se chateia, resmunga e me chama de cabeça oca por continuar andando de moto. Eu ouço, quietinha. Quando estou a ponto de mandá-la à merda, penso no quanto a amo e continuo ouvindo. Que remédio?

Por fim, quando ela já disse tudo e mais um pouco, pergunto por Juan Alberto. Sei por Eric que da Bélgica ele voltou à Espanha e não me surpreendo quando ela me diz que se viram em Jerez. Mas agora ele já voltou para o México, embora ligue sempre pra ela.

Parece calma e sossegada. Mas sei que está sofrendo. Como não fala disso, fico quieta também. Não sou eu que vou meter o dedo na ferida.

Desligo, me recosto na cama e durmo. Acordo uns dez minutos depois. Simona entra no quarto com um copinho d'água e uns comprimidos. Dá-lhe, remédios. No fim ela me diz brincalhona:

— Quer ver aqui *Loucura Esmeralda*? Começa em dez minutos.

Concordo. Digo que se sente na cama e se apoie na cabeceira. Então pergunto:

— Qual o problema com Laila?

— Por que acha que há algum problema?

Fico tentada a mentir, mas para Simona?

— Ouvi você discutir com Norbert sobre a visita. Além disso, notei que há um péssimo clima entre ela e você e Björn. Mas todos disfarçam. Pode me contar o que há?

Simona passa as mãos no rosto, afasta os cabelos.

— Não é minha sobrinha; é sobrinha de Norbert. E nossa antipatia é mútua. Segundo a mãe desse monstrinho, trabalhamos como empregados domésticos por minha culpa, e por isso nos tratam com desprezo. Sabe de uma coisa? Prefiro ser doméstica a ser uma pessoa deplorável como essa garota, por mais que seja formada em economia.

— Por que diz isso?

— Não é flor que se cheire, Judith. — Abaixa a voz: — Ontem mesmo discuti de novo com Norbert por culpa dessa sem-vergonha. Mete caraminholas na cabeça dele e...

— Caraminholas? Como assim? Que caraminholas?

— A mãe de Laila mora em Londres e quer que nos mudemos, quando nos aposentarmos. Mas eu não quero ir pra Londres, nem pra lugar nenhum. Nem pensar.

Que coisa! Toda família tem suas confusões. E, sem saber o que dizer, comento:

— Ouvi que falavam do que aconteceu com Björn. O que foi mesmo?

— Ela fez uma coisa muito feia. Nem vou falar. Prefiro que o próprio Björn te conte. Mas essa garota horrível não é fácil. É má, é muito má.

Vou pedir detalhes, mas a musiquinha de *Loucura Esmeralda* começa. Continuaremos noutra hora.

Com cara de aflição, somos testemunhas de como Luis Alfonso Quiñones se recupera do tiro no peito, mas sofre de amnésia. Não lembra nem mesmo que sua amada é Esmeralda Mendoza e que é pai de um belo menino. Esmeralda sofre. Nós sofremos.

Minha nossa, que dramalhão!

Chega outubro, e meu acidente está esquecido. Eric e todos cuidaram muito bem de mim, tudo vai de vento em popa. Mas às vezes sinto um medo horroroso de ser tão feliz.

Nessa época, Eric e eu discutimos umas duas vezes por causa do trabalho. Eu quero trabalho, ele que não devo. Acha que o fato de eu trabalhar vai diminuir o tempo que passamos juntos e que isso nos trará problemas.

Não suporto que me limitem a vida. Enfim, cada vez que falamos disso, um de nós termina saindo do quarto e batendo a porta.

Nesse tempo, dois domingos pela manhã, Eric, junto com Flyn e Laila, vão ao campo de tiro. Eu me recuso. Não gosto de armas. Prefiro mantê-las fora de minha vida.

Uma manhã, Eric me liga do trabalho e me pede para ir ao escritório de Björn assinar uns papéis. Quando pergunto que papéis, me diz que se trata de nosso testamento, e fico gelada. Petrificada. Na Alemanha são precavidos a esse ponto.

Depois de pensar, entendo que na verdade é melhor assim. Evito problemas a meus familiares, caso me aconteça alguma coisa.

No escritório, todos são amáveis comigo. Sou a senhora Zimmerman, o que surpreende a todos menos Helga, que se entusiasma ao me ver. Fico um pouco vermelha ao lembrar o que fiz meses atrás num hotel com ela.

Ufa! Que calor!

Quando entro na sala de Björn, do calorão passo aos suores frios. A última vez que estive aqui acabei em cima da escrivaninha, nua, com as pernas abertas.

Björn se levanta e me dá dois beijos no rosto.

Tem um jeito profissional ao me mostrar os papéis que Eric já assinou. Fico sabendo então que nosso amigo, além de advogado, é tabelião.

Que partidão, o cara!

Bonito, gostoso, elegante, advogado e tabelião — é pouco?

Me explica que Eric incluiu umas cláusulas para meu pai, irmã e sobrinhas como beneficiários. Isso me emociona. Meu marido pensa em tudo. Por fim, pego a caneta e assino, convencida de que não vou morrer, que tenho muitos e muitos anos pela frente.

Então Björn me convida para almoçar. Aceito. Quero conversar com ele sobre Laila.

Estou numa curiosidade danada.

Vamos de braços dados até o restaurante. Björn brinca o tempo todo e eu não consigo parar de rir. Pedimos vinho e brindamos por todos os anos que Eric e eu vamos viver. Vamos começar a falar de nossas coisas, quando aparecem uns amigos dele que sentam com a gente interrompendo nossa conversa. Finalmente, deixo o vinho e peço uma Coca-Cola.

Numa tarde muito chata em que estou em casa, Sonia me liga. Quer que vá vê-la. Aceito, animada. Não tenho nada melhor pra fazer mesmo.

Norbert me leva.

Quando chego, minha sogra me recebe com o carinho de sempre. É maravilhosa. Estamos batendo papo, quando, de repente, toca no rádio a canção *September*, dos Earth, Wind & Fire. Sonia comenta, alegre:

— Sabe que sempre que ouço isso me lembro da primeira vez que te vi, dançando como uma louca naquele hotel de Madri?

— Sério? Adoro esta música.

— Eu também!

Rimos. Ela, se levantando, diz:

— Pois então, vamos dançar.

Levanto. Minha sogra é de morte! Aumenta o volume, e começamos a dançar como duas possessas, enquanto cantamos:

Ba de ya, say do you remember.
Ba de ya, dancing in September.
Ba de ya, never was a cloudy day.

Bem nesse momento Marta aparece. Era quem faltava! Ao nos ver tão animadas, se junta a nós. Dançamos como loucas.

Quando a música termina, sentamos, rindo ainda.

A empregada que mora com Sonia nos traz umas bebidas geladinhas. Pego logo uma Coca-Cola. Estava mesmo com sede.

— E aí, mamãe? Passada essa euforia, pode me dizer o que tá acontecendo?

Isso chama minha atenção. Está então acontecendo alguma coisa?

Mãe e filha trocam um olhar, depois Sonia me diz:

— Preciso de tua ajuda.

Marta e eu nos olhamos. Minha sogra continua:

— Já sabem que me separei de Trevor Gerver há meses, né?

Concordamos.

— Bom, acontece que, ontem à noite, quando jantava com um amigo num restaurante, eu o vi aparecer de braços dados com uma mocinha muito bonita.

— E daí, mamãe?

— Ora, essa garota não deve ter mais de trinta anos.

— E daí? — pergunto eu.

— Me deu muita raiva vê-lo tão bem acompanhado — murmura Sonia.

Pestanejo, sem entender nada. Sei que minha sogra nem ligava para esse homem. Então Marta pergunta:

— Ficou com ciúme?

— Não, filha.

— Então, o que há?

— Foi o que falei: fiquei com raiva de que a companhia dele fosse mais jovem que a minha.

Só rindo! Sonia nunca para de me surpreender.

— Mamãe, por favor, que história é essa? — protesta Marta.

Continuo rindo, quando Sonia explica:

— Trevor me convidou pra uma festa amanhã na casa dele.

— E daí? — pergunta Marta.

— Daí que esse é o problema, filha.

— Não vá, ora — intervenho eu. — Se não tem vontade, não vá! Assunto liquidado.

Ela me olha bufando. Eu entendo cada vez menos qual é o problema. Então Sonia diz:

— Eu quero ir à festa. Mas não com um homem da minha idade. Quero ir com um jovem, bonito, atraente, um espetáculo! Quero que esse convencido do Trevor Gerver se dê conta de que uma mulher como eu também pode atrair os mais jovenzinhos.

Ora, ora, ora, me belisquem pra ver se estou acordada.

— Mamãe, quer contratar um gigolô?

— Não.

— Então, Sonia, o que quer? — pergunto, totalmente perdida.

A mulher me olha desesperada e grita, levantando as mãos, depois de tomar sua bebida:

— Um gostosão! É isso o que eu quero!

Marta e eu trocamos um olhar e desatamos a rir.

Rolo de rir. Acho que vou ter uma coisa!

Sonia é de morte. Ao ver que não conseguimos parar de rir, protesta:

— Grande ajuda a de vocês.

— Mamãe, mamãe, é que...

Marta não pode continuar. Ao me ver rir, começa a rir de novo. Sonia nos observa. Por fim conseguimos nos controlar, e minha cunhada diz:

— Bom, mamãe, como quer que a gente ajude?

Ao ver a cara com que ela nos olha, morrendo de rir respondo em seu lugar:

— Acho que o que ela quer é que arrumemos um gostosão do Guantanamera, né?

— Mamããããeee — protesta Marta.

— Isso, minhas filhas! Preciso de um mulato gostosão que seja boa pessoa e que deixe Trevor Gerver e sua companheira no chinelo — diz a mulher, aplaudindo.

— Mamããããeee — repete Marta.

Com a situação esclarecida, Sonia diz:

— Se isto não fosse importante pra mim, eu não pediria a vocês. Mas sei que vocês devem conhecer um rapaz decente pra me acompanhar.

Quando consigo parar de rir, olho Marta e ela, achando graça, diz:

— Tudo bem, mamãe. O que você quer é um gato que te acompanhe à festa, não passe dos limites e faça você se sentir uma rainha diante de todos, né?

— Isso mesmo, filha! Não quero um garoto de programa, nem um gigolô aproveitador. Apenas um rapaz bonito, decente e animado que queira acompanhar uma pobre anciã.

— Chega de drama... Julieta — zombo.

Sonia ri.

— Mamãe, pobre anciã é demais, não acha?

Ela dá uma gargalhada.

— Tudo bem, tudo bem. Enfim, preciso de um gatinho que seja amigo de vocês, em quem eu possa confiar.

— Podemos falar com Reinaldo — sugiro, divertida.

— Não — diz Marta. — Reinaldo foi no teu casamento e Trevor pode reconhecê-lo.

Nós duas pensamos, até que, de repente, dizemos ao mesmo tempo:

— Senhor Peitoral Perfeito!

— E quem é esse? — pergunta Sonia.

— Máximo. Um amigo — explica Marta. — Chegou aqui faz uns seis meses. É um cara muito legal. É professor de dança e tá de caso com Anita.

— Não me diga! — exclamo entusiasmada.

— Anita é aquela tua amiga da loja de roupas? — pergunta Sonia.

— Essa mesma, mamãe.

Minha sogra me olha, e dou detalhes:

— Máximo é um gato mesmo, mas não é mulato. É argentino.

— *Che, boludo!* — aplaude Sonia. — Adoro os argentinos.

Marta rapidamente pega o celular, liga para Anita e explica tudo. Anita combina de falar com Máximo, depois nos liga. Quando Marta desliga, Sonia me diz:

— Pelo que mais ama na vida, filhinha, não conte nada pro Eric ou ele nunca mais fala comigo.

Concordo, alegre. Vou guardar outro segredo de Sonia.

— Não se preocupe, não direi nem uma palavra. Se ele sabe que te ajudei nisso, deixa de falar comigo também.

Rimos todas. Conhecemos Eric e, se fica sabendo, nos mata!

Toca o telefone de Marta. É Máximo. Combinamos de encontrar com ele em uma hora na loja de Anita.

Morrendo de rir, vamos todas no carro de minha cunhada.

A situação me parece surreal, mas engraçada. Mais uma excentricidade de Sonia. Quando entramos na loja, o gatinho não chegou ainda. Ficamos conversando com Anita. Ela acha uma boa ideia o namorado acompanhar a mãe de sua melhor amiga, embora ria ao entender as intenções.

Quando enfim aparece Máximo, vemos na cara de Sonia que ela adorou!

O argentino é impressionante, não só pela simpatia, mas porque está em plena forma. Com um beijo carinhoso, nos cumprimenta a todas. Pega Sonia pelo braço e diz, nos deixando admiradas:

— Você e eu vamos ser os reis dessa festa.

Minha sogra concorda, e todos rimos. Meia hora mais tarde, acertados os detalhes, vamos para o carro. Digo a Sonia:

— Bom, sogrinha, trate de se divertir!

— Claro, minha filha, com certeza!

Rimos de novo. Marta para num sinal.

— Mamãe, Jud e eu só podemos te dizer uma coisa.

— O que, filhas?

Morrendo de rir, nós duas nos olhamos e gritamos juntas:

— *Azúcar*!

Dois dias depois, quando ligo para Sonia para ver como foi tudo, a mulher está muito feliz. Máximo se comportou como um cavalheiro, e Trevor Gerver e todos os convidados na festa ficaram sem fala diante da gentileza do argentino, sem falar no bom ritmo de seus quadris.

Passam os dias, meu acidente com a moto foi esquecido e meu pulso está perfeito. Eric e eu nos amamos cada dia mais, apesar de nossas discussões sobre trabalho. Flyn está contente no colégio. É um bom ano para ele.

A única coisa que azeda minha existência é pensar em minha querida moto. No dia em que vejo a crua realidade, fico tão pra baixo que até choro. Minha linda Ducati Vox Mx 530, de 2007, ficou ruim mesmo, bem ruinzinha.

Quando voltamos para casa, nem quero falar de motos. Eric, mais interessado que eu, nem toca no assunto. Na tentativa de me fazer esquecer, liga para Marta e sugere que combine algo comigo e com Laila para me animar.

Noites depois, saímos pra *night* e acabamos no Guantanamera.

Por que sempre vamos lá?

Tenho certeza de que Eric vai fechar a cara quando souber. Não gosta que eu vá a esse lugar, aonde, segundo ele, só se vai para paquerar. Mas está enganado. Eu vou ao Guantanamera pra dançar e me divertir enquanto grito "*Azúcar*!".

Reinaldo, ao nos ver chegar, vem falar comigo com carinho. Pouco depois, já estou dançando *Quimbara* com ele, como uma louca.

O cara dança maravilhosamente, me conduz de uma forma que até faz parecer que eu também sei dançar. Não é que eu seja uma profissional, mas, cá pra nós, sei me requebrar muito bem!

Chegam Anita e Máximo. Este, ao nos ver, fala de Sonia e de como se divertiu com ela. Me convida para dançar depois e eu aceito. Máximo é como Reinaldo, tem o ritmo no sangue, a gente mal pode aguentar!

Faz calor, e bebo vários *mojitos*. Estão demais, e curto cada um deles. Fumo alguns cigarros com Marta e, por umas horas, esqueço da moto e das discussões sobre trabalho e volto a sorrir.

Pela meia-noite, inesperadamente aparece o gato do Björn acompanhado pela Fosqui, a poodle antipática. Ficam surpresos de nos encontrar ali. E noto que Laila, rapidamente, vai dançar com um cara.

Björn, ao me ver tão animada, me pergunta, depois de me dar dois beijos no rosto:

— Que faz aqui?

Sob o efeito de vários *mojitos* na cabeça, digo:

— Dançar, beber e gritar "*Azúcar*!".

Ele solta uma gargalhada. A poodle não.

— Eric está aqui? — pergunta.

— Nããããããoooo. Ele não gosta deste antro de perversão.

Meu amigo olha ao redor e cochicha:

— Se fosse minha mulher, eu também não gostaria.

Rio. Outro chato como seu amigo!

Quando começa a próxima música, agarro-o pela mão e o levo para dançar. Ora, ora, não é que o alemão tem ritmo cubano?

O volume da música sobe e, com ela, nosso ritmo e nossas risadas.

A poodle dança também com um amigo de Reinaldo. Björn me diz ao ouvido:

— Você não devia sair com Laila.

— Por quê?

— Não é uma boa pessoa.

Lembro então que temos uma conversa pendente. Puxo Björn até o balcão sem me importar com os latidos da poodle. Peço duas margaritas ao garçom e digo:

— Vamos, me conte o que houve entre você e Laila.

O convencido do meu amigo acena que sim, toma um gole de sua bebida e, me cravando seus olhos azuis, passa a mão no queixo.

— Conhece Leonard Guztle?

— Não.

— Era o homem que vivia com Hannah e Flyn quando...

— Conheço sim!

— Sério?

— Há uns meses, numa tarde em que passeava com Susto pelo condomínio, vi um homem com o carro enguiçado. Fui falar com ele, dei uma olhada no motor, o problema era um fusível. Eu troquei, e o homem se apresentou. Logo chegou Eric, e o clima ficou péssimo. Quando o cara se foi, Eric me disse que era Leonard Guztle, o namorado de Hannah que, quando ela morreu, não quis saber de Flyn. É ele, né?

Björn concorda.

— Bom, agora que sabe o que Eric pensa desse imbecil, que tal saber que flagrei Laila com ele no carro de Eric, uma semana depois que Hannah morreu?

Fico chocada.

— Vi um Mercedes antigo que Eric tinha estacionado na garagem de meu edifício e, ao reconhecê-lo, me aproximei. A surpresa foi que topei com esses dois trepando como dois animais no banco de trás. Hannah tinha acabado de morrer e...

— Caraca, se Eric sabe...

— Pois é, se Eric sabe... Mas não soube. Consegui evitar o golpe. Mas eu disse pra essa idiota se afastar imediatamente de Eric ou eu lhe contaria a verdade.

— Obrigada, Björn. Mas por que estavam na tua garagem?

— Depois do acidente de Hannah, Leonard alugou um apartamento no meu edifício. Mas o problema surgiu quando essa descarada inventou para os tios que nesse dia eu tinha tentado abusar dela e que tinha rasgado seu vestido.

— O quê?!

— É isso aí, minha amiga. O que você ouviu. Mas Simona, que é muito esperta, me perguntou e esclareci tudo.

Fico aturdida, totalmente aturdida. Que doideira!

Que vagabunda essa Laila!

Björn toma um novo gole e prossegue:

— Pra minha sorte e azar dela, existem câmeras no meu edifício e dentro do apartamento. Então pude mostrar pra eles a gravação em que se via Laila com Leonard e deu pra confirmar que quem rasgou o vestido foi ele. Depois disso, Laila foi morar em Londres com a mãe.

Me deixou sem palavras.

Observo Laila. Ela me olha, e intuo que percebeu que Björn me contou tudo. Não gosto de seu olhar. Meu sexto sentido entra em ação, prevejo problemas.

— Portanto, minha querida Jud, quanto mais longe estiver essa mulher, melhor. É lobo em pele de cordeiro.

Laila nos observa. Parou de dançar. Fala com a poodle. As duas parecem se entender. De repente, uma ideia cruza minha mente.

— Disse que também tem câmeras na tua casa?

— Sim.

Minha cara diz tudo. Ele sabe o que penso e me cochicha:

— Calma, quando Eric e você me visitam, desligo todas.

— Tem certeza?

— Tenho. Nunca duvide de minha amizade. Vocês dois estão acima de tudo pra mim.

Nesse momento, Marta se aproxima e se apoia em Björn:

— Mas não é que está aqui o gatinho gostosão.

Björn, achando graça, a pega pela cintura.

— Oi, linda. Que farra, hein? Onde está Arthur?

— Trabalhando — responde e depois, mexendo os quadris, brinca: — Sinceramente, acho que fui cubana na outra encarnação. Me sinto super em casa aqui.

Rimos. E a louca da minha cunhada, depois de tomar minha bebida, grita "*Azúcar*!". E, mexendo as cadeiras, volta para a pista, e dança com Máximo. Com sede, peço outro *mojito*. Björn pergunta:

— Quantos bebeu?

— Alguns.

— Cuidado, ou amanhã estará péssima.

Concordo, sorridente. Quando o garçom traz meu novo *mojito*, tomo um bom gole e digo.

— Calma. E pare de me tratar como se fosse o Eric, ou meu pai.

Alegres, olhamos Marta dançando na pista.

— Marta é muito animada.

Sem poder evitar, olho a poodle, que dança com Reinaldo, e pergunto:

— Como pode andar com esta fulana tão... tão antipática?

Björn me olha — sabe a quem me refiro — e diz:

— Porque vocês, as simpáticas e interessantes, já estão ocupadas.

Acho graça. Ele e seus galanteios.

Mas não me incomodam. Sei que são totalmente inocentes. Ao notar que duas mulheres vieram para nosso lado e o comem com os olhos, pergunto:

— Nunca ficou pra valer com ninguém?

O alemão sorri, pisca um olho para as mulheres e nega com a cabeça.

— Não. Sou exigente demais.

— Exigente?

Sem poder evitar, rio e olho na direção da poodle. Björn sorri.

— Agneta é uma fera na cama.

Eu imaginava, claro. Mas, puxa, como os homens são bobos.

— Me diz, Björn, se não for indiscrição demais: como você gosta das mulheres?

— Como você. Espertas, bonitas, sexy, tentadoras, naturais, loucas, desconcertantes e... bom, adoro que me surpreendam.

— E sou tudo isso?

— Sim, minha linda, você é.

Acho graça, e ele prossegue:

— E isto não é nenhuma declaração de amor nem nada parecido. Eu respeito você. Respeito meu melhor amigo e nunca faria nada que pudesse complicar nossa relação. Vocês são importantes demais pra mim. Agora, se eu tivesse te conhecido antes, você não me escapava. — Rimos. — Bom, dito isto, se você conhece alguma mulher solteira com essas qualidades, me diga, que estou louco pra conhecê-la.

Sei que é sincero.

Aos olhos dos outros, isso pode parecer outra coisa, mas Björn é nosso amigo antes de mais nada. Um amigo excepcional por quem eu poria a mão no fogo, pois sei que nunca vai me falhar.

Reinaldo se aproxima neste momento. Toca *Guantanamera*.

— Vamos — me diz. — Vamos cair na gandaia.

Rio. Björn me olha:

— Cair onde?

— Aproveitar a festa, ir pra farra — digo rindo.

Björn sorri. Reinaldo me pega pela mão e me puxa.

— Vamos, *mi amol* — diz, com o sotaque cubano a toda. — Vamos arrasar na pista.

Empolgada, requebro e danço com ele desenfreadamente, enquanto Björn volta para a poodle e lhe faz uns carinhos.

Nos divertimos durante horas. Danço com várias pessoas. Lá pelas tantas, um cara começa a querer se fazer de engraçadinho comigo. Björn e Reinaldo vêm me socorrer, mas eu os paro com o olhar. Torço o braço do sujeito e, quando sua cara fica contra a mesa, digo:

— Me aperte a bunda de novo e te arranco a mão.

Reinaldo e Björn se entreolham, achando graça, e continuam na deles. Minutos depois, enquanto bebo, Laila vem e diz:

— Do que estava falando com Björn?

Eu a olho, ofuscada. Por que não a mando à merda?

Sem a menor vontade de ser simpática com ela depois de tudo o que ouvi, digo:

— Ora, você sabe muito bem. Caso Eric fique sabendo, você não pisa mais em minha casa.

Sua expressão diz tudo. Está furiosa, raivosa. Me vira as costas e vai embora. Vejo-a sair do bar e encolho os ombros.

Muitos *mojitos* depois, Björn vem se despedir de Marta e de mim. Mas antes aponta o sujeito a quem tive de dar um chega pra lá:

— Se Eric estivesse aqui, aquele ia ver o que é bom pra tosse.

Rio, e ele vai embora. Uma hora depois, nós também decidimos ir. Quando entro em casa, é de madrugada, estou toda feliz, e Eric, meu Eric, está acordado, à minha espera, e olha o relógio. Três e meia.

— Foi ao Guantanamera, né?

— Fui.

Não penso mentir. Fui ao lugar onde meus amigos estão.

Eric suspira e pergunta:

— Por que não voltou junto com Laila?

Sorrio, dou um beijo nele e digo:

— Porque estava me divertindo pra caramba.

Ele se mexe nervoso. Incapaz de ficar quieta, digo:

— Além do mais, querido, essa fulana é uma chata. E no Guantanamera é tão animado, que o tempo passa voando.

Ele fica me olhando, de cara amarrada. Como às vezes gosto de encher o saco, digo *à la* cubana:

— Você já sabe, *mi amol*!

O olhar que me lança significa: "Você tá passando dos limites, moreninha!"

Me dá uma bobeira, começo a rir sem parar.

Droga, esses *mojitos* fazem efeito!

No dia seguinte, quando levanto, minha cabeça está martelando. Não me lembro de ter bebido tanto. Dançar, sim, não parei.

Eric está no escritório. Como não há nenhuma mensagem no celular, suponho que não deve estar muito contente. Lembrar como me olhava ontem à noite enquanto eu morria de rir me leva à conclusão de que seu estado de ânimo não deve estar nada alegre.

Ligo para o celular dele. Preciso ouvir sua voz.

— Fala, Jud.

— Oi, querido. Como está?

— Bem.

Silêncio. Sabe como me torturar.

— Olha, querido, quanto a ontem à noite...

— Não quero falar disso agora — corta. — Estou ocupado. Quando eu chegar em casa, se você quiser, a gente fala.

— Está bem — suspiro. Antes de desligar, sussurro: — Te amo.

Ouço sua respiração. Depois de uns segundos que, para mim, são eternos, diz:

— Eu também te amo.

Quando desligo, meu estômago se revira, minha garganta queima. Corro para o banheiro enquanto penso "*Mojitos* demais, *mi amol*".

Passo um dia horroroso. Me sinto péssima e decido ficar na cama. Preciso dormir.

À tarde, quando ouço o carro de Eric, me levanto. Me sinto melhor. Que alegria! Sem correr, para que meu estômago não proteste, saio do quarto. Ao chegar à escada, ouço que a porta da casa se abre e, para minha surpresa, a voz de Laila:

— Jud está descansando. Não se sente bem.

— O que houve? — ouço Eric.

Disfarçadamente, chego ao corrimão da escada, onde posso vê-los. Ela explica:

— Tinha dor de cabeça e não quis comer. Bebeu demais ontem.

— Demais?

A sem-vergonha da Laila confirma:

— Cá entre nós, Eric, não é de admirar que esteja com tanta dor de cabeça. Não parou de fumar com Marta, e perdi a conta dos *mojitos* que beberam, enquanto dançavam com os homens da pista.

Fico alucinada. Mas não reajo, enquanto ela continua:

— Aliás quem apareceu no Guantanamera foi Björn.

— Björn?

Não gosto da cara com que Laila responde que sim.

— Foi com uma mulher e ficou numa boa com ela, mas com Judith também. Bom, você conhece teu amigo. Não desperdiça nenhuma chance com uma mulher sozinha.

Mato, essa eu mato. Arranco os olhos e faço brincos com eles.

Mas o que essa maluca está insinuando?

Não vejo o rosto de Eric. De onde estou, só vejo as costas, que estão rígidas.

Essa história está se complicando...

Então ele se encaminha para o escritório e diz:

— Obrigado pela informação, Laila.

Abre a porta e a fecha na cara dela.

Oportunista desgraçada. Está claro que nosso bom relacionamento acabou.

Estou a ponto de descer e cortar as orelhas dela. Mas nesse momento aparece Simona com Calamar no colo. Laila diz:

— Ei, solte esse monstro e vá me preparar o banho.

Simona só fica olhando para ela.

— Você é o único monstro que vejo por aqui. E vá preparar sozinha, ora.

"Olé e olé, minha Simona", estou a ponto de gritar. Mas fico quietinha.

Björn tem razão. A garota é um lobo em pele de cordeiro.

À noite, Eric não está muito comunicativo. Tento falar com ele, mas por fim desisto. Quando fica emburrado assim, é melhor deixar pra lá. Logo passa.

Quando deitamos, me dá as costas. Continua chateado com a farra da noite passada. Suspiro, à espera de que diga alguma coisa. Mas nada. Nem meus suspiros o fazem reagir.

Por fim, aproximo a boca de sua orelha e murmuro:

— Continuo te amando mesmo que não queira falar comigo.

Depois, me viro na cama. Um bom tempo mais tarde, quando estou quase dormindo, sinto que Eric se move, se aproxima de mim e me abraça. Sorrio e durmo.

Em novembro já estou por aqui com a Laila.

Cada dia fica mais difícil tê-la por perto. Desde que sabe que conheço seu segredo, me declarou guerra. Mas, claro, quando Eric está presente, somos duas atrizes sensacionais.

Flyn foi numa excursão do colégio, dormirá fora esta noite. Meu baixinho resmungão está um rapazinho.

— Flyn volta amanhã — digo, entusiasmada, enquanto jantamos. — Deve estar se divertindo muito.

Eric concorda e sorri. Pensar em seu sobrinho sempre tem esse efeito. Nesse momento, Laila diz:

— Bom, meu trabalho acaba na semana que vem. Vou ter de abandoná-los.

Minha nossa, que boa notícia!

Quase levanto para fazer a "ola". Quase. Não quero incomodar Eric.

— Que peeeeennnaaa! — minto como uma cínica.

Ela me olha, eu pestanejo.

Eric, que me conhece, me olha, sorri, levanta uma sobrancelha e pergunta a Laila:

— Vai quando?

— Vou ver as passagens pra 7 de novembro.

Meu lindo acena que sim.

— Semana que vem tenho que ir a Londres uns dias a trabalho. Se quiser ir comigo no jato, por mim tudo bem.

— Genial! — responde ela.

Stop!

Eric vai a Londres?

Como vai e não me disse nada?

Olho para ele, mas decido ficar quieta. Perguntarei quando estivermos sozinhos.

Depois do jantar, vemos um pouco de televisão. Laila, chata do jeito que é, senta ao nosso lado. Mas estou nervosa, quero falar com Eric e, olhando para ele, digo:

— Querido, preciso conversar com você.

Me surpreendendo, Laila se levanta rapidamente e diz, com uma expressão angelical:

— Vou deixar vocês a sós. Hoje estou com vontade de ler.

Quando ficamos sozinhos, Eric me olha. Sabe que estou chateada com a viagem e, querendo me acalmar, sorri e vai até o aparelho de som.

Não sabe nada o alemão!

Olha vários CDs e, me mostrando um, diz me piscando um de seus olhos tão bonitos:

— Você gosta muito dessa música. Vamos, venha dançar comigo.

Levanto, surpresa.

Não posso perder isto!

Quando começa a soar *Si nos dejan*, essa rancheira maravilhosa, eu o abraço e sussurro:

— Adoro esta música.

Eric sorri e me aperta contra ele.

— Eu sei, pequena, eu sei.

Dançamos abraçados e sorrimos enquanto cantarolamos:

> *Si nos dejan, buscamos un rincón cerca del cielo.*
> *Si nos dejan, haremos con las nubes terciopelo.*
> *Y ahí juntitos los dos, cerquita de Dios será lo que soñamos.*
> *Si nos dejan, te llevo de la mano, corazón, y ahí nos vamos.*
> *Se nos dejan, de todo lo demás, nos olvidamossssssssssss.*
> *Si nos dejan...*

Estar entre seus braços é o melhor rémedio para minhas dúvidas.

Estar entre seus braços é a melhor coisa da minha vida.

Estar entre seus braços me faz sentir amada e segura.

Quando a música acaba, me deixo guiar por Eric, e nos sentamos bem juntinhos no sofá. Adoro os beijos dele. Quando nossas bocas se separam, Eric diz com expressão risonha:

— Teu "Que peeeeennnaaa!" com a ida de Laila não me enganou. Qual é o problema com ela?

Acho graça, mas não respondo.

— E que papo é esse de que você vai pra Londres?

— Trabalho, querida.

— Quantos dias?

— Três. No máximo quatro.

— E quando é mesmo que ia me contar?

— Ora, uns dias antes. — Ao ver minha cara, diz: — Já sabe que ali...

— ... está Amanda, né?

Eric me olha, e eu sustento seu olhar.

Como sempre, nesse assunto, a tensão cresce entre nós.

— Quando você vai confiar em mim? Acho que já te demonstrei que...

— É Amanda... — corto. — Como quer que confie?

Ele nega com a cabeça e fecha os olhos.

— Querida, se está tão desconfiada, venha comigo. Isso, me acompanhe. Não tenho nada a esconder. Só vou trabalhar. Sou o chefe da família, e esperam que eu trabalhe.

Entendo. Tem mais razão que um santo, mas Amanda... Laila... Essas mulheres me fazem desconfiar, não dele, mas delas.

Eric se levanta. Vai até o bar e, sem deixar de me olhar, serve uma dose de uísque, enquanto Luis Miguel canta *Te extraño*. Depois volta para o sofá e diz, sentando-se ao meu lado:

— Vamos, se recoste.

Surpresa, olho para ele.

— Estou esperando — insiste.

Obedeço. A luxúria de seu olhar já me pegou. Quando estou recostada, mete as mãos por baixo de meu vestidinho de algodão. Puxa minha calcinha e a tira. Pelo menos não a rasgou.

Excitada, observo como me olha até que murmura:

— Dobre e abra as pernas.

Uau, sexo! Mas, pouco à vontade, digo:

— Eric, Laila pode entrar a qualquer momento e...

— Vamos — exige.

Enfeitiçada por seu olhar e muito excitada com sua ordem, obedeço. Eric bota uma almofada sob meu traseiro e, quando tem minha pélvis na altura que deseja, pega seu copo de uísque e despeja uma gota sobre meu sexo.

— Pequena, como diz a canção, eu só quero estes momentos com você. Só quero beber você.

Em seguida pousa a boca em minha vagina molhada. Eu gemo. Suas lambidas me deixam louca. Ele dá umas mordidinhas no clitóris, depois de prendê-lo com a língua. Gemo mais ainda.

Me entrego.

Sim, sim!

Deixo que suas mãos me abram as coxas enquanto sua boca, exigente, lambe, chupa, dá umas mordidinhas e me faz vibrar. Me sinto nas nuvens, no sétimo céu, no oitavo, onde ele quiser. Eu adoro Eric.

Minhas mãos agarram o sofá, sinto as pernas trêmulas e quase apago por um instante, enquanto ouço meus próprios gemidos e Eric brinca com sua língua dentro de mim. Sua boca me possui, e eu me abro como uma flor.

O prazer toma conta de mim por um momento e, enlouquecida, solto o sofá e agarro Eric com força pelos cabelos. Eu o aperto contra mim, desejando que essa sensação tão intensa não acabe nunca, nunca, nunca!

Mas, diante de minha entrega, meu amor se separa de mim. Com um olhar possessivo que poderia derreter até o gelo do Polo Norte, puxa o cordão da calça de ficar em casa e diz:

— Levante e vire-se. Assim, se apoie no encosto do sofá.

Obedeço de imediato. Mas Eric está impaciente e, antes que eu me apoie, me pega pela cintura e entra em mim. Caio contra o encosto. E Eric sussurra ao meu ouvido:

— Pequena, eu só desejo, eu só quero, eu só preciso possuir você.

Sua voz carregada de erotismo e seu ritmo dentro de mim, tão excitante e possessivo, me deixa louca. Ele mete com força e, como sempre nos acontece, surge nosso lado animal. Então nos entregamos ao prazer puro e simples.

Eric me penetra sem parar, e eu me abro para ele.

Uma vez, outra, sempre mais rápido, mais forte.

Uma vez, outra, e meus gemidos se fundem com os dele, transformando-se em um apenas.

Sem descanso, Eric me aperta contra o sofá. Seus movimentos se tornam secos, profundos, certeiros.

— Sim, sim — murmuro, dominada pelo prazer.

Nossos gemidos aumentam de intensidade e gozamos juntos. Eric cai sobre mim. Adoro seu peso, seu cheiro. Adoro todo ele. Só ele.

Durante vários segundos, eu o sinto sobre minhas costas. Por fim Eric se afasta e murmura ao meu ouvido:

— Pequena, sou teu e você é minha. Não desconfie de mim.

Cinco minutos depois, entramos em nosso quarto, onde quero, desejo e anseio que Eric me mostre mais uma vez que não devo desconfiar dele.

21

Os dias passam e o colégio de Flyn organiza uma festa. Ele, que este ano está perfeitamente enturmado com os colegas, quer participar e quer que eu e Eric vamos junto com ele. Prometemos ir.

Traz uma circular que pede às mães para preparar e levar alguma comida. Animada com a ideia, decido fazer várias tortilhas de batata. Quero que comam uma verdadeira tortilha de batata feita por uma espanhola. Simona se oferece para preparar um bolo de cenoura. Aceito na hora. Ela faz o bolo e eu as tortilhas. Time perfeito!

A festa é na manhã de sábado, para que os pais possam ir. Flyn está resfriado. Tem uma pontinha de febre, mas não quer perder a festa e decidimos ir mesmo assim. Quando estacionamos o carro numa rua próxima do colégio, Eric murmura:

— Ainda não sei o que estou fazendo aqui.

Meu amor está o maior gato, com uma calça jeans combinando com uma blusa jeans também. Dando um tapinha cúmplice na sua bunda, digo:

— Acompanhando o sobrinho na sua festa. Acha pouco?

Flyn, que leva o bolo de Simona, corre na nossa frente. Avistou um de seus amigos e, empolgado, começa a conversar com ele.

— Olha — sussurro, orgulhosa. — Não está feliz de vê-lo tão enturmado?

Eric concorda com sua seriedade de sempre e, após um silêncio, acrescenta:

— Claro que estou feliz por ele, mas não gosto de vir aqui.

— Por quê?

— Porque sempre odiei esse colégio.

— Você estudou aqui?

— Estudei.

Surpresa com a descoberta, paro e quero entender:

— E, se você estudou aqui e odeia tanto essa escola, por que trouxe Flyn pra cá?

Ele dá de ombros, olha ao redor e explica:

— Porque Hannah o matriculou. Ela queria que ele estudasse aqui.

Entendo sua postura. Eric está respeitando a vontade da mãe da criança. Em seguida ele continua:

— Nos últimos anos, só vim aqui pra me fazerem queixa do comportamento de Flyn.

— Então é hora de passar a vir aqui por outros motivos.

Não está muito convencido disso e, dando um tapa na cadeira, eu o animo:

— Vamos lá, melhora essa cara. Repara só como Flyn está radiante com nossa presença.

Por fim ele sorri e eu também.

Acho tão lindo quando ele sorri assim!

No colégio, a algazarra é ensurdecedora. Flyn nos chama e vamos até sua sala. Ao entrar, vários pais e mães se viram para nós. Não nos conhecem e por isso nos observam. Eu os cumprimento com um sorriso e, depois de deixar as tortilhas junto com o bolo, Flyn me pega pela mão e me leva para ver uns trabalhos seus. Ficamos admirando os trabalhos, até que noto Eric bufar e sussurrar:

— Odeio que me olhem desse jeito.

Disfarçadamente, dou uma olhada em volta e entendo a situação. As mães o olham e sorriem. Suspiro. Compreendo que sua presença mexa com elas e, em vez de ficar com ciúme, sorrio, seguro seu braço e digo:

— Querido, a maioria delas nunca tinha visto um cara como você antes. É normal que te olhem. Você está um gato! E, se não fosse meu marido, eu também ficaria olhando. E mais: acho até que ia dar em cima de você.

Surpreso com minha resposta, Eric sorri. Quando vai me beijar, eu o detenho.

— *Stop*. — Meu amor me olha e explico: — Comporte-se, senhor Zimmerman. Estamos rodeados de crianças.

Ele abre um sorriso que me emociona. Nesse momento, entra uma mulher e diz:

— Por favor, os pais dos alunos que trouxeram comida, levem ao ginásio.

Sem pensar duas vezes, pego as tortilhas; Eric o bolo e, acompanhados de outros pais, nos dirigimos ao lugar indicado.

Assim que entramos, dou uma olhada ao redor.

Uau! O ginásio do colégio é incrível! Nada a ver com os ginásios do meu bairro.

— Eric Zimmerman!

Ao ouvir a voz, Eric e eu nos viramos e ele, soltando uma gargalhada, exclama:

— Joshua Kaufmann!

Chegam perto um do outro e dão um aperto de mão.

Joshua estudou com Eric na escola. Ele nos apresenta sua mulher, uma perua alemã. Me olha de cima a baixo, enquanto nossos maridos conversam animados. De cara já sei que eu e essa bruxa plastificada não vamos ser amigas nunca.

De repente, Flyn se aproxima, me olha e pergunto:

— Está tudo bem, querido?

O menino responde que sim. Faço carinho na sua cabeça e encosto meus lábios na sua testa, como minha mãe fazia e meu pai ainda faz para ver se estamos com febre. Ao sentir que não está quente, fico mais tranquila.

Disfarçadamente, olho para a perua e, assim que tenho uma chance, dou uma escapulida e desapareço da sua frente. Não aguento nem mais um segundo o olhar venenoso dessa cobra idiota.

— Quer uma Coca, Jud? — pergunta Flyn e eu aceito.

Enche um copo para mim e, depois que me entrega, um amiguinho seu vem chamá-lo. Flyn sai correndo e me deixa sozinha. Mas minha solidão dura pouco, porque a bruxa se aproxima com duas amigas da mesma espécie e pergunta:

— O chinesinho é de vocês?

Nossa, que comentário!

Estou prestes a olhar para ela com uma cara inexpressiva, como Flyn costuma fazer, mas me contenho e respondo:

— Sim, é nosso e é alemão.

— É adotado?

Opção um: mandá-la plantar batatas.

Opção dois: dar um belo de um tapa nela por ser tão metida.

Opção três: manter a linha e explicar de novo, a ela e as megeras das suas amigas, que Flyn é alemão e não chinês, deixando claro que sou uma dama.

Sem dúvida me decido pela terceira opção. Acho que Eric não ia gostar nadinha da primeira nem da segunda.

Com um sorriso *made in* Raquel, olho para elas, tomo um gole da minha Coca e respondo:

— Flyn não é adotado. Aliás, não é chinês. É coreano-alemão.

A mulher pestaneja. Minha resposta não a convence. Vira-se para suas amiguinhas e, após pensar com o único neurônio que deve funcionar no seu cérebro desprovido de vida inteligente, insiste:

— Mas é seu filho ou do seu marido? Porque está claro que dos dois não pode ser, porque vocês não são chineses.

Puta que a pariu, como insiste com isso de chinês!

Que mulher tapada! Para não dizer babaca.

Como diria meu pai, se fosse mais idiota, nem nascia.

Lanço um olhar de Iceman para ela e, quando estou quase soltando uma das minhas delicadezas, Flyn se aproxima, me pega pela mão e vai me levando dali.

Ótimo! Acaba de me salvar de uma cena de terror.

Vamos até as mesas onde está a comida, e uma mulher da minha idade, loura platinada, me olha e diz:

— Oi, meu nome é María.

Sem saber por que ela se dirigiu a mim, respondo em meu alemão perfeito:

— Prazer, me chamo Judith.

— Foi você que fez as tortilhas de batata?

— Foi. — E, para estender a conversa, acrescento: — As que têm azeitona preta no meio levam cebola. As outras duas não.

— Você é espanhola?

Ai, ai... fazia tempo que eu não ouvia essa perguntinha infalível.

Quando confirmo com a cabeça e espero escutar aquele papo de "*olé*... toureiro... *paella*!", a desconhecida solta um grito e, emocionada como se eu fosse a própria Beyoncé, exclama em espanhol:

— Também sou espanhola! De Salamanca.

Agora quem grita como se estivesse diante de Paul Walker sou eu. Dou-lhe um abraço. Um sujeito louro que está do nosso lado olha para nós duas e sorri. Assim que nos separamos depois de nos abraçarmos como verdadeiras irmãs de sangue, María diz:

— Esse é o Alger, meu marido.

Estou quase lhe dando dois beijinhos, mas logo me detenho. Os alemães não têm muito essa coisa de beijar, nem essa mania latina de ficar tocando nas pessoas. Então me limito a lhe estender a mão. O louro me olha e diz, rindo:

— Pode me dar dois beijinhos espanhóis, que gosto mais.

Solto uma gargalhada e lhe sapeco um beijo em cada bochecha. Em seguida ele elogia:

— Adoro essa alegria constante que vocês têm.

Sorrio e de repente meu alemão particular aparece ao meu lado. Tenho certeza de que me viu beijando o louro e que veio rapidamente saber quem é. Ai, meu ciumentinho! Abraço-o pela cintura e digo feliz da vida:

— Querido, essa é María, que é espanhola, e Alger, seu marido.

Meu amorzinho, que conhece o temperamento latino, dá dois beijos nela e estende a mão ao homem. Os dois alemães sorriem e Alger, apontando para mim e para sua mulher, diz:

— Escolhemos bem, hein?!

Eric sorri e, achando graça, responde:

— Melhor impossível.

Passo um tempo conversando com María. Ela me conta que se apaixonou por Alger durante um verão em Salamanca e que o alemão não saiu do pé dela até conseguir convencê-la a se casar com ele.

Será que todos os alemães são assim tão passionais?

Quem diria... Com a fama de sérios que têm.

Em questão de minutos, vejo as pessoas devorarem minhas tortilhas. Fico supercontente com isso.

Todo mundo adorou!

Como sempre, de tanto beber Coca-cola, fico morrendo de vontade de fazer xixi. Corro para o banheiro. Faço isso em todo lugar: sempre estou apertada. Afinal de contas, Eric tem razão e sou mesmo uma mijona. Depois volto ao ginásio e vejo as megeras ao lado de Flyn.

O que será que elas estão perguntando ao garoto?

Sem que ninguém me veja, chego perto e ouço Flyn dizer:

— Foi a Judith que fez as tortilhas. Ela é espanhola.

Bom, pelo visto estão arrancando a informação que querem, mas minha expressão muda quando ouço uma delas perguntar:

— E quem é seu pai ou sua mãe: ele ou ela?

O quê?!

Meu sangue ferve.

Meu temperamento latino toma conta de mim. Aquele que meu pai diz que preciso controlar.

Meu Deus, dai-me paciência e jogo de cintura! Tenho que me segurar senão vou esganá-las.

Como podem perguntar uma coisa dessas a uma criança?

Ele fica em silêncio. Não sabe o que responder e eu, disposta a acabar com todas elas sem deixar rastro, chego no grupo como uma loba defendendo seu filhote e, inclinando-me na direção de Flyn, que me olha com cara estranha, quero saber:

— O que está acontecendo aqui, querido?

As megeras ficam caladas, mas a intrometida casada com Joshua resolve se manifestar:

— Estávamos perguntando ao menino quem era o pai ou a mãe biológica dele, se você ou seu marido.

Opção um: dou um tapa nela e pronto.

Opção dois: arranco sua cabeça e arremesso na cesta de basquete.

Opção três: não há opção três.

Flyn, que aos poucos vai me conhecendo, faz menção de responder quando vê minha cara, mas olho para ele e digo:

— Fica quieto, querido, deixa que eu respondo. — E, sem sair do seu lado, peço: — Corre, vai encher um copo de Coca porque estou precisando, ok?

Eu o empurro com suavidade e, quando o vejo se afastando, me viro para elas com vontade de matá-las e rosno:

— Vocês não têm vergonha de perguntar uma coisa dessas pra uma criança? Por acaso iriam gostar que os filhos de vocês fossem encurralados por um bando de... de... pra perguntar coisas indiscretas? — Elas se mexem constrangidas. Sabem que tenho razão e, determinada, continuo: — Para sua informação, fiquem vocês sabendo que a mãe de Flyn sou eu e que o pai dele é meu marido, certo? — As mulheres fazem que sim com a cabeça e, antes de eu ir embora, pergunto: — Mais alguma pergunta indiscreta?

Ninguém responde. Ninguém se move.

De repente, sinto alguém pegando minha mão e apertando.

Flyn!

Ai, meu Deus... ele ouviu o que eu disse. Sorrio para o garoto, mas ele não sorri de volta. Me afasto sabendo que isso vai gerar mais confusão.

Quando chegamos às mesas de bebidas, pego dois copos e encho de Coca. Entrego um a ele e digo:

— Bebe.

Ele faz o que peço, enquanto penso rapidamente no que dizer. Depois do que ouviu, acho que sua febre vai subir, e quando Eric ficar sabendo vai ter um troço. Tadinho do Flyn... Bebe e me olha com uma cara estranha.

Vamos, Jud... Vamos... Pensa em alguma coisa, vai!

Seu olhar penetrante me angustia. Ao fim, deixo o copo em cima da mesa e, lutando com o que fiz, tento explicar:

— Eu e você sabemos que sua mãe é Hannah e que vai ser ela a vida toda, né? — Flyn concorda. — Bom, isso já está claro. Então quero que você saiba que a partir de agora, principalmente diante dessas megeras que estão nos olhando e de quem eu só não quebrei a cara por sua causa, sua mãe sou eu e seu pai é o Eric, entendido?

Ele volta a concordar, quando o "pai" que acabo de mencionar chega perto de nós dois e pergunta:

— O que está havendo?

Solto o ar bufando.

Que situação desagradável! Já me meti em encrenca de novo!

Mas, disposta a encarar a bronca que se aproxima, respondo:

— Oficialmente, de hoje em diante eu o declaro pai de Flyn e a mãe sou eu.

Eric olha para o garoto e em seguida para mim.

Flyn se volta alternadamente para um e para o outro.

Ao me sentir alfinetada por seus olhares, levanto as mãos e digo:

— Não me olhem assim, que parece que vocês vão me fazer em pedacinhos.

— Jud... — diz o menino — , tenho que te chamar de "mamãe"?

Ai, meu Deus... meu Deus! Por que não consigo ficar de boca calada?

O garoto tem mãe. Tudo bem que ela está no céu, mas mesmo assim ele tem, e eu acabo de meter os pés pelas mãos.

Eric não reage. Continua me olhando e respondo:

— Flyn, você pode me chamar como quiser. — E, apontando as mulheres, que não tiram os olhos da gente, digo num espanhol bem claro para que Eric e ele entendam: — Mas essas cobras venenosas, se quiserem alguma coisa contigo, primeiro têm que falar com sua mãe ou seu pai, entendido? Porque, se eu souber que elas voltaram a fazer perguntas indiscretas, como diz minha irmã Raquel, juro pela honra da minha bendita mãe que está no céu que fatio o pescoço dessas desgraçadas com a faca de presunto do meu pai.

Tomo um gole da Coca, antes que eu surte de vez.

— Tá bom, não se irrite, tia Jud mamãe.

Eric sorri e isso me surpreende. Afaga a cabeça do garoto e diz:

— Flyn sempre soube que eu sou seu papai pro que for preciso, né?

Sorrindo, o menino confirma com a cabeça, enlaça minha cintura e murmura:

— E agora sei que a tia Jud é minha mamãe.

Meus olhos se enchem de lágrimas. Me emociono. Fico toda boba!

Eric chega mais perto de mim e, sem se importar com quem está em volta, me abraça, me beija na boca e fala:

— Preciso te dizer mais uma vez que você é a melhor coisa que já aconteceu na minha vida.

22

Três dias depois, estou me sentindo mal outra vez.

Devo ter pegado a gripe que Flyn está espalhando por aí.

Minha cabeça dói e só tenho vontade de dormir, dormir e dormir.

Mas não posso. Frida ligou ontem para combinar de nos visitar. Andrés e ela têm uma coisa para nos dizer e, pela sua voz, deve ser algo muito emocionante. Disse que também avisou Björn. Então tomo uma aspirina e os espero.

Laila entra na cozinha e pergunta, ao me ver tomando o comprimido:

— Você não está bem?

Minha relação com ela não é fria; é gelada. Olhando para ela, respondo:

— Não.

Ela balança a cabeça e acrescento:

— A propósito, hoje à tarde uns amigos vão vir aqui e...

— Ah, é? Quem?

Seu interesse me incomoda. O que ela tem a ver com isso?

Decidida a fazê-la entender minha indireta um tanto direta, respondo:

— Uns amigos meus e de Eric. Então, te peço que não entre na sala enquanto estivermos ali com eles.

Dá-lhe! É possível ser mais grossa do que isso?

Laila me olha. Não gostou nadinha do que ouviu, e diz:

— Vou buscar Flyn.

— Não. Não precisa ir. Norbert já vai.

— Vou com ele.

Uma hora mais tarde, o primeiro a chegar é Björn, gato como sempre. Nos abraçamos e, de braços dados, entro com ele na sala. Vejo pelo canto do olho que Laila nos observa da cozinha.

Ô bonitinha... pode ficar onde está!

Ao entrar na sala, fecho a porta de correr e Björn pergunta:

— Você não está muito bem, né?

Faço que sim, ponho a mão na cabeça e digo:

— Acho que peguei o resfriado do Flyn.

Björn sorri e, vendo minha cara, aconselha:

— Você deveria estar na cama, linda.

— Eu sei, mas quero saber o que é isso que Frida e Andrés têm pra nos contar.

Ele concorda e diz:

— Se demorarem muito pra vir, eu mesmo vou te botar na cama, entendido?

Sorrio e lhe dou um soquinho no ombro.

Dez minutos depois, chegam Frida e Andrés com Glen, que já corre bem esperto de um lado para o outro. O último a chegar é Eric. Ao nos ver todos reunidos, sorri, me beija e pergunta:

— Você está bem, querida?

— Estou meio entupida. Acho que Flyn me passou uma gripe daquelas.

Eric faz uma cara preocupada, depois cumprimenta os amigos, pega Glen no colo e dá beijinhos no pescoço dele. A criança morre de rir, e começo a sentir calor quando meu maridinho me olha.

Vinte minutos mais tarde, Flyn entra na sala. Ao vê-lo, Björn o pega nos braços e por um tempo ele vira o centro das atenções. O menino adora isso.

Quando Simona entra com uma jarra de limonada e cervejas, chama Glen e Flyn para lanchar. Assim que a mulher desaparece com as duas crianças, todos nos sentamos. Björn, que não para de receber torpedos no celular, pergunta:

— Bom, já estamos aqui. O que vocês têm pra nos contar?

Frida e Andrés se entreolham, sorriem e eu digo:

— Não me digam que estão esperando outro bebê...

— Parabéns! — exclama Eric. — Os próximos somos nós.

— Melhor esperar sentado, Iceman — digo, rindo.

Frida e Andrés soltam uma gargalhada. Isso me desconcerta e ele diz então:

— Vamos nos mudar pra Suíça.

— Quê?!

Frida me olha, pega minhas mãos e explica:

— Surgiu uma ótima oportunidade de trabalho pro Andrés num hospital e a gente aceitou.

— É o que você estava esperando há algum tempo? — pergunta Eric.

Andrés confirma com a cabeça e Björn diz:

— Isso é maravilhoso. Parabéns!

Enquanto dão parabéns a ele, Frida comenta que ela e Andrés estão animados com essa nova etapa de suas vidas. Como um bonequinho, vou concordando, apesar da tristeza que sinto.

— Obrigado, amigos — diz Andrés. — Já tinha até me esquecido de tudo isso quando me ligaram há uma semana e me fizeram a proposta. Conversei com Frida e decidimos aceitar.

Todos estão felizes por eles.

E, sem entender por quê, meus olhos se enchem de lágrimas.

Frida é muito minha amiga e não quero que eles vão embora. Ao ver minha cara, ela pergunta:

— Está tudo bem?

Aceno que sim, mas as lágrimas não param de brotar. Não consigo controlar.

O que está havendo comigo? Por que choro tanto?

Vendo-me nesse estado, Eric vem me abraçar e diz:

— Mas, pequena, o que você tem?

Não respondo. Não posso, porque senão eu sei que minha cara vai murchar de tristeza e vou fazer um papelão mais ridículo ainda. Com pena dos meus soluços, Björn se aproxima e comenta:

— Incrível... você também sabe chorar.

Essa frase me faz rir. Mas meu rosto continua cheio de lágrimas, que não param de rolar. Eric me olha e murmura:

— Fico feliz por Björn te fazer sorrir.

Com expressão divertida, Björn se vira para seu amigo e responde:

— Cara, aprende!

Frida vem até mim. Eric me solta e ela me abraça. Entende por que estou desse jeito e, aninhando-me, diz:

— Vamos nos encontrar muito, sua bobona. Você vai ver só. Além disso, a gente só viaja no início do ano. Ainda falta um pouquinho.

Não consigo falar nada. Mais uma vez alguém que eu amo está se afastando de mim e sei que vou sentir muita saudade.

O tempo passa e chega o tão esperado dia da partida de Laila, embora isso signifique que Eric também vai embora.

Sua ida para Londres não me agrada nem um pouco, mas resolvi deixar o ciúme de lado e confiar nele. Eric merece. Me demonstra seu amor de tal forma que, sinceramente, por que vou desconfiar dele?

Eu o acompanho até o aeroporto. Norbert nos leva e fico abraçada ao meu marido ao longo de todo o trajeto. Adoro seu cheiro, seu toque e, à medida que nos aproximamos do nosso destino, volto a me angustiar. Quatro dias de ausência é uma eternidade para mim.

Ao chegarmos, Eric sai do carro, Laila me olha e diz:

— Foi um prazer te conhecer.

— Não posso dizer o mesmo — respondo e acrescento: — E, se possível, evite voltar à minha casa ou terei que comentar com Eric que você não é nem tão boazinha nem tão bacana.

— Björn é um fofoqueiro.

— E você uma vadia!

Pronto! Falei!

Que alívio isso me deu!

Sem responder, desce do carro e caminha em direção ao tio. Como é bom vê-la pelas costas. Despede-se de Norbert e entra no avião sem olhar para trás. Eric, após cumprimentar o piloto, vira-se para mim, me abraça e diz:

— Daqui a no máximo quatro dias a gente vai estar juntos de novo, combinado?

Concordo. Me convenço do que ele diz e lhe dou um beijo. Aflita, devoro sua boca, enquanto ele me aperta contra seu corpo. Por fim tenho de dizer:

— Se continuar me beijando assim, vai acabar ficando aqui.

Eric sorri. Me solta, pisca um olho e caminha até a escada do avião. Antes de subir, olha para mim e diz:

— Comporte-se, pequena.

— Você também, grandalhão.

Sorrimos. Vinte minutos depois, eu e Norbert vemos o avião decolar.

De volta no carro fico triste. Meu amor acaba de partir e eu já estou sentindo sua falta. Assim que pisamos em casa, Norbert diz:

— Senhora, o patrão me disse pra lhe dar esse envelope quando chegássemos em casa.

Surpresa, pego o envelope e leio:

Pequena, são só alguns dias. Sorria e confie em mim, ok?
Te amo,
Eric

Sorrio na hora. Adoro essas gentilezas que meu amor faz.

Nessa noite, depois do jantar, Flyn vai para a cama e leva Calamar junto. Fico na sala vendo tevê com Susto aos meus pés. A melancolia toma conta de mim e, sem poder evitar, meus olhos se enchem de lágrimas. Tento sorrir, como Eric me pede na carta, mas não consigo. Sinto muito a falta dele.

Por fim, pego o telefone e ligo para ele. Preciso ouvir sua voz. Após quatro toques, ele atende.

— Fala, Jud.

— Estou com saudade.

Ouço Eric se desculpando com alguém e em seguida ele diz:

— Querida, estou num jantar de negócios.

— Mas estou com saudade.

Seu riso caloroso ao ouvir minha voz me faz sorrir. Então Eric diz:

— Vai pra cama, lê um livro ou abre a gaveta da sua mesinha de cabeceira e pensa em mim.

Dou uma risadinha. Ele está sugerindo que eu me masturbe.

— Vou continuar sentindo sua falta — insisto.

Eric volta a rir.

— Tenho que desligar, amor. Mas daqui a uma hora te chamo pelo Skype quando eu já estiver no quarto e, se você quiser, podemos brincar...

Uauuuuuu! Sexo pela webcam?!

Que beleza!

Nunca experimentei isso.

— Vou esperar ansiosa sua ligação. — Rio, empolgada. — Enquanto isso, vou ler alguma coisa.

Saber que vamos voltar a nos falar levanta meu ânimo. Ao desligar, olho o relógio: 21h45.

Feliz, desligo a tevê, dou um beijo na cabecinha de Susto e vou até meu quarto. Antes, passo para ver Flyn. Ele está dormindo com Calamar aos seus pés. Que gracinhas os dois!

Entro no meu quarto, fecho a porta e, com um sorrisinho, passo o trinco.

Espero uma ligação *caliente*, sexy e bem sacana. Escovo os dentes, visto uma camisola curta e insinuante e deito na cama. Como ela é grande quando Eric não está... Sinto seu cheiro. Está impregnado nos lençóis como nunca. Que delícia!

Extasiada, me deixo cair sobre o lado em que meu amor dorme e inspiro seu perfume.

Quando estou inundada com seu cheiro, abro o computador e entro no Facebook. Converso um tempinho com minhas amigas guerreiras, até que o barulhinho do Skype avisa que tenho uma ligação. Me despeço delas e aceito a chamada. A câmera liga e eu vejo meu amor.

— Oi, querido.

— Oi, linda.

Que estranho isso: ver Eric na tela de um computador. Eu o quero ao meu lado.

— Como você está, pequena?

— Bem. Ainda mais agora que estou te vendo.

Sorrimos e Eric diz:

— Estou nu e preparado pra brincar contigo. — E, recostando-se na cabeceira da cama do hotel, acrescenta: — Vem, tira a roupa pra mim.

Em meio a risadas, tiro a camisola e Eric diz:

— Fecha os olhos. Não olha pra tela. Imagina que eu e outros dois homens estamos te observando. Estamos de pé ao redor da cama e desejamos te possuir, mas antes queremos te olhar. Gosta da ideia?

— Gosto.

Ele sabe que fico molhada só de pensar nisso, e então me pede:

— Acaricia seus mamilos. Gostamos disso. Belisca pra gente.

Belisco meus mamilos, como ele pediu, enquanto minha imaginação voa para longe e eu sinto uma dor agradável e estranha. Me imaginar sendo alvo dos olhares de três homens é algo que me excita. Quero que me desejem, quero que brinquem comigo. Ao ouvir a respiração de Eric, abro os olhos e digo, olhando para a tela:

— Se masturba, Eric. Faz como se fosse eu que estivesse fazendo isso.

Ele obedece. Eu o observo e meu coração dispara. Seu pênis está duro, do jeito que eu gosto. Em seguida eu sussurro:

— Gosta como os homens me olham?

— Gosto.

— Gosta como abro as pernas pra eles?

Ouço-o gemer quando me exponho toda. Ele diz:

— Adoro, querida... Abre um pouco mais e dobra elas.

Faço o que ele pede e, excitada ao ouvir os ruídos ásperos que vêm da tela, me concentro em seu prazer e murmuro:

— Assim... querido... se masturba. Fecha os olhos e se imagine me oferecendo a um desses homens. Gosta da ideia?

— Gosto... gosto...

Muito excitada, respiro fundo enquanto meu alemão entra no jogo.

— Ele me come... e eu fico gemendo. Me penetra enquanto você me beija, morde meus lábios do jeito que você gosta e devora meus gemidos.

— Isso, Jud... Continua... continua.

— O homem me levanta, deita na cama e me coloca em cima dele. Você olha e ele põe meus mamilos na boca, enquanto me dá um tapinha na bunda pra me apertar contra ele, e depois dá outro. — Nós dois gememos e eu prossigo: — Agora os dedos dele brincam dentro da minha vagina. Você também enfia os seus e sou de vocês dois.

— Isso, pequena... isso.

— Ele tira os dedos, abre minhas pernas com pressa e me penetra. Eu solto um gemido. Você fica atrás de mim, me agarra pela cintura e me move, pedindo que eu continue transando com o cara e que não pare de gemer.

Passamos um bom tempo esquentando o clima do jeito como sabemos fazer e consigo levá-lo ao orgasmo com minhas palavras. Ouvir seu gemido gutural me deixa louca. Quero beijá-lo, tocá-lo... Mas, frustrada por não poder fazer nada disso, pergunto:

— Querido... tudo bem?

Eric sorri, mexe-se na cama e balbucia, enquanto se limpa com um lenço de papel:

— Sim, pequena. — E pergunta: — Já tinha feito isso alguma vez?

Dou uma risadinha e respondo:

— Nunca. Acho que você está sendo o primeiro em um monte de coisas.

Nós dois rimos e nossa brincadeira continua.

— Abre a gaveta, tira nossos brinquedinhos e coloca em cima da cama.

Obedeço e ele prossegue:

— Pega o pênis de gel verde que tem uma ventosa e grude-o sobre a mesinha que fica em frente à lareira. Depois volta pra cama.

Excitada, faço o que ele pede. Me levanto, chupo o pênis de gel e o fixo num canto da mesa. Volto para a cama e Eric diz:

— Agora quero que pegue o vibrador roxo pro clitóris.

— Já está aqui.

— Ótimo... Abre as pernas, então. — E sussurra: — Mais... um pouco mais... assim.

Excitada pelo que ele diz, obedeço e fico ainda mais molhada. Esse tom de voz me deixa louca.

— Fecha os olhos e se masturba pra mim. Me dá teus gemidos, querida. Coloca na potência 1 e deixa roçar teu clitóris com delicadeza pra que fique inchado do jeito que eu gosto.

Sigo suas instruções e, com as pernas abertas como ele quer, coloco o aparelhinho delicadamente no meu clitóris. Meu corpo reage e Eric diz:

— Curte... Assim... assim... Agora aumenta pra potência 2... pra 3...

A intensidade cresce e junto com ela meus gemidos.

Meu amor, meu alemão, meu marido, mesmo a centenas de quilômetros de distância, sabe do que gosto, do que preciso. Então pede:

— Põe na 4, Jud...

Obedeço e grito. Estou encharcada. Meu clitóris está inchado e eu quero mais.

— Não feche as pernas... Não... não, pequena — murmura excitado. — Aperta o vibrador contra você e aproveita... Quero te ver molhadinha... Vamos, deixa eu te ver gozar.

Meu corpo enrijece. Quero fechar as pernas, mas obedeço. Quero que me veja gozar e que perceba o quanto estou lubrificada. O brinquedinho roxo na potência 4 é uma delícia e meu clitóris encharcado aumenta a cada segundo. Um calor intenso percorre meu corpo e sobe até minha cabeça. Quando ouve meu gemido, Eric diz:

— Assim, pequena... Não fecha as pernas. Isso... assim... assim... Aguenta um pouco mais.

Me contorço e minhas pernas se fecham sozinhas, enquanto o prazer toma conta do meu corpo inteiro. Nesse momento, meu amor exige sem descanso.

— Agora quero que me foda, Jud. Levanta e me fode.

Sei do que ele está falando. Me levanto rápida, com os olhos injetados de luxúria, pego o computador e ando até onde deixei o pênis de gel verde. Coloco o notebook em cima da mesinha e vejo pela janelinha a imagem minha que ele está vendo. Depois sento no pênis e murmuro extasiada:

— Estou em cima de você.

— Sim, querida... Sim...

— Assim... assim você gosta? — sussurro, enquanto o pênis de gel entra em mim.

— Gosto — responde, masturbando-se. — Estou te sentindo, querida... Você está me sentindo?

Olho para a tela e balbucio:

— Estou...

— Aperta mais e se segura na beira da mesa.

Um gemido sai da minha boca quando enfio o pênis ainda mais fundo e meu amor me estimula:

— Vamos, querida. Me come e aproveita o momento...

Agarrada à mesa com força, mordo o lábio inferior enquanto meus quadris sobem e descem sobre o brinquedinho. Fecho os olhos e sinto o olhar de

Iceman. Suas mãos rodeiam minha cintura e me ajudam a subir e descer nele. Faço o brinquedo entrar várias vezes, ao mesmo tempo que percebo na voz de Eric o quanto está adorando ver isso, o quanto é grande seu prazer.

— Isso... assim... assim...

Minha lubrificação encharca o pênis. Minha vagina o suga e minha respiração está acelerada. Estou empapada. Me mexo algumas vezes e solto gemidos de prazer até que não consigo mais segurar. Depois de uma penetração que chega até meu útero, atinjo o clímax.

Sentada sobre a mesa e totalmente tomada pelo pênis, me contorço enquanto ouço a voz do meu amor me dizendo milhares de coisas maravilhosas e sinto seu hálito na minha boca. Eu o desejo. Eu o amo. Adoro tudo o que faço com ele e quero continuar aprendendo.

Passados alguns minutos, nossas respirações voltam ao normal e Eric diz:

— Tudo bem, linda?

— Tudo.

Uma risada me escapa e meu lindo murmura:

— Vamos, pequena, vai pra cama.

Levantando-me, retiro o pênis de dentro de mim e, ainda molhada, pego o computador e me jogo na cama. Eu e Eric nos olhamos e eu digo:

— Obrigada, amor.

Eric ri e responde:

— Não tem por que agradecer, querida. Isso é algo entre mim e você. Ter prazer juntos: isso é que importa, né?

Concordo e, quando vou responder, ele diz:

— Descansa, querida. Já está tarde.

— Tá bom.

— Amanhã a gente se fala, ok?

— Te amo.

— Te amo mais, moreninha.

— Não... eu é que amo mais.

— Eu mais — insiste, divertido.

— Vai, desliga o Skype.

— Não, desliga você primeiro — ele diz, rindo.

Após cinco minutos em que, em meio a risadas, nos comportamos como dois adolescentes com o famoso "desliga você!", desconectamos os dois ao mesmo tempo.

Estou exausta, saciada e molhada. Ao meu redor, na cama, todos os nossos brinquedinhos esparramados parecem me olhar e eu decido dar por encerrada a orgia. Sorrio. Me levanto e guardo o que não usei. Ando até a mesinha e pego o pênis. Meu Deus, como esse troço me deu prazer! Eu o lavo junto com o vibrador roxo. Depois guardo tudo.

Esgotada, destranco a porta, deito na cama e, com um sorriso, durmo abraçada ao travesseiro de Eric. Tem o cheiro dele.

23

Na manhã seguinte, assim que abro os olhos, sinto uma vontade incontrolável de vomitar.

Corro até o banheiro e chego bem a tempo de não fazer uma lambança. Sem dúvida, peguei a gripe do Flyn.

Com a barriga doendo e a garganta arranhada, consigo me erguer e andar até a cama. Me jogo nela e durmo pesado.

— Judith, não vai levantar hoje? — ouço de repente.

É Simona. Levanto a cabeça, olho para ela e pergunto:

— Que horas são?

Ela chega perto e, com cara alarmada, diz:

— Você está bem?

Confirmo com a cabeça. Não quero assustá-la, porque senão ela vai logo ligar para Eric. Olho o relógio: onze e meia da manhã.

Caramba, dormi quantas horas?

Me viro para Simona, que não tira os olhos de mim, e murmuro:

— Ontem fiquei lendo até tarde e agora estou caindo de sono.

Ela sorri, chega ainda mais perto e diz:

— Vem, dorminhoca. Fiz churros pra você, mas vão esfriar logo.

Quando fecha a porta, meu estômago se contrai e corro de novo para o banheiro. Fico ali um bom tempo, até que me sinto melhor e caminho outra vez até a cama. De repente, penso nos churros e fico superenjoada. Isso me faz parar no meio do quarto. Desde quando churros me deixam enjoada?

Minha cabeça gira sem parar.

Me olho no espelho e, sem saber por quê, lembro que minha irmã ficava enjoada com o cheiro dos churros quando estava grávida. Meu estômago fica embrulhado outra vez e sussurro, levando as mãos à cabeça:

— Não... Não... Não... Não pode ser.

Minha mente bloqueia, minha barriga se contrai de novo e eu corro para o banheiro.

Dez minutos depois, estou deitada no chão com os pés apoiados na privada. Tudo me deixa enjoada. Acabo de me dar conta de que minha menstruação está um pouco atrasada.

Fico sem ar.

Que aflição!

Acho que vou enfartar de uma hora para outra.

Quando consigo fazer a cabeça parar de girar, coloco os pés de volta no chão e fico de pé. Me olho no espelho e murmuro me lamentando:

— Por favor... por favor... não posso estar grávida.

Meu pescoço está coçando.

Meu Deus, estou cheia de brotoejas!

Me coço, me coço e me coço, mas tenho que parar ou então vou deixá-lo em carne viva. Dane-se, vou coçar mesmo assim!

Volto para a cama. Me sento e abro a gaveta. Pego a cartela de pílulas e, horrorizada, percebo que já passaram vários dias desde que tomei a última. Mas, pensando bem, lembro que a menstruação anterior veio muito fraca. Achei estranho, mas comecei a tomar a pílula de novo.

Ai, meu Deus... Meu Deus!

Xingo, me desespero e esperneio. Andei tão ocupada ultimamente que nem me dei conta do que estava acontecendo. Abro a bula e leio que a margem de erro é de 0,001%.

Sou tão azarada assim a ponto de estar nesse 0,001%?

Mas então me ocorre uma coisa. Na noite em que estive no hospital por causa do acidente com a moto, não tomei a pílula. Deve ser essa a explicação!

Me sinto enjoada...

Vontade de vomitar...

Meu pescoço pinica...

Preciso de um cigarro...

Me deito na cama e fecho os olhos. Na roupa de cama sinto o perfume de Eric e isso me faz bem. Quando consigo me refazer do susto que levei, me visto e decido ir a uma farmácia. É urgente! Assim que desço, Simona sorri e diz:

— Não coma os churros frios, Judith. Espera um pouco e logo vou servir o almoço. Por sinal, daqui a quinze minutos começa *Loucura Esmeralda*. Vou deixar essas camisas do patrão no quarto dele e depois vou à cozinha pra gente assistir juntas, combinado?

Concordo, passo ao seu lado e a mulher pergunta:

— O que você tem, Judith?

Olho para ela e respondo:

— Nada, por quê?

Ela me observa, hesita um pouco e diz:

— Você está meio pálida.

Ai, meu Deus! Se ela soubesse...

Mas respondo como posso:

— Fiquei lendo até quatro da manhã. Estava com saudades de Eric.

Simona sorri e, enquanto sobe a escada, diz:

— Tenha mais paciência, Judith. O patrão vai voltar no máximo depois de amanhã.

Quando ela desaparece, vou até a cozinha. Ao entrar, vejo os churros em cima da mesa.

E, para provar a mim mesma que não me darão enjoo, me lanço sobre eles. Dou uma mordidinha e meu estômago não reage. Sorrio. Isso me deixa mais aliviada. Mas, como estou atacada dos nervos, enfio sete churros goela abaixo, até que minha barriga se rebela e eu tenho que sair da cozinha em disparada.

No caminho, topo com Simona e, quando chego ao banheiro, eu a sinto atrás de mim. Sem nojo nem hesitação, a mulher faz o que minha mãe fez tantas vezes quando eu era pequena. Segura minha testa enquanto meu corpo vai botando tudo para fora. Absolutamente tudo.

Que coisa nojenta!

Quando pareço mais relaxada, mas com um suor frio horroroso, caminho de mãos dadas com Simona até a cozinha. Me sento, e ela me olha e diz:

— Está pálida... muito pálida.

Não digo nada. Não posso.

Não quero falar do que está acontecendo, mas, de repente, Simona fixa o olhar no prato de churros e diz:

— Como você não ia vomitar com todos os churros que comeu?

Ela tem razão.

Não quero dar explicações e respondo:

— Eu estava com tanta fome que devorei tudo e acho que meu estômago não gostou muito disso.

Me prepara um chá e diz que é para acalmar o estômago.

Ai, que horror! Nunca gostei de chá!

Mas Simona faz questão que eu tome, e obedeço. Ou eu faço isso ou ela vai ligar para Eric. Dez minutos mais tarde, estou me sentindo melhor. Volto a ser eu mesma e meu rosto está com uma cor melhor.

Para tentar não tocar mais no assunto, ligo a tevê e começa *Loucura Esmeralda*. Não consigo acompanhar nada. Meus pensamentos estão em outro lugar. Mas Simona, sem saber das minhas preocupações, diz quando o capítulo termina:

— Tadinha da Esmeralda. Sofreu a vida toda e agora seu amor não a reconhece e se apaixona pela enfermeira do hospital. Que triste... que triste.

Quando ela sai e me deixa sozinha, penso que tenho que ir a uma farmácia. Decidida, me levanto, procuro Simona e aviso que não vou almoçar. Preciso sair e tomar um ar, senão acho que vou ter um troço. Pego meu casaco vermelho, vou até a garagem e entro no Mitsubishi. O cheiro de Eric me inunda de novo e eu sussurro:

— Se eu estiver grávida, te mato, senhor Zimmerman.

Começo a dirigir sem rumo, enquanto a música toca no carro e não consigo nem cantar.

Não posso acreditar que isso esteja acontecendo. Sou um desastre como pessoa, como vou ter um filho?!

Estaciono o carro perto de Bogenhausen e decido dar um passeio pelo Jardim Inglês. Está frio. Em novembro, começa a fazer um frio horroroso em Munique. Caminho e penso. Vejo passar uma bicicleta cervejeira — a atração principal da cidade. Noto como estão se divertindo, enquanto pedalam e bebem. Ao pensar em cerveja, sinto um embrulho no estômago. Que enjoo!

Continuo meu passeio e vejo várias mães com seus bebês.

Ai, isso me dá uma aflição!

Não sei por quanto tempo caminho, até que me dou conta de que estou congelada. Meu casaco não é suficiente para esse frio todo e, se eu continuar ali, vou acabar pegando uma pneumonia. Quando saio do Jardim Inglês, vejo um quiosque. Vou direto até lá e compro um maço de cigarro e um isqueiro. Acendo um, inspiro a fumaça e relaxo.

Não posso estar grávida. Deve ser um engano.

Continuo caminhando e vejo uma farmácia. Observo-a de longe e, assim que acabo o cigarro, entro e espero na fila. Quando chega minha vez, digo:

— Quero um teste de gravidez.

— Digital ou normal?

A farmacêutica me olha e, como não estou a par dessas coisas, respondo:

— Tanto faz.

Abre uma gaveta, tira várias caixinhas coloridas e diz:

— Com qualquer um desses a senhora pode fazer o teste a qualquer hora do dia. Esse aqui é digital, esse ultrassensível...

A mulher fala, fala e fala por uns dois minutos, e eu só quero que ela cale a boca e me dê o maldito teste de gravidez. Por fim, quando pega a última caixinha, me explica:

— Apesar de poder fazer a qualquer hora, eu lhe recomendaria que fizesse com a urina da primeira hora da manhã.

Com os olhos arregalados, observo aquelas caixas. Mas... por que estou comprando isso?!

— A senhora escolhe. Quer qual?

Não sei o que dizer. Ao fim, pego quatro caixas e respondo:

— Essas aqui.

— Todas?

— Todas — afirmo.

A farmacêutica sorri e, sem perguntar mais nada, enfia as caixas numa sacola de plástico. Pago com cartão e saio da farmácia.

Quando chego ao carro, abro a sacola e pego os testes. Leio as bulas, que dizem basicamente as mesmas coisas. Tenho que fazer xixi sobre a tirinha, e as chances de acerto do resultado são de 99%.

Merda... lá vêm as porcentagens de novo.

Chego em casa, Simona me olha e, ao me ver apenas com o casaco, me repreende por passar várias horas fora estando tão mal agasalhada. De repente me dou conta de que já são três da tarde. A manhã passou voando e eu nem percebi.

Depois de chamar minha atenção como se eu fosse uma criança, Simona avisa que Eric ligou vinte vezes. Estava preocupado e disse que voltaria a telefonar. Assustada, me dou conta de que, com aquela aflição toda, acabei saindo sem meu celular.

— Você não contou pra ele o que aconteceu comigo de manhã, né? — pergunto.

A mulher nega com a cabeça e acrescenta:

— Não, Judith. Ele estava muito aflito por não conseguir te achar. Além disso, eu o conheço e sei que isso iria deixá-lo muito preocupado. Preferi não dizer nada.

— Obrigada — digo num tom carinhoso.

Simona volta a seus afazeres, pego o celular, enfio no bolso do meu jeans e subo correndo para o quarto. Me tranco no banheiro, sento no vaso e fico olhando para a sacola que deixei no bidê. Por vários minutos tento me convencer de que não pode ser verdade. Não posso estar grávida!

Reúno forças, pego um dos testes e sigo as instruções.

Abaixo a calça e a calcinha e me sento na privada. Com as mãos trêmulas, removo a embalagem do teste. Quando por fim consigo molhar a tirinha absorvente, além da minha mão, tapo o teste e o coloco em posição horizontal na borda da banheira.

Depois de me recompor e abotoar a calça de novo, acendo um cigarro. Mas com duas tragadas já fico enjoada. Me sento no chão, deito e apoio as pernas em cima do vaso.

Minha nossa... minha nossa... estou morrendo de medo!

Eu, mãe de um bebê?

Nem pensar!

Ai... que enjoo!

Me lembro do parto de Raquel e fico mais enjoada ainda. Que angústia!

Já passaram dois minutos e 37 segundos... 38... 39...

Tento cantar. Isso sempre me relaxa, e nossa música é a primeira coisa que me vem à cabeça.

Sé que faltaron razones, sé que sobraron motivos,
Contigo porque me matas y ahora sin ti ya no vivo.
Tú dices blanco, yo digo negro.
Tú dices voy, yo digo vengo.
Vivo la vida en color y tú en blanco y negro.

Paro. Olho o relógio. Os cinco minutos passaram. Tenho que ver o resultado, mas continuo cantarolando.

Dicen que el amor es suficiente,
Pero no tengo el valor de hacerle frente.

Não... não... não... definitivamente, não tenho coragem!

Não consigo olhar o resultado.

Acendo outro cigarro, mesmo com o risco de ficar mais enjoada. Estou precisando.

Meu pescoço pinica. Me coço, me coço e me coço.

Já não consigo nem cantar.

Desço as pernas de cima do vaso, me sento e verifico a tirinha.

Pego a bula e leio pela enésima vez. Se aparecerem dois tracinhos, é positivo. Se for só um, negativo.

Pela primeira vez na minha vida, desejo um negativo bem grande. Por favor... por favor...

Quando apago o cigarro, me encho de coragem, pego o teste e abro sem pensar mais. Arregalo os olhos.

— Dois tracinhos — murmuro.

Largo o teste e pego a bula de novo. Dois tracinhos, positivo. Um, negativo.

Meu estômago se revira...

Volto a ler. Dois tracinhos, positivo. Um, negativo.

Me deito no chão do banheiro e fico repetindo com os olhos fechados:

— Não pode ser... Não pode ser...

Dez minutos mais tarde, decido repetir o teste ao lembrar que há 1% de chance de estar errado. Se o anticoncepcional falhou, por que o teste de gravidez não pode falhar também?

Realizo a mesma operação de minutos antes. De novo espero e desta vez sem cigarro. Até que passam os cinco minutos, pego a tirinha e grito:

— Nãããããããããããããão....

Faço o terceiro teste. Depois o quarto. O resultado é sempre o mesmo: positivo.

Meu coração bate acelerado. Vou ter um infarto e, quando Eric voltar, vou estar completamente dura no chão do banheiro.

Penso na margem de erro desses testes. Mas, com os quatro indicando "você está grávida!", é difícil duvidar.

Vontade de vomitar...

Está tudo girando...

Deito no chão novamente e coloco os pés em cima do vaso.

— Por quê? Por que isso está acontecendo comigo?

De repente, meu celular toca. Tiro do bolso da calça e vejo que é Eric.

O pai da criança!

Ai... como estou nervosa!

Sinto calor e me abano com a mão.

Não quero que ele note alguma coisa estranha e, após seis toques, atendo do jeito mais simpático possível.

— Oi, querido.

— Como sai de casa sem o celular? Ficou maluca? — pergunta com voz tensa.

Não estou com paciência para esses chiliques, então respondo:

— Número um: não grite comigo. Número dois: esqueci. E três: se você for grosso comigo, pode se preparar porque também vou ser com você.

Silêncio. Ninguém diz nada até que ele insiste:

— Onde você estava, Jud?

— Fui comprar umas coisas e depois resolvi dar um passeio, porque...

— Um passeio muito longo, não acha? — me interrompe. E insiste: — Sozinha ou acompanhada?

— Que história é essa agora?!

— Sozinha ou acompanhada? — Sobe o tom de voz.

Sua rispidez me magoa.

O que houve? E, antes que eu possa ao menos protestar, a ligação é cortada.

Fico olhando para o telefone como uma boba.

Ele desligou na minha cara? O babaca fez isso?

Furiosa, ligo de volta. Ele vai saber o que é elevar o tom de voz. Mas, quando toca, ele desliga sem atender. Isso me revolta. Tento mais três vezes, mas o resultado é o mesmo.

Estou histérica, nervosa e, para piorar, grávida!

Seria capaz de esganar Eric nesse momento!

Não sei o que fazer e por fim decido nadar um pouco. Estou precisando.

Visto o maiô e, assim que chego perto da borda da piscina, sinto um embrulho no estômago e saio correndo para o banheiro.

Quando Flyn chega, estou sentada na borda, completamente desorientada. O garoto me abraça por trás e dá um beijo na minha bochecha. Emocionada com essa demonstração de afeto, fecho os olhos e murmuro:

— Obrigada, querido. Eu estava precisando.

Flyn, um garoto muito esperto, senta-se ao meu lado e pergunta:

— Você e meu tio brigaram?

Sem muita vontade, respondo:

— Não, meu amor. O tio está em Londres e é difícil brigar com ele.

O garoto me olha, concorda com a cabeça e não responde. Tira suas próprias conclusões. De repente, minha barriga ronca de fome e, olhando-me assustado, Flyn pergunta:

— O que tem aí dentro, um alienígena?

Caio na gargalhada e não consigo parar.

Tudo volta a ser surreal.

Estou grávida e Eric, o homem que deveria estar ao meu lado me beijando como louco porque vai ser pai, está chateado comigo.

Convencida de que não vou mais aguentar de fome, digo:

— Vamos comer, ou então vou ter que te cortar em pedacinho e te devorar agora mesmo.

À noite, quando Flyn vai dormir, fico sozinha outra vez na sala imensa, acompanhada de Susto. Faço um sinal e o cãozinho sobe no sofá. Agora que Eric não está, ele pode aproveitar.

Telefono para Eric. Não atende. Por que está tão chateado? Ligo a tevê e, depois de um tempo assistindo, sinto necessidade de contar a alguém o que está acontecendo comigo. Faço carinho em Susto, que ergue a cabeça e me olha. Então digo:

— Estou grávida, Susto. Vamos ter um pequeno Zimmerman Flores.

O animal parece me entender e, deitando-se de novo, cobre os olhos com uma pata. Seu gesto me faz rir. Até ele sabe que isso é uma loucura.

Às onze, e depois de ver que Eric não me liga, decido subir para o quarto. Estou um trapo. No banheiro, escovo os dentes e vejo o maço de cigarros. Jogo no lixo bem no momento em que meu celular toca. Eric. Finalmente!

— Oi, querido — eu o cumprimento, sem a menor vontade de discutir.

Ouve-se muito ruído ao fundo, e a voz dele diz:

— Quando você ia me contar?

Surpresa, me sento na privada. Olho ao redor em busca da câmera escondida. Ele sabe que estou grávida? E pergunto:

— O quê?

— Você sabe muito bem...

— Não, não sei...

— Sabe, sim! — grita.

Desconcertada, contraio as sobrancelhas. Se eu contasse da gravidez, ele não ficaria irritado desse jeito. Eric bebeu, o que me deixa em alerta. É a primeira vez que fica bêbado e isso me preocupa.

— Onde você está, Eric?

— Tomando alguma coisa.

— Está com Amanda?

Ele ri. Sua risada não me agrada e ele responde:

— Não, Amanda não está comigo. Estou sozinho.

— Tá bom, Eric — digo, sem levantar a voz —, pode me explicar o que está havendo? Não estou entendendo nada e...

— Você esteve com Björn hoje?

— Quê?!

— Não se faz de inocente, *querida*, que eu te conheço.

— Mas... o que você tem? — berro.

— Não sei como não me dei conta de tudo isso antes. — Eleva a voz. — Meu melhor amigo e minha mulher, tendo um caso!

Ficou maluco?

Além de bêbado, maluco! E em seguida desliga na minha cara de novo.

Sem entender nada do que ele diz, telefono outra vez. Não atende. Meu nervosismo revira meu estômago e ao fim ponho tudo para fora. Adeus, jantar!

Nessa noite não consigo dormir. Só quero saber que ele está bem. Me preocupa tê-lo ouvido tão embriagado, mas eu ligo e ele não atende. Mando vários e-mails. Sei que ele vai ler. Mas mesmo assim não me responde.

Penso em Björn. Será que eu deveria ligar pra ele e contar o que está acontecendo? Acabo decidindo que não. São cinco da manhã e não acho que seja hora para isso.

Às seis e meia, após uma noite horrorosa sem conseguir falar com Eric, quando Simona entra na cozinha, se surpreende ao me ver.

— O que está fazendo acordada tão cedo?

Minha cara se contrai e começo a chorar. A mulher fica assustada. Senta-se ao meu lado e, como uma mãe, enxuga minhas lágrimas com um guardanapo enquanto falo e falo e Simona não entende nada.

Quando por fim consigo me acalmar, não menciono a gravidez, mas lhe conto minha briga com Eric. Ela se espanta. Sabe que amo meu alemão como poucas pessoas no mundo e que Björn é apenas um ótimo amigo de nós dois.

Às oito ela vai ao quarto de Flyn para acordá-lo, e às oito e meia, quando o menino entra na cozinha com ela e me vê nesse estado deplorável, senta-se ao meu lado e pergunta:

— Brigou com o tio, né?

Desta vez confirmo com a cabeça. Não dá para negar. E, surpreendendo a mim e a Simona, diz:

— Tenho certeza que o tio não está com a razão.

— Flyn...

— Você é uma mãe muito boa — insiste.

Desato a chorar novamente. Ele me chamou de "mãe". Ninguém pode me fazer parar.

Por fim, quando Simona serve o café da manhã a Flyn, e Norbert chega para levá-lo ao colégio, decido ir com eles. Vai me fazer bem pegar um pouco de ar. No trajeto, meu pequeno coreano-alemão segura minha mão e não me solta. Isso me enche de energia. Quando ele me dá um beijo antes de descer do carro para que ninguém o veja, abro um sorriso. Assim que se afasta, peço a Norbert para esperar um segundo e saio do veículo.

Preciso tomar um ar.

Tiro um cartãozinho da bolsa, fico olhando para ele por um tempo e decido telefonar. O médico me dá o número de uma ginecologista particular. Sem pensar duas vezes, marco uma consulta com ela para o dia seguinte. O bom de ter dinheiro é isso: você consegue tudo na hora que quiser. Igualzinho à Seguridade Social da Espanha. Então vejo María, minha nova amiga espanhola, que vem falar comigo e, ao reparar nas minhas olheiras, pergunta:

— Você está bem, Judith?

Concordo com a cabeça e sorrio.

Não sou o tipo de pessoa que sai contando os próprios problemas a todo mundo. Mas nesse momento percebo algo estranho em seu olhar e pergunto:

— O que houve?

Ela suspira. Hesita, mas, diante da cara que faço, acaba cedendo.

— Pra mim é complicado te dizer isso, mas, se eu ficar quieta, não vou dormir tranquila. — Surpresa, olho fixamente para ela, que aponta as megeras a alguns metros de nós e diz: — Suas amigas, essas que tanto te admiram, estão acabando com você. Dizem coisas terríveis sobre você.

— Sobre mim? Mas nem me conhecem!

María gesticula e quero entender:

— O que elas estão falando? Me conta.

— Dizem que você está de caso com um amigo do seu marido. Um tal de Björn.

Fico sem chão ao ouvir isso, e de repente me vem à cabeça uma frase de uma música de Alejandro Sanz que eu adoro: *"Ya lo ves, que no hay dos sin tres."* Em outras palavras, desgraça pouca é bobagem!

O que está acontecendo?

Estou grávida. Eric acha que estou de caso com Björn e agora virou fofoca no colégio de Flyn também.

Estremeço...

Estou com medo...

Não entendo o que está havendo...

— Além disso — continua María — , elas debocham do fato de você ter sido secretária de Eric e, bem... imagina só as coisas que elas comentam.

Chocada e revoltada, balanço a cabeça.

— É verdade, eu trabalhava na empresa de Eric, mas... não estou traindo meu marido, nem com Björn nem com ninguém. Me casei há quatro meses, amo Eric, sou feliz e... e...

María me abraça e eu fecho os olhos. Meus nervos estão à flor da pele, quando vejo aquelas bruxas nos olhando e sorrindo. Cadelas! E então sou dominada pelo meu sangue espanhol e, recompondo-me como um tsunami, pergunto:

— Desde quando está rolando essa fofoca?

— Eu soube ontem.

— E veio dessas megeras, né?

María confirma com a cabeça. Levanto a cabeça e, como sempre, sem pensar duas vezes, vou na direção delas. Pensei que tinha deixado claro quem eu era, mas, como vejo que elas ainda não se deram conta disso, vou repetir.

Não estou nem aí se eu ficar com fama de barraqueira.

Nem aí que me achem da pior espécie de gentinha.

Nada disso me importa, desde que não digam mentiras a meu respeito.

Quando estou ao lado da megera número 1, a mulher de Joshua, chego bem perto da cara dela, e digo enquanto vejo pelo canto do olho que Norbert desce do carro e vem vindo na minha direção:

— Não gosto de você nem você de mim, isso nós já sabemos, certo? — Ela não se move. Está acovardada. — Mas quero que saiba que não aceito que você saia por aí espalhando mentiras sobre mim. Então, se você não está a fim de arrumar encrenca comigo, me diz quem é o desgraçado ou a desgraçada ou te juro que quebro a sua cara.

— Judith — sussurra María, nervosa.

A megera-mor fica vermelha como um tomate. Suas amiguinhas dão passos para trás. Dá para ver que a deixaram sozinha. Belas amigas, hein?!

Fica apavorada ao ver que não tem o apoio de nenhuma e tenta se safar de mim, mas eu não permito. Seguro seu braço com força e exijo num tom ríspido:

— Mandei você dizer quem está espalhando essas mentiras.

Assustada e tremendo, olha bem nos meus olhos e, diante da minha cara de "vou te esganar!", responde:

— A... a moça que veio algumas vezes buscar o chinesinho.

Fecho os olhos: Laila!

Meu sangue ferve e de repente eu entendo tudo. Laila também deve ter enchido a cabeça de Eric de besteira em Londres. Abro os olhos e, com a fúria refletida no meu rosto, digo:

— Meu filho tem nome. É Flyn. — Solto-a com força e grito: — E repito pela última vez: não é chinês! Ah, e pra sua informação, sim, eu trabalhava na empresa do meu marido e, claro, não, não estou de caso com Björn e acho bom vocês pararem com esse boato ou te juro que vou infernizar sua vida, porque ninguém pode comigo quando fico irritada, entendido?

— Senhora Zimmerman, o que está havendo? — intervém Norbert.

O grupo de megeras se afasta rapidamente. Fogem aterrorizadas.

Quase desmaiando, me viro para a coitada da María e digo:

— Obrigada por me contar, María. Nos vemos outra hora.

Depois me volto para Norbert, que me olha transtornado, e digo à beira de um colapso:

— Me leva pra casa. Não estou me sentindo bem.

24

Assim que chego em casa, vomito.

Estou que não aguento mais de tanto chorar e vomitar!

Preocupada com meu estado, Simona me oferece um chá, mas recuso. Só o cheiro já me deixa mais enjoada. Que ela ligue para Eric, se quiser, porque assim pelo menos vou saber como ele está.

Minha cabeça explode, e me obrigam a deitar. Exausta, pego no sono. Quando acordo, umas duas horas depois, estou irritada, muito irritada, e telefono para Eric. No terceiro toque, ele atende.

Aleluia!

— Fala.

— Não, melhor você falar, seu babaca!

Após um silêncio tenso, ele diz com ironia:

— Quanto tempo sem ouvir da sua boca essa palavra carinhosa! Que pena que não estou vendo você pronunciá-la ao vivo e a cores.

De novo percebo que ele bebeu. Mas, sem querer mudar de assunto, continuo:

— Como você pode ser tão babaca a ponto de acreditar no que Laila diz?

Sua respiração se altera. Deve estar cansado e pergunta:

— E como sabe que foi Laila quem me contou?

— Porque as notícias correm mais rápido do que você imagina — respondo com frieza.

Silêncio.

O silêncio é tenso.

O silêncio me mata.

O homem que amo rosna:

— Não falei ainda com meu querido amigo Björn. Minha conversa com ele tem que ser cara a cara, mas...

— Não tem que conversar com ele sobre esse assunto, porque nunca houve nada entre a gente. Björn é seu melhor amigo e uma pessoa ótima. Não sei como você pode desconfiar dele e acreditar que a gente tenha algo além de amizade.

Ouço um barulho de fundo que logo identifico como sendo de um bar. Antes que eu pergunte onde ele está, Eric diz num tom debochado:

— Ai, que lindo, Judith, como você o defende. Que meigo!

— Eu o defendo porque você está falando sem saber.

— Talvez eu saiba demais.

— Mas... o que é isso que você sabe? Me conta! — grito descontrolada. — Porque, que eu saiba, só rolou alguma coisa entre mim e ele com o teu consentimento e, principalmente, sob teu comando.

— Tem certeza, Judith? — pergunta num tom que me desconcerta.

— Tenho, Eric. Certeza total.

A tensão entre nós dois é tão concreta que dá a impressão de que podemos cortá-la com uma faca. Preocupada, eu pergunto:

— Onde você está?

— Tomando uma bebida. Beber é a melhor coisa que posso fazer pra esquecer.

— Eric...

— Que decepção! Pensava que você era única e insubstituível, mas...

— Não vem me dizer de novo o que você já disse uma vez, e que foi o que fez a gente terminar — grito. — Segura tua língua, babaca desgraçado, ou te juro que...

— Ou jura o quê?

Sua voz me indica que está fora de si e, tentando me acalmar para não deixá-lo mais nervoso, digo:

— Não entendo como pode acreditar numa coisa dessas. Você sabe que te amo.

— Tenho provas — me interrompe furioso. — Tenho provas e nenhum de vocês dois vai poder negá-las.

Cada vez entendo menos, e grito outra vez:

— Provas? Que provas?

— Não quero falar contigo agora, Judith.

— Mas eu quero falar contigo, sim. Você não pode me acusar e...

— Agora não — me corta de novo. — A propósito, minha viagem vai durar um pouco mais. Não volto pra casa esta semana. Não estou a fim de te ver.

E desliga na minha cara.

Estou quase gritando, mas, em vez disso, me jogo na cama e choro, choro e choro.

Não tenho forças para outra coisa que não seja chorar. Depois que fico mais calma, resolvo tomar um banho. Em seguida desço até a cozinha, mas não há ninguém ali. Vejo um bilhete de Simona, que diz:

Fomos ao supermercado.

Susto e Calamar vêm até mim e me fazem carinho. Os animais são muito intuitivos e parecem entender como estou, pois não se desgrudam de mim um minuto sequer.

Entro na sala, vou até o aparelho de som e, após olhar vários CDs, coloco o que sei que vai me fazer sofrer mais. Às vezes sou masoquista mesmo e, quando toca *Si nos dejan*, outra vez começo a chorar ao me lembrar do momento em que eu e Eric dançamos essa música há alguns dias.

Quando a canção termina, ponho para tocar de novo. Caminho até a janela com a cara molhada e o coração partido. Chove na rua e chove no meu rosto. O tempo em Munique piora a cada dia e só consigo ver a chuva e as lágrimas enquanto meu coração vai se despedaçando.

Si nos dejan,
nos vamos a querer toda la vida.
Si nos dejan.

Claro que não nos deixam.

Primeiro foram Marisa e Betta, depois Amanda e agora Laila.

Por que não deixam a gente se amar?

Horas mais tarde, quando Simona volta, estou mais tranquila e já parei de chorar. Acho que esgotei o estoque de lágrimas do ano inteiro.

Sem saber de nada, ela prepara a comida e me avisa quando fica pronta, mas eu mal consigo comer. Não sinto fome.

Simona é inteligente e sabe que estou sofrendo. Tenta falar comigo, mas eu não quero. Não posso. Por fim ela desiste.

À tarde, quando Flyn volta do colégio, me esforço para recebê-lo com um grande sorriso. O menino não merece viver com a angústia de me ver o tempo todo nesse estado lamentável.

Faço das tripas coração, ajudo em seus deveres de casa e janto com ele. Conversamos sobre videogames. É o melhor assunto que tenho para não mergulhar de novo nos problemas da minha vida e nos meus sentimentos. À noite, quando ele vai para a cama, fico na sala e sinto vontade de ouvir mais uma de nossas músicas. São tantas... e sei que vou chorar com qualquer uma. De repente, a porta da sala se abre e entram Norbert e Simona.

— Não acredito em nada do que minha sobrinha Laila contou no colégio — diz Norbert — e lhe garanto que isso vai ser esclarecido. Sinto muitíssimo pelo que a senhora está passando.

Me levanto do sofá e lhe dou um abraço. Ele, que em geral fica tenso quando demonstro meu carinho, desta vez me abraça e murmura em meu ouvido:

— Farei o possível para que tudo se esclareça.

Concordo num gesto e suspiro. Olho para Simona, que torce as mãos e, muito aborrecida, diz:

— Essa garota é uma mentirosa e eu mesma vou arrancar o couro dela se ela não esclarecer essa história com todo mundo.

Concordo e lhe dou um abraço.

Num momento como este, em que eu devia estar morrendo de raiva, estou tão mal, tão enjoada e tão desconcertada que só consigo concordar e abraçar.

Nessa noite Eric não me liga, nem eu ligo para ele.

Não quero pensar que ele continua bebendo, nem imaginar que termina na cama de Amanda, mas como, às vezes, meu lado masoquista me domina, me atormento com essas coisas e sofro como uma condenada.

Por que sou tão idiota?

Também não telefono para Björn. E o fato de ele não me ligar é um bom sinal. Significa que Eric ainda não descarregou sua fúria em cima dele. Tadinho, isso tudo é tão injusto!

No dia seguinte estou destruída, mas decido ir à consulta com a ginecologista. Consigo despistar Norbert para não vir comigo e pego um táxi. Na sala de espera, fico observando as outras mulheres que também aguardam.

Meu pescoço pinica. As barrigas delas são descomunais e estou a ponto de sair correndo. Mas controlo meus impulsos e espero, vendo várias mulheres gravidíssimas, abraçadas com seus maridinhos, e eu tenho vontade de morrer.

Meu Deus, como posso estar grávida? Justo eu!

Quando uma moça diz meu nome, me levanto e entro na sala da ginecologista. A médica é uma mulher um pouco mais velha que eu. Ela sorri e indica uma cadeira. Após preencher uma ficha com meus dados, já que é a primeira vez que me consulto com ela, abro a bolsa e deixo sobre a mesa os quatro testes de gravidez com suas correspondentes tirinhas indicando positivo.

Ela me olha e sorri. Qual é a graça?

— Pode me dizer a data da sua última menstruação?

— Esse mês não veio. Mas lembro que no mês passado saiu só uma manchinha. Mas... mas... eu, na semana em que comecei a tomar pílula de novo e... e... talvez não tenha feito certo... Mas eu...

A doutora percebe meu nervosismo e diz:

— Procure se acalmar, tá?

Concordo e ela insiste:

— Tenta lembrar a data dessa menstruação que veio fraquinha.

— Acho que foi 22 de setembro.

Pega um calendário redondo colorido, olha fixamente e diz, apontando:

— Data aproximada do parto: 29 de junho.

Ai, minha nossa... minha nossa... isso é sério!

Sem me deixar abalar, respondo o melhor que posso a todas as perguntas que a mulher faz. Depois ela pede que eu deite numa maca para fazer uma ultrassonografia. Abaixo a calça. Ela passa gel na minha barriga e, com um aparelhinho, começa a me examinar.

Histérica, imploro a todos os santos existentes e aos que ainda vão existir que façam com que não haja nada dentro de mim. Mas de repente a médica para de movimentar o aparelho e diz:

— Aqui está a pulsação, Judith, e pelo tamanho eu diria que já está com quase dois meses.

Vejo algo piscando na tela. Pela forma irregular e pelo movimento, me lembra uma medusa.

Acho que vou enfartar!

Não falo...

Não pisco...

Meu Deus, que enjoo!

Só consigo olhar para essa coisinha que se mexe e que parece dizer "Perigo!".

Ao ver que não falo nada, a médica volta a mover o aparelho. Depois aperta uns botões e sai um papelzinho pela lateral. Ela me entrega e vejo que é uma foto. Me emociono como nunca pensei que um dia me emocionaria e aceito que essa imagem em formato de medusa é um bebê e que, gostando ou não, estou grávida!

Antes de sair, deixamos uma consulta marcada para daqui a um mês e ela me entrega umas receitas. Preciso tomar ácido fólico, entre outras coisas, e fazer uns exames para trazer na próxima vez.

25

Os dias passam e continuo sem notícias de Eric.

Estou exausta...

Estou péssima...

E, para piorar, grávida!

Choro e choro e penso o quanto Eric ficaria feliz se soubesse.

Não conto a ninguém. Fico sozinha remoendo o problema e consigo forças não sei de onde para enfrentar o momento tão doloroso e desesperador que estou passando. Estou descontando tudo no meu pescoço, que coça à beça e está em carne viva.

Tomo o ácido fólico toda manhã e no primeiro dia me assusto ao ir ao banheiro e ver uma coisa preta... muito preta... saindo de mim. Mas logo lembro que a bula avisava que isso podia ocorrer. Que nojo, meu Deus!

Nesses dias nem saio de casa. Fico o dia inteiro esparramada no sofá ou na cama, hibernando como um urso, e, quando Simona entra e me diz que Björn está no telefone, quase vomito.

A mulher me olha. Atribui meu mal-estar ao que está acontecendo com Eric e não pergunta nada. Melhor assim, porque não estou a fim de mentir para ela.

Quando me passa o telefone, me viro para ela e murmuro:

— Calma, tudo vai se resolver.

Com o estômago terrivelmente embrulhado, atendo do jeito mais alegre possível:

— Oi, Björn.

— Oi, linda, o chefe já voltou?

Seu tom de voz e a pergunta me indicam que não sabe de nada. Hesito um pouco, mudo minha forma de falar e respondo:

— Ainda não, lindo. Me ligou há uns dias e comentou que a viagem vai se alongar mais um pouco. Por quê? Você queria alguma coisa?

Com um riso encantador, Björn diz:

— Nesse fim de semana vai rolar uma festinha particular no Natch e eu queria saber se vocês vão.

Não estou no menor clima para as festinhas:

— Não vai dar. E eu sozinha, você já sabe que não.

Björn solta uma gargalhada.

— Nem pense em ir sem o seu marido.

Agora quem ri com amargura sou eu.

Se ele soubesse o que Eric está pensando!

Conversamos mais uns minutos, nos despedimos, e desligo angustiada por estar omitindo algo de Björn, mas não posso dizer nada. É uma bomba e, quando explodir, quero estar presente. Não quero que ele e Eric se engalfinhem sem que eu esteja por perto para intermediar a briga. Tenho medo de que rompam essa amizade linda por causa de Laila, aquela garota desprezível.

Penso no que Björn me contou sobre ela e Leonard e em como ele guardou segredo esse tempo todo para não magoar Eric. Agora acho que teria sido melhor feri-lo no devido momento. Assim Laila teria desaparecido de suas vidas e não provocaria tudo isso.

Está claro o que a moça quer: botar Eric e Björn um contra o outro e, assim, me atropelar junto. Não vou aceitar isso. Mas, sem ver as provas que Eric diz ter, não posso fazer nada a não ser ligar para ela e dizer umas boas verdades.

Convencida de que é isso que quero fazer, peço a Simona o telefone de Laila em Londres. A contragosto ela me passa o número. Após dois toques, ouço a voz da jovem e digo:

— Você não presta, hein?! Como pôde fazer uma coisa dessas?

Laila dá uma risada e eu grito furiosa:

— Você é uma vadia, sabia?

Sem nem um pingo de sentimento de culpa, ela continua rindo e solta:

— Engole essa, querida Judith. Teu mundo perfeito está desmoronando.

Ah, se ela estivesse na minha frente, eu quebrava a cara dela!

— Aguenta as consequências, se isso acontecer.

Não digo mais nada. Desligo antes que minha voz me traia. E caio em prantos novamente. É o que mais sei fazer nos últimos tempos.

Faz dez dias que não vejo Eric e preciso dele.

Sinto falta dos seus abraços, seus beijos, seus olhares e até dos seus resmungos. E, principalmente, estou louca para lhe dizer que um dos seus sonhos vai se tornar realidade.

Vai ser pai!

Estou deitada na cama quando o telefone toca. Atendo depressa e ouço:

— Oi, fofinhaaaaaaaaaaaaaaaa!

Minha irmã.

Sinto uma vontade imensa de chorar, de lhe contar meu segredo, mas não. Me calo e engulo as lágrimas. Não quero que ninguém saiba de Medusa antes de Eric.

Me reanimo rapidamente. Falar com ela ajuda a me alegrar.

— Oi, louca, como você está?

— Bem, fofinha.

— E minhas meninas?

— Suas meninas estão ótimas. Luz cada dia mais rebelde. Ai, a quem será que ela puxou? E Lucía cada dia mais esperta. Aliás, o papai vive dizendo que parece mais sua filha do que minha. Ela lembra você pra caramba.

Sorrio ao ouvir isso e Raquel pergunta:

— E vocês, como estão?

Penso no meu alemão favorito, na sua mágoa, na minha tristeza, e respondo:

— Ótimo. Flyn está no colégio, e Eric viajando, mas vai voltar logo.

— Sei como é. Com certeza quando vocês se reencontrarem vão se curtir à beça.

Rio para não chorar. Se ela soubesse! Mas a alegria da minha irmã me deixa de bom humor, ainda mais quando ela exclama:

— Tenho uma coisa pra te contaaaaaaaaaar.

— O quê?

— Adivinhaaaaaaaaa...

— Raquel, chega de mistério e desembucha!

— Sabe quem está na Espanha? — E, antes que eu possa responder, ela diz empolgada: — Meu casinho selvagem!

— Não me diga! — exclamo divertida.

— Exatamente o que você ouviu.

— Uau!

— Pois é — cochicha Raquel e acrescenta: — E falou que não consegue deixar de pensar em mim e que está louco por mim.

Surpresa, fico em silêncio.

— Fofaaaaaaa, você está aí?

— Estou, sim, é que você acaba de me deixar sem palavras.

— Eu sei, você ficou do jeito que eu fiquei ontem, quando abri a porta e dei de cara com meu mexicano, tão alto, tão gato, tão cavalheiro, segurando um lindo buquê de rosas brancas e...

— Uauuuu, rosas brancas... suas preferidas.

— Éééééé. Mas, calma, que ainda não te contei a melhor parte. Quando abri a porta, ele me disse com toda a sua pinta de galã mexicano: "Meu docinho lindo, se cada vez que eu pensasse em você uma estrela se apagasse, não haveria no céu nenhuma estrela que brilhasse." Aiiiiii, Deusssssssss! Ai, Deusssssssssss! Só faltavam os *mariachis*, aqueles músicos mexicanos, atrás dele, mas quase desmaio de tanta emoção.

— Que máximo! — Dou várias gargalhadas com sua história, após dias sem rir.

— Foi a coisa mais romântica que já aconteceu na minha vida, fofa. Esse homem é... é... diferente... muito diferente. E, quando está comigo, faz com que me sinta uma princesa de conto de fadas. Me olha com intensidade, me beija com loucura, me toca com paixão e me...

— Para, para, que você já está sonhando acordada...

Nesse instante, tenho a sensação de estar assistindo à novela *Loucura Esmeralda*, com minha irmã e Juan Alberto como protagonistas. Espanha, México, sabe-se lá o que podem inventar.

— E o melhor de tudo — prossegue com voz melosa — é que, quando veio aqui em casa, olhou para o papai e disse: "Senhor Flores, venho pedir formalmente a mão de sua linda filha."

— Nossa, Raquel!

— Pois é! — grita minha irmã, e eu tenho que afastar o telefone do ouvido.

Rio, tenho mesmo é que rir, e pergunto:

— Está dizendo que vocês vão casar?

— Não.

— Mas você acaba de dizer que ele pediu sua mão ao papai.

— Sim, ao papai, mas eu já me encarreguei de dizer que não, nem aqui nem na China.

— Como assim?!

— É, fofa... tinha só que ver a cara dele quando eu disse que não dava minha mão a ninguém, que já tinha feito isso uma vez com um sujeito tapado e que minha mão era minha e de ninguém mais.

Morro de rir. Minha irmã é muito engraçada.

— Afinal, você está noiva dele ou não?

— Não. Sou uma mulher moderna e agora saio para jantar com quem eu quiser e quando eu quiser. E mais: hoje marquei com Juanín, o da loja de eletrodomésticos que fica ao lado da oficina do papai, e Juan Alberto está todo ofendido com isso.

— Normal, Raquel, se o coitado se despencou do México até aí, veio com aquele papo super-romântico sobre as estrelas, acompanhado de um buquê das tuas flores preferidas, pediu tua mão ao papai... Como você quer que ele se sinta?

— Que se dane. Pra ver se ele se toca e percebe que não vou parar minha vida e ir atrás dele só por causa de meia dúzia de palavras carinhosas.

— Mas, Raquel...

— "Mas" nada.

— Você não disse que ele é especial e que faz você se sentir como...?

— É, mas não quero sofrer por mais um carinha.

Minha irmã está coberta de razão. Sofrer por amor é horrível, mas eu insisto:

— Juan Alberto não é o José. Tenho certeza de que ele quer algo sério contigo e...

— Estou com medo. Já disse. Estou com medo!

Eu entendo.

Ela passou por poucas e boas e agora tem pavor de voltar a sofrer. Mas, pelo pouco que conheço desse mexicano, sei que é diferente do meu ex-cunhado. Juan Alberto também sofreu por amor e estou convencida de que Raquel é a pessoa de que ele precisa e vice-versa. Mas, querendo que minha irmã se decida por conta própria, acrescento:

— É normal que você tenha medo, mas nem todos os caras são iguais. Se está com medo, vai com calma. Mas acho que, se você não quer perder Juan Alberto, tem que aproveitar essa chance ou logo vai se arrepender. Prioriza o que você quer e o que vai te fazer mais feliz.

— Ai, fofa.... você acaba de dizer a mesma coisa que o papai. — Faz uma pausa e diz: — Falando nele, acho que quer dar uma palavrinha contigo. Bom, fofa, a gente se fala outro dia, que preciso ir ao salão e ficar linda pra sair com Juanín mais tarde.

— Tchau, louca, e se comporta — respondo, rindo.

Instantes depois, ouço a voz do meu pai e me emociono. As lágrimas brotam sem parar, enquanto tapo a boca para que ele não escute nenhum gemido. Se ele soubesse que estou grávida, ficaria radiante. Mas, se soubesse da minha situação com Eric, ficaria supertriste.

— Como está minha moreninha?

Arrasada... completamente arrasada, mas respiro fundo e digo:

— Bem, e você, pai, como está?

Ele abaixa a voz e cochicha:

— Ah, minha querida... tua irmã me deixa doido. E ainda por cima agora tem esse mexicano por aqui.

— Eu sei, ela acabou de me contar.

— E o que você achou?

Enxugo as lágrimas que escorrem pelo meu rosto e respondo:

— Ai, pai, não sei o que te dizer. Acho que é a Raquel quem tem que decidir.

Meu pai dá uma risada e afirma:

— Eu sei, filha. Mas até que isso passe ela vai me deixar louco. Se bem que ela está tão feliz desde que esse mexicano apareceu, que acho que já se decidiu.

— E essa decisão te agrada?

— Pra caramba, moreninha — diz meu pai —, mas não vou dar um pio. Ela que decida sozinha.

— Sim, papai, é o melhor. Acertando ou errando, terá sido a escolha dela.

Conversamos mais um pouco, até que ele pergunta:

— E Eric?

— Está em Londres. Volta daqui a alguns dias.

— Moreninha, estou te achando tristonha. Está tudo bem por aí?

Mas que esperto é esse meu pai!

Tem talento para vidente e acabou virando mecânico.

Mas, convencida de que não devo alarmá-lo, respondo com tranquilidade:

— Tudo ótimo, pai. Ansiosa pra ele voltar logo.

— Assim que eu gosto. Ver minhas filhas felizes. — E ri empolgado.

Eu também rio, apesar de estar com os olhos cheios de lágrimas.

— Diz pro Eric me ligar pra gente combinar o dia que ele vai mandar o avião. Me disse pra não comprar passagem porque ele mandaria seu jatinho nos buscar pra passarmos o Natal todos juntos.

— Vai ser a primeira coisa que vou falar pra ele quando o vir, pai.

De repente ouço o choro de um bebê. É minha sobrinha Lucía, e isso me dá calafrios.

Meu Deus, estou grávida e logo vou ter um bebê chorando assim!

Sei de uma coisa que ninguém sabe. Pela primeira vez na vida guardo um segredo, que só quero revelar à pessoa que amo de todo o coração.

Me despeço do meu pai, desligo o telefone e volto para a cama. Até quando isso vai durar?

De repente, a porta do quarto se abre e Simona avisa rapidamente:

— Está começando *Loucura Esmeralda*.

Sem desgrudarmos os olhos da tela, vemos Luis Alfredo Quiñones, o amor de Esmeralda, beijando Lupita Santúñez, a enfermeira do hospital, e atrás da coluna Esmeralda assiste a tudo desesperada. Não consigo conter as lágrimas. Tadinha da Esmeralda! Tão apaixonada e sempre com tantos problemas. Olha, é como eu! Simona vê meu estado e me passa um lenço de papel. Eu o encharco em questão de segundos e, quando Esmeralda Mendoza, arrasada pela decepção, diz a seu filhinho "Papai te ama!", choro sem parar.

Minha nossa, que tragédia!

Quando a novela termina e eu fico sozinha de novo no quarto, meu celular toca. Olho o visor, não reconheço o número, mas atendo:

— Alô.

— Oi, Judith, aqui é Amanda.

Meu queixo cai.

Era só o que faltava!

Por que essa mulher está me ligando?

— Não desliga, por favor, que eu tenho que te falar uma coisa.

— Mas eu não tenho nada pra falar contigo.

E, quando estou prestes a apertar o botão de desligar, ouço:

— Eric está no hospital.

Minha respiração se detém.

Meu mundo desmorona, mas consigo perguntar com um fio de voz:

— O que... o que houve?

— Algumas noites atrás ele bebeu além da conta e se meteu numa briga.

Meu Deus... Meu Deus... eu sabia que ia acontecer alguma coisa. Nunca o tinha escutado tão furioso.

— Mas... mas ele está bem? — consigo balbuciar.

— Dentro do possível, sim. Tem uma fissura na perna e vários hematomas pelo corpo. Mas...

— Que foi, Amanda?

— Levou uma pancada forte na cabeça e tem hemorragia intraocular nos dois olhos.

Começo a passar mal.

Tudo gira ao meu redor...

Os olhos... seus olhos...

Quando consigo me refazer do susto, respiro com dificuldade e murmuro com a voz embargada:

— Agradeço sua ligação, Amanda. Agradeço muito. E agora, por favor, me diz em que hospital ele está.

— No St. Thomas, em Westminster Bridge Road, quarto 507.

Anoto rapidamente num papel. Minha mão treme e acho que vou vomitar.

Dois minutos depois, as lágrimas, minhas grandes companheiras nos últimos dias, voltam a cair. Desesperada, me sento na cama e choro pelo meu amor.

Por que ele não me ligou?

O que faz sozinho num hospital?

Quero ver Eric.

Preciso abraçá-lo e sentir que está bem.

Meu estômago dá um sinal e eu corro até o banheiro.

Quando saio, pego o celular, aperto a discagem rápida e ouço dois toques até atenderem. Murmuro em meio às lágrimas:

— Björn, preciso da sua ajuda.

26

Quando eu e Björn chegamos à porta do hospital St. Thomas, estou péssima. Vomitei várias vezes durante o voo e o coitado não sabe mais o que fazer para que eu fique bem. Atribui meu estado ao nervosismo e à minha preocupação, e deixo que ele pense assim.

Fico bufando na recepção. Björn me segura pela cintura para me acalmar e pergunta:

— Está melhor?

Digo que sim. É mentira, mas não quero preocupá-lo.

Ele me olha com um sorriso triste, pega minha mão e diz:

— Fica tranquila, logo, logo ele vai estar bem e tudo se resolverá.

Concordo com um gesto e agradeço aos céus por ter um amigo como ele. Quando telefonei, em menos de vinte minutos ele já estava na minha casa disposto a me ajudar em tudo o que fosse necessário. Inclusive, quando contei o que houve, deixou de lado a raiva que poderia estar sentindo de Laila e a revolta pelas acusações do amigo, e se concentrou em me consolar e me dizer que tudo ia ficar bem.

Não ligo nem para a mãe nem para a irmã de Eric. Primeiro quero ver como ele está e só depois vou avisá-las. Mas de uma coisa eu tenho certeza: não vou permitir que ninguém encoste nos olhos dele sem Marta saber.

Apavorada, penso em seus olhos incríveis. Como algo tão bonito pode ter sempre tantos problemas?

Quando o elevador chega ao quinto andar, meu coração dispara.

Estou assustada. Acho que vou ter uma parada cardíaca. Enquanto isso, Björn pergunta a uma enfermeira em que corredor fica o quarto de Eric Zimmerman.

Caminhamos em silêncio e, sem perceber, pego de novo a mão de Björn. Ele aperta a minha com força.

Diante da porta do quarto 507, nos olhamos e digo, após um silêncio significativo:

— Quero entrar sozinha.

— Te dou três minutos. Depois eu também vou entrar.

Aflita, abro a porta e entro. Tudo está quieto. Meu coração bate acelerado quando vejo Eric com os olhos fechados. Está dormindo. Com cuidado para não fazer barulho, me aproximo e fico observando-o. Está com a cara amassada, o lábio rasgado e uma perna engessada. Seu aspecto é horrível. Mas eu o amo, não importa como esteja.

Preciso tocá-lo...

Quero beijá-lo...

Mas não me atrevo. Tenho medo de que abra os olhos e me expulse.

— O que você está fazendo aqui?

Sua voz rouca me faz dar um pulo e, quando olho para ele, tenho a sensação de que vou desmaiar.

Ai, meu Deus... seus olhos.

Seus lindos olhos estão encharcados de sangue e seu estado é horrível. Minha respiração se acelera e, levantando a voz, ele pergunta:

— Quem te avisou? Que diabos você está fazendo aqui?

Não respondo. Apenas observo. E ele grita:

— Fora! Sai já daqui!

Sem dizer nada, me viro, saio do quarto e me ponho a correr pelo corredor. Björn dispara atrás de mim e me detém. Ao ver como estou, ele tenta me acalmar.

Quero vomitar. Digo isso a ele, que rapidamente pega um cesto de lixo e me entrega. Quando volto ao normal, meu bom amigo, com uma seriedade que eu não conhecia, diz:

— Não sai daqui, ok?

Concordo e vejo que ele caminha até o quarto de Eric.

Abre a porta com ímpeto. Ouço as vozes dos dois. Discutem. Várias enfermeiras, ao ouvirem a briga, entram para ver o que está acontecendo. Instantes depois, Björn sai contrariado de lá, me pega pelo braço e diz:

— Vamos. Amanhã a gente volta.

Estou paralisada e assustada e me deixo guiar.

Não quero sair dali, mas sei que não posso fazer nada no corredor.

Nessa noite dormimos em um hotel de Londres. Eu mal prego o olho. Só consigo pensar no meu amor e na sua solidão naquele hospital.

Na manhã seguinte, Björn passa no meu quarto para me buscar. Preocupa-se com meu estado. Estou pálida. Quando chegamos de novo ao hospital, sinto um embrulho no estômago. Eric com certeza pedirá que eu vá embora. Mas desta vez não vou obedecer. Precisa escutar o que tenho a dizer.

Novamente diante do quarto 507, peço para Björn me deixar entrar sozinha.

Ele não quer concordar, mas acaba cedendo.

Com as mãos trêmulas e supertensa, abro a porta. Desta vez Eric está acordado e, ao me ver, sua expressão já assustadora se contrai e ele rosna:

— Sai daqui, pelo amor de Deus.

Entro e, sem a fraqueza do dia anterior, me aproximo dele e peço:

— Pelo menos me diga que está bem.

Sem me olhar, responde:

— Estava bem até você chegar.

Suas palavras me magoam, me matam, e ao ver que não digo nada, ele continua:

— Sai daqui. Não liguei porque não quero te ver.

— Mas eu, sim, quero te ver. Me preocupo com você e...

— Se preocupa? — grita, cravando em mim seus impactantes olhos ensanguentados. — Já chega disso, por favor... Vai com teu amante e some da minha vida.

A porta se abre e Björn entra com fúria. O rosto de Eric se endurece ainda mais e ele exclama:

— Isso aí já é demais pra mim. Fora do quarto os dois agora.

Não nos movemos, e Eric, gritando, insiste:

— Quero que vocês saiam já daqui. Fora!

Sua voz dura me faz reagir e, sem levar em conta seu péssimo estado, me fixo nesses olhos que não reconheço como sendo os do meu amor e solto:

— Vim te dizer ao vivo e a cores: babaca!

Minha resposta o desconcerta, e Björn entra na briga:

— Como pode ser tão imbecil? Como ousa pensar algo assim de Jud e de mim?

— Eu e você conversaremos quando eu me recuperar — diz Eric, rosnando. — Agora, saiam já daqui. Não quero falar com vocês.

— Mas a gente vai falar, sim — rebate Björn. — E, enquanto isso, deixa de ser idiota e se comporta como o homem que eu sempre acreditei que você fosse.

— Björn... — diz Eric.

Björn, muito irritado, afirma:

— Não me importa seu estado, sua perna, sua cara machucada ou seus olhos, daqui não saio até ver essas provas que você diz ter contra nós. Babaca!

Ouvir essa palavra da boca de Björn nesse momento de tanta tensão me faz rir, apesar de a situação não ter nada de engraçado. Que situação horrível!

Eric esbraveja. Diz um monte de palavrões em alemão, mas nós nem nos mexemos. Isso não nos assusta. Não iremos embora sem esclarecer as coisas de uma vez por todas.

Fico enjoada de novo.

Olho ao redor à procura do banheiro. Quando localizo, entro rapidamente e vomito. Estou péssima. Me sento na privada, até que Björn aparece lá dentro e murmura com carinho:

— Se você está mal, vamos embora.

— Estou bem, não se preocupa. Só preciso que Eric acredite na gente.

— Ele vai acreditar, linda. Prometo.

Minutos depois, saímos do banheiro e Eric continua com a cara séria. Me sento em uma das cadeiras e observo em silêncio como Björn e ele iniciam uma nova discussão. Chamam-se de tudo e me mantenho à margem. Não tenho forças nem para falar.

Eric evita olhar para mim.

Sabe que, quando faz isso, eu me apavoro. Seus olhos de vampiro da Transilvânia assustam e sei que ele tenta não me mostrá-los.

Uma enfermeira entra para saber o que está acontecendo. Eric pede que ela nos expulse, mas Björn, usando todo o seu charme, fala gentilmente com a mulher e consegue tirá-la do quarto.

Eric e eu estamos sozinhos. Me armo de coragem e, diante da sua expressão de assombro, me levanto e declaro:

— Não vou a nenhum lugar sem você. E agora mesmo vou ligar pra sua mãe e sua irmã e avisá-las do que está acontecendo.

— Porra, Judith. Não se mete nisso.

— Me meto porque você é meu marido e eu te amo, entendido?

Iceman me olha em sua versão mais sinistra e devastadora e diz com fúria:

— Jud...

Bom, ao menos me chamou pelo meu apelido. A coisa está indo bem. A fera está amansando e insisto:

— Quando eu estive no hospital, você me acompanhou. Não se desgrudou de mim um segundo, e agora...

— Agora você vai se mandar — me corta.

— Bom, sinto te dizer que não. — E, encarando-o, sento na poltrona ao lado da sua cama, tiro o celular da bolsa e digo: — Se você quiser, levanta e me expulsa. Enquanto isso, vou continuar aqui.

Me olha... me olha... e me olha.

Eu o olho de volta.

Espanha contra Alemanha. Começa a partida!

Sabe que não pode fazer nada e que não vou embora. A porta se abre e Björn entra de novo, chega perto da cama e diz:

— Vamos, meu caro, estou morrendo de vontade de ver essas provas. Me mostra.

Com expressão de cansaço, Eric nos manda pegar o notebook. Björn entrega a ele, que o abre, digita algumas coisas, vira a tela para nós dois e ordena:

— Quero que vocês deem o fora daqui, assim que virem isso.

Rapidamente me levanto.

Björn abre um vídeo. Em seguida reconheço o Guantanamera. Björn e eu estamos conversando no balcão, e dá para ouvir o seguinte trecho:

— E, se não é muita indiscrição da minha parte, de que tipo de mulher você gosta?

— Tipo você. Inteligentes, bonitas, sensuais, sedutoras, espontâneas, meio piradas, desconcertantes, e adoro que me surpreendam.

— Eu sou tudo isso?

— Sim, linda, você é!

Aflitos, eu e Björn nos entreolhamos. Visto assim, realmente parece ser o que não é.

No vídeo seguinte, estamos nos divertindo dançando na pista. Depois aparece uma série de fotografias de nós dois caminhando pela rua de braços dados ou sentados num restaurante brindando com vinho.

Incrédulos, voltamos a olhar um para o outro. Eric se irrita ainda mais e pergunta:

— E aí, o que vocês têm a dizer? Quem está mentindo aqui?

A fúria, a raiva e o desespero me corroem e, fechando o computador com força, grito:

— Seu babaca!

No meu impulso fechei o notebook com tanta força que Eric se contrai de dor ao sentir o golpe na perna. Reclama:

— Não volte a me insultar ou...

— Ou o quê, seu cabeça-dura desgraçado? — Furiosa, atiro meu celular no peito dele. — Ou vai me expulsar da sua vida? Olha aqui, meu querido, vai passear, vai!

Björn me olha. Tenta me acalmar, mas a essa altura eu já virei um monstro. Pego minha bolsa e saio do quarto. Caminho até o elevador, até que Björn me para:

— Aonde você vai?

— Pra bem longe daqui. Longe dele e longe de... de...

— Jud...

Paro. O que estou fazendo? Aonde penso que vou?

Abraço Björn e ele diz:

— Sabemos que aquilo que vimos aconteceu mesmo, mas sem nenhum tipo de malícia. Agora só temos que explicar ao teimoso do seu marido e meu amigo e fazê-lo entender o jogo sujo da Laila.

Me deixo convencer e, quando entro no quarto, vejo a cara irritada de Eric, mais contrariado que segundos antes. Chego perto dele e digo:

— Laila filma a gente, faz uma montagem com as gravações e você acredita nela? Essa é a confiança que você tem em mim, em sua mulher?

Largo a bolsa sobre a cama e volto a esbarrar em Eric sem querer. Ele me olha e eu solto:

— Que merda!

Ele bufa. E Björn, ao ver que vamos começar a brigar, intervém:

— As fotos são do dia em que Jud foi ao escritório assinar os papéis que você queria que ela assinasse. Depois eu a convidei para almoçar, como fiz outras vezes contigo, com Frida e com qualquer um dos meus amigos. O que te faz supor que dessa vez foi diferente?

Eric não responde e Björn, aborrecido, insiste:

— Somos amigos há muitos anos e sempre confiei 100% em você. Me dói que você pense que eu, um amigo seu, vá jogar sujo com você. Você acha que por uma trepada com Judith arriscaria perder nossa amizade? — Sua voz irritada me faz olhar para ele quando prossegue: — Gostaria de te lembrar, amigo, que é você quem me oferece tua mulher e quem curte o que fazemos a três. A três! E, sim, eu adoro. Gosto de Judith. Te disse isso logo que você me apresentou a ela e mais tarde, cada vez que vocês discutiam. Mas também te disse que vocês foram feitos um para o outro e que você não deve permitir que nada nem ninguém interfira nas suas vidas. Vocês dois são muito importantes pra mim. Você, porque é como um irmão pra mim, e ela porque é tua mulher e uma pessoa excelente. Amo os dois e fico muito triste em saber que você duvida de mim.

Eric não responde. Apenas escuta, e Björn continua:

— Nossa amizade é especial e eu só encostei na sua mulher quando você permitiu. Quando pisei na bola contigo em algo assim? Quando você brigou comigo ou eu briguei contigo por causa de um jogo sujo? Se antes, quando você não estava casado, sempre te respeitei, por que não faria isso agora? Por acaso uma mulher estúpida como a Laila merece mais confiança do que Jud e eu?

Eric o encara. Sofre com suas palavras, mas Björn insiste:

— Você é bastante inteligente para saber quem gosta de você e quem não. Se você chegar à conclusão de que Jud e eu mentimos, vai sair perdendo, amigo, porque, se alguém te ama e te respeita neste mundo, esse alguém somos nós. E, para que essa confusão se desfaça, quero que saiba que Norbert vai trazer Laila ao hospital. Vai chegar aqui furiosa, mas quero que ela esclareça isso tudo de uma vez por todas. Na frente de Jud, de você e de mim.

Sem dizer mais nada, meu querido Björn se vira para mim e, antes de ir embora, diz:

— Vou estar lá fora.

Dito isso, sai e nos deixa a sós no quarto. As palavras brotaram diretamente do seu coração, e tenho certeza de que Eric sabe disso. Com cara mal-humorada, fecha os olhos.

— Ele disse a verdade. Laila sacaneou todo mundo — insisto.

Eric me olha. Seus olhos me deixam arrepiada e, cansada de guardar o segredo de Björn, digo:

— Sabe que eu e Björn nunca te decepcionaríamos, então por que você duvida? Não se dá conta de que eu te amo mais que tudo e ele também? — Eric não responde e eu continuo: — Vou te contar uma coisa que tenho certeza de que Laila não te contou, sobre Björn. E depois vou embora e deixarei você pensando nisso. Você confia nela porque era amiga de Hannah, né? — Ele confirma com a cabeça e prossigo: — Mas quero que saiba que, enquanto você sofria pelo que aconteceu com sua irmã, essa mulher estava se esbaldando com Leonard.

— Quê?!

— Sabia que Leonard morava no mesmo prédio que Björn?

— Sabia.

— Então, ele os flagrou na garagem, muito entretidos no banco de trás de um Mercedes que você tinha, na semana em que Hannah morreu. — Eric se espanta e eu continuo: — Depois que os viu juntos, teve uma briga feia com ela e disse para desaparecer da tua vida, senão ele te contaria tudo. Laila decidiu sumir, mas antes inventou para Simona e Norbert que Björn tentou algo com ela e rasgou seu vestido. Simona foi tirar satisfações com ele, e a sorte foi que na garagem de Björn havia câmeras e ficou gravado quem estava realmente com ela e quem foi que rasgou o vestido nesse dia.

— Eu... eu não sabia que...

— Você não sabia nada porque Norbert, Simona e Björn decidiram guardar segredo. Não queriam que você sofresse mais do que já estava sofrendo pela morte de Hannah. Mas agora Laila quis se vingar de Björn registrando essas imagens dele comigo. Ele a afastou de você, mas agora ela quer afastar nós dois da sua vida.

Minha revelação o deixa sem palavras. Nesse momento a porta se abre e entram Björn, Norbert e Laila. Os três de cara amarrada.

Assim que a vejo, vou em sua direção e lhe dou um belo de um tapa. Ela tenta devolver a agressão, mas Björn a segura e eu grito:

— Vamos ver agora de quem é o "mundo perfeito" que vai desmoronar.

Eric assiste a tudo da cama. Sua expressão é indecifrável.

Quando Björn, como bom advogado, tenta fazê-la falar, Laila procura escapulir, mas, ao se sentir pressionada e encurralada, ela enfim desembucha. Transtornado, Eric a escuta e, quando ela sai com Björn e Norbert, ele solta uns palavrões. Está desconcertado, furioso e magoado.

Louca para abraçá-lo, dou um passo à frente, mas ele me detém com um gesto duro. Não me quer por perto. Durante alguns minutos fico só encarando-o em silêncio à espera de um olhar, uma expressão, alguma coisa! Mas ele não olha.

Maldito cabeça-dura!

Espero e espero, mas o tempo passa e eu me desespero. Por fim não aguento mais:

— Há alguns dias, quando eu soube que você viria a Londres e fiquei com ciúmes de Amanda, você me fez ver que não deveria me preocupar, porque eu era a única mulher que você amava e desejava. Acreditei em você, confiei em você. Agora só falta você confiar em nós dois e, principalmente, em mim.

Silêncio...

Não diz nada...

Nem me olha... E, nervosa e com vontade de chorar, continuo usando todas as cartas guardadas na manga:

— Tenho no corpo uma tatuagem que diz "Peça-me o que quiser" e que eu fiz por você. Tenho no dedo um anel que diz "Peça-me o que quiser, agora e sempre", que você me deu de presente. — Continua sem olhar para mim. — Te amo. Te adoro. Sabe que sou capaz de virar o mundo do avesso por você, mas, como chegamos a um ponto em que você não me deixa te abraçar e eu me sinto péssima porque vejo que você não quer nem mesmo olhar pra mim, vou apostar todas as minhas fichas e só te dizer uma coisa: "Peça-me o que quiser ou deixe-me." — Minha voz está embargada e, sem me virar para ele, concluo: — Estou indo. Vou deixar você pensando no assunto. Se quiser que eu volte, porque você me ama e precisa de mim, já sabe o número do meu celular.

Pego minha bolsa, dou meia-volta e, sem olhar para trás, saio do quarto.

Björn está sentado do lado de fora. Ao ver meu estado, se levanta e me abraça.

Estou com falta de ar...

A angústia toma conta de mim...

Acabo de deixar o homem que mais amo na vida...

As lágrimas voltam a brotar sem parar e Björn sussurra:

— Fica calma, Judith.

— Não consigo... não consigo...

Ele balança a cabeça. Tenta me consolar e murmuro desesperada:

— E os olhos dele? Você viu os olhos dele?

— Vi... — responde preocupado e, esforçando-se para mudar de assunto, diz: — O problema da perna é uma fissura simples. Uma das enfermeiras acabou de confirmar isso.

Choro de impotência e digo soluçando:

— Não... não... não me deixou abraçá-lo, nem olhar pra ele. Não disse nada.

Björn solta um palavrão, mas em seguida afirma:

— Eric não é bobo, e te ama.

E se na verdade não me amar?

Björn parece ler meus pensamentos. Segura meu rosto com as duas mãos e diz:

— Te ama. Eu sei disso. É só ver como te olha pra saber que o tapado do meu amigo não pode viver sem você.

— É um babaca.

Ambos sorrimos e Björn concorda:

— Um babaca que te ama loucamente. Tomara que um dia eu encontre uma mulher tão pirada, divertida e carinhosa como você, que faça eu me sentir do mesmo jeito que Eric.

— Você vai encontrar, Björn. Vai encontrar e logo, logo vai reclamar dela como Eric reclama de mim. — Voltamos a sorrir e eu murmuro: — Obrigada por resolver a história da Laila.

Meu amigo querido acena com a cabeça e eu pergunto:

— Onde está Norbert?

— Foi embora com a sobrinha. Tinha que falar com ela.

Coitado desse homem, que desgosto ela lhe deu!

Por fim Björn me segura e diz:

— Vem, vamos comer alguma coisa. Você está precisando.

Rejeito a ideia. Não quero comer e, com o coração dilacerado, sussurro:

— Quero voltar pra casa.

— Como assim?!

— Quero voltar pra Alemanha. Eu disse a ele que deveria decidir o que fazer com nossa relação e que me ligasse pra me avisar. Mas não liga, está vendo?

— Mas... o que você está dizendo? — diz Björn, protestando. — Agora você é que ficou maluca? Como você vai embora?

Engulo a emoção engasgada na minha garganta e digo:

— Apostei todas as minhas fichas, Björn. Disse a ele pra pedir o que quiser ou me deixar. Agora só falta ver se realmente me quer ao lado dele. Mas não quero ficar em cima dele. Quero que pense bem e decida o que fazer.

Meu amigo tenta me convencer a não ir embora, mas me recuso. Estou cansada, muito cansada, e não me sinto bem. A frieza e a rejeição do meu marido atingiram em cheio meu coração.

Ao fim, Björn se dá por vencido, pegamos o elevador, chegamos à recepção e, quando vamos sair do hospital, ouvimos uns gritos e eu me assusto. Assim que me viro, fico sem palavras quando vejo Eric se debatendo contra duas enfermeiras e gritando:

— Jud... espera... Jud...

Meu coração dispara, enquanto Björn e eu assistimos à cena.

A poucos metros de nós está Iceman em sua versão irritada, vestido com a camisola ridícula do hospital, soltando palavrões a torto e a direito, enquanto tenta se desvencilhar das enfermeiras que não se deixam abalar.

Como se tivessem pregado meus pés no chão, não consigo me mexer. Björn diz:

— Pelo que vejo, Eric já decidiu o que ele quer.

Meu louco amor de repente vê que estou olhando para ele, levanta a mão e grita para eu ficar onde estou. Depois empurra as enfermeiras e, arrastando a perna engessada, chega até nós.

— Te liguei, querida — diz, mostrando meu celular. — Te liguei pra você voltar, mas você deixou o telefone no quarto.

Meu coração quase sai pela boca.

De novo meu amor, meu louro, meu Iceman, demonstra que me ama e, já pertinho, diz:

— Desculpa, querida... Desculpa.

Não me mexo...

Não digo nada...

Eric está todo tenso. Está nervoso. Quer que eu me manifeste, que eu diga algo, e insiste:

— Sou um babaca.

— Sim, meu caro, você é mesmo — afirma Björn.

Meu lindo estende a mão a seu grande amigo e, instantes depois, eles se abraçam e eu ouço Eric dizer:

— Sinto muito, Björn. Me perdoa.

Emocionada, assisto à cena junto com metade do hospital, até que Björn sussurra:

— Está perdoado, babaca.

Ambos sorriem.

Depois se soltam e as enfermeiras voltam a puxar Eric. Pedem que ele volte ao quarto. Em seu estado não pode ficar ali.

Tensão.

Todo mundo na recepção nos observa. Isso é surreal! Um cara de quase dois metros, com uma camisola de hospital que mostra mais do que esconde, luta de novo com as enfermeiras e, quando consegue tirá-las de cima dele, me olha, me olha e me olha.

Sem se importar com todo mundo que está em volta, suplica:

— Te amo. Fala alguma coisa, querida.

Mas continuo em silêncio e ele insiste:

— Não vou te deixar, pequena. Você é minha vida, a mulher que amo, e preciso que me perdoe e que não me abandone por eu ter sido tão...

— ... babaca — concluo a frase.

Eric concorda. Vejo que precisa receber um abraço meu. Mas, surpreendentemente, estou tão paralisada, que mal consigo piscar. Então, apertando uma tecla do meu celular, faz soar o toque da chamada. É a música *Si nos dejan*.

— Prometi cuidar de você pelo resto da vida e é isso que pretendo fazer — murmura.

Ponto para a Alemanha!

Nos olhamos...

Nos encaramos...

E, com vontade de abraçá-lo pelo que acaba de fazer e dizer, dou um passo à frente e digo:

— Número um, que fique claro que, pra eu te deixar e querer viver sem você, algo muito... muito... muito ruim tem que acontecer. Número dois, continuo querendo que você cuide de mim por toda a vida, mas nunca mais volte a duvidar de mim ou de Björn. E número três: por que você está mostrando a bunda pro hospital inteiro?

Sorri, eu sorrio também e todos ao nosso redor fazem o mesmo.

Quando me atiro em seus braços e sinto que me abraça, fecho os olhos e fico radiante, enquanto as pessoas aplaudem e sorriem, e Björn vai para trás do seu amigo e cochicha:

— Cara, corre já pro quarto e para de mostrar a bunda.

Meus hormônios enlouquecidos me deixam à flor da pele e, quando minhas lágrimas molham o peito de Eric, ele me aperta mais contra si e murmura:

— Não chora, querida... Por favor, não chora.

Mas estou tão emocionada...

Tão feliz...

E tão preocupada com ele...

Que choro e rio descontroladamente.

Cinco minutos depois, acompanhada por Björn e pelas enfermeiras, voltamos ao quarto. Eric arrancou o soro e agora precisam colocá-lo novamente. As enfermeiras o repreendem, e ele não para de me olhar e sorrir.

Sou a pessoa mais importante da sua vida!

Ao ver que está tudo em ordem, Björn desce até a cafeteria para comprar alguma comida. Insiste que preciso comer, e Eric logo o apoia. Esses dois, hein?!

Quando ficamos sozinhos no quarto, Eric me pede que deite ao seu lado na cama. Obedeço. Ele me abraça, e preocupada, quero saber:

— Você está bem, querido?

— Já tive dias melhores, mas vou ficar bem.

Seus olhos me assustam. Não consigo deixar de olhar para eles.

— Fica tranquila, tudo vai se resolver — murmura.

— A cabeça está doendo?

Eric faz que sim e fico ainda mais preocupada, até que ele diz:

— Mas tudo está sob controle.

Sorri com uma expressão carinhosa, passa a mão no meu queixo e acrescenta:

— Como você diz, te amo mais que tudo na vida.

Me lanço em sua boca e ele emite um grunhido de dor.

— Ai, querido, desculpa, sinto muito.

Sorri e diz:

— Eu é que sinto, moreninha. Não poder te beijar é uma tortura.

Volta a me abraçar e, quando me separo dele, digo:

— Apesar do seu visual assustador por causa desses olhos de vampiro furioso, você continua sendo o homem mais lindo, sexy e babaca do mundo. — Eric sorri e brinco: — E agora que metade do hospital já viu sua bunda e outras partes do seu corpo, sei que sou a mulher mais invejada que existe.

Seu sorriso é um alimento para minha alma. Logo sussurra:

— Meu Deus, pequena... me desculpa por desconfiar de você. Te amo tanto que, quando vi aquelas malditas imagens, fiquei meio bloqueado e perdi a razão.

— Está desculpado e espero que não volte a desconfiar.

— Com certeza não. Te prometo.

— Ah, aliás, foi Amanda quem me avisou. Você estava certo, ela me respeita.

Morrendo de vontade de lhe contar o que estou escondendo de todo mundo há vários dias, digo:

— Tenho uma coisa pra te contar, mas primeiro você precisa me soltar.

Eric faz uma cara contrariada e responde:

— Conta logo. Agora quero continuar te abraçando.

Dou uma risada e, aninhando-me em seus braços, murmuro:

— Tá bom, mas quando eu te contar você vai ficar triste de não ter sabido antes.

— Sério?

— Seriíssimo.

Eric é dominado pela curiosidade. Beija o alto da minha cabeça e pergunta:

— É uma coisa boa, né?

— Acho que sim. Se bem que, considerando essa situação toda que a gente acabou de viver, não sei como você vai encarar isso!

— Não me assuste.

— Não estou te assustando.

— Jud...

Dou de ombros e não me mexo. O calorzinho do seu corpo me faz superbem. E sua voz no meu ouvido mais ainda. Começa a fazer cafuné no meu couro cabeludo. Ai, meu Deus, que delícia! Dois minutos depois, me solta, não aguenta mais de curiosidade:

— Fala logo, quero saber.

Suspiro de um jeito sedutor, levanto da cama e ando até minha bolsa. A notícia que estou prestes a lhe dar vai enlouquecê-lo. Abro a bolsa, pego um envelope volumoso e mostro para ele. Eric ergue uma sobrancelha. Rindo, peço para ele esperar, tiro o lenço que estava enrolado no meu pescoço, me viro para ele e digo:

— Olha como estou.

Ao ver meu pescoço avermelhado e quase em carne viva, pula da cama, alarmado.

— Caramba, querida, o que houve contigo?

— As brotoejas e o nervosismo me atacaram.

Boquiaberto, volta a olhar para mim e murmura:

— A culpa é minha.

— Em parte é — confirmo. — Já sabe o que me acontece quando fico nervosa.

Sem que Eric entenda nada, entrego a ele o envelope e, achando graça da situação, peço:

— Abre.

Assim que ele abre, os quatro testes de gravidez caem sobre a cama. Fica apalermado, sem saber o que dizer.

Chego mais perto dele, pego a foto de Medusa que a ginecologista me deu e exclamo:

— Parabéns, senhor Zimmerman, você vai ser papai.

Sua cara é indescritível e, achando graça da sua falta de reação, aviso:

— Prepare-se, porque eu, desde que soube que Medusa está dent...

— Medusa?!

— É assim que eu a chamo — respondo, apontando a imagem da foto.

Paralisado, entende do que estou falando e continuo:

— Mas, então, desde que soube que Medusa está dentro de mim, não durmo, não como e tenho um mau humor que você não imagina, porque estou assustada. Muito assustada! Vou ser mãe e não estou preparada.

Aturdido como poucas vezes o vi, Eric faz menção de se levantar.

Mas o que ele vai fazer?

Rapidamente o detenho. Se ele volta a arrancar o soro, as enfermeiras nos matam.

Nos olhamos. Eu sorrio, me aninho nele outra vez, e ele me abraça com tanta força que sou obrigada a dizer:

— Querido... querido... você está me sufocando.

Me solta, me beija e se encolhe de dor. Me abraça de novo. Volta a me olhar fixamente. Observa os testes e, emocionado, pergunta com voz embargada:

— Vamos ter um bebê?

— Pelo visto, sim.

— Uma moreninha?

— Ou um lourinho?

Sorri. Está nervoso.

Ficamos assim abraçados por um tempo e juntos analisamos a ultrassonografia e rimos, rimos, rimos, até que de repente ele pergunta:

— Pequena, você está bem?

Sua alegria é minha alegria.

E, como quero ser sincera, respondo:

— A verdade é que não, querido. Estou um trapo. Já faz dias que não paro de vomitar, de chorar e de coçar o pescoço. Penso o tempo inteiro na Medusa. E, se além disso tudo você considerar que de repente meu marido não me queria mais e me acusava de traí-lo com seu melhor amigo, como quer que eu esteja? — Antes que ele diga qualquer coisa, explico: — Maaaaaaas... agora, neste instante, neste exato momento, e estando ao seu lado, estou bem, muito... muito bem.

Eric volta a me abraçar.

Está tão surpreso com a notícia que mal consegue falar. Num tom íntimo que sei que o deixa louco, murmuro:

— Fique você sabendo que, apesar da minha gravidez, você vai ser castigado por desconfiar de mim.

Sorri. Nesse momento a porta se abre e Björn aparece. Eric se vira para ele e, eufórico de tanta alegria, pergunta:

— Quer ser o padrinho da minha Medusa?

27

No dia seguinte, Björn e Norbert voltam para a Alemanha. Björn tem duas audiências e não pode faltar. Telefono para Marta e Sonia. Elas se assustam ao saber o que houve e embarcam depressa para Londres.

Marta, ao ver o estado dos olhos do irmão, se reúne com os médicos do hospital. Afinal decide esperar para ver se o tempo ou a medicação vão resolver. Caso contrário, ela vai marcar uma operação lá na Alemanha para drenar o sangue. Esclarecido esse ponto, o médico programa a alta para dois dias depois.

Eba, vamos poder voltar para casa!

Sonia fica louca ao saber que vai ter outro neto, e Marta também comemora. Todos vibram com a notícia de que a família aumentará. Frida e Andrés telefonam e se acalmam ao falar diretamente com Eric, e não dá nem para descrever a alegria que sentem ao saber da minha gravidez.

Quando ligamos para Flyn e o colocamos na linha com Eric, não contamos que estou grávida nem a ele nem a Simona. Norbert vai guardar segredo até nossa volta.

Uma tarde em que estou com Eric no quarto, Amanda vem fazer uma visita.

Sua presença continua me incomodando, mas reconheço que o que ela fez por mim me fez ver que ela não era a pessoa que eu imaginava. Ela fica uma hora falando de trabalho com Eric e decido aproveitar um minutinho e ligar para o meu pai. Quero lhe dar a notícia.

Emocionada e nervosa ao mesmo tempo, saio do quarto e disco o número de Jerez. Após dois toques, minha sobrinha Luz atende:

— Titiaaaaaaaaaaaaaa!

— Oi, mestra Pokémon, tudo bem?

— Como diria o vovô, fodida mas feliz.

— Luz! Olha a boca suja! — eu a repreendo.

É tão espontânea, tão autêntica, que não consigo deixar de sorrir.

— Hoje a professora Colines me deu 4 num trabalho que merecia pelo menos um 7.

Dou uma risada. Me lembro da tal Colines e respondo:

— Tudo bem, querida, talvez você tenha que se esforçar mais.

— Essa bruxa com cara de ratazana pega no meu pé. Tia, eu me esforcei muito, mas é que nesse colégio eles são muito chatos.

— Bem, querida, eu acho que...

Mas de repente ela muda de assunto, exatamente como faz minha irmã, e pergunta:

— Como está o titio? Melhor?

— Sim, querida, está melhorando e daqui a alguns dias a gente volta pra Alemanha.

— Legal! E o Flyn?

— Em Munique com Simona e Norbert. Aliás, está ansioso pro Natal chegar logo e ele poder te ver de novo.

— Ele está sempre por dentro de tudo — solta com sua franqueza habitual. — Avisa que eu vou levar os jogos do Wii que eu prometi e diz pra ele se preparar, porque vou ganhar de lavada, ok?

— Claro, vou falar.

— Titia, vou passar a ligação pra minha mãe. Ela quer falar contigo. Que mala! Um beijão.

— Outro pra você, meu amor.

Sorrio. Que linda que é minha Luz!

— Fofinha, como está o Eric? — pergunta minha irmã, preocupada.

Quando liguei para ela e para meu pai e contei que Eric estava no hospital, eles quiseram ir a Londres. Mas eu impedi. Sei que Eric ficaria agoniado com tanta gente em volta.

— Bem. Depois de amanhã voltamos pra casa. Estou exausta.

— Ai, fofa... que pena que você está tão longe. Adoraria te paparicar e te dar força.

— Eu sei. Eu também gostaria que vocês estivessem por perto. Como está Lucía?

— Uma bolinha. Essa menina come muito. Qualquer dia vai acabar comendo a gente.

Nós duas rimos e eu digo:

— Você não sabe de uma coisaaaaaaaaa....

— O quê?

— Adivinha.

— Vocês vêm morar na Espanha?

— Nããããããão.

— Você pintou o cabelo de louro?

— Não.

— Meu cunhadinho te deu uma Ferrari vermelha de presente.

— Não.

— O que é, então, fofaaaaaaaa?

Dou uma risada e, doida para contar logo a novidade, eu solto:

— Acho que em breve alguém vai te chamar de tia Raquel.

O grito da minha irmã é estrondoso.

Nem Tarzan em seus melhores momentos conseguiria superá-la.

Começa a aplaudir feito louca e a ouço dar a notícia à minha sobrinha. As duas gritam e aplaudem. Não consigo parar de rir, e então escuto a voz do meu pai:

— É sério, moreninha? Sério que você vai me dar outro netinho?

— Sim, pai, é sério.

— Ah, meu amor, você acaba de alegrar minha vida. Está muito cansada, filha?

— Estou, pai, um pouquinho.

Como sempre, sua risada e sua felicidade me comovem. Falo com ele e com Raquel ao mesmo tempo. Os dois querem conversar comigo e demonstrar o quanto estão alegres. Minha irmã tira meu pai da linha e diz:

— Fofa... quando chegar em casa, me liga e a gente conversa. Tenho um monte de coisas da Lucía que podem servir pros primeiros meses. Ai, meu Deus... meu Deus... Você, grávida! Não posso acreditar!

— Nem eu, Raquel, nem eu — digo.

Ouço um barulho, e de repente minha sobrinha fala:

— Tia, posso te fazer uma pergunta?

— Claro, querida.

— O bebê vai sair com os olhos do Flyn?

Dou uma risada e escuto meu pai e minha irmã rindo também.

— Não sei, meu amor. Quando nascer, a primeira coisa que vou fazer é ver os olhos.

De novo um ruído. Agora é meu pai.

— Moreninha, você está se alimentando bem?

— Estou, pai. Não se preocupa.

— Já foi ao médico?

— Já.

— Sua irmã está perguntando se você está tomando um não-sei-o-quê folclórico.

Solto uma gargalhada.

— Sim, pai. Diz pra ela que estou tomando ácido fólico.

— Ah, moreninha, como estou feliz! Outro netinho!

— Pois é, pai, outro netinho.

— Tomara que seja menino.

Isso me faz rir e eu pergunto:

— E se for uma menina, qual é o problema?

Meu pai dá uma risada e responde:

— Nenhum, minha querida. Vou ter mais uma mocinha pra amar e paparicar.

Nós dois rimos e então ele diz:

— Eric está melhor?

— Está, sim, pai, muito melhor. Em alguns dias vai ter alta.

— Que bom, muito bom... E ele está feliz pelo bebê?

Sorrio. Eric quase não dorme desde que recebeu a notícia. Fica o tempo todo preocupado com o que eu comi e querendo saber se estou descansando e, quando vê que eu vomito, fica mal. Mesmo assim, respondo:

— Eric está como você... radiante de felicidade.

Conversamos mais alguns minutos e, quando vejo Amanda saindo do quarto, me despeço rapidamente da minha família. Ela me olha e eu digo:

— Vou te acompanhar até a saída.

Nós duas caminhamos até o elevador. Sabemos que temos algo para falar e, quando chegamos, digo:

— Obrigada por me avisar.

Amanda se vira, retira uma mecha de seu sedoso cabelo do rosto e responde, quando entramos no elevador:

— Parabéns pelo bebê.

— Obrigada, Amanda.

Então ela diz:

— Não te avisei antes porque Eric me proibiu. Mas no terceiro dia resolvi ignorar essa ordem e te contar. Você tinha que saber o que estava acontecendo.

Sorrio. Sua gentileza é de tirar o chapéu.

Dá para sentir o peso da tensão que paira entre nós duas. Quando chegamos à porta do hospital, ela conclui:

— Judith, quero que você saiba que as coisas ficaram muito claras pra mim há muito tempo. Eric é um homem feliz no casamento e não vou me meter na vida de vocês.

— Fico feliz em saber que pensa assim — respondo. — Isso vai facilitar a convivência entre nós duas.

Sorri, aponta para um homem de terno que a aguarda num incrível Audi A8 e diz:

— Preciso ir. Estão me esperando.

Depressa lhe dou um beijo em cada bochecha. Nos olhamos fixamente e sei que o gesto de cada uma — ela por me avisar da situação de Eric, e eu por me despedir com beijos — sela nossa paz.

Depois, sem sair da porta do hospital, vejo esse mulherão louro rebolando em direção ao Audi, entrando no carro, beijando o cara nos lábios e partindo com ele.

Quando volto ao quarto, Eric está trabalhando no computador e sorri ao me ver entrar.

Sua aparência melhorou. Chego perto dele e murmuro:

— Te amo.

Dois dias depois, voltamos a Munique.

Lar, doce lar!

Estava sentindo falta de ter todas as minhas coisas à mão, minha cama e meu banheiro é o que mais preciso.

Quando Simona e Flyn veem Eric, ficam assustados!

Eric sorri e eu também, enquanto afago a cabeça de Calamar.

— Calma, gente! Apesar de estar parecendo o vampiro malvado de *Crepúsculo* com esses olhos, juro que é o Eric! E não morde o pescoço de ninguém.

Meu comentário ameniza um pouco o clima. Vejo suas expressões alarmadas e entendo o motivo. Os olhos dele estão mesmo assustadores.

Flyn, como criança que é, dá um abraço no tio e pergunta:

— Você vai melhorar ou vai ficar assim pra sempre?

— Ele vai melhorar — eu mesma respondo.

— Assim espero — murmura Eric, abraçando seu sobrinho.

Me viro para ele e não digo mais nada. Sei que, apesar de não querer demonstrar, Eric está preocupado. Dá para reparar nisso só de ver como se olha no espelho. Não tocamos no assunto. Não quero importuná-lo. Só espero que a medicação consiga drenar o sangue e tudo se resolva.

Como meu pai sempre diz, o pensamento positivo atrai coisas boas. Portanto, ficarei na torcida, esperando o melhor!

Vejo Simona observando os olhos de Eric o tempo todo. Dá para entender.

Isso é o que mais chama a atenção de todo mundo. Vê-lo com a perna engessada faz você olhar, mas o que realmente impressiona são seus olhos completamente ensanguentados. Sem nem um pontinho branco. Vermelhos e azuis, uma combinação estranha.

À noite, durante o jantar, pedimos a Norbert e Simona que se sentem conosco na hora da sobremesa. Precisamos conversar com eles. E, quando damos a notícia da gravidez, Flyn grita:

— Vou ter um primo! Que maneiro!

Eric e eu nos olhamos e eu digo:

— Você vai ser o irmão mais velho e precisaremos que você ensine muitas coisas pra ele.

Todos me olham. De certa forma, o comentário os surpreende. Então eu esclareço:

— Flyn é meu filho e Medusa vai ser também.

— Medusa?! — perguntam Simona e Flyn em coro.

Norbert sorri. Eric também e eu explico, apontando para minha barriga ainda inexistente:

— Estou chamando de Medusa até saber se é menino ou menina. — Eles acenam concordando e, olhando para Flyn, que não tira os olhos de mim, pergunto: — Você quer ser o irmão mais velho, né?

Ele faz que sim e exclama:

— Legaaaaaaaal, mamãe!

Em algumas ocasiões me chama de "mamãe", em outras "tia", e às vezes "Jud". Ainda não decidiu a forma de tratamento, mas para mim não faz diferença. A única coisa que quero é que ele me chame.

Simona, muito emocionada com tudo, pega a mão de Norbert e diz:

— Que alegria! Outra criança correndo pela casa. Que alegria!

Olho para eles com carinho. Não tiveram filhos. Meses atrás, Simona me confessou que eles tentaram durante anos, mas que o destino nunca lhes concedeu um bebê. Sei que a notícia da minha gravidez é um motivo de muita felicidade para ela e que Medusa será como um netinho.

— Então não vamos mais comprar a moto pras minhas aulas, né? — pergunta Flyn.

Suspiro. A moto de Flyn! Nunca mais pensei nisso.

Eric se vira para mim, depois para o sobrinho, e diz:

— Agora Jud não vai poder te ensinar. Com a gravidez, ela não vai poder andar de moto, mas, se você quiser, no próximo fim de semana a gente compra e o primo Jurgen te ensina.

Eric tem razão. Agora, não posso nem devo. Mas sua boa vontade com o menino me deixa feliz. Acho que o que ele propõe é uma ótima solução, mas me surpreendo quando Flyn responde:

— Não. Quero que a Jud me ensine.

Olho para ele com carinho e explico:

— Agora não posso andar de moto nem correr muito atrás de você.

O moleque então insiste:

— Mas depois de ter Medusa você vai poder, né?

Confirmo com a cabeça. Está claro que, para ele, é importante que eu seja a pessoa que vai lhe ensinar. Me volto para Eric, que sorri. E, segura de mim mesma, respondo depois de beijar o alto da cabeça do menino:

— Negócio fechado! Vou te dar as aulas, quando Medusa estiver dormindo no berço.

À noite, quando Eric e eu entramos no nosso quarto, estamos esgotados. Com cuidado, ele se senta na cama e deixa a muleta ao lado. Estar em casa o deixa feliz, e, olhando para ele, pergunto:

— Quer que eu te ajude a tirar a roupa?

Com um sorriso malicioso, meu amor responde que sim e eu ponho mãos à obra.

Primeiro desabotoo a camisa e com ternura toco em seus ombros. Minha nossa, como eu gosto disso! Depois eu o faço levantar e, sem encostar na perna engessada, retiro a calça de moletom preta que ele está usando. Ao ver sua ereção por baixo da cueca, murmuro:

— Hummm.... exatamente o que eu preciso.

Eric ri e eu acrescento:

— Estou há muitos dias sem... e quero... quero... quero.

Aproximo minha boca da sua. Já podemos nos beijar com tranquilidade. A ferida no lábio já cicatrizou e finalmente posso devorar e ser devorada pelo meu marido com prazer e paixão. Excitada em questão de segundos pela proximidade do homem por quem sou completamente apaixonada, me sento com cuidado em suas pernas, de frente para ele, e pergunto:

— Se incomoda se eu me sentar aqui? — Ele nega com a cabeça e, com jeito sedutor, sussurro: — Então daqui eu não me mexo.

Eric beija meus lábios, coloca suas mãos ardentes nos meus quadris e diz:

— Pode ter certeza de que não vai se mexer mesmo.

Sorrio. Que safadinho! Mordo seus lábios e respondo:

— Vou me mexer tanto que vai dar pra ouvir seus gemidos até na Austrália.

— Uau, que delícia — diz.

Toda boba por tê-lo de novo em meus braços, olho bem para ele e falo:

— Se bem que, pensando melhor, lembrei que te avisei que iria te castigar.

Eric para, me olha com cara assustada e explico:

— Você se comportou muito mal comigo. Desconfiou de mim e...

— Eu sei, querida. Nunca vou me perdoar por isso.

Não sorrio. Quero que ele acredite que vou puni-lo.

— Preciso de você, Jud... por favor. Me castiga outro dia, mas hoje...

— Você me castigou com sua ausência muitos dias, Eric. Já pensou nisso?

— Já... — E, aproximando seus lábios dos meus, implora: — Por favor, Jud...

Ouvi-lo implorar é música para meus ouvidos.

Ele está na minha mão.

Me deseja tanto quanto eu a ele, e respondo:

— O castigo deve ser de acordo com seu delito.

Não se move. Sei que isso é uma tortura para ele. Me olha à espera do meu próximo comentário e, incapaz de ir adiante, o surpreendo:

— Então seu castigo vai ser me dar prazer até eu cair rendida.

Eric solta uma gargalhada e eu sorrio. Belo castigo!

Me provoca com sua boca. Passa os lábios pelos meus e, quando abro minha boca para ele devorar, Eric faz aquilo que eu adoro. Chupa o lábio superior, depois o inferior, dá mordidinhas e finalmente me beija.

Sua ereção lateja sob meu corpo e, dominada pelo desejo, eu sussurro:

— Arranca minha calcinha.

— Hummmm... pequena, isso está ficando interessante. — E sem demora faz o que peço.

Dá uma puxada forte nos dois lados dos meus quadris e a calcinha se rasga. Sim!

Louca para tê-lo dentro de mim, me levanto. Pego o pênis maravilhoso do meu marido, vou sentando aos poucos sobre ele e digo:

— Estava com saudade de você.

As mãos de Eric vão diretamente à minha bunda e ele me dá um tapinha. Dois. Três. Sem falar nada, exige que eu me mexa. Assim que obedeço, ele dá um tranco, joga a cabeça para trás e fecha os olhos.

Isso... assim... aproveita... aproveita, meu amor.

Me agarro a seu pescoço e, mordendo seu queixo com cuidado, mexo os quadris para a frente e para trás e respiro ofegante junto com ele. Faço meu alemão entrar e sair de mim sem descanso, e fico toda arrepiada de tanto tesão.

Eu, meus hormônios e meu corpo pedimos mais. Sabendo o que quero, apesar de não poder se movimentar com a perna engessada, Eric me segura pelos quadris e, diminuindo meu ritmo, sussurra:

— Deixa eu cumprir meu castigo, pequena.

Isso me desconcerta. Não quero parar. De repente, dá um giro seco nos meus quadris que o traz mais ainda para dentro de mim e eu grito. Sorri. Sabe que gosto disso e repete o movimento. Desta vez nós dois gritamos. Suas penetrações ficam mais profundas. Sete, oito, nove vezes, e, quando o clímax vem chegando, após tantos dias de seca, nos deixamos levar até gozar.

Uma hora depois, abraçada com Eric na cama, estou quase pegando no sono quando ele diz:

— Jud...

— Quê?

— Me fode.

Arregalo os olhos e ele explica:

— Eu te comeria se pudesse, querida, mas minha perna não deixa e eu quero continuar com meu castigo.

Olho o relógio: 0h45.

É supertarde para os alemães. Achando graça, pergunto:

— Está com vontade de brincar, é?

Meu lindo sorri, passa a mão na minha cintura e responde:

— Senti muita saudade esses dias e preciso recuperar o tempo perdido.

Sorrio e logo me reanimo. Abro a mesinha, pego a nécessaire onde estão vários brinquedos nossos e digo:

— Vou tirar a calcinha antes que você rasgue. Duas em uma noite é demais. — Ouço a risada de Eric e depois ele pede:

— Não acende a luz.

— Por quê?

— Quero a escuridão pra fantasiar.

Sorrio, tiro a calcinha e me sento sobre ele na cama. Abaixo seu pijama e, ao ver no escuro o quanto ele está duro, comento:

— Nossa... nossa... nossa, senhor Zimmerman, o senhor está muito, mas muito, necessitado.

Eric sorri.

— Dias demais sem você, senhora Zimmerman.

— Ah, é? — E, depois de sentar no membro ereto do meu marido, aproximo minha boca da dele e murmuro: — Culpa sua, por não confiar em mim.

O tapa que Eric dá na minha bunda soa seco. Depois, a aperta com suas mãos enormes e murmura:

— Peça-me o que quiser, querida, mas me foda.

O momento é tão íntimo...

Sua voz...

E a escuridão do quarto... nos enlouquece ainda mais.

Deitado na cama, Eric está à minha mercê e eu estou morrendo de vontade de brincar com ele. Ele quer fantasiar, eu também. Chego pertinho do seu ouvido e murmuro:

— Tem um casal observando a gente. Querem nos ver brincar.

— Sim.

— A mulher gosta de ver você chupando meus mamilos, e ele quer — digo, colocando algo na mão de Eric — que você mostre minha bunda pra ele e enfie a joia anal.

Eric entra no jogo. Adora isso!

Sua respiração se torna mais profunda, mais ofegante, enquanto ele se delicia chupando meus mamilos. Isso, assim... eles estão tão sensíveis que a mistura de prazer e dor me agrada muito. Depois agarra minha bunda, abrindo-a, e diz:

— Vamos deixar o homem ver tua bundinha linda.

— Sim — sussurro.

— Ele adora tua bunda, pequena. Está olhando para ela, curtindo e desejando.

— Sim...

— Mas gosta de ver como eu te penetro com força.

Um tapa forte me faz gemer e morder seu ombro, enquanto ele acrescenta:

— A mulher está doidinha pra chupar teus lindos mamilos. Do jeito como me olha está pedindo que te solte pra ela poder desfrutar.

— Não, não me solta. Continua você e só depois me entrega a ela.

Ao ouvir o que ele diz, minha respiração muda. As palavras do meu amor me excitam tanto quanto a ele. Me dá outro tapa no traseiro e, arqueando as costas, murmuro:

— É assim que você gosta que eu o mostre, né?

— Empina um pouco mais, pequena...

Faço o que ele pede e sinto meu corpo estremecer pelo nosso joguinho indecente. Gostamos de falar. Gostamos de imaginar. Gostamos de sexo. Colocando a joia anal na boca, Eric sussurra:

— Chupa, vai... chupa.

Obedeço, enquanto imagino dois personagens nos olhando e participando da nossa intimidade. Meus mamilos, duros e arrepiados, são sugados por Eric enquanto eu chupo a joia anal. A intensidade das minhas lambidas é a mesma de Eric comigo, até que ele diz:

— Você vai ter o que vocês desejam.

Excitada e enlouquecida pelo nosso jogo verbal, curvo as costas enquanto Eric passeia lentamente a joia anal pela minha coluna até chegar ao meu ânus. Está seco, não colocou lubrificante. Eric murmura, enquanto o enfia:

— Assim, pequena... assim...

Solto gemidos ao sentir a pressão do brinquedinho, mas meu corpo cheio de tesão está receptivo. Quando a joia já está dentro, Eric a movimenta e eu solto mais gemidos enquanto meus mamilos duros roçam o peito dele e eu o ouço dizer:

— Vou te comer e depois, quando eu já estiver saciado, vou te entregar a eles. Primeiro a mulher e depois o homem. Vou abrir tuas pernas pros dois e você vai me dar seus gemidos, combinado?

— Sim... sim... — murmuro enlouquecida, enquanto Eric me aperta contra ele com força.

— Tuas pernas não vão fechar em momento algum. Você vai deixar que ela faça contigo o que quiser, tá?

— Tá bom.

O tom da minha voz, as fantasias de nós dois e o desejo criam o clima que queremos. Ponho a mão no seu peito sarado, enquanto Eric me mantém agarrada pela cintura e me aperta com força para entrar mais fundo.

Nosso lado selvagem ressurge e, sem parar, completamente dominados pelo tesão, damos um ao outro o que buscamos, até chegarmos ao orgasmo.

Estamos insaciáveis esta noite e, após mais uma última vez, quando decidimos descansar, murmuro entre seus braços:

— Quero que você cumpra seu castigo todas as noites.

Eric me beija e, com uma das mãos, começa a acariciar meus cabelos.

— Dorme, deusa do sexo.

28

Quando acordo na manhã seguinte, assim que abro os olhos, meu estômago se contrai. Tem sido assim todo dia, e sou obrigada a correr para o banheiro.

Eric, que está na cama comigo, vai atrás de mim o mais rápido que consegue com a perna engessada. Quando vê que estou vomitando, me segura com força.

Depois que o enjoo passa, me sento no banheiro e reconheço:

— Isso é horrível... Medusa está me matando.

O coitado pega uma toalha, molha com água e passa pelo meu rosto. Com todo o carinho do mundo, diz:

— Não se preocupa, pequena. Já, já, vai passar.

— Eu... eu não vou mais aguentar isso. Não consigo.

— Consegue, sim, querida. Você vai ter um bebê lindo e vai se esquecer de tudo.

— Tem certeza?

Eric crava em mim seu olhar ensanguentado e responde:

— Certeza absoluta. Vai ser uma moreninha como você. Logo, logo você vai ver.

— E vai te dar muito trabalho, como eu — digo.

Sorri, me dá um beijo amoroso na ponta do nariz e murmura:

— Se ela fizer isso com a mesma graça que você, vou adorar.

Sem vontade de fazer drama, concordo e abro um sorriso. Meu amor é maravilhoso e até num momento como este ele consegue me fazer sorrir e esquecer o mal-estar que estou sentindo.

Li que os vômitos costumam ocorrer só nos três primeiros meses, e essa é minha esperança: que acabem logo!

Quando meu rosto recupera a cor, Eric sai do banheiro e eu decido tomar um banho. Começo a me despir e, assim que tiro a calcinha, arregalo os olhos. Sangue!

Ai, meu Deus!

Nervosa, chamo Eric imediatamente.

Apesar do gesso, ele aparece no banheiro numa fração de segundo. Olhando assustada para ele, sussurro:

— Estou sangrando.

— Põe a roupa, querida. Vamos ao hospital.

Como um robô, saio do banheiro e me visto com pressa. Eric fica pronto antes de mim e, quando desço, Norbert e ele me esperam e Simona me dá um beijo e diz:

— Não se preocupa. Tudo vai ficar bem.

No carro, Eric pega minhas mãos. Estão geladas. Estou assustada. Sangrar não é bom durante a gravidez.

E se eu tiver perdido Medusa?

Quando chegamos ao hospital, Marta está nos esperando na porta com uma cadeira de rodas. Me sento ali e eles me levam depressa à emergência. Como Eric não pode entrar com a gente, Marta fica com ele e eu vou com uns médicos.

Estou com medo.

Me fazem milhões de perguntas e eu respondo, embora nem eu mesma me entenda. Nunca quis engravidar, mas de repente Medusa passou a significar muito para mim. Para Eric. Para os dois.

Me perguntam se tenho estado nervosa por alguma coisa ultimamente. Digo que sim. Não me abro com eles, mas a tensão sofrida pode ter causado isso. Me deitam na maca e fazem uma ultrassonografia. Em silêncio e com a respiração acelerada, observo os dois médicos com semblante sério analisando o monitor. Quero que tudo fique bem. Por fim, depois de avaliarem os dados necessários, eles se viram para mim e um deles garante:

— Está tudo bem. Seu bebê continua aí.

É só ele falar isso e eu já começo a chorar.

Choro, choro e choro.

Acho que serei nomeada a chorona oficial da Alemanha.

Cinco minutos depois, deixam Eric entrar. Dá para perceber que ele está preocupado e muito tenso. Me abraça assim que me vê. Estou tão emocionada que não consigo falar nada, só chorar, e os médicos é que o avisam de que está tudo bem. Beija minha cabeça, me aninha em seus braços e diz:

— Pode ficar tranquila, campeã. Nosso bebê está bem.

Concordo com um gesto e me acalmo por alguns segundos.

Dez minutos mais tarde, antes de nos mandarem para casa, um dos médicos nos entrega um relatório e explica que, se eu não sangrar, devo ir à consulta normal de revisão com a ginecologista. Acrescenta que por enquanto preciso ficar de repouso. Eric balança a cabeça num gesto afirmativo e eu suspiro. Não quero nem pensar no quanto ele vai ficar no meu pé agora com essa história de repouso.

Como eu imaginava, assim que chegamos em casa, ele me manda para a cama. Nesse momento, nem hesito. Depois do susto que levei, estou exausta e pego no sono assim que coloco a cabeça no travesseiro. Quando acordo e vou me levantar, vejo Eric ao meu lado. Ele trouxe o notebook e está trabalhando no quarto. Ao me ver, larga o computador rapidamente, me beija e pergunta:

— Você está bem, pequena?

— Estou ótima.

— Frida e Andrés ligaram. Mandaram um beijo e ficaram felizes por tudo ter corrido bem.

— E como eles souberam?

Eric sorri e, beijando a ponta do meu nariz, responde:

— Björn.

Vou até o banheiro. Eric me acompanha e, quando vejo que não estou sangrando, relaxo. Volto para a cama, ele se deita ao meu lado e diz baixinho:

— Me sinto culpado pelo que aconteceu contigo.

— Por quê?

Eric move a cabeça e responde:

— Foi culpa minha toda a tensão que você sofreu. Foi culpa minha quase termos perdido nosso bebê. Além disso, ontem à noite passei um pouco da conta e...

— Não fala bobagem — eu o interrompo. — Os médicos disseram que às vezes isso acontece. E, sobre ontem à noite, não começa a se torturar com uma coisa que você não sabe.

Iceman concorda, apesar de eu conhecê-lo e saber que ele sempre vai se culpar por isso. Decido encerrar o assunto. O que passou passou. Agora só temos que pensar no futuro. Como diz meu pai, "para trás não se olha nem para pegar impulso".

Nesse dia ele não me deixa levantar. E no dia seguinte, quando acordo, ele insiste que eu fique na cama. De manhã me distraio como posso: assisto a *Loucura Esmeralda* com Simona, falo pelo Facebook com minhas amigas guerreiras, mas à tarde não aguento mais e, quando Flyn chega do colégio, me levanto. Ao me encontrar na cozinha, Eric fecha a cara. Não gosta de me ver ali, mas, antes que ele diga algo, logo comento com a sobrancelha franzida:

— Repouso é tranquilidade. Não é ficar enfiada na cama 24 horas por dia. Então, por favor, não me estressa nem me deixa nervosa, ok?

Não diz nada. Ele se controla e, quando uma hora depois me vê correndo para o banheiro, me pega pelos braços na saída e diz:

— Já pra cama, pequena.

Eu protesto e resmungo, mas não faz diferença. Ele me leva para a cama mesmo assim.

Os dias seguintes são parecidos. Repouso, repouso e repouso.

Uma semana depois, estou por aqui de tanto repousar.

Minha família, avisada por Eric, fica sabendo de tudo o que aconteceu. Papai queria vir à Alemanha para cuidar de mim. Mas eu o convenço de que não tem necessidade. Estou morrendo de vontade de vê-lo e abraçá-lo, mas sei que ele, Raquel e Eric, os três juntos, podem me enlouquecer com seus cuidados.

No fim das contas, papai e Raquel ligam todo dia e pelas suas vozes sei que ficam tranquilos quando falam comigo.

Dexter e Graciela telefonam do México, e me alegro de coração ao saber que a relação deles vai de vento em popa. Graciela me conta que Dexter dorme com ela toda noite e espalhou para todo mundo que vão se casar. Não quero nem imaginar a felicidade da mãe de Dexter quando souber disso.

Com o passar dos dias, Eric parece entender que estou de saco cheio de ficar na cama e aceita que eu vá da cama até o sofá da sala e vice-versa. Que avanço!

Segundo ele, isso é o máximo que poderei fazer até o dia da consulta com a ginecologista. Inclusive se nega a tocar em mim, limitando-se a me beijar e fazer carícias inocentes. No início achei até graça disso, mas agora não. Estou quase subindo pelas paredes.

Falamos muito sobre Medusa. Será que vai ser uma moreninha? Ou um lourinho? Detesta que eu chame o neném de Medusa, mas acaba cedendo, ao entender que o apelido é carinhoso e que não consigo chamá-lo de outra forma.

Toda noite, na intimidade do nosso quarto, Eric beija minha barriguinha e isso me deixa toda boba. Que lindo! O amor que ele passa por todos os poros do seu corpo é tão grande que só consigo sorrir.

Certa noite, estamos os dois na cama e, após uns minutos de carícias, me abraço a ele e murmuro:

— Estou com vontade.

Eric sorri e me dá um beijo inocente nos lábios.

— Eu também, querida, mas não devemos.

Eu sei. Ele tem razão. Mas, necessitada, sugiro:

— Não precisa me penetrar...

Eric se levanta da cama e se afasta de mim.

— Não, querida. Melhor não arriscarmos. — Minha cara diz tudo e ele acrescenta: — Quando sua médica nos der autorização, tudo vai voltar ao normal.

— Mas, Eric... ainda faltam duas semanas pra consulta.

Divertindo-se com minha insistência, abre a porta e me anima antes de sair do quarto:

— Cada dia falta menos, moreninha. Temos que esperar.

Quando fico sozinha, suspiro frustrada. Meus hormônios enlouquecidos querem sexo e já está claro que nessa noite eu não vou conseguir.

Os dias passam e finalmente é hora de removerem o gesso da perna de Eric. Fico feliz e ele mais ainda. Recuperar sua mobilidade e independência é um alívio.

Uma tarde, tiro uma soneca de três horas depois do almoço, e Eric me acorda com uma infinidade de beijos. Adoro isso! Me aperto contra ele e, quando vou partir para o ataque, Eric me para e murmura:

— Não, pequena... Não devemos.

Seu comentário me desperta por completo e eu resmungo. Eric sorri, me ergue nos braços e diz:

— Vem. Eu e Flyn queremos te mostrar uma coisa.

Desce a escada comigo em seus braços e eu continuo emburrada. Ficar sem sexo está me matando. Mas, quando ele abre as portas da sala e eu vejo o que os dois fizeram por mim, me emociono.

Meu pequeno resmungão exclama:

— Surpresa! Já é Natal e eu e o tio montamos a árvore dos desejos.

Quando Eric me põe no chão, tapo a boca com as mãos e começo a chorar. Choro como uma boba e, diante da cara de espanto de Flyn, que não entende nada, Eric rapidamente puxa uma cadeira para eu me sentar.

Na minha frente está a árvore de Natal vermelha que no ano anterior nos deu tanta dor de cabeça. Sem parar de chorar, aponto para ela. Quero agradecer a eles e dizer que é linda, mas as lágrimas não me permitem falar nada. Então o menino diz:

— Se você não gosta, podemos comprar outra.

Isso me faz chorar ainda mais. Choro, choro e choro.

Eric beija minha cabeça, olha para seu sobrinho e explica:

— Jud não quer outra. Ela gosta dessa.

— E por que está chorando?

— Porque a gravidez a deixa muito sensível.

A criança me olha e solta na lata:

— Ai, que saco!

O que eles fizeram é tão bonito, tão gentil, tão comovente, que não consigo controlar as lágrimas. Fico arrepiada e emocionada ao imaginar meus dois meninos, sozinhos, enfeitando a árvore para mim.

Eric se agacha e, ao contrário de Flyn, entende o que está acontecendo comigo. Passa a mão pelas minhas bochechas para enxugar as lágrimas que não param de escorrer, e diz:

— Eu e Flyn sabemos que esta é sua época do ano preferida e queríamos te fazer essa surpresa. Sabemos que você gosta mais de árvore do que de pinheiro, que demora muito pra crescer, e olha só — aponta umas pequenas folhas de papel em cima da mesa —, você tem que anotar ali seus desejos pra gente pendurar.

— E essas outras folhas — diz Flyn — são pra quando a família vier, pra eles poderem escrever seus desejos e pendurarem na árvore também. Boa ideia, né?

Engulo o choro, aceno com a cabeça e, com um fiozinho de voz, murmuro:

— Excelente ideia, querido.

O menino aplaude e me dá um abraço. Ao nos ver tão unidos, Eric faz um gesto de aprovação e leio em seus lábios: "Te amo."

No dia seguinte, vamos ao consultório de Marta no hospital para a revisão dos olhos de Eric. No início, ele se recusa a me deixar acompanhá-lo. Diz que devo continuar em repouso, mas acaba cedendo quando arremesso um sapato na sua cabeça e grito que vou de qualquer jeito, com ele ou de táxi sozinha.

Seus olhos continuam congestionados de sangue. Não melhoraram nem com a medicação nem com o tempo. Após avaliá-lo com outros dois médicos, Marta decide marcar para 16 de dezembro a cirurgia para drenar o sangue.

Estou com medo e sei que Eric também está. Mas não dizemos nada um ao outro. Eu, para não o preocupar, e ele o mesmo em relação a mim.

No dia da operação, estou tremendo toda de nervoso. Insisto em ir junto e Eric aceita. Precisa de mim. Sonia, sua mãe, nos acompanha também. Quando chega a hora de nos separarmos, Eric me dá um beijo e murmura:

— Não se preocupa, tudo vai correr bem.

Sorrio. Quero que ele me veja forte. Mas, quando Eric desaparece pelo corredor, Sonia me abraça e faço aquilo que tenho feito tão bem nos últimos tempos: chorar!

Como todos nós queríamos, a cirurgia é um sucesso. Porém Marta insiste que Eric passe uma noite no hospital. Ele se nega, mas eu dou uma bronca, e ele acaba cedendo e até mesmo aceitando que eu lhe faça companhia.

Nessa noite, quando estamos os dois em silêncio, ele diz no escuro:

— Espero que nosso bebê não tenha esse mesmo problema nos olhos.

Nunca tinha pensado nisso e me entristece saber que Eric já levou isso em consideração. Como sempre, ele calcula tudo.

— Claro que não, querido. Não se preocupe com isso agora.

— Jud... meus olhos sempre vão nos dar problemas.

— Eu também sempre vou te dar. E nem te conto como vai ser quando eu tiver Medusa. Uaaaaaaau! Prepare-se, Zimmerman.

Ouço sua risada e isso me reconforta. Preciso que ele sorria.

Louca para abraçá-lo, me levanto da cama, deito na dele e digo:

— Você tem esse problema, querido, e vamos conviver com isso sempre. Eu te amo, você me ama, e vamos enfrentar esse problema e todos os que surgirem. Não quero que você fique angustiado com isso agora, combinado?

— Combinado, pequena.

E mudo de assunto:

— Quando Medusa nascer, não pense você que vai escapar de cuidar dela só por causa desses seus olhos problemáticos. Ah, não, seu espertinho, nem vem! Quero ter você do meu lado nessa aventura desde o dia em que o neném nascer até entrar na universidade ou virar hippie e decidir viver numa comunidade. Entendido, campeão?

Eric sorri, me beija na cabeça e responde:

— Entendido, campeã.

Dois dias depois, seus olhos voltam pouco a pouco a ser o que eram. Fico feliz por isso e pelo fato de que minha família vem passar o Natal com a gente.

Mas, apesar da minha felicidade, estou em frangalhos. Não paro de vomitar e nunca estive tão magra em toda a minha vida. A roupa cai de tão larga, nunca sinto fome e sei que meu estado deixa Eric superpreocupado. Sofre quando me vê correr até o banheiro e mais ainda quando ele tem que segurar minha testa para eu vomitar.

Meus hormônios estão descontrolados e fico oscilando entre o riso e o choro. Nem eu mesma me reconheço.

No dia 21 de dezembro vamos ao aeroporto buscar minha família. O fato de passarem o Natal conosco me enche de alegria. Mas, quando meu pai e minha irmã me veem, suas caras dizem tudo, apesar de eles não falarem nada. Mas minha sobrinha, ao me dar um beijo, pergunta:

— Titia, você está doente?

— Não, querida, por quê?

— Porque está com uma cara horrorosa.

— Vomita muito — diz Flyn. — E todo mundo fica preocupado com isso.

— Vocês estão cuidando dela direitinho? — pergunta Luz.

— Aham. A gente está cuidando da mamãe.

Surpresa, minha sobrinha olha para ele e pergunta:

— A titia é sua mãe?

Ele me olha e eu lhe dou uma piscada.

— É, a tia Jud é minha mãe — responde.

— Que iraaaaaaaado! — exclama Luz.

As crianças e sua sinceridade.

No dia 24 passamos a véspera de Natal todos juntos. Minha família está feliz. Escrevem seus desejos e penduram na árvore. Eric sorri e eu fico radiante por tê-los todos reunidos em minha casa.

A gravidez está acabando comigo. Não me deixa viver.

Não consigo reter nada no corpo, nem o presuntinho delicioso que meu pai trouxe. Eu o como com apetite, mas logo depois tenho que botar para fora, como tem sido com tudo ultimamente. E eu, cabeça-dura que sou, assim que melhoro pego outra fatia de presunto.

Esforçando-se para me tranquilizar, Raquel me confirma que os enjoos desaparecem após os primeiros três meses.

— Assim espero, porque Medusa...

— Fofinha, pare de chamá-lo assim! É um bebezinho e pode ficar ofendido com esse nome.

Olho para ela e acabo me calando. Melhor.

Depois vejo meu pai e Eric jogando tênis no Wii com Flyn e Luz. Como se divertem!

— Ai, fofa, ainda não consigo acreditar que você vai ser mãe.

— Nem eu... — digo, bufando.

Raquel começa a falar de gestações, estrias, pés inchados, manchas na pele, e eu fico desesperada só de pensar. Tudo isso vai acontecer comigo? Escuto o que ela diz, processo a informação e, quando não estou mais aguentando, mudo de assunto — algo que ela própria costuma fazer tão bem.

— E aí, não vai me contar nada do seu casinho selvagem?

Raquel sorri e vem bem para perto para cochichar:

— Na noite em que saí com Juanín, o da loja de ferragens, quando voltei, ele estava me esperando no beco ao lado da minha casa.

— Sério?!

— Estava com ciúme, fofa.

— Normal.

— E discutimos. Mas, claro, bem baixinho pra ninguém escutar.

Sorrio e digo, ao ver minha sobrinha gritar como uma louca ao vencer no Wii:

— Você saiu com outro, era normal que ele ficasse com ciúme. Eu, no lugar dele, teria feito um escândalo se, depois de te pedir em casamento, você recusasse e logo partisse pra outra.

Minha louca irmã solta uma gargalhada. Que felicidade vejo em seu rosto! Eu também rio e de repente ela sussurra para mim:

— Transei com ele. Por sinal, como é desconfortável fazer isso num carro. Pelo menos depois fomos à Vila Moreninha.

Boquiaberta, me preparo para dizer algo, quando a sonhadora da minha irmã acrescenta:

— É tão cavalheiro, tão macho, que me deixa louca.

— Você transou com ele?

— Aham.

— Sério?

— Sério.

— Você?!

Raquel me olha e, pedindo que eu fale mais baixo, diz:

— Claro que sim. Ou você acha que sou assexuada? Ora, eu também tenho as minhas necessidades e Juan Alberto é um tipo que me atrai. Claro que transei com ele. Mas não te contei antes porque eu queria te dizer pessoalmente e te garantir que não sou nenhuma vadia.

— Mas... desde quando você faz essas coisas?

Minha irmã ergue as sobrancelhas e responde:

— Desde que virei moderninha.

Rimos e continuo:

— Mas, vem cá, você não disse que tinha discutido com ele?

— Pois é, mas quando saiu do carro e me puxou pra perto dele, ai, meu Deus... Ai, fofa, me subiu um troço pelo corpo!

Imagino. Penso nas minhas reconciliações com Eric e suspiro.

— E, quando me beijou e disse com seu sotaque "Não me importaria em ser seu escravo se você fosse minha dona", não consegui me conter e fui eu mesma que o arrastei pra dentro do carro e me joguei em cima dele.

De novo me arrebento de tanto rir.

Não dá para segurar.

Minha irmã é uma figura, e repito com cara de espanto:

— Você que tomou a iniciativa?

— Foi... Ali, naquele beco mesmo, fiz a loucura do século. Esfolei minha perna esquerda na alavanca de câmbio, mas... minha noooooooooooooossa!! Que momento maravilhoso e como me fez bem! Eu estava sem transar desde o quarto mês de gravidez de Lucía, e vou te dizer, fofa... foi bom demais!

Caio na gargalhada. Eric me olha e sorri. Gosta de me ver feliz.

Raquel continua:

— Quando terminamos, não me deixou descer do carro e dirigiu feito louco até tua casa. Como eu te falei, papai deixou as chaves com ele e quando entramos...

— Conta... conta...

Meu Deus... estou ficando maluca. A falta de sexo me faz perguntar sobre a vida sexual da minha irmã. Ela fica um pouco vermelha de vergonha, mas não consegue parar:

— Transamos em tudo quanto é canto. Na mesa da sala, no chuveiro, na parede da despensa, no chão...

— Raquel... — murmuro estarrecida.

— Ah... e na cama. — Ao ver minha cara de assombro e gozação, acrescenta: — Ai, fofinha, esse homem me possui de um jeito que eu nunca pensei que experimentaria. Mas, quando estamos juntos e transamos eu viro uma loba!

A sinceridade da minha irmã é incrível; e minha necessidade de sexo, evidente. Escutar suas histórias leva minha libido às alturas e eu sussurro:

— Que inveja!

— Por quê? — Mas logo ela entende e confessa: — Quando engravidei da Luz, José passou quatro meses sem encostar em mim. Tinha medo de machucar o bebê.

Isso me faz sorrir. Talvez o que esteja acontecendo com Eric não seja tão raro assim, e pergunto:

— E quando você teve relações durante a gravidez, foi tudo bem?

— Maravilhoso. O desejo era avassalador, já que os hormônios se alteravam de um jeito que até me assustava. Ah, mas, quando engravidei da Lucía, teve o divórcio no meio e eu me esbaldei com Superman.

— E quem é Superman?

— O vibrador que o tapado do meu ex me deu de presente. Graças a esse brinquedinho eu não surtei.

Estou cada vez mais admirada das coisas que minha irmã está me contando. Ela me olha e solta:

— Gente, parece até que eu disse que fiz alguma coisa horrorosa ou participei de uma orgia. Como você é careta!

Seu comentário me faz rir às gargalhadas. Ah, se ela soubesse...

Dois dias depois, chega o momento fatídico da consulta com a ginecologista. Todos querem me acompanhar, mas insisto em ir apenas com Eric. Meu pai e minha irmã acabam entendendo e ficam em casa com as crianças.

Levo à médica todos os exames que ela pediu na primeira vez e também os que fiz quando fui parar na emergência do hospital. Estou nervosa e cheia de expectativa. De modo profissional, ela analisa tudo. E, quando faz a ultrassonografia, informa diante da expressão séria de Eric:

— O feto está bem. A pulsação é perfeita e as medidas corretas. Então, já sabe, pode levar sua vida normalmente e continuar tomando as vitaminas. Te vejo daqui a dois meses.

Eric e eu nos olhamos e sorrimos.

Medusa está perfeita!

Limpo o gel da barriga e voltamos para o consultório, onde a doutora faz anotações no computador. Em seguida digo:

— Queria lhe perguntar uma coisa.

A mulher para de digitar.

— Pode falar.

— Os vômitos vão parar?

— Em tese, sim. No fim do primeiro trimestre, o feto assenta e os enjoos costumam desaparecer.

Fico radiante com essa notícia. Eric me olha, sorri e volto a perguntar:

— Posso ter relações sexuais completas?

A cara do meu marido é impagável. Fica constrangido com minha pergunta. A médica sorri e responde:

— Claro que sim, mas durante um tempo tem que ser com muito cuidado, está bem?

Quando saímos da consulta, Eric está sério e, ao entrarmos no carro, não aguento mais a tensão e digo:

— Vai, reclama! Que foi?

Explode como uma bomba e, quando acaba seu showzinho, olho fixamente para ele e respondo:

— Tá bom... compreendo tudo o que você diz. Mas entenda, querido, que não sou de ferro e que você é uma tentação constante. — Sorri e vou descrevendo o que sinto, chegando mais perto dele: — Suas mãos me fazem querer que você me toque, sua boca me faz querer beijá-la e seu pau, ai, meu Deussssssssssss! — digo, tocando nele por cima da calça — me faz querer que você brinque comigo.

— Para, Jud... para.

Abro um sorriso. Ele também e, dando-me um beijo, diz:

— Te garanto que, se eu te faço querer tudo isso, você nem imagina o que faz comigo.

— Hummmmm, isso está ficando interessante.

— Mas...

— Putz... sempre detestei esse lance de "mas".

— A gente tem que ir devagar pra não se assustar de novo.

— Você tem toda a razão — concordo. — Mas...

— Viu só?! Você também tem um "mas" — ele ri.

— ... mas quero brincar contigo.

Ele não responde, mas sorri. Bom sinal.

29

No dia seguinte, estou um pouco melhor e decido sair para fazer compras em Munique com minha irmã, Frida e Marta. Nós quatro juntas somos terríveis e nos divertimos à beça. Insisto em comer um hambúrguer e, quando molho minha batata no ketchup, olho fixamente para ela e digo:

— *I love junk food.* Medusa adora.

Raquel faz uma careta ao me ouvir pronunciar esse nome, mas antes que ela diga qualquer coisa Frida solta:

— Quando estava grávida de Glen, eu o chamava de Eidechse.

Marta e eu rimos e Raquel pergunta:

— E o que isso quer dizer?

Divertindo-me, enfio outra batata gordurosa na boca e respondo:

— Lagarto.

Quando saímos da lanchonete, pensamos em tomar um café, mas ao passarmos pela cervejaria mais antiga de Munique, a Hofbräuhaus, decidimos entrar para minha irmã conhecer. Eu bebo só água.

Raquel fica deslumbrada. Faz a mesma cara que eu fiz quando entrei ali pela primeira vez, e ela mostra o quanto é boa de copo. Isso me surpreende. Não conhecia esse seu lado. Achando graça e vendo Marta e Frida pedindo a quarta rodada, digo:

— Raquel, se você não parar, vou ter que chamar o reboque pra te levar pra casa.

Minha irmã se vira para mim e responde:

— Como você não pode beber, estou bebendo por nós duas. — E, diante da risada geral, continua: — Você agora está na fase deliciosa da gravidez. Sabe como é, né? Azia, tornozelos inchados, peitos doloridos e uns enjoos matinais superagradáveis.

— Engraçadinha — brinco. E ela responde:

— Ah, e pelo que você me disse, com a libido nas alturas. Está melhor?

Não respondo. Que safada! Ao ouvir nosso diálogo, Frida conta, rindo:

— Na minha gravidez, só posso dizer que o coitado do Andrés me evitava o tempo todo. Gente, como fiquei insuportável com essa coisa do sexo.

De certo modo, ouvir isso me tranquiliza. Vejo que o que está acontecendo comigo também aconteceu com outras mulheres e elas não enlouqueceram.

Estamos rindo quando chega mais uma rodada de cerveja. Marta vê uma amiga e chama:

— Tatiaaaaaaaaaaaaana!

Uma jovem loura se vira para nós e cumprimenta minha cunhada, que a apresenta. A moça é muito simpática e senta conosco um tempinho para bater papo. Quando Tatiana vai embora, Raquel, já meio embriagada com tanta cerveja, olha para mim e diz:

— Fofa... ou estou muito chapada ou não entendi nada.

Espantada, me dou conta de que falamos em alemão o tempo todo e, abraçando-a, respondo:

— Ai, Raquel, querida, desculpa. É o hábito.

Conto para ela que Tatiana é bombeira e Raquel se surpreende. Mas o que a faz mesmo cair na gargalhada é o momento em que confesso que pedi emprestado o uniforme de bombeiro e a moça disse que posso pegar quando quiser.

Chega a última noite do ano.

Continuo sem ter relações sexuais. Não porque Eric não quer, mas porque estou ainda um trapo humano e agora sou eu que não tenho a menor vontade. Nessa tarde, quando a mãe e a irmã de Eric aparecem, ele some. Não me diz aonde vai e isso me aborrece. Estou virando uma resmungona.

Já é hora de jantar e Eric ainda não voltou. Quando estamos na cozinha preparando os últimos detalhes, digo:

— Simona, vamos levar as coisas pra mesa agora, e eu quero que você e Norbert comam com a gente, tá bem?

A mulher resiste um pouco e eu acrescento:

— Vou logo avisando: ou vocês se sentam à mesa e jantam com a gente ou ninguém aqui vai jantar.

— Ui, Simona — brinca Marta. — Vai nos deixar sem jantar?

— Nada disso — intervém Sonia. — Simona e Norbert vão jantar com todos.

Junto com Marta, saem sorrindo da cozinha e carregando bandejas. Meu pai se vira para Simona e diz:

— Olha, Simona, minha filha é muito teimosa.

A mulher sorri, pisca para mim e responde:

— Sim, Manuel, já tinha percebido. — E, ao me ver torcendo o nariz diante da salada de verduras, acrescenta: — Vou levar isso pra mesa. Quanto mais longe estiver de você, melhor.

— Obrigada, Simona.

Quando ela sai da cozinha, meu pai chega perto de mim e diz:

— Senta, querida. Já, já eu termino de organizar a travessa de camarões.

Faço o que ele pede. Não estou nos meus melhores dias. Meu pai senta ao meu lado, tira o cabelo do meu rosto e sugere:

— Por que não vai pra cama, meu amor? Vai se sentir melhor descansando ali do que aqui.

Suspiro, faço uma cara emburrada e respondo:

— Não, pai. Hoje é réveillon e eu quero ficar com vocês.

— Mas, filha, você está com uma carinha abatida. — Sorrio e ele pergunta: — Você não está nada bem, né?

Confirmo com a cabeça. É de longe meu pior dia, e meu pai diz com um sorriso triste:

— Acho que ver e sentir o cheiro dessa comida toda não ajuda muito, né?

Fito os camarões graúdos, o peixe marinado, o churrasquinho de cordeiro e o presunto que meu pai trouxe da Espanha, preparado com todo o seu amor, e respondo:

— Ai, pai, adoro tudo que está aí, mas está me dando um enjoo agora...

Ele sorri, me dá um beijo carinhoso na bochecha e diz:

— Até nisso você é igualzinha à sua mãe. Ela também ficava enjoada com o peixe marinado quando estava grávida de vocês. Mas, depois que tudo isso passou, ela se empanturrava.

A porta da cozinha se abre e Eric entra. Uau, o desaparecido! Ao me ver com meu pai, chega mais perto, se agacha diante de mim e diz preocupado:

— Querida, por que você não vai pra cama?

— Foi isso que eu disse pra ela, Eric, mas já sabe como é minha moreninha. Uma teimosa!

Sem prestar atenção aos dois, olho para meu gato louro e pergunto:

— Onde você estava?

Eric sorri e responde:

— Recebi uma ligação urgente e precisei atender.

De repente ouço um grito. Sobressaltada, me levanto no momento em que a porta da cozinha se escancara e minha irmã exclama:

— Fofaaaaaaaa, olha só quem veio!!

Na nossa frente, surge Juan Alberto com a pequena Lucía nos braços. Olho para Eric e sorrio. Essa era a urgência.

O mexicano cumprimenta meu pai, que, feliz, lhe estende a mão. Depois se aproxima de mim, dá dois beijinhos e pergunta:

— Como está essa mãezinha linda?

— Acabada, mas contente com tua presença — respondo feliz por minha irmã.

— Dexter e Gabriela mandaram muitos beijos e esperam poder viajar para conhecer o bebê.

Nesse momento, minha sobrinha entra correndo como um vendaval e grita:

— E aí, *cara*, você por aqui?

O mexicano se vira para ela e, achando graça, responde:

— Vim ver essa mocinha linda e desafiá-la no Mario Bros.

Luz se joga em seus braços e todos nós sorrimos. É evidente que esse mexicano sabe conquistar minha família.

Assim que Luz sai correndo, ele olha para minha irmã, que o contempla feito boba, se aproxima dela, beija seus lábios e pergunta na frente do meu pai:

— Como está minha rainha?

Sem se intimidar, Raquel retribui o beijo e responde:

— Muito feliz em te ver.

Uau! Na lata!

Minha irmã é demais.

Olho para o meu pai e vejo que está sorrindo. Pisca para mim e dá para perceber que ele está adorando tudo isso. Me empolgo com minha irmã atrevida, quando ouço o mexicano dizer:

— Gostosa, fala aquilo pra mim, fala.

Sem o menor pudor, minha irmã põe um dedo na boca dele e murmura na frente de todo mundo:

— Eu te comeria inteirinho.

Arregalo os olhos estarrecida.

Ela disse que o "comeria inteirinho"?

Eric ri. Dá para ver que ele gosta de Juan Alberto. Meu pai já parou de levar susto comigo e com minha irmã. Que bom!

Quando a confusão na cozinha termina, os dois homens mais importantes da minha vida olham na minha direção.

Estão novamente preocupados comigo e afirmo cheia de convicção:

— Quero passar essa noite tão especial com vocês e não vou perdê-la por nada nesse mundo, ok?

Meia hora mais tarde, todos estamos sentados ao redor da mesa e a felicidade toma conta da casa apesar de eu estar me arrastando.

Que diferença o fim deste ano em relação ao do ano passado, quando só estávamos Eric, Flyn, Simona, Norbert e eu. Agora estão aqui toda a minha família, a de Eric, Susto, Calamar e Juan Alberto. Que maravilha!

Quando Sonia oferece as lentilhas à minha sobrinha e a Flyn, eles torcem o nariz. Acho graça disso. Mas o que mais me faz rir é quando meu pai oferece *salmorejo* a Flyn. Só de ver o prato, o menino já fica com os olhos brilhando.

Aguento o jantar dentro do possível. Ver tanta comida, e, principalmente, sentir o cheiro dela, me dá mal-estar. Mas a felicidade que sinto pela presença de tanta gente querida faz tudo isso valer a pena.

Os odores fortes embrulham meu estômago, mas permaneço na mesa apesar de mal conseguir comer, enquanto todo mundo se empanturra. Quem começa os trabalhos são meu marido e o mexicano. Ah, como se fartam com o presunto delicioso!

Depois do jantar, que foi um verdadeiro banquete, sentamos nos sofás diante da tevê e explico à minha família que vamos assistir a um quadro humorístico que é tradicional na Alemanha.

Quando começa *Dinner for One*, todos riem e minha irmã, que está no colo do seu casinho selvagem, sem entender essa tradição esquisita, se vira para mim e cochicha:

— Ai, fofa, como os alemães são estranhos!

— Vem cá, que papo é esse de "te comeria inteirinho"?

Raquel dá uma risadinha e disfarçadamente sussurra:

— Ele gosta que eu diga essa frase. Fala que fica excitado pelo jeito como eu digo.

Espantada, cochicho também:

— E você diz que os alemães é que são estranhos?

Aninhada nos braços do meu amor, como no ano passado, eu rio. Quando o programa termina, meu pai, Simona e Sonia vão até a cozinha para pegar os copinhos com as uvas, e Eric faz a mesma coisa que da última vez: põe no canal internacional para ver a Puerta del Sol.

Ahhhh, minha Espanha!

Mas, ao contrário do ano anterior, desta vez eu não choro. Tenho minha família por perto e me sinto plenamente feliz. Quando o relógio começa a tocar, todos falamos e pedimos silêncio ao mesmo tempo (essa é uma tradição espanhola). Assim que as badaladas se iniciam, me viro para Eric, que me observa, e mastigo as uvas sem parar de olhá-lo. Quero que ele seja a última imagem que eu tenha do ano velho e a primeira do ano novo.

— Feliz 2014! — gritam Flyn e Luz quando as uvas acabam.

Desta vez ninguém se mete entre nós. Eric me abraça, me beija e, totalmente apaixonado, murmura bem pertinho da minha boca:

— Feliz ano novo, meu amor.

30

Com minha família aqui no Dia de Reis, tudo volta a ser como eu lembrava. Risadas, bagunça e presentes. Todos presenteamos uns aos outros e, ao abrir o da minha irmã e encontrar um conjuntinho para Medusa, fico toda emocionada. É amarelo e Raquel diz:

— Como não sabemos se é menino ou menina, fui logo no amarelo!

Todos riem e eu choro. Era só o que faltava!

Quando acho que os presentes já acabaram, Eric me surpreende. Comprou presente para todo mundo! Para meu pai, Juan Alberto e Norbert, ele optou por dar relógio; para as meninas, roupas e brinquedos; e para minha irmã e Simona, umas lindas pulseiras de ouro branco. Depois de entregar tudo, olha para mim e para Flyn e ficamos boquiabertos quando ele nos dá dois envelopes. Outra vez envelopes?

Flyn e eu nos olhamos. O jeito é nos conformar. Mas, ao abri-los, nossa expressão muda.

Para ver o presente, entrem na garagem.

Em meio a risadas, corremos até lá de mãos dadas. Todos nos seguem e, ao abrir a porta, nós dois soltamos um grito: motos!

Duas Ducatis incríveis e reluzentes.

Flyn fica maluco ao ver uma moto da sua altura e eu choro. Minha moto está bem na minha frente! Minha Ducati! Eu a reconheceria entre milhares de outras.

Ao ver minha reação, Eric me abraça e diz:

— Sei o quanto é importante pra você. Conservaram tudo o que foi possível dela, mas algumas coisas foram trocadas. Teu pai deu uma olhada e disse que agora está muito melhor.

Eu o abraço e o encho de beijos. Meu pai, que nos observa encantado, diz:

— Moreninha, se tua moto era boa antes, agora é melhor ainda. Mas, claro, até o bebê nascer não quero te ver perto dela, entendido?

Concordo com um gesto de cabeça e Eric afirma:

— Não se preocupa, Manuel. Pode deixar que eu mesmo me encarrego de não deixar que ela se aproxime.

No dia 7 de janeiro, após o período maravilhoso das festas de fim de ano, minha família e Juan Alberto voltam à Espanha no avião de Eric. Como sempre, quando me despeço deles a tristeza toma conta de mim e, neste ano, a razão é dobrada. Eric me consola, mas desta vez não facilito as coisas para ele e choro, choro e choro.

Dois dias depois, voltamos ao aeroporto para nos despedir de Frida, Andrés e Glen.

— Vou sentir muito a sua falta — digo com a voz embargada.

Minha amiga me abraça com um sorriso encantador.

— Também vou sentir a sua. Mas fica tranquila: quando Medusa nascer, vamos estar aqui.

Aceno com a cabeça. Andrés me pega pela cintura.

— Chorona, você tem que nos visitar na Suíça. Promete?

— Vamos tentar — diz Eric.

Björn, que nesse instante se despede de Frida, comenta ao vê-la emocionada:

— Ai, ai... mais uma chorando. Será que está grávida?

Solto uma gargalhada e Frida, dando-lhe um tapinha, responde:

— Não diz isso nem de brincadeira!

Depois de nos despedirmos de nossos amigos queridos e de vê-los passar pelo cordão de segurança, saio de braços dados com Björn e Eric e vamos embora de carro. No caminho, não consigo parar de chorar. Eles riem e eu grito desconsolada:

— Odeio meus hormônios!

No dia seguinte, entediada, fico guardando os enfeites natalinos e vejo os papeizinhos dos desejos. Sorrio ao lembrar que lemos as mensagens em meio a risadas no Dia de Reis. Sem conseguir evitar, leio de novo e me comovo com os desejos de Flyn, que dizem: "Quero que Jud pare de vomitar", "Quero que o tio fique bom dos olhos" e "Quero que Simona aprenda a fazer *salmorejo*".

Abro um sorriso e me sinto feliz. Nunca li o que o menino escreveu no ano anterior, mas tenho certeza de que não eram mensagens tão lindas quanto essas. Talvez seja até melhor não tê-las lido.

Estou bem. Hoje, por enquanto, não vomitei. Quando acabo de recolher os enfeites, decido dar uma volta pelo campo com Susto e Calamar. Ao me verem pegando as coleiras, os cachorros pulam de alegria.

Há quanto tempo não faço isso?

O campo está lindo. Nevou e é uma delícia olhar ao redor. Por alguns minutos eu jogo pedrinhas para Susto e Calamar irem buscar. Eles correm desenfreados atrás delas. Depois de passar um tempinho agradável zanzando por lá, voltamos os três para casa. Está um frio de rachar e minhas mãos estão enrugadas e muito molhadas.

À tarde, quando Eric volta, fica estressado ao saber que saí sozinha para passear com os cães.

— Não me estressei por você ter saído, mas por ter ido sozinha.

— E o que você queria que eu fizesse? — grito. — Simona não estava e fiquei com vontade de dar uma volta.

Eric me olha fixamente e diz:

— E se você passasse mal de repente?

Estamos em pleno confronto em seu escritório quando a porta se abre e aparecem Flyn e Björn. Ficamos em silêncio e o garoto corre até mim, me abraça, olha para seu tio e solta:

— Por que você sempre fica bravo com a tia?

— O que você disse?! — pergunta Eric.

Com seu habitual tom de voz mal-humorado, tão parecido com o do tio, responde:

— Não vê que ela não está bem? Não grita com ela.

Eric o encara e, irritado, responde:

— Flyn, não se mete onde não é chamado, ok?

— Então não grita com a Jud.

— Flyn... — adverte Eric.

O garoto olha para mim. Eu o conheço e sei que vai soltar mais alguma pérola. Então, antes que ele faça isso, digo:

— Anda, querido, fala com a Simona que hoje eu quero lanchar contigo. Topa?

O menino concorda com um gesto de cabeça, dirige a seu tio um de seus olhares gélidos e vai embora. Quando ficamos nós três a sós, Björn se aproxima, dá um beijo carinhoso na minha bochecha e diz, olhando para seu amigo:

— É, meu caro, pelo visto agora é a Jud que tem o apoio dele.

Eric faz que sim e sorri.

— Flyn resolveu superproteger sua tia-mãe Jud. Quer sempre ter a última palavra em qualquer coisa. E o pior: tenho certeza de que hoje em dia, pra ele, se alguém tiver que sair de casa, esse alguém sou eu e não ela.

— Não tenha dúvida — brinco, ganhando um olhar azulado do meu amor.

Björn sorri, deixa uma pasta sobre a mesa de Eric e diz:

— Se vocês vão começar a brigar, estou de saída.

— Quem está de saída sou eu. Estou com fome e quero lanchar.

Surpreso pelo meu apetite, Eric chega perto de mim e pergunta:

— Está com fome?!

Confirmo com a cabeça. É a primeira vez em muito tempo que sinto fome e, feliz, ele responde:

— Coma tudo o que tiver vontade, querida.

O duplo sentido que dou a essa frase me faz rir, mas, sem dizer nada, saio do escritório e vou até a cozinha. Simona está preparando um sanduíche para Flyn e, ao me ver, pergunta:

— Você quer mesmo lanchar?

Respondo que sim, pego uma fatia de bolo de chocolate e baunilha que ela fez e, colocando-a sobre a mesa, murmuro:

— Estou morrendo de vontade de comer isso.

Simona e Flyn sorriem e eu me empanturro de bolo.

Os dias passam e meus enjoos desaparecem.

Que alívio!

De repente começo a recuperar as forças e tudo o que me dava nojo há alguns meses agora me parece maravilhoso. Volto a escutar música e a dançar.

Eric não cabe em si de alegria ao me ver bem. Finalmente consigo tomar café da manhã e não passar mal. A cada dia me atrevo a comer mais coisas e de repente me dou conta de que estou devorando tudo como um verdadeiro animal. Sou um saco sem fundo!

Me farto com o bolo de Simona e com sorvete. Toda hora sinto vontade de comê-los, e Eric, preocupado em me paparicar, enche o congelador com todos os sabores, enquanto Simona passa o dia inteiro fazendo bolo. Me mimam à beça.

Eric e Flyn voltam à atividade que adoram. É só eu me descuidar e eles se atiram no sofá e jogam Wii durante horas e horas. Isso me irrita, apesar de eu já tê-los acostumado a não deixar a música do jogo no volume máximo.

Enquanto jogam, leio os livros que comprei sobre bebês e partos. Às vezes leio coisas que me dão calafrios, mas preciso ser forte e continuar. Devo estar bem-informada. Vou ser mamãe!

Uma tarde de sábado, após convencê-los a dar um passeio pelo campo com os cachorros, quando voltamos estamos congelados. Faz um frio dos diabos e, se ficarmos doentes, terei de reconhecer que a culpa foi minha. Eu os obriguei a sair apesar de eles não estarem a fim.

Assim que entramos em casa, tio e sobrinho fazem o mesmo de sempre: pegam o Wii e começam a jogar. Não sei quem é o mais criança dos dois. Fico jogando com eles mais de uma hora, mas, quando meus dedos começam a doer de tanto apertar o controle, decido me retirar e tomar um banho na linda jacuzzi que temos.

Subo para o quarto, levo um suquinho para mim, preparo a banheira, acendo umas velas com aroma de pêssego e ponho meu CD de música relaxante. Perfeito! Quando a jacuzzi está cheia, entro com cuidado e murmuro:

— Ah, que delícia... isso que é vida.

Fecho os olhos e relaxo.

A música toca e eu sinto meu corpo liberando a tensão pouco a pouco. Curto esse momento de paz. Eu mereço. Mas a porta do banheiro se abre e Flyn entra.

Acabou a paz!

Olho para ele e acho graça quando tapa os olhos com a mão para não ver meus peitos. Em seguida diz:

— Vou com a tia Marta pra casa dela.

— Marta está aqui?

— Sim, estou aqui!

Depois dela entra Eric, e meu banho relaxante foi para o espaço.

— Por que você veio? Aconteceu alguma coisa? — pergunto.

Minha cunhada sorri, pisca para mim e responde:

— É que eu estava com minha amiga Tatiana, passamos pela casa dela e ela separou pra mim aquele vestidinho que você pediu há um tempo. Sabe qual é, né? O azul. Aliás, já deixei no teu armário. — Dou uma risada ao pensar no "vestidinho azul". — E como amanhã vou andar de balão com Arthur, pensei que talvez Flyn pudesse querer vir também.

— Eba, quero sim! Que maneeeeeeeeeiro! — grita o menino.

Olho para Eric. Está sério. Como sempre, pesa os prós e os contras de andar de balão e, quando percebo que ele está hesitando, digo:

— Acho ótimo, Flyn. Divirta-se, querido.

— Obrigada, mamãe.

Meu coração pula de felicidade cada vez que ele me chama assim.

Eric me olha. Eu sorrio. O menino me dá um beijo, corre até seu tio e diz:

— Prometo que vou fazer tudo o que a tia Marta mandar, pai.

Eu rio. Meu smurf resmungão é mesmo um espertinho. Por fim meu Iceman se descongela. Sorri, abraça o sobrinho, dá um beijo no alto da cabeça dele e responde:

— Divirta-se. — E, olhando para sua irmã, recomenda: — Fica de olho nele, por favor. Não quero que aconteça nada.

Achando graça das suas palavras, Marta faz cara de "já sei..." e grita enquanto vai saindo:

— Vem, Flyn. Vou colocar sua coleira e sua focinheira.

Quando todos deixam o banheiro, me deito novamente. Volto a fechar os olhos e tento relaxar outra vez.

Musiquinha...

Tranquilidade...

Estou quase conseguindo quando a porta se abre de novo e Eric entra. Antes que diga qualquer coisa, ao ver seu olhar eu o tranquilizo:

— Não vai acontecer nada, meu amor. Marta sabe cuidar muito bem de Flyn.

Meu amor não responde, mas se aproxima da jacuzzi. Sei que está olhando meus mamilos. Com a gravidez eles estão ficando escuros e enormes. Provocando-o, murmuro enquanto aponto para o que ele olha:

— Me dá um beijinho aqui?

Eric sorri, chega mais perto e, quando está beijando o mamilo, eu o puxo e o faço cair vestido na jacuzzi. A água transborda e o chão do banheiro fica encharcado. Ele faz menção de reclamar, mas, ao me ver rir, acaba rindo também.

Mas seu rosto se contrai quando ele se apoia e esbarra em uma das velas acesas.

— Você se queimou? — me preocupo.

Eric olha para a própria mão e responde:

— Não, querida, mas cuidado com tanta vela ou então vamos ter que chamar os bombeiros.

Esse comentário me faz rir e, quando consigo tirar sua roupa e deixá-lo nu na jacuzzi apesar dos seus protestos, saio da água e, me esforçando para não escorregar, jogo um monte de toalhas no chão molhado e digo:

— Tenho uma surpresinha pra você.

— Uma surpresinha?

— Me dá dois minutos e não sai daí.

Feliz por me sentir tão bem, vou até o armário onde Marta deixou o vestidinho azul. Vou surpreendê-lo!

Vestida com um uniforme de bombeiro que ficou meio largo, entro no banheiro e, diante da cara espantada do meu alemão favorito, digo:

— O senhor chamou os bombeiros?

Eric solta uma gargalhada.

— Mas... onde você arrumou essa roupa?

— Uma amiga da Marta me emprestou.

— Pra quê?

Ai, que falta de imaginação os homens têm às vezes! Olho fixamente para ele e respondo:

— Pra te fazer um striptease, seu bobo.

— Um striptease? — pergunta boquiaberto.

— Nunca fiz um de verdade pra você.

Meu lindo ergue as sobrancelhas, se ajeita na jacuzzi e acena com a cabeça, empolgado.

Satisfeita pelo efeito causado, ando até o aparelho de som, tiro o CD que está lá dentro e coloco outro. Instantes depois, uma música começa a tocar e Eric, ao identificá-la, bate palma e ri à beça.

Meu Deus... meu Deus... adoro quando ele ri assim!

O espetáculo começa!

A voz insinuante de Tom Jones canta *Sex bomb*, e eu, sem o menor pudor, requebro ao ritmo da música. Tiro com sensualidade a enorme jaqueta e jogo num canto. Eric assobia. Depois é a vez do capacete, e mexo os cabelos no melhor estilo Hollywood. Ele aplaude, assobia de novo e eu me entusiasmo, cantando:

Sex bomb, sex bomb you're a sex bomb
You can give it to me when I need to come along,
Sex bomb, sex bomb, you're a sex bomb
And baby you can turn me on.

Peça por peça, vou tirando o uniforme de bombeiro enquanto meu amorzinho me olha do jeito que gosto, com desejo. Sei, pela sua cara e modo de olhar, que está curtindo minha performance. Danço, rebolo e me sinto uma stripper para ele. Quando fico totalmente nua, entro na jacuzzi. Eric me beija e murmura:

— Adoro sua barriguinha.

Sorrio e, quando chega até meus peitos, elogia:

— Seus seios estão mais lindos que nunca.

Dou uma risada. Realmente, a gravidez faz meus peitos ficarem incríveis. Cada vez que me olho sem blusa no espelho, fico admirada, mas sei que, quando Medusa nascer, eles sumirão e voltarão ao normal.

Eric me beija...

Eric me toca...

Eric me acaricia...

Excitado pelo show que dei para ele, meu amor me agarra pela cintura, me faz sentar sobre ele na jacuzzi, me penetra com delicadeza e murmura com uma voz carregada de sensualidade:

— Você realmente é uma bomba sexual, pequena.

— Sim... e essa bomba está prestes a explodir.

Eric sorri. Quando vou me segurar na borda da banheira para que entre mais fundo, ele me para e diz:

— Deixa que eu faço, querida. Não quero te machucar.

— Não está machucando.

— Com cuidado, querida... Assim... devagarzinho.

Mas eu não quero nem cuidado nem devagarzinho. Quero paixão e força.

— Jud... — me repreende.

— Eric... — respondo.

Meu alemão me olha, para e diz, estragando o momento maravilhoso:

— Jud, ou você faz com cuidado pra não se machucar ou vamos ter que parar.

Olho bem para ele. Das duas, uma: ou me estresso e o mando passear ou me contento em fazer com cuidado.

Ao fim me decido pela segunda opção. Quero sexo!

Deixo que ele marque o ritmo. Deixo que imponha os limites e, apesar de ter sido bom, quando chegamos ao orgasmo sei que ficou faltando aquela pegada selvagem.

À noite, quando nos deitamos, ele me beija, me abraça com ternura e diz:

— Te adoro, bomba sexual.

Em fevereiro, entro no quinto mês de gravidez e meu corpo passa por muitas transformações. Primeiro, começo a sentir Medusa se mexendo. Segundo, minha barriguinha está virando uma barrigona. Se continuar assim, no final vou estar rolando em vez de andando!

Tudo o que emagreci nos primeiros meses estou engordando de volta num piscar de olhos.

— Judith — diz minha ginecologista ao me pesar —, você tem que começar a controlar sua alimentação. No último mês você engordou três quilos e meio.

— Tá bom, pode deixar — concordo.

Eric me olha e sorri. Acha que estou mentindo e, quando faz menção de falar alguma coisa, eu digo:

— Me passa uma dieta e eu vou seguir.

A médica abre uma pasta, analisa várias dietas, me entrega uma e diz:

— Essa é a melhor.

Sorrio. Eric também sorri e imagino que até Medusa tenha feito o mesmo. Eu e as dietas não nos damos muito bem.

Conversamos com a doutora sobre as necessidades do meu corpo e ela me explica que no mês seguinte, o sexto da gestação, preciso começar as aulas pré-parto. Concordo e ouço com atenção tudo o que ela diz e finalmente pergunto:

— Posso ter relações sexuais completas?

Eric me olha. Sabe por que estou perguntando isso, e a médica responde:

— Claro. A vida sexual de vocês deve ser normal.

— Normal mesmo? — insisto.

A médica olha para Eric, depois para mim, e confirma:

— Totalmente normal.

Quando estou quase perguntando se pode ser mais intensa que o normal, o olhar de Eric me pede para ficar de bico calado. Obedeço. Não quero constrangê-lo com minhas perguntas tão diretas.

Na hora da ultrassonografia, quase não consigo olhar para a tela. A cara de Eric é tão expressiva com o que vê, que sinto vontade de agarrá-lo e enchê-lo de beijos ali mesmo.

— Olhem, está comendo! — diz a ginecologista.

Deixo escapar um "ohhhhhh!" meloso como o da minha irmã. Estou me tornando uma mulherzinha boboca!

— Incrível — murmura Eric, emocionado.

Achando graça, me viro para os dois e digo:

— É que eu alimento Medusa muito bem.

Eu e Eric olhamos feito bobos a ultrassonografia em 3D e sorrimos.

— Dá pra ver se é menino ou menina? — pergunto.

A doutora move o aparelho, mas nada. Não consegue ver e, sorrindo, explica:

— Sinto muito. Ele está com as pernas cruzadas de uma forma que não dá pra saber.

— Não faz mal — diz Eric. — O importante é que está bem.

A mulher concorda com um gesto de cabeça e murmura:

— Vai ser um neném bem grande.

Stop!

Ela disse grande?

Grande quanto?

Isso me assusta. Quanto maior ele for, mais dor eu vou sentir parindo.

Mas não quero estragar esse momento, então fico quieta. Por vários minutos a mulher nos deixa olhar a tela e, quando a sessão termina, Eric e eu nos olhamos e nos beijamos. Tudo está correndo bem!

Quando voltamos para casa, emocionados com o vídeo que a médica nos deu, mostramos as imagens a Flyn, Norbert e Simona. Todos nós ficamos babando em frente à tevê e colocamos o vídeo várias vezes. Meu humor voltou ao normal e isso os deixa mais tranquilos. As risadas voltaram à casa e todo mundo está mais falante.

Já estou rindo outra vez, fazendo piadas e sendo a Jud doidinha de sempre.

Nessa noite, quando estamos no quarto, me sento ao lado de Eric na cama e pergunto:

— Já pensou em algum nome para Medusa?

— Se for uma moreninha, gostaria que se chamasse Hannah, como minha irmã.

Concordo logo: gosto desse nome e me parece uma ótima ideia.

— E se for menino? — pergunto.

Meu alemão me olha, me beija e responde:

— Se for menino, você escolhe. De qual nome você gosta?

Penso, penso e penso e ao fim respondo:

— Não sei. Talvez Manuel, como meu pai.

Eric faz que sim. Me aperto contra ele e sussurro no seu ouvido:

— Estou com vontade...

Ele me olha e, deitando-me na cama, murmura enquanto me beija:

— Eu também, linda.

Ufa, que bom... Que bom!

Acabaram os meses de abstinência e mal-estar.

Estou a fim de transar com meu Iceman e ele comigo. Sem parar de me beijar, Eric tira minha calcinha, se mete entre minhas pernas e, sem preliminares, enfia lentamente seu pênis em mim.

Solto um gemido...

Fico louca...

Meu Deus, há quanto tempo eu não sentia esse prazer!

E, quando enrosco as pernas ao redor do seu corpo, Eric murmura:

— Não, querida... Assim você vai machucar o bebê.

Eu paro, olho para ele e, achando graça, pergunto:

— O que foi que você disse?!

Ainda dentro de mim, insiste:

— Não quero pressionar muito, senão vamos machucá-lo.

Caio na gargalhada.

Quase me mijo de tanto rir!

Ele acha que seu pênis vai bater na cabeça de Medusa. Quando me vê rindo, Eric franze as sobrancelhas e diz:

— Não sei qual é a graça. Não estou falando nenhum absurdo.

Segurando com força seu traseiro, Eric entra mais em mim e, quando ele solta um gemido, murmuro:

— É disso que eu preciso. Me dá.

Eric resiste e eu repito a operação. Força. Desta vez nós dois gememos ao mesmo tempo.

Era essa profundidade que eu tanto desejava. A respiração de Eric se acelera. Ele luta contra seu instinto animal. Eu o provoco esfregando-me contra ele e no fim das contas acontece o que tem que acontecer.

Eric está tão *caliente*, tão ardente, tão excitado, que segura minhas mãos, colocando-as sobre a cama, e sem pensar em mais nada começa a bombear dentro de mim com paixão e prazer. Não o paro. Seu ritmo acelerado faz com que eu me sinta viva. Preciso disso. Ai, assim.

Ajeita os quadris para entrar mais fundo e eu grito. Mordo seu ombro e Eric range os dentes enquanto me penetra várias vezes e me deixa louca.

Ele se delicia com o momento. Eu também. Nosso prazer juntos. Nosso lado animal aflora e gozamos enlouquecidos.

Quando acabamos, nós dois continuamos ofegantes. Havia muito tempo que não transávamos desse jeito e eu murmuro sorrindo:

— Quero de novo.

Eric se levanta de um salto e, antes de entrar no banheiro, responde:

— Não, pequena. Não podemos fazer da forma como temos feito.

Boquiaberta, vou protestar quando ele relembra:

— Pensa no que aconteceu da última vez.

— Mas, Eric...

— Já disse que não.

— Mas eu preciso. Meus hormônios estão enlouquecidos e...

— Não, querida. Por hoje chega.

O calor me sobe pelo corpo.

Meus olhos se enchem de lágrimas e, como um ursinho chorão, começo a soluçar sentada na cama. Uma perfeita chorona é o que eu virei! Tapo o rosto com as mãos e Eric pede:

— Querida, querida, não chora. Pode ficar brava comigo, gritar, mas por favor não chora.

Tira minhas mãos do rosto e, sem a menor vergonha, apesar da cara horrorosa com que fico quando choro, eu olho para ele e resmungo:

— Você não gosta mais de miiiiimm!

— Não diga isso, amor.

— Você já não sente o menor tesão por miiiiiiiiiiiim. Meus mamilos estão enormes e escuros e... e... estou gorda... e feia e por isso você não quer transar comiiiiiiiiiiiiigo.

Com paciência, Eric enxuga minhas lágrimas.

— Não, pequena. Nada disso é verdade.

— É, sim, é verdade — insisto. — Você é um homem muito ativo sexualmente e... e... eu sou uma vacaaaaaaa leiteiraaaaa.

Sorri, senta-se ao meu lado na cama, me abraça e diz:

— Escuta, linda...

Mas eu não escuto e, entre lágrimas e soluços dos mais ridículos, continuo:

— Tenho medo de que você não me peça o que quiser e acabe enjoando de mim e me abandooooooooone.

Eric me olha e, surpreso, pergunta:

— Mas por que eu te abandonaria, querida?

— Porque estou virando uma pessoa chorona, horrível, resmungona e você não gosta mais de mim. Não me procura mais. Não quer brincar comigo, não me aperta contra a parede pra me comerrrrrrrr.

Meu amor me abraça. Me aninha em seus braços e, quando os soluços parecem ter diminuído, ele pede:

— Me beija.

Olho fixamente para ele e, com uma linda expressão no rosto, diz:

— Estou te pedindo o que eu quero. Quero que me beije agora mesmo.

Escutar isso me faz chorar ainda mais. Como posso ser tão boba?

Será que estou realmente ficando louca?

Berro e coço o pescoço. Com carinho, Eric me deita na cama, segura minha mão para eu parar de me coçar e sussurra, beijando-me:

— Você é o que há de mais lindo e o que eu mais amo e desejo neste mundo. É maravilhosa. A mulher mais bonita da face da Terra. Tão especial que fico até com medo de te machucar. Você não entende isso?

— Mas por que você me machucaria?

Me fita com seus olhos incríveis:

— Porque você e eu somos uns selvagens quando fazemos amor.

Nisso ele tem razão. Somos mesmo terríveis! Mas insisto:

— Mas podemos continuar fazendo como sempre. Teremos cuidado e...

— Não, querida, não podemos nos deixar levar pelo desejo.

— Mas não vai machucar Medusa.

Eric sorri, beija a ponta do meu nariz e responde:

— Eu sei. Mas não quero machucar você também. Seu corpo está passando por muitas transformações e eu tenho medo. Coloque-se na minha situação, por favor, querida.

— Eu me coloco, sim, Eric, mas meus hormônios estão totalmente enlouquecidos e eu preciso de você.

Volta a sorrir. Me dá um beijo, dois... seiscentos e..., após milhares de beijos ardentes, murmura:

— Agora vou sentar você em cima de mim e vamos repetir o que fizemos, mas com cuidado, ok?

Sorrio. Consegui!

Vamos fazer de novo! Eba!

Minha teimosia venceu.

Quando me faz sentar sobre ele, deixo seu pênis entrar devagarzinho em mim e fecho os olhos, aproveitando bem cada segundo. Ai, que delícia! Suas mãos rodeiam minha cintura roliça e, quando estamos um dentro do outro, Eric murmura com uma voz carregada de emoção:

— Meu Deus... como eu gosto de te ter assim.

Abro os olhos. Estamos cara a cara e, segurando-o pelo pescoço, eu o puxo para mais perto de mim e o faço chupar um dos meus mamilos. Estão ultrassensíveis, mas gosto que ele faça isso.

— Isso, assim... não para.

Ele continua o movimento e me enche de prazer enquanto eu mexo os quadris para ficar melhor ainda.

Isso... Assim... Vai... Não quero parar.

De repente, aperto os quadris contra ele e dou um salto. Eric para e pergunta ao ver a expressão do meu rosto:

— Doeu, né?

Não quero mentir, então confirmo com a cabeça. Ele faz cara de assustado e, beijando-o, eu murmuro:

— Me deixa continuar.

— Pequena...

— Estou com o maior tesão por você — sussurro.

Como sempre, ele avalia a situação e finalmente diz:

— Com cuidado, tá?

Concordo. Mal nos movemos.

Estar em cima me dá uma profundidade extrema e, quando Eric não consegue mais segurar, levanta-se comigo nos braços, me deita na cama e, contendo seus impulsos animais, chegamos juntos ao orgasmo.

Nessa noite, quando apagamos a luz e nos abraçamos, ele me dá um beijo nos lábios e diz:

— Nunca vou te deixar, cabecinha louca. Não sei mais viver sem você.

31

Os dias passam e nossas brigas no quarto continuam.

Sigo querendo sexo e Eric me dá em doses homeopáticas. Odeio quando faz isso.

Tento entendê-lo, mas meus hormônios não facilitam minha vida.

Eles se rebelam!

Às vezes, para evitar a discussão, Eric fica até tarde no seu escritório, trabalhando. Tenho certeza de que esse é o motivo, apesar de ele negar. Sabe que, quando entrar no quarto, estarei mergulhada no sono e não vou acordar de jeito nenhum.

Começo as aulas do pré-natal. São dois dias por semana com duração de duas horas. Eric me acompanha. Não falta a nenhuma. Junto com outros casais, fazemos tudo o que a professora nos indica em cima do colchonete e depois nas enormes bolas. Nos divertimos e aprendemos a respiração certa para quando chegar a hora. Morro de rir! Ver Eric bufando é o máximo!

Nesses dias começo a sentir umas leves pontadas dentro de mim. Consulto a ginecologista e ela me explica que são pequenas contrações e que eu não preciso me preocupar. É normal.

Mas eu me preocupo...

Me inquieto...

Morro de medo...

Cada vez que sinto uma dessas pontadas, e olha que nem dói, me paraliso totalmente e Eric fica pálido ao me ver assim. Não sei quem se apavora mais: eu ou ele.

Algumas tardes vou buscar Flyn no colégio. Ali encontro minha nova amiga María e me distraio com ela. Falamos da Espanha e dos nossos costumes. Nós duas sentimos saudades das nossas origens e das nossas famílias, mas reconhecemos que somos felizes na Alemanha.

O grupinho das megeras não falou mais de mim e sei disso por fontes confiáveis. Uma delas é amiga de María, que me contou que, depois do que aconteceu, o colégio enviou uma circular a cada uma delas, em que Laila desmentia o que havia dito e a instituição advertia que qualquer novo comentário difamatório receberia a devida punição.

Surpresa, falo disso com Björn, que me confessa ter sido ele quem enviou essa carta de seu escritório de advocacia para solucionar a questão da escola.

E, olha, surtiu efeito. Claro que vão continuar fofocando entre si, mas os boatos acabaram.

Uma tarde, Eric me surpreende assim que chega do trabalho. Me dá um beijo, pede que eu vista uma roupa bem bonita e me convida para jantar.

Me olho no espelho e não gosto do que vejo.

Não me sinto sexy. Estou uma balofa. Meus tornozelos estão inchados e minha barriga está aparecendo. Mas não há nada que eu possa fazer. Não dá para escondê-la. No fim das contas, coloco um vestido de grávida bonitinho e minhas botas altas, e, quando Eric e Flyn me veem descer, ambos exclamam:

— Que gata!

Sorrio e penso que estão dizendo isso para me agradar. Que fofos!

Já no carro, Eric e eu estamos contentes. A noite promete e cantarolo uma música do rádio chamada *Ja*, de uma banda alemã que adoro, Silbermond.

Und ja ich atme dich, Ja ich brenn für dich.
Ja ich leb für dich, Jeden Tag.
Und Ja ich liebe dich.
Und ja ich Schwör aur dich und jede meiner Fasern.
*Sagt ja.**

— Adoro te ouvir cantar em alemão.

Apoio a cabeça no encosto do banco e digo:

— É uma música bem bonita.

— E romântica — afirma ele.

Quando chegamos à porta de um restaurante superelegante, o manobrista logo se encarrega do nosso carro. Eric desce, vem até meu lado, segura firme minha mão e entramos no local. O maître o cumprimenta e nos guia até uma mesa linda.

O jantar é maravilhoso, e com o apetite que tenho sou capaz de comer não só o meu prato, mas também o de Eric, se ele bobear. Conversamos, rimos e voltamos a ser o casal de sempre, quando de repente me pergunta:

---

* E sim, eu respiro você / Sim, eu queimo por você / Sim, eu vivo por você... Todos os dias / E sim, você me reflete / E sim, eu juro pra você, e todas as minhas fibras / Dizem sim. (N. da E.)

— Por que você não me contou sobre o Máximo e minha mãe?

Olho espantada para ele. Como ficou sabendo disso?

— Do que você está falando?

Eric balança a cabeça e responde:

— Achou mesmo que eu não ia ficar sabendo que minha mãe foi a uma festa com teu amiguinho do Guantanamera?

Dou uma risada. Mas ele continua sério.

Fico rindo só de lembrar aquela noite incrível em que Sonia pediu "um mulato grandão".

Já estamos discutindo de novo. Que saco! Até agora estávamos aproveitando tanto.

Minha cara deve estar transparecendo que não estou gostando. Bebo um pouco d'água e digo:

— Olha, Eric, sua mãe é uma mulher jovem e solteira que só quer se divertir um pouco.

— E tem que ser com Máximo?

Eu o entendo. É muito surreal pensar em Máximo e minha sogra juntos, e decido ser sincera.

— Querido, tá bom, admito que eu sabia de tudo. E, antes que você arme um escândalo e o Iceman estrague nossa noite, deixa eu te dizer que sua mãe ligou pra mim e pra Marta. Queria ir acompanhada à festa com alguém que deixasse Trevor no chão, e nós apenas arrumamos a pessoa. E, convenhamos, Máximo foi um cavalheiro. Não tentou nada com ela. Apenas a acompanhou à festa e depois a levou em casa. Ponto final.

Do nada Eric solta uma gargalhada. Fico desconcertada. Depois beija minha mão e diz:

— Você, minha mãe e minha irmã vão acabar comigo.

Ufa! Ele não ficou chateado!

Gostei de saber que ele está começando a entender a filosofia de vida da mãe.

De repente Medusa se mexe. Acho que se emocionou ao ver que o pai não ficou aborrecido! Rapidamente pego a mão de Eric e coloco sobre a barriga. Ele sente o movimento do bebê e nós nos beijamos.

Quando terminamos de jantar, me surpreende ao perguntar se quero dar uma esticada em algum lugar para beber. Topo. Assim que chegamos ao Sensations, o local dos espelhos, Eric explica ao ver minha cara:

— Só viemos beber alguma coisa, tá?

Concordo com um gesto de cabeça, mas minha libido está descontrolada. Dispenso trios e orgias; só quero Eric. Será que hoje vai rolar sexo gostosinho em casa?

Ao entrarmos na primeira sala, vejo Björn no balcão. Ele vem até a gente, me dá um abraço carinhoso e cumprimenta Eric:

— Que bom que vocês se animaram a vir. E, gordinha, hoje você está muito gata.

Eric sorri e eu também. Estou feliz.

Björn me apresenta a uns amigos que não conheço, mas que, pelo visto, Eric sim. As duas mulheres que estão com eles são encantadoras e imediatamente se preocupam com meu estado. Uma delas já teve filho e sorri ao escutar o que comento. Conversamos durante uma hora e percebo que um homem olha para mim, mas Eric não me solta. Isso me deixa excitada.

Minha mente perturbada começa a fantasiar e quase suspiro ao pensar o que Eric e Björn podem me fazer sentir em qualquer uma das salinhas privativas. De repente vejo nosso amigo cumprimentando alguém. Vou olhar e fico boquiaberta ao ver aquela cadelinha miserável.

Quando Fosqui, ao nosso lado, começa a falar com sua vozinha irritante, me surpreendo quando exclama na frente de Björn:

— Judith, você está incrível. Mais linda do que nunca.

Sei que diz para ser gentil, mas, cá entre nós, quem não gosta de um elogio?

Continuamos conversando, enquanto o lugar vai enchendo. Bocejo sem me dar conta. Ao perceber isso, Eric beija meu pescoço e diz:

— Vamos pra casa, linda.

— Mais um pouquinho — peço. — Fazia um tempão que a gente não saía.

Mas, quando lê meus pensamentos, murmura:

— Jud, só viemos tomar alguma coisa.

Eu sei, mas dá raiva que ele fique me lembrando disso. Por acaso acha que estou pedindo outra coisa?

Devo estar com uma cara tão transtornada que Björn pergunta:

— O que houve?

Eric se vira para ele.

— Eu e Jud estamos indo.

Olho para Björn em busca de ajuda, mas ele diz:

— Sim, é melhor vocês irem logo. Já está tarde pra ela.

Como assim "está tarde pra ela"?!

Quem eles pensam que são? Meu pai, por acaso?

Quero reclamar, mas não digo nada. Me recuso. Não vai adiantar. Então me despeço de todos com meu melhor sorriso, saio do bar com Eric e, quando vamos entrar no carro, digo:

— Quero dirigir.

Eric me olha e responde:

— Você está cansada, querida. Deixa que eu dirijo.

— Não.

Meu "não" foi tão contundente que ele acaba cedendo sem protestar e me sento no banco do motorista. Dirijo em silêncio. Vejo pelo canto do olho que Eric me observa. Em seguida diz:

— Pequena, só fomos lá pra beber alguma coisa.

Confirmo com a cabeça sem dizer nada. Apenas dirijo.

Ao ver minhas sobrancelhas contraídas, Eric bufa. Já me conhece e sabe que estou na defensiva. Ele abre o porta-luvas, tira o CD que gravei e o coloca para tocar. Tenta me amolecer. Mas nesse momento meus hormônios e meu mau humor se juntaram e sou a pessoa mais horrível do mundo.

Sé que faltaron razones, sé que sobraron motivos.
Contigo porque me matas, y ahora sin ti ya no vivo.
Tú dices blanco, yo digo negro.
Tú dices voy, yo digo vengo.

Põe a mão na minha cabeça. Toca meu cabelo com carinho e murmura:

— Está mais calma?

Não respondo. Volta a me lembrar daquela história de que quem canta seus males espanta e isso me irrita ainda mais.

— Não vai me responder?

Dirijo em silêncio enquanto a voz de Malú ecoa pelo carro e continuo sem falar nada. Melhor assim. Sei que, se eu disser seja o que for, vou dizer alguma besteira e piorar as coisas.

Eric se dá por vencido. Apoia a cabeça no encosto do banco, e a linda música continua. Quando acaba e na sequência começa *Convénceme*, de Ricardo Montaner, e ouço Eric cantarolando, sinto um troço que não sei explicar. Dou uma guinada para a direita, paro e digo:

— Sai do carro.

Eric me olha. Eu olho de volta.

Aumento o volume da canção.

Meses de cinco semanas.
Y años de quatro febreros.
Hacer agostos en tu piel.
Un sábado de enero.

De repente meu alemão sorri ao entender o que isso significa, e abro um sorriso também.

Mas que víbora eu sou às vezes!

Tira o cinto, abre a porta, desce do carro e, quando já está do lado de fora, arranco freneticamente com o veículo.

Pelo retrovisor vejo Eric paralisado e aturdido. Ele não esperava isso. Mas, com a mesma fúria com que dei a partida no carro, acabo freando logo depois e não avisto mais o meu amor.

O que estou fazendo?

De novo me deixei levar pelos meus impulsos e mandei mal. Muito mal. Me certifico de que não vem ninguém na rua e dou um giro com o carro. Sinto uma contração. Xingo. Tenho certeza de que meu nervosismo provocou isso. Vou atrás de Eric. Avisto-o caminhando pela calçada. Ele também me vê e para. Sua cara é de Iceman total.

Uuuuuiiii... que medoooooo!

Volto a mudar o sentido do carro e, assim que chego ao lado dele, seus olhos me perfuram. Abre minha porta com violência e grita:

— Sai do carro!

Está furioso. Não me mexo e ele repete lentamente:

— Sai-do-car-ro.

Faço o que ele pede e, ao me aproximar, tento beijá-lo para conseguir seu perdão, mas ele desvia o rosto. Normal. Num momento assim, eu faria a mesma coisa.

Está muito... muito... muito enfezado.

Faz um frio dos diabos e imagino que Eric vai me pagar com a mesma moeda: arrancar com o veículo e ir embora. Bem que mereço.

Sem me mover, observo-o entrando no carro e, após bufar e dar um soco no volante, me olha e rosna:

— Está esperando o que pra entrar?

Enquanto caminho até a outra porta, espero que dê partida antes de eu subir. Mas não faz isso. Aguarda até que eu entre no carro e, assim que coloco o cinto de segurança, abaixa o volume da música, me olha e grita:

— Posso saber por que você fez isso?

— São os hormônios.

— Deixa de bobagem, Jud. Estou de saco cheio dos seus malditos hormônios — resmunga.

Tem razão. Não posso jogar a culpa de tudo nos hormônios. E admito:

— Eu estava com muita raiva.

Eric inclina a cabeça e, sem diminuir o tom de voz, diz:

— E, como estava com muita raiva, me fez descer do carro no meio da noite e foi embora, né?

— Voltei. Estou aqui, certo?

Meus olhos se enchem de lágrimas. A confusão está armada e a culpa é toda minha.

Eric me olha algumas vezes e por fim, moderando a voz, explica:

— Jud, estou tentando ter toda a paciência do mundo contigo. Entendo que seus hormônios estão meio doidos, entendo que você brigue comigo todo dia por mil bobagens e que se irrite por coisas absurdas. Entendo que parte de tudo isso é culpa da gravidez. Mas agora quero que você compreenda que minha paciência está se esgotando e tenho medo de perder a cabeça contigo.

Não respondo. Tem toda a razão. Sua paciência comigo é infinita. Me sinto péssima e ele deixa claro:

— No seu estado, não quero que ninguém encoste em você. Quero cuidar de você. Preciso disso! Da mesma forma que em certas ocasiões gosto de te compartilhar com outras pessoas, agora não. Agora quero você só pra mim e...

— E por acaso já pensou no que *eu* quero?

Iceman se vira para mim e me perfura outra vez com o olhar. Ao entender sua frustração, explico:

— Eu não preciso que você me compartilhe com ninguém. Não quero estar com outros caras. Só quero que você faça amor comigo do jeito que a gente gosta. Do nosso modo. Estou muito a fim. Estou dizendo isso há meses e você não quer escutar.

Eric bufa de novo e dá mais um soco no volante.

— Já te disse mil vezes que não quero te machucar. E você não me escuta? Por acaso você pensa que eu não sinto vontade de transar contigo do jeito que você quer? Que não estou a fim de te pegar nos meus braços, te imprensar contra a parede e fazer sexo como a gente gosta? Porra, Jud! Eu desejo isso com todas as minhas forças e não vejo a hora de voltar a fazer essas coisas.

— Mas...

— Não tem "mas"! Agora a gente não pode. Põe isso na sua cabeça de uma vez por todas!

Não falo nada. Não consigo. Ele tem razão. E conclui:

— Eu te amo, você me ama. Saímos pra jantar e tomar uma bebida com nossos amigos. É tão difícil entender isso? Sua gravidez e nosso bebê são muito importantes pra nós dois, ou por acaso pra você não é?

Concordo. A cada dia me sinto mais ligada à Medusa, mas também preciso dele.

Eric arranca com o carro e dirige em silêncio até nossa casa, enquanto sinto que preciso, como diz Alejandro Sanz, "tiritas para mi corazón", band-aids para meu coração.

Os dias passam e nossa saída não fez mais que piorar a comunicação entre nós dois. O clima é tão tenso que, quando Eric chega em casa, até Susto e Calamar saem correndo. Fogem dele!

O sexo tem sido estranho. Mal comparando, é como se eu estivesse comendo batata frita sem sal. Você acha bom porque é uma comida que você gosta, mas sabe que poderiam ficar mais saborosas com um pouquinho de tempero.

Como sempre, acordo no meio da noite com vontade de fazer xixi. Sou uma mijona! Olho as horas: são 2h12 e me espanto ao não ver Eric na cama.

Ando até o banheiro e depois, discretamente, eu o procuro e acabo encontrando-o no escritório. Está se masturbando e assistindo ao vídeo que gravou de mim e de Frida naquele dia no hotel. Volto para a cama e choro ao me sentir excluída de sua brincadeira.

Malditos hormônios!

Amo minha Medusa, mas não quero ficar grávida nunca mais!

Quando ele volta ao quarto, finjo que estou dormindo. Eric se enfia na cama e, ao me abraçar por trás, sinto sua ereção enorme e me delicio com isso. Hummmm, que gostoso! Mas me contenho. Não pretendo pedir nada. Cansei.

Ele começa a beijar meus ombros, meu pescoço e minha cabeça. Isso me surpreende e fico sorrindo quando ele sussurra:

— Sei que não está dormindo, sua malandrinha. Ouvi você subindo a escada.

Não respondo. Mas, quando sinto que ele está tirando minha calcinha, me deixo levar. Nem me mexo ao sentir suas mãos entre minhas pernas. Ahhh, que delícia... Eric brinca ali e, quando me deixa totalmente molhada, se aproxima e entra em mim.

Um gemido me escapa e ele murmura:

— Depois que você tiver o bebê, vou te trancar um mês num quarto e te comer sem parar. Na parede, no chão, em cima da mesa ou em qualquer outro lugar.

Suas palavras me excitam. Minhas costas se curvam e eu sinto seu pênis cada vez mais fundo em mim.

— Vou tirar sua roupa, te foder, te oferecer, te olhar e você vai topar, né?

— Vou — digo, ofegando.

Com cuidado, Eric me penetra algumas vezes. Aumenta o ritmo de seus movimentos e me aperto a ele em busca de mais. O ruído seco de nossos corpos se chocando é eletrizante e me delicio com os movimentos até que ele não aguenta mais e acaba gozando.

Quando termina, beija meu pescoço e murmura:

— Estava com saudade, pequena.

— Eu também — respondo.

Ficamos alguns minutos sem nos mexer, até que Eric sai de mim e, virando-me para ele, murmuro:

— Desculpa, querido.

— Por quê?

— Pelo que fiz naquele dia com o carro.

A escuridão do quarto me impede de enxergar seus olhos. Mas ele beija meus lábios e depois diz enquanto me abraça:

— Não tem problema, não se preocupa. Mas não faz isso de novo.

— Prometo.

Noto como seu corpo se move quando ele sorri e, abraçando-o, procuro sua boca e lhe dou um beijo. Faço aquilo que adoro que ele faça comigo. Chupo o lábio de cima, depois o de baixo e, após dar uma mordidinha, eu o beijo com paixão.

Eric aceita meu beijo e o devora. Instantes depois, me deixa sem ar, mas não importa. Preciso desse calor. Desejo essa voracidade. A cada beijo nossos corpos vão ficando mais *calientes* e, quando sinto sua ereção, eu o toco e pergunto:

— Vamos fazer de novo?

Eric me beija e sussurra:

— Não.

— Por quê?

— Está tarde e acho que por hoje já foi o bastante.

Escutar isso é um balde de água fria para mim. Não foi o bastante e insisto:

— Eric...

Sem dizer nada, afasta-se de mim, levanta-se e acende a luz do quarto. Nos olhamos nos olhos e ele pede:

— Jud, não começa, por favor.

Logo entra no banheiro e fecha a porta. Me levanto. Vou atrás dele, mas, ao colocar a mão na maçaneta do banheiro, hesito e acabo voltando para a cama.

Estou chateada e excitada ao mesmo tempo.

Como ele pode me deixar assim?

Preciso de sexo e, sem pensar duas vezes, abro a gaveta. Faço como minha irmã na sua época de seca e pego meu Superman particular. O "batom" que Eric me deu de presente há alguns meses. Coloco sobre meu clitóris molhado e estimulado e me masturbo.

Hummmm, que delícia!

É disso que eu preciso. E, sem parar, o vibrador me dá o que busco. Que bela maquininha!

Fecho os olhos e o movimento, apertando-o sobre mim. Encontro meu prazer e adoro sentir que o clímax vem chegando enquanto me contorço na cama.

Assim que abro os olhos, Eric está na minha frente com uma cara muito emburrada.

Fui pega no flagra!

Nos olhamos como rivais. Passeio meu olhar pelo seu corpo e observo seu pênis duro. Ele viu meu joguinho e se excitou ainda mais. Me olha de um jeito selvagem e isso me deixa louca. Sei o que faria comigo neste instante e estou morrendo de vontade.

Ainda com a respiração entrecortada pelo que acabo de fazer, abro minhas pernas para ele. Me mostro. Eu o convido a continuar brincando comigo, a me possuir como quiser. Mas ele não está a fim e, sem dizer nada, se vira e entra no banheiro de novo, batendo a porta com força.

Irritada, solto um palavrão. Me mexo na cama, sentindo-me rejeitada. Isso me enfurece mais ainda. Dez minutos mais tarde, Eric sai molhado do banheiro. Tomou uma chuveirada. Está com uma cueca boxer e sua ereção sumiu. Imagino o que aconteceu no banheiro e, sem lhe dirigir a palavra, pego o batom e entro no banheiro também.

Fecho a porta, batendo com força, claro. Não vou deixar barato.

Me olho no espelho e sussurro ao ver meu cabelo todo desgrenhado:

— Não estou nem aí pra você, Eric Zimmerman.

Sem dizer mais nada, me lavo. Depois lavo o vibrador e, quando volto para a cama, visto a calcinha enquanto Eric me olha fixamente. Guardo o brinquedinho na gaveta e, sem lhe dar um beijo, murmuro:

— Boa noite.

Ele não responde. Me cubro com o cobertor.

Mas o calor que sinto pelo corpo é tanto que no fim das contas acabo me descobrindo. Me sento na cama e, com cara emburrada, rosno:

— Odeio o que você fez.
— E o que foi exatamente que eu fiz? — reage com voz dura.
— Você se masturbou.
— E você não fez a mesma coisa?
Com vontade de pegar o abajur e quebrar na cabeça dele, digo:
— A diferença é que eu fiz isso porque você não queria nada comigo.
Dito isso, deito de novo, me viro para o lado e me cubro outra vez.
Não quero mais falar com ele.

32

Na manhã seguinte, quando acordo, estou sozinha na cama, para variar. Eric já foi trabalhar. Desço até a cozinha. Simona me prepara o café da manhã e diz:

— Temos dois capítulos de *Loucura Esmeralda* gravados. Quer assistir?

Então, depois de terminar o café, nós duas vamos para a sala.

Nesse dia, vemos, cheias de esperança, Luis Alfredo Quiñones abrir uma caixinha e ver um pingente que Esmeralda Mendoza lhe deu de presente. Ele começa a ter uns clarões e a recordar várias coisas. Eu e Simona nos damos as mãos. Essa cena promete! Na mesma manhã, Esmeralda sai para andar a cavalo com seu filhinho, e Luis Alfredo os observa de longe e tem outro flash, outro clarão. Sua mente se enche de lembranças, e eu e Simona vibramos quando de repente ele toma consciência de que a mulher da sua vida é Esmeralda e não a enfermeira Lupita Santúñez.

Quando os capítulos terminam, nós duas estamos animadas.

Chamo Simona para dar um passeio. Ela recusa: está nevando e não é um bom momento para uma grávida como eu ficar zanzando por aí.

Tem razão. Vou para o meu quartinho e, como não posso sentar no tapete felpudo que adoro, porque senão eu teria que chamar o reboque para me tirar dali, me acomodo numa cadeira, abro meu computador e entro no Facebook para bater papo com minhas amigas guerreiras. Como sempre, falar com elas levanta meu astral e eu acabo sorrindo.

Simona entra e me passa o telefone. É Eric.

— Fala.

— Oi, querida. Como você está hoje?

— Bem.

Após um silêncio, acrescenta:

— Continua chateada pelo que aconteceu ontem à noite?

— Continuo.

— Escuta, pequena, você tem que...

— Não, escuta você — eu o corto. — Estou superchateada. O que você fez ontem me magoou. Por que é tão rígido? Não ouviu a médica falando que a gente pode ter uma vida sexual normal?

— Jud...

— Sem essa de "Jud". Por que você é tão bab...?

Paro. Não é justo insultá-lo. Após um silêncio, digo:

— Pode falar, querida. Você está a fim!

— Não. Não vou te dar o gostinho de dizer isso.

Ele fica calado. Jogo com a vantagem de que estou em casa e ele no escritório, e Eric finalmente diz:

— Tenho uma partida de basquete hoje à tarde e esqueci a bolsa com as coisas. Você levaria pra mim ao ginásio às cinco?

Estou prestes a dizer que não, que ele mande outro idiota no meu lugar, mas acabo respondendo:

— Ok. Norbert vai levar.

— Gostaria que fosse você.

Que gracinha da parte dele, mas a víbora que mora dentro de mim solta:

— E eu gostaria de muitas outras coisas e, olha, estou aqui desesperada e vou me aguentando.

Ouço Eric bufar e, após alguns segundos, ele murmura:

— Quero te ver, pequena.

— Ok. Vou levar sua bolsa.

Assim que desligo, me dou conta de que nem me despedi. Caramba, como sou grossa!

A verdade é que meu Iceman tem sido um santo. É difícil me aguentar quando fico insuportável. E nos últimos tempos tenho andado ainda pior. Por isso, ligo para o seu celular e, quando ele atende, digo:

— Te amo, resmungão.

Escuto sua risada e me derreto quando ele responde:

— E eu te amo mais que tudo, pequena.

À tarde, quando saio de casa, está nevando e faz muito frio. Norbert me leva ao ginásio poliesportivo. Me sinto feliz, apesar dos meus hormônios enlouquecidos. Quando chego e avisto meu lindo recostado em nosso carro, me esperando, sorrio.

Meu Deus, como ele é lindo!

Ao nos ver, Eric vem e, quando saio do carro, ele me dá um beijo nos lábios e murmura:

— Oi, linda, como você está?

Disposta a selar a paz, respondo:

— Feliz, agora que estou contigo.

Caminhamos abraçados até a parte interna do ginásio e, ao chegarmos aos vestiários, ele me olha e pergunta:

— Já sabe aonde você tem que ir, né?

Confirmo com a cabeça e, quando acho que ele vai me soltar, aproxima-se de novo, chupa meu lábio superior, depois o inferior, dá uma mordidinha e por fim me beija.

Oh, sim... Que delícia!

Aproveito seu beijo sem me importar com quem possa estar olhando. Eric é meu marido, eu sou sua mulher, e não estou nem aí para o que o resto do mundo possa pensar. Quando se separa de mim, ele me olha nos olhos e diz:

— Não quero brigar de novo contigo, entendeu, pequena?

Concordo como se fosse um bonequinho. Mais uma vez, o efeito Zimmerman me deixa totalmente fora de combate. Sorri. Eu também sorrio. E, dando-me um doce tapinha no traseiro, murmura:

— Vai ficar nas arquibancadas e me espera.

Com um sorriso bobo nos lábios, faço o que ele pede. Chego às arquibancadas e fico triste por não encontrar nenhuma das minhas amigas e sinto falta de Frida. Olho ao redor e vejo as pessoas começando a chegar. Meu queixo cai quando dou de cara com a poodle antipática de Björn.

Nos olhamos e Fosqui vem rebolando toda até mim, com uns saltos altíssimos. A diva da tevê está com uma calça de oncinha e uma blusa semitransparente e superprovocativa. Sorrio. Estou com um macacão de grávida e botas de neve. Ô, supersensual...

— Oi, Judith — me cumprimenta.

Surpresa por ela se lembrar do meu nome, tento recordar o dela. Como se chamava mesmo? Ao fim, depois de espremer meus neurônios e só pensar em Fosqui ou poodle antipática, respondo:

— Oi, e aí?

Me olha com curiosidade. Me observa de cima a baixo e acaba perguntando:

— Você está bem?

Oh, que fofaaaaaaaaaaa!

Mas, com tanta vontade de falar quanto ela, respondo:

— Ótima.

Senta-se ao meu lado e não volta a me dirigir a palavra. Dez minutos mais tarde, quando os rapazes entram na quadra, sorrio empolgada e grito no melhor estilo ianque, enquanto aceno para Eric e Björn. Eles retribuem o gesto e a partida começa.

Envolvida com o jogo, berro e protesto quando fazem falta no meu time, e a poodle ao meu lado não solta um pio. Quietinha, assiste à partida. O time de Eric acaba perdendo e eu murmuro:

— Hoje não foi um dia bom.

A poodle me olha, pisca e sussurra:

— Pra mim, a partir de agora vai ser. Eu e Björn marcamos de encontrar uns amigos. — E, baixando a voz, cochicha: — ... pra brincar.

Por que está me contando isso?

Parece se divertir por eu não poder fazer essas coisas na condição em que estou, mas, disposta a não lhe dar esse gostinho, respondo:

— Fazem bem. Brinquem o máximo que puderem.

Sem olhar na cara dela, ando até os vestiários e sinto umas contrações. Toco na barriga e a sensação vai embora. Björn sai, dá um beijo na boca da poodle e depois vem falar comigo.

— Oi, gordinha, tudo bem?

— Estou rolando de tão balofa, mas tudo bem — respondo.

Me abraça, sorri, e depois Eric aparece. Eu e Björn ainda sorrimos e, ao nos avistar, Eric pergunta rindo:

— Hummm, tenho que desconfiar?

Björn e eu nos olhamos e respondemos em coro:

— Sim.

Todos rimos. Björn me solta e Eric me abraça. A poodle nos observa e diz:

— Foi ótimo o almoço aquele dia, né?

Björn concorda com um gesto de cabeça e vejo que Eric também. Almoço? Que almoço? E então ela acrescenta:

— Temos que repetir. Adoraria ir de novo à sua casa, Björn.

Fico paralisada.

Que história é essa de Eric ter almoçado com Fosqui e Björn na casa dele?

Uma menina vem pedir um autógrafo a ela e as duas se afastam um pouco de nós. Björn e Eric se viram para mim e, ao entender o que estou pensando, se entreolham e Björn logo explica:

— Jud, foi um almoço de trabalho.

— Na sua casa?

Alarmado, Eric chega mais perto de mim, me pega pelo pulso e diz:

— Jud, não começa a tirar conclusões.

— Você almoçou com Fosqui? Com a poodle antipática?

Björn solta uma gargalhada.

— Fosqui? E você a chama de "poodle antipática"?

Mas Eric não ri e, quando começo a caminhar até a saída do ginásio, explica:

— Não almoçamos na casa dele. Foi num restaurante, Jud.

Morrendo de raiva, me viro e rosno:

— Sei muito bem o que vocês fazem na casa dele. — E, olhando para Björn, reclamo: — E você, que belo amigo, hein? Como permitiu?

Espantado, Björn vai responder quando Eric diz:

— Querida, pode ficar calminha? Não houve nada. Fomos ao restaurante que fica ao lado da casa de Björn. Eu queria pedir a Agneta uns contatos pra veicular anúncios da empresa na televisão.

Mas já estou completamente dominada pela irritação. Furiosa, olho para os dois e respondo:

— Babacas! Vocês são uns babacas!

Eles se olham. Björn continua com cara de espanto e Eric murmura:

— Pronto, já temos encrenca pra hoje.

Seu comentário me deixa ainda mais indignada e eu começo a andar.

— Escuta, gordinha — diz Björn, colocando-se na minha frente. — Não pensa bobagem. Eric veio me buscar no escritório, depois chegou Agneta e cinco minutos mais tarde saímos e comemos num restaurante pra conversar sobre a publicidade da Müller. Por que você não acredita na gente?

Quando vai me segurar, eu lhe dou um empurrão e, diante da sua expressão incrédula, rosno:

— Número um: te permito me chamar de gordinha porque estou grávida. Quando der à luz, se você disser isso de novo, eu quebro suas pernas. Número dois: não estou nem aí pro que você faz com sua poodle e, por mais que você não acredite, sei que Eric com essa... essa... não tem nada a ver. — E, virando-me para Eric, que nos observa, concluo: — E número três: por que não me disse que havia almoçado com ela?

— Porra, que mau humor, hein, moreninha! — diz Björn, rindo.

Eric troca um olhar com seu amigo e em seguida, olhando para mim, explica:

— Nesse dia você estava emburrada e eu não queria conversar. Por isso não te contei. Mas, por favor, não ponha minhoca nessa sua cabecinha. Eu, Björn e aquela mulher não fizemos nada, ok?

Fecho os olhos e solto o ar bufando. Sei que ele tem razão. Me aproximo, apoio a cabeça em seu peito e murmuro:

— Nunca mais me deixa ficar grávida. Estou enlouquecendo!

Eric sorri. Me abraça e diz, em meio às risadas de Björn:

— Vou pra casa com a Jud. Boa sorte com a poodle!

33

Os dias passam e eu não paro de engordar.

Meu Deus, como estou ficando balofa! Nem consigo mais ver meus pés. Que dirá outras coisas!

As calcinhas que uso são do tempo da vovó. Segundo os vendedores, são calcinhas de grávida. Para mim, são apenas calçolas. Por acaso é proibido ficar sexy quando se está grávida? Definitivamente, com essas calcinhas tão grandes que vão quase até meus peitos, é impossível.

No dia em que Eric me vê com elas, não consegue parar de rir, até que atiro um sapato na cabeça dele. Coitadinho. Eu o acertei em cheio e o deixei com um galo.

As contrações são cada vez mais frequentes e intensas. Não chegam a doer, mas sei que são um sinal do calvário por que vou passar. Minha nossa, que dor! Não quero nem pensar!

Não faço a dieta e acabo levando uma bronca da médica na consulta seguinte.

Mas, admito, o sermão entra por um ouvido e sai pelo outro. Só engordei 12 quilos em sete meses e meio. Minha irmã engordou 25.

Do que a médica está reclamando, então?

Eric me olha enquanto a ginecologista me repreende. Peço que ele não fale nada, e ele obedece direitinho. Não abre o bico. Tenho consciência de que nos últimos meses estou me tornando uma ditadora e o coitado vem aguentando quieto. Ah, mas no dia em que ele explodir, sai de baixo!

Faço a ultrassonografia. Medusa não se deixa ver. É tímido ou tímida. Quando terminamos, a médica marca uma consulta para uma semana depois.

Ao sairmos do consultório, ligo para o cara que vai pintar o quarto de Medusa e peço que pinte de amarelo. Eric fica só ouvindo e acena com a cabeça. Para ele, o que eu decidir está bem.

Dois dias depois, quando o pintor está em nossa casa fazendo o que pedi, mudo de opinião. Agora quero que, das quatro paredes do quarto, duas ele pinte de amarelo, uma de vermelho e a outra de azul.

Quando Eric me pergunta por que tomei essa decisão, olho para ele e explico que o azul representa a frieza da Alemanha; e o vermelho, o calor da Espanha. Faz cara de espanto, não diz nada e apenas concorda com um gesto de cabeça. Tadinho!

Uma semana mais tarde, Eric e eu vamos ao hospital. Está nervoso e eu histérica. A enfermeira que nos atende me faz deitar na maca, passa um cinto largo pela minha barriga, conecta a um monitor e explica que isso serve para verificar os parâmetros da frequência cardíaca do bebê e as contrações do útero, entre outras coisas.

Estou apavorada, mas, ao ver a cara do meu Iceman quando escuta o coração acelerado de Medusa, meu medo vai todo embora. Fico toda boba! Após verificar os números, a enfermeira diz que está tudo bem e que devemos voltar em uma semana.

Quando saímos do hospital, estamos emocionados. Nossa relação é uma montanha-russa.

Imagina-se que durante uma gravidez os casais se unam e se amem ainda mais. No nosso caso, nos amamos mesmo e Eric me aguenta. Sei muito bem que me tornei uma víbora gorda, chorona, comilona e chata.

Simona e Norbert não têm muita ideia do que está acontecendo; apenas sabem que nos adoramos, mas que discutimos todo dia. Flyn, meu grande defensor, passa a maior parte do tempo irritado com seu tio e me dando demonstrações de carinho. E Björn, nosso grande amigo, é o encarregado de selar a paz entre nós. As únicas pessoas que não sabem como estão as coisas são Sonia, Marta e minha família.

Como eu costumo dizer, o que os olhos não veem o coração não sente!

Uma noite, não consigo dormir. Olho o relógio. São 3h28 e eu decido me levantar. Estou cansada de ficar me revirando na cama e as contrações me incomodam, não me deixam conciliar o sono.

Sem fazer barulho, visto meu roupão e, parecendo uma baleia prestes a explodir, desço a escada.

Ao me ver, Susto e Calamar vêm me fazer festinha. Como os animais são agradecidos! Seja a que hora for, estão sempre prontos a dar carinho. Por alguns minutos eu os afago e lhes dou a atenção que merecem e depois eles vão dormir e retomo meu caminho até a cozinha.

Abro o congelador, vejo os potes de sorvete e, depois de me decidir pelo de baunilha com macadâmia, pego o pote inteiro de uma vez e tiro uma colher da gaveta. Sento numa das cadeiras da cozinha para saboreá-lo, enquanto observo a escuridão do lado de fora.

Me farto com o sorvete, que está uma delícia. De repente ouço:

— O que houve, querida?

A voz me assusta e, ao ver que é Eric, levo a mão ao coração e digo:

— Merda, que susto você me deu!

Ele se aproxima e, agachando-se, insiste preocupado:

— Você está bem, pequena?

Nos olhamos e finalmente respondo:

— Aquelas contrações malditas não me deixam dormir. Mas não precisa se preocupar, tá?

Eric faz que sim com a cabeça e não diz nada. É um santo. Senta-se diante de mim na mesa e tenta me animar:

— Falta pouco, linda. Em três semanas nosso bebê já vai estar conosco.

Concordo com um gesto de cabeça, mas a ideia me apavora e não quero pensar nisso. O parto é daqui a pouco e estou ficando cada vez mais ansiosa.

— Te amo, querida — sussurra.

Eu também o amo e, em vez de dizer isso ou qualquer outra coisa, lhe ofereço uma colherada de sorvete. Ele aceita e, depois que come, diz cheio de tato:

— Escuta, querida, não fica chateada com o que vou te dizer, mas, se você continuar comendo sorvete, quando a médica for te pesar...

— Cala a boca — eu o corto. — Não começa você também.

Por alguns segundos permanecemos em silêncio, enquanto continuo comendo sorvete sem parar. Sou uma máquina. Depois que termino o pote, me levanto e jogo a embalagem no lixo. Com cara sombria e mordendo a língua para não dizer o que pensa, Eric pergunta:

— Satisfeita?

Balanço a cabeça num gesto afirmativo. Olho fixamente para ele e respondo:

— Satisfeitíssima.

Saímos da cozinha e nos metemos na cama. Chateados, cada um se vira para um lado, até que acabo adormecendo.

No dia seguinte, acordo supertarde. Já são onze da manhã.

Assim que me levanto, sinto uma acidez terrível no estômago e xingo com ódio todos os inventores do sorvete de baunilha com macadâmia. Estou me sentindo pesada e pareço uma baleia.

Estou escovando os dentes quando vejo Eric aparecer vestido com seu terno escuro. Que gato! Entra, me dá um beijo no alto da cabeça e diz:

— Vai se vestir, vamos sair.

— Não vai pro escritório hoje?

— Não. Tenho outros planos — responde.

Depois que me visto, desço até a cozinha e só tomo um copo de leite. A acidez e o peso no estômago estão me matando. Estamos sozinhos. Flyn está no colégio, e não sei onde estão Simona e Norbert. Não pergunto. Continuo chateada pela conversa da noite anterior.

Entramos no carro e não falamos nada. Também não ligamos o som. Eric dirige pelas ruas de Munique e para num estacionamento.

Quando saímos, caminhamos de mãos dadas. O ar me refresca e aos poucos eu sorrio. Ele não diz nada. Está imponente em seu terno escuro, e eu orgulhosa de andar de mãos dadas com ele. De repente, ao chegarmos numa esquina, olho surpresa para o que está na minha frente e digo:

— Não me diga que vamos até lá.

Eric faz que sim e pergunta:

— Essa é a ponte que você visitou há alguns meses, né?

Boquiaberta, confirmo com a cabeça.

Diante de mim está a ponte Kabelsteg, com centenas de cadeados de pessoas apaixonadas, e não posso acreditar no que estou pensando.

Atravessamos a rua e, quando começamos a caminhar pelas tábuas de madeira da ponte, Eric me abraça e murmura:

— Lembro que você disse que adorou passear por aqui e que viu muitos cadeados de apaixonados, né?

Faço que sim... Não acredito que vamos fazer isso! Quero enchê-lo de beijos agora mesmo!

Ele continua sério, mas não me engana. Os cantos de seus lábios estão contraídos num risinho que ele se esforça para segurar. Então pergunto:

— Sério que vamos colocar um cadeado?

Me surpreendendo mais uma vez, Eric pega um cadeado vermelho e azul com os nossos nomes gravados e, ao me mostrá-lo, pergunta:

— Onde você quer que a gente o coloque?

Ponho a mão na boca. Estou emocionada. Sinto uma das minhas contrações horríveis. Ele muda a expressão do rosto e implora:

— Não... não... não, não chora agora, querida.

Mas não consigo segurar e caio em prantos. As pessoas que passam ao nosso lado nos olham e Eric me leva até um banquinho para eu me sentar. Tira um lenço do bolso e, enxugando minhas lágrimas, murmura com carinho:

— Ah... pequena, por que está chorando agora? Não gostou da ideia de colocarmos nosso cadeado?

Tento falar, mas só consigo balbuciar.

Eric me abraça. Eu me aperto a ele e, quando me sinto mais tranquila, sussurro:

— Desculpa, Eric... desculpa.

— Por quê, querida?

— Por eu estar me comportando supermal contigo ultimamente.

Ele sorri. É um amor. E cochicha num tom carinhoso:

— Não é culpa sua, querida. São os hormônios.

Isso me faz chorar outra vez. Em meio a soluços, respondo:

— Os hormônios e eu... eu tenho muita culpa, sim. Tenho andado tão irritada por tudo que...

— Não tem problema, meu amor. Você está assustada. Eu entendo. Conversei com sua médica e...

— Conversou com minha médica?

Eric confirma e responde com cautela:

— Eu precisava falar com alguém ou eu próprio enlouqueceria, pequena. Conversei com o Andrés e ele disse que aconteceu a mesma coisa com a Frida quando ela estava grávida do Glen. Mas, mesmo assim, marquei uma hora com sua ginecologista. Ela me atendeu hoje de manhã e comentou que em algumas mulheres o desejo sexual aumenta muito durante a gravidez. Me explicou que, para aguentar a gestação, o organismo libera muita progesterona e estrogênio na corrente sanguínea e a consequência disso é a libido muito alta.

— E você foi sozinho perguntar isso?

Eric sorri e responde:

— Sim, fui sozinho.

Balanço a cabeça várias vezes em sinal de aprovação.

Eric me beija. Eu o beijo.

Eric me abraça. Eu o abraço.

E, completamente apaixonada e louca pelo meu alemão, aponto um lado da ponte e digo:

— É ali que eu quero pôr nosso cadeado.

Nos levantamos e caminhamos de mãos dadas até o lugar que indiquei. Abro o cadeado e dou um beijo nele. Eric dá outro e o prendemos à ponte. Depois ele pega minha mão e, rindo, jogamos a chave no rio e nos beijamos.

Quando saímos da ponte, Eric me pergunta:

— Aonde você quer que eu te leve pra almoçar?

Não estou com muita fome. Meu corpo está meio esquisito, mas, para não fazer feio, digo com um grande sorriso:

— Estou morrendo de vontade de comer um *brezn* como aqueles que o pai de Björn faz, com um molhinho.

Eric concorda, sorrindo, e juntos andamos até o estacionamento.

Logo que entramos no restaurante, vemos Björn de terno, falando com o pai. Ao nos avistar, nosso amigo sorri e pergunta:

— Mas o que fazem vocês por aqui?

— Queremos almoçar — respondo.

— Ela está louca pra comer um *brezn* com um molhinho que seu pai faz — explica Eric.

Os três homens me olham e o pai de Björn diz:

— Preparo agorinha pra você, linda. Vão pro salão. Ali vocês ficarão mais confortáveis.

— Come com a gente? — pergunta Eric a seu amigo.

Björn concorda logo e, minutos mais tarde, me farto com os *brezn* deliciosos, enquanto conversamos. Quando terminamos de almoçar, convencemos Björn a vir conosco fazer umas compras num shopping. Temos que comprar o berço de Medusa. Deixei para a última hora até saber o sexo, mas agora não dá mais para esperar.

Quando chegamos, entramos numa loja enorme de coisas para bebês. Em todo esse tempo, eu e Eric não fizemos compras nem um dia sequer e agora estamos a fim de curtir: ficamos doidos. Compramos o berço, Björn nos dá de presente um carrinho vermelho superfofo e levamos o necessário e um pouco mais. Damos nosso endereço para que entreguem tudo em casa.

Três horas depois, Björn e Eric já não aguentam mais, mas eu quero continuar comprando e sugiro que vão tomar um café ou um uísque num bar do shopping enquanto vou a umas lojas que quero visitar.

Animados com a ideia, aceitam a proposta e eu me separo deles após garantir mil vezes a Eric que estou levando o celular.

Quando saio de uma loja onde comprei um aquecedor de mamadeiras, já estou cansada e sinto uma nova contração. Mais forte que as anteriores. Paro, respiro e, quando a dor passa, volto a andar.

Entro em mais algumas lojas e as contrações se repetem. É uma sensação horrível, mas consigo ficar calma de novo. Pego o celular para ligar para Eric, mas acabo decidindo guardá-lo de volta na jaqueta.

Hoje é 11 de junho e o parto está marcado para o dia 29. Preciso me acalmar. Tudo está correndo bem. Não posso alarmá-lo.

Vejo que no andar de cima fica a loja da Disney. Sem pensar duas vezes, corro até o elevador. Não estou a fim de subir escada. Uma garota sobe junto comigo. Olho suas calças de camuflagem. Adoro! Vou para o terceiro andar e ela para o quarto. A porta do elevador se fecha e, de repente, quando está subindo, a luz se apaga e o elevador para.

Nós nos olhamos e franzimos as sobrancelhas. Sinto mais uma contração. Mais forte ainda que as outras duas e tão dolorosa que largo as bolsas no chão e seguro no corrimão do elevador.

A jovem me olha assustada e pergunta:

— Você está bem?

Não consigo responder. Respiro... respiro... como me ensinaram nas aulas do pré-natal. Quando a dor passa, olho para a garota de cabelos castanhos e curtos, que está usando óculos com armação de aviador, e respondo:

— Estou, sim. Não se preocupa.

Mas, assim que digo isso, sinto um líquido escorrendo pelas minhas pernas.

Meu Deus, estou fazendo xixi?

Tento me segurar, mas é incontrolável. Meu corpo parece as cataratas do Iguaçu. De repente meus pés estão cercados de água, e eu encharcada. Murmuro em espanhol mesmo:

— Merda... Merda... Não acredito nisso!

— Você é espanhola?

Confirmo com a cabeça, mas não consigo falar nada.

Minha bolsa acaba de estourar!

Começo a apertar todos os botões. O elevador não se move e eu fico histérica. A garota me segura firme pelas mãos e diz:

— Fica calma, não se preocupa com nada. Vou te tirar daqui logo, logo.

Aperta o botão de alarme.

Começo a tremer, e ela, me pegando pelos ombros, diz para me distrair:

— Meu nome é Melanie Parker, mas pode me chamar de Mel.

— Por que você fala espanhol?

— Nasci nas Astúrias.

— Asturiana com esse nome?

Ela sorri, tira os óculos e, olhando-me com seus olhos azuis, explica:

— Meu pai é americano e minha mãe é das Astúrias.

Aceno com a cabeça. Mas não estou para conversa e digo, pegando o celular na jaqueta:

— Tenho que ligar pro meu marido. Está aqui no shopping. Com certeza ele vai tirar a gente daqui rapidinho.

Enquanto digito o telefone de Eric, vejo que a moça continua apertando o botão de emergência e meus pés estão cada vez mais encharcados. Um toque e Eric atende.

— Oi, querida.

Controlando a vontade de gritar pelo pânico que sinto, digo enquanto coço o pescoço:

— Eric, não se assusta, mas...

— Não me assustar por quê? — berra. — Onde você está? O que houve?

Fecho os olhos. Imagino sua cara de desespero nesse instante. Tadinho... tadinho...

Sinto uma nova contração. Apoiada na parede do elevador, vou escorregando até cair no chão. Ao me ver assim, a jovem pega o telefone da minha mão e diz:

— Sou a Mel. Estou com sua mulher no elevador do fundo do shopping. Acabou a luz e a bolsa dela estourou. Chama uma ambulância já! — Eric deve ter dito alguma coisa, porque ela responde: — Calma... fique calmo. Estou com ela e tudo vai correr bem.

Quando desliga e me devolve o aparelho, sorri e afirma:

— Pela voz do seu marido, acho que ele não vai demorar pra chegar.

Também acho. Eu o imagino correndo pelo shopping como um louco. Pelo menos está com Björn e não sozinho, mas tenho pena de quem se atrever a contrariá-lo nesse momento.

Uma nova contração me faz encolher de tanta dor. Mas por que tem que acontecer justo agora? Me dói horrores e mal consigo respirar. Estou sufocada!

Mel me observa sem perder a calma.

Fico surpresa com seu controle enquanto eu já estou quase subindo pelas paredes. Mas, claro, eu é que estou sentindo a dorzinha maldita, não ela.

Com voz controlada, me obriga a olhar para ela e a respirar. Faço o que ela manda e a dor passa. Mel abre seu celular, fala alguma coisa com alguém e depois diz:

— Pedi reforços. Se teu marido não tirar a gente daqui, meus colegas vão tirar.

Começa a fazer calor ou sou só eu que estou suando?

Meu pescoço pinica. Coço minhas brotoejas!

— Qual é seu nome?

— Judith... Judith Flores.

Para me distrair, a moça pergunta:

— E de que parte da Espanha você é?

— Nasci em Jerez, mas minha mãe era catalã, meu pai de Jerez, e eu morava em Madri.

Não consigo dizer mais nada. A dor volta. Me dá uma angústia. Ela segura minhas mãos e diz:

— Muito bem, Judith... olha pra mim de novo. Vamos respirar. Vamos, faz o que estou te falando.

Acompanhada por essa desconhecida que se chama Mel, começo a respirar e, quando a dor passa, olho para ela.

— Obrigada.

Sorri. Depois de alguns minutos o elevador se move. Eu me coço. Meu celular toca. Suponho que seja Eric, preocupado. Mel atende e o tranquiliza. Assim que desliga, pega minha mão e diz:

— Você está machucando seu pescoço.

Ouvimos batidas, mas o elevador não vai nem para cima nem para baixo. Ao me ver contraindo o rosto, Mel me abana com um papel que tira da mochila e pergunta:

— E aí, é menino ou menina?

— Não sei. Medusa não deixava a gente ver.

Sorri e, ao entender o nome, conta:

— Quando eu estava grávida, chamava minha filha de Cookie. — Nós duas sorrimos e ela acrescenta: — Seja o que for, será lindo.

— Tomara.

Estou morrendo de calor. A agonia me sufoca ainda mais e a moça continua falando:

— Tenho uma menina e sei bem o que você está sofrendo. Só o que posso te dizer é que isso tudo passa e você logo vai esquecer. Quando tiver seu bebê nos braços, não vai mais se lembrar dessa dor toda.

— Tem certeza?

— Absoluta — responde e sorri.

— Sua filha tem que idade?

— Quinze meses e se chama Samantha.

Voltamos a ouvir batidas na porta. O telefone de Mel toca. Ela atende e, quando desliga, me diz:

— Em dois minutos te tiro daqui.

E tem razão. Instantes depois, as luzes do elevador se acendem e voltamos a subir. Mel aperta rapidamente o botão de Stop. Paramos e ela logo aciona a tecla do térreo. O elevador começa a descer e, quando as portas se abrem, vejo quatro caras tão grandes que parecem armários, vestidos com calça de camuflagem igual à de Mel. Ela pergunta a eles:

— Onde está a ambulância?

Um deles vai responder, quando Eric aparece, dá um empurrão nele, chega perto de mim e, pálido, pergunta:

— Querida, você está bem?

Faço que sim com a cabeça, mas é mentira. Estou péssima! Olha para meu pescoço e murmura:

— Calma... calma.

Com expressão preocupada no meio de todo esse caos, Björn faz menção de se aproximar, até que vejo Mel o detendo:

— Não a sufoque agora.

— O que você disse?

— Ela precisa de ar... cara.

— Sai da frente, garota — replica Björn com voz seca e as chaves do carro nas mãos.

— Eu disse que ela precisa de ar... James Bond.

— E eu disse pra você sair da frente — rosna ele, afastando-a.

As pessoas se amontoam ao nosso redor e nesse momento sinto uma nova contração. Aperto a mão do meu amor e sussurro:

— Ai, Eric...

A jovem que me acompanhou nesses últimos instantes empurra os dois, ele e Björn. Depois pega minha mão e diz num tom de comando:

— Olha pra mim, Judith. Vamos respirar.

Faço o que ela pede e a dor passa. Sem me soltar, Mel ordena aos que estão vestidos iguais a ela:

— Hernández, Fraser, abram espaço aqui.

Sem hesitar, eles obedecem. Enquanto observo a habilidade da garota para comandar, Eric retira uma mecha de cabelo do meu rosto e diz:

— Me diga que você está bem, querida.

— Estou péssima, Eric... acho que Medusa quer sair.

Björn se aproxima com cara de preocupação.

— Acabei de falar com Marta. Já estão nos esperando no hospital.

— Ai, meu Deus... Ai, meu Deus — balbucio horrorizada.

Não tem mais volta. Estou em trabalho de parto!

Que dor... que dooooooooor!

Eric me dá um beijo e diz:

— Calma, querida. Calma. Tudo vai correr bem.

Todos nos observam e Mel pergunta:

— Mas cadê a maldita ambulância? — Ninguém sabe e então ela ordena: — Fraser, vai buscar o carro. Quero na porta norte em dois minutos. — Em seguida olha para Eric e pergunta: — A qual hospital a gente precisa levá-la?

— Ao Frauenklinik Munchen West — responde.

A jovem se vira, olha para outro colega seu e grita:

— Hernández, me passa o endereço e o itinerário. Thomson, liga pro Bryan e avisa da situação. Diz pra ele nos esperar dentro de uma hora no lugar onde marcamos. Vou ligar pro Neill.

Ao ver que estou um pouco melhor, Björn se agacha e pergunta com cara séria:

— De onde saiu essa *superwoman*?

Dou uma risada. Não conheço Mel, mas já adorei sua firmeza e autoridade. Fala tanto inglês quanto espanhol e alemão. Fecha o celular, diz alguma coisa a um dos seus colegas, depois se volta para Eric e ordena:

— Vem comigo. Em 12 minutos deixo vocês no hospital.

— Não precisa — responde Björn, olhando para ela. — Eu mesmo vou levá-los.

— Em 12 minutos? — pergunta ela.

Nosso amigo olha para ela de um jeito metido, levanta-se e ajeita o terno escuro, toca o nó da gravata e garante:

— Em oito, Cat Woman...

Eric e eu nos entreolhamos. Dou uma risadinha. Este é um duelo de gigantes. Então a jovem sorri e, sem se intimidar com a presença de um cara tão gato como Björn, olha para ele de cima a baixo com atrevimento e diz, enquanto coloca os óculos de aviador:

— Não me faça rir, James Bond. — Depois se vira para mim e para Eric e explica: — Vocês têm três opções. A primeira sou eu. A segunda é James Bond e a terceira é esperar a ambulância chegar. Vocês decidem.

— Fico com a primeira — digo com determinação.

Surpreso, Björn protesta e a mulher diz, olhando para Eric e sorrindo:

— Venha.

Eric me olha e eu concordo com a cabeça. Sei que estamos a mais de quarenta minutos do hospital, mas, por incrível que pareça, acho que se Mel disse que vamos chegar em 12 minutos é assim que vai ser. Eric me pega pelos braços e corre pelo shopping. Quando saímos, um incrível Hummer preto nos espera. Entramos logo nele e, quando Björn faz menção de entrar também, a moça o detém e diz:

— É melhor você ir no seu Aston Martin.

Sem dizer mais nada, fecha a porta e o Hummer arranca a toda a velocidade. Mel nos olha.

— São 16h15. Às 16h27 chegaremos lá.

Volto a sentir dor. É intensa, mas consigo aguentar. Eric e Mel me fazem respirar e eu agradeço a ajuda deles, enquanto percebo que o carro está quase voando de tão rápido e não desacelera em momento algum.

Quando para, ouço o motorista dizer:

— Chegamos.

Eric aperta a mão dele e murmura com um sorriso enorme:

— Valeu, amigo.

Ao sair do carro, vejo Marta nos esperando na porta do hospital. Ela me faz sentar na cadeira de rodas e pede a uma enfermeira:

— Avisa na maternidade que a senhora Zimmerman acabou de chegar. — Em seguida me olha e diz: — Vamos, campeã, que assim que você estiver recuperada nós vamos comemorar no Guantanamera.

— Marta, não sacaneia — protesta Eric, enquanto eu caio na gargalhada.

Mel se aproxima de mim.

— São 16h27. Prometi que te traria em 12 minutos e cumpri a promessa. — Sorrio e ela acrescenta: — Prazer em te conhecer, Judith. Espero que tudo corra bem.

Seguro sua mão e digo, sem soltá-la:

— Obrigada por tudo, Mel.

Com um sorriso afetuoso, ela responde:

— Se amanhã eu tiver tempo, vou passar pra conhecer Medusa, tá?

— Vamos adorar — responde Eric, agradecido.

— Vai trazer a Samantha? — pergunto.

Mel sorri. Instantes depois, ela sobe no Hummer e desaparece. Entramos no hospital, e me levam diretamente à ala da maternidade, a um quarto lindo.

Minha ginecologista aparece e diz para eu não me preocupar com a chegada antecipada de Medusa. Tudo vai correr bem. Depois enfia a mão dentro de mim. Dói tanto que chego a ver estrelas. Eric me segura e sofre junto comigo. A mulher retira a mão do meio das minhas pernas e comenta enquanto remove uma luva de látex:

— Está de quatro centímetros. — E ao ver minha tatuagem diz: — Nossa, que tatuagem sexy você tem, Judith.

Balanço a cabeça concordando. Estou morrendo de dor e não sinto a menor vontade de sorrir. Preocupado, Eric pergunta:

— Está tudo bem, doutora?

Ela olha para ele e diz que sim.

— Tudo está indo como tem que ser. — Em seguida põe a mão na minha perna e, dando um tapinha tranquilizador, diz: — Agora relaxa e tenta descansar. Volto daqui a pouco pra te ver.

Quando vai embora, me viro para Eric e meu queixo começa a tremer. Ao ver meu estado, ele logo diz:

— Não, não, não, não chora, campeã.

Me abraça e, ao sentir que a dor volta, protesto:

— Está doendo pra caramba.

Pego a mão de Eric e a aperto com a mesma intensidade com que sinto minha barriga me apertando por dentro e, apesar de saber que o estou machucando, ele não reclama. Aguenta mais do que eu. Quando a dor passa, olho para ele e murmuro:

— Não dá, Eric... Não aguento essa dor.

— Você precisa aguentar, querida.

— Preciso nada! Diz pra eles me darem a peridural logo! Pra tirarem Medusa de dentro de mim. Eles têm que fazer alguma coisa!

— Fica calma, Jud.

— Não estou a fim! — grito descontrolada. — Se você estivesse com essas dores, eu moveria o céu e a terra pra que você parasse de sofrer.

Assim que digo isso, percebo que estou sendo cruel. Eric não merece. Seguro sua mão, faço-o chegar mais perto de mim e balbucio chorosa:

— Desculpa... desculpa, querido. Ninguém neste mundo cuida melhor de mim do que você.

Ele não leva a mal e diz:

— Calma, pequena...

Mas meu momento angelical e tranquilo dura pouco. A dor recomeça e, torcendo seu braço, eu rosno:

— Ai, meu Deus... meu Deus! Já está doendo outra vez!

Eric chama a enfermeira e pede que apliquem a peridural. A mulher me vê histérica, mas diz que não pode me dar a anestesia até a médica autorizar. Puta merda! Merda! Mas isso eu digo em espanhol para ninguém entender, claro. A dor é cada vez mais forte e eu não estou conseguindo suportar.

Sou uma paciente péssima...

Sou uma boca suja...

Sou a pior pessoa do mundo...

Eric tenta me distrair com mil palavras carinhosas. Me faz respirar como nos ensinaram nas aulas pré-parto, mas não consigo. A dor faz com que eu me contraia, e eu já não sei se respiro, se grito ou se mando todo mundo à merda nesse hospital.

Estou suando...

Tremendo...

Sinto que uma nova contração está vindo...

Aperto a mão de Eric, que me incentiva a respirar de novo daquele jeito. Respiro... respiro... respiro.

A dor vai embora novamente. Mas cada vez é mais frequente, mais intensa e mais devastadora.

— Ai, puta merda, que dooooooooor — digo, gemendo.

Eric passa uma toalhinha com água fria no meu rosto e diz:

— Olha para um ponto fixo e respira, querida.

Faço isso e a dor passa.

Mas, quando vai começar de novo e já prevejo que ele vai dizer pela enésima vez para eu escolher um ponto e fixar o olhar, eu o agarro com força pela gravata, puxo-o para mais perto de mim e, com o rosto colado ao meu, digo irritada:

— Se você disser de novo pra eu fixar o olhar num ponto, te juro pelo meu pai que arranco teus olhos e os cravo na droga desse ponto.

Ele não diz nada. Apenas me dá a mão enquanto eu me encolho na cama, morrendo de dor.

Meu Deus... Meu Deus... como dói!

Tenho certeza de que, se os homens precisassem passar por isso, já teriam inventado um jeito de ter bebês de proveta.

A porta se abre e olho para a médica. Estou parecendo a menina de *O exorcista*. Ah, vou matá-la... juro que vou. Imperturbável, ela retira o lençol, me enfia a mão de novo e diz, sem se importar com meu olhar de assassina:

— Pra mãe de primeira viagem, até que você dilata rápido, Judith. — Depois se vira para a enfermeira: — Está em quase seis centímetros. Traz o Ralf pra dar a peridural. Agora! Acho que o bebê está com pressa pra sair.

Ah, que beleza... a peridural!

Escutar isso é melhor que um orgasmo. Que dois... e que vinte.

Quero toneladas de peridural. Viva a peridural!

Eric me olha e, enxugando o suor do meu rosto, sussurra:

— Falta pouco, querida. Já, já vão te dar.

Me contorço com uma nova contração e, quando ela passa, murmuro:

— Eric...

— Que foi, pequena?

— Não quero ficar grávida de novo. Promete?

O coitado faz que sim com a cabeça. Impossível me contrariar num momento como este.

Enxuga meu suor outra vez e faz menção de dizer alguma coisa, quando a porta se abre e entra um homem que se apresenta como Ralf, o anestesista. Quando vejo a agulha que está segurando, fico tonta.

Onde vai enfiar isso?

Ralf pede que eu me sente e me incline para a frente. Explica que eu preciso estar totalmente parada para não machucar a coluna vertebral. Fico muito aflita, mas quero colaborar totalmente e por isso quase nem respiro.

Eric me ajuda. Não se afasta de mim em momento algum. Depois que sinto uma espetada quando menos espero, o anestesista diz:

— Pronto. Já te dei a peridural.

Olho surpresa para ele. Uau!

Eu pensava que iria sentir dor com a agulha, mas não senti nada. E Ralf explica que deixou um cateter para o caso de a médica precisar injetar mais anestesia.

Depois pega suas coisas e sai. Assim que fico sozinha com Eric no quarto, ele me beija e sussurra:

— Você é uma campeã.

Oh, que fofo! Que paciência ele tem comigo, suas atitudes e palavras demonstram todo o seu amor!

Dez minutos mais tarde, sinto as dores terríveis diminuírem de intensidade até desaparecerem. Que alívio! Volto a ser eu mesma. Consigo falar, sorrir e me comunicar com Eric sem parecer um bicho de sete cabeças.

Ligamos para Sonia e pedimos para ela passar em nossa casa e trazer a bolsa com as coisas de Medusa. Ela fica eufórica ao saber que já estou no hospital. Não quero nem imaginar como meu pai e minha irmã vão ficar.

Em seguida telefono para Simona. Sei o quanto é importante para ela que eu mesma esteja ligando e eu a faço prometer que vai vir com Sonia ao hospital, quando ela passar para pegar a bolsa da maternidade. Simona nem hesita.

Depois, após refletir muito, ligo para o meu pai. Eric acha que é o mais certo a se fazer. Mas, como eu já imaginava, o coitado surta ao saber que estou no hospital prestes a dar à luz. Dá para perceber pelo jeito que fala; quando papai fica nervoso, não conseguimos entender o que ele diz. Não fala coisa com coisa.

Ele passa o telefone para minha irmã. Ela também fica fora de si. Grita e vibra emocionada. Depois passo o aparelho para Eric. Ele avisa aos dois que mandará seu jatinho buscá-los em Jerez.

Desligamos, nos olhamos e ele me beija com ternura nos lábios.

— Chegou o dia, pequena. Hoje vamos ser papais.

Sorrio. Estou apavorada, mas feliz.

Eric me beija de novo e pergunta:

— Então, se for menina vai ser Hannah, e se for menino...?

A porta do quarto se abre e Björn entra todo agitado.

— Uau, chegou o James Bond! — brinco.

Ele me olha. Não gostou da brincadeirinha e, após refletir se me manda à merda ou não, pergunta:

— Como você está?

— Agora ótima. Me deram a peridural e não estou sentindo nenhuma dor.

Mais tranquilo ao me ver calma desse jeito, Eric sorri. Não diz nada, mas sei que passou por maus bocados. Ah, meu lindo, como eu o amo! Björn e ele conversam por um tempo e não consigo reprimir o riso quando ouço Eric dizer:

— Doze minutos, meu caro. Demoramos exatamente 12 minutos pra chegar.

Ao ouvir isso, Björn fica espantado. Ele demorou quase uma hora. O trânsito estava horrível.

— Vocês vieram voando?

— Sei lá. Eu fiquei prestando atenção na Jud e um cara é que foi dirigindo. Agora, convenhamos, que mulher poderosa é essa Mel!

— Deve ser insuportável — murmura Björn.

Dou uma risada.

Estou de papo com eles, relaxada e tranquila, quando Sonia chega com Flyn e Simona. Todos me beijam e eu sorrio apesar de não estar sentindo minhas pernas. Surreal! Toco nelas e parecem de gesso. Enquanto todo mundo fala, Flyn segura minha mão e cochicha:

— Hoje vamos conhecer Medusa?

— Acho que sim, querido.

— Maneiro!

A porta se abre novamente e agora é Norbert quem entra. Sorri ao me ver, e eu pisco para ele. Dez minutos depois aparece uma enfermeira e diz que há muita gente ali. Como sempre, Björn se encarrega de tudo sem que ninguém diga nada e leva o pessoal à cafeteria.

Flyn protesta. Não quer se separar de mim. Deseja ser o primeiro a ver Medusa. No fim das contas eu o convenço a ir junto com os outros. Quando eu e Eric ficamos a sós, ele diz rindo:

— Flyn vai ser um irmão maravilhoso.

A porta se abre outra vez e a médica entra. Fico agoniada quando ela retira o lençol. Merda, vai meter a mão de novo dentro de mim! Que dor! Mas desta vez, como já tomei a peridural, não sinto nada. Ela me olha e diz:

— Pra sala de parto! Vamos conhecer o bebê!

Eu e Eric nos olhamos. A mulher chama uns enfermeiros e, quando me tiram do quarto, não quero soltar Eric, mas a doutora avisa:

— Ele vem comigo. Tem que se arrumar e ficar bem bonito pra entrar na sala de cirurgia.

Eu o solto e jogo um beijinho com a mão. Meu Deus, que momento lindo! Quando entro na sala de cirurgia, meu coração bate a mil por hora. Estou apavorada. Não sinto nenhuma dor, mas o fato de que em breve vou conhecer Medusa é algo que me assusta à beça. E se eu não for uma boa mãe?

Me colocam na maca da sala de cirurgia e os enfermeiros vão embora. Entram duas mulheres com máscaras. Elas me ligam a vários monitores e colocam meus pés nos apoios de metal. Uma delas diz:

— Uau, "Peça-me o que quiser". Que tatuagem original!

Dou uma risadinha e respondo:

— Meu marido adora.

Nós três rimos. Nesse momento, a médica entra na sala junto com Eric. Ele usa uma roupa verde e um chapeuzinho ridículo. Volto a rir.

Ao meu lado, ela me explica como devo fazer força e empurrar. Como já tomei a peridural, não vou sentir as dores, e então devo fazer isso sempre que ela me pedir ou quando eu vir uma luz vermelha piscando no monitor, e preciso parar quando ela indicar. Concordo com um gesto de cabeça. Estou assustada, mas quero fazer tudo direitinho.

A doutora se coloca entre minhas pernas e, quando no monitor à minha direita aparece uma luz vermelha, ela me pede para empurrar. Tomo ar do jeito como lembro que me ensinaram nas aulas e empurro... empurro... empurro... e empurro.

Eric me anima. Eric me ajuda. Eric não sai do meu lado.

Repito o movimento tantas vezes que, apesar de não sentir dor, o esforço começa a me fazer mal. Eric, surpreso, diz que tenho uma força impressionante. Eu também acho incrível. Me dou conta de que mando muito bem empurrando.

A médica sorri e explica que Medusa é bem grande e está numa posição que, apesar da minha dilatação e do meu esforço, é difícil de sair.

A luz do monitor fica vermelha outra vez. Continuo empurrando. O tempo passa e eu só empurro e empurro. Aguento, aguento e aguento e, esgotada, apoio minha cabeça na maca e a ginecologista diz:

— Papai... não perca as próximas contrações, que seu bebê já está aqui.

Isso me emociona e meus olhos se enchem de lágrimas, principalmente ao ver a cara empolgada e incrédula que Eric faz. Volto a fazer força para baixo e sinto algo saindo de mim. Eric arregala os olhos e murmura:

— Saiu a cabeça, Jud... a cabeça.

Quero vê-la, mas é claro que não posso!

Se bem que é melhor assim, porque ver uma cabeça surgindo pela minha vagina pode no mínimo me gerar um trauma.

A doutora sorri e me incentiva.

— Vamos, Judith, um último empurrão. Vão sair os ombros e depois todo o corpinho.

Exausta e emocionada, faço o que pedem quando a luz fica vermelha. Empurro... empurro... empurro e empurro até notar que um peso enorme abandona meu corpo e ouvir a ginecologista dizer:

— Já está aqui.

Não vejo o bebê, apenas Eric.

Seus olhos se enchem de lágrimas e ele sorri. Seu olhar fica mais terno, de um jeito que eu nunca tinha visto antes. É maravilhoso! Me emociono. Choro de felicidade quando, de repente, o pranto de Medusa toma conta da sala inteira e a médica anuncia:

— É um menino. Um menino lindo.

Um menino!

Sou mãe de um menino!

Com a respiração agitada, Eric não cabe em si de tanta alegria e a doutora diz:

— Vamos, papai, vem cá e corta o cordão umbilical.

Eu choro. Quero ver meu bebê. Como será que ele é?

Eric solta minha mão, vai até onde a doutora está e, depois de fazer o que ela pede, volta para meu lado, beija a minha boca e diz:

— Obrigado, querida, ele é lindo. Lindo!

Nesse instante, põem sobre minha barriga uma coisinha maravilhosa que não para de chorar. É minha Medusa. Meu bebê. Meu garoto. Emocionada, olho para ele, toco em seu corpinho e nós dois choramos.

— Oi, pequerruuuuuucho. Oi, lindiiiiinho, sou sua mamãããããe.

Já estou falando tatibitate?

Nunca imaginei que viveria um momento assim...

Nunca imaginei que sentiria o que estou sentindo...

Nunca imaginei que me sentiria tão completa...

Eric me beija emocionado e eu faço carinho no meu filho. É perfeito e maravilhoso. E, apesar de estar todo sujinho, dá para ver que é lourinho como o pai e que se parece com ele.

Eric e eu nos olhamos e sorrimos. Uma das enfermeiras pega o bebê e o leva com ela, enquanto a doutora termina de me atender e retira a placenta. Eu e Eric seguimos a enfermeira com o olhar. Vemos que ela faz vários testes na criança, depois o lava e o bebê chora. Coloca uma pulseirinha nele, uma roupinha e diz ao pesá-lo:

— Três quilos e seiscentos gramas.

Três quilos e seiscentos gramas!

Minha nossa, meu filho é enorme!

A médica tinha razão quando disse que ele era grande.

Quando ela termina de me atender, os enfermeiros chegam com minha maca. Me colocam nela e põem meu bebê vestidinho em meus braços.

Meu Deus, é o momento mais emocionante da minha vida!

Olho para ele com um amor indescritível. Eu o observo completamente apaixonada. É lindíssimo. Perfeito!

Eric não pisca nem um segundo e eu sorrio ao ler na pulseira "Zimmerman. Quarto 610".

Zimmerman!

Mais um louro, bonito e grandalhão Zimmerman chegou ao mundo para arrasar. E então, virando-me para Eric, que não tira os olhos de mim, anuncio:

— Vai se chamar como você: Eric Zimmerman.

— Como eu?

Confirmo com um gesto de cabeça e, sorrindo de um jeito que sei que derrete o coração de Eric, acrescento:

— Quero que daqui a alguns anos outro Eric Zimmerman deixe uma mulher completamente apaixonada e a faça tão feliz quanto você me faz.

Eric não para de sorrir.

Sem que ele diga nada, sei que este é o dia mais feliz da sua vida. E da minha também.

34

A primeira noite no hospital é bem movimentada.

O pediatra vem nos ver, informa que Eric está ótimo e pergunta se vou dar de mamar no peito ou na mamadeira.

Rapidamente e sem hesitar, opto pela mamadeira. Não estou nem aí para o que pensa o resto do mundo. Não quero me transformar agora numa fábrica ambulante de leite, quando sei que os bebês que se alimentam com mamadeira também crescem sadios.

No dia em que contei isso a Frida por telefone, ela não gostou muito da ideia. Disse que o leite materno é o ideal. Protege o bebê de várias doenças e é a melhor opção. Sonia disse a mesma coisa, inclusive me falou sobre o instinto materno. Pois bem: meu instinto materno me diz para lhe dar mamadeira e também avisa que eu mato quem encostar no meu filho.

Quando comentei isso com Eric, ele me deixou livre para decidir. E, como quero que meu marido participe desta nova história desde o primeiro minuto e que esteja tão ligado ao nosso bebê quanto eu, escolho a mamadeira. O que as outras pessoas vão achar disso não me interessa!

Assim que trazem a mamadeira com um pouquinho de leite para lactantes, eu entrego a Eric e digo:

— Vamos, papai, dá a primeira mamada ao nosso bebê.

Nervoso, meu amor pega o neném no bercinho, senta numa cadeira e lhe dá a mamadeira. O pequerrucho, que é um comilão, suga rapidamente o bico e se farta com o que há um bom tempo pedia: comida.

Uma vez saciado, adormece. Achando graça da situação, fico na dúvida se devo limpar a baba do neném ou a do pai dele.

Que fofos eles dois!

Mais tarde as enfermeiras vêm para levá-lo ao berçário. Querem que eu durma e descanse. Mas o garoto tem pulmões bem fortes e gosta de se fazer notar. Que temperamento esse lourinho tem!

Ao saber que é seu filho quem chora descontrolado, Eric pede que o tragam de volta ao quarto e cuida dele a noite toda. Ele fica ninando o bebê e eu os observo no escuro, emocionada.

Estou exausta, mas não consigo dormir. Meus olhos não querem deixar de assistir ao espetáculo maravilhoso que meus dois Erics me oferecem.

— Dorme, pequena. Você precisa descansar — sussurra meu amor, aproximando-se de mim.

— Ele é perfeito, né?

Sorri, olha para o bebê, que se move em seus braços, e murmura:

— Tão perfeito quanto você, linda.

Começa a fazer carinho na minha cabeça, e isso é um bálsamo para mim. Ele sabe. Me conhece. O cafuné me relaxa e acabo pegando no sono.

Quando acordo, estou sozinha no quarto. A luz entra pela janela e, assim que vou chamar as enfermeiras, a porta se abre e Eric diz com um sorriso radiante:

— Entra, vovô, sua moreninha já acordou.

Ao ver meu pai, fico sorrindo, sorrindo e sorrindo.

Ele corre para me abraçar. Atrás dele entra Raquel com Lucía e Luz.

— Parabéns, minha querida. Você tem um bebê lindo.

— Um menino, pai. Justo o que você queria! — exclamo.

Meu pai acena com a cabeça e, olhando para Eric, diz:

— Desculpa aí, filho, mas desta vez eu ganhei a aposta.

— Estou tão feliz quanto você, Manuel. Não duvide disso nem por um segundo.

— Fofaaaaaaaaaaa. — Minha irmã me abraça. — Que menino mais lindo você tem!

— É igualzinho ao Eric, né? — pergunto.

— Por isso falei que ele é lindo — concorda minha irmã, fazendo-me rir.

Luz, minha Luz, sobe na cama, me abraça, me entrega um pacote e diz:

— Já vi meu priminho e ele é lindo, titia. Mas não tem os olhos iguais aos do Flyn.

Seu comentário me faz rir. Abro o pacote e vejo um uniforme da seleção de futebol da Espanha. Sorrio e digo:

— Querem que o expulsem da Alemanha?

Todos dão risada e, ao não ver meu bebê, quero logo saber:

— Cadê ele?

— Estão fazendo uns exames, querida. Já, já vão trazê-lo — responde Eric.

Quando meu pai, junto com Lucía, Eric e Luz, sai para tomar algo na cafeteria, minha irmã se senta ao meu lado e diz com um sorriso carinhoso:

— Parabéns, Judith. Você é mamãe.

Fico emocionada e Raquel me abraça.

— É pra toda a vida, fofinha. O pequeno Eric é lindo e tenho certeza de que vai te dar muitas alegrias. O ruim é que crescem e um dia ele vai começar a sair com garotas, comprar revistas de mulher pelada e fumar baseado.

— Raquel...

Nós duas rimos. Minha irmã é uma figura. Impossível não rir com ela.

— Mas me conta. E aí, alguma novidade?

Amorosa, ela chega mais perto e cochicha:

— Eu e José, de comum acordo, entramos com o pedido de divórcio há vinte dias.

— Sério?

Confirma com a cabeça.

— Ele está com namorada nova e pelo visto é sério. E, aproveitando a onda, mencionei a questão do divórcio e decidimos formalizar.

— Caramba, que bom. Você voltou a ser uma mulher solteira pro seu casinho selvagem. — Dou uma risada.

Mas ao ver sua cara sei que alguma coisa não vai bem:

— Como vocês estão?

— Péssimos.

— Péssimos?

Raquel balança a cabeça e explica:

— Quer que eu vá morar no México com ele.

— Jura?

— Exatamente o que você ouviu, fofinha... mas eu já respondi que não. Primeiro, porque não quero me afastar tanto de você e do papai. Segundo, porque José é contra, porque não quer que eu leve as meninas pra tão longe. Terceiro, porque, se fosse o oposto, eu também não gostaria que ele levasse as crianças pra viver tão distantes de mim. E, antes que você diga qualquer coisa, preciso reconhecer que, apesar de José ter sido um canalha comigo, com as meninas ele sempre tentou ser um bom pai e eu não vou fazer essa sacanagem com ele. Sei que ele as ama, e elas, principalmente Luz, também o amam. E uma coisa é eu me divorciar. Outra, muito diferente, é eu levar as crianças pra longe dele.

Penso no que ela diz e entendo perfeitamente.

— Então o carinha se sentiu rejeitado e já faz dez longos dias que ele não me liga.

— Liga você, ué.

— Sem chance.

— Comentou com ele sobre o divórcio?

— Não.

— Explicou pra ele as coisas do jeito que me explicou?

— Não.

— Por quê?

— Porque Juan Alberto não me deu chance. Quando eu disse que não ia com ele pro México, o cabeça-dura ficou todo irritado e não me deixou dar nenhuma explicação. Apenas disse: "Muito bem, rainha. Seja feliz."

— Ele disse isso?

Raquel faz que sim e, ao ver sua cara, pergunto:

— E você respondeu o quê?

— Ai, fofa, eu sou tão desaforada que literalmente disse: "Ótimo, e que outra te coma inteirinho." — E, baixando a voz, acrescenta: — Tive vontade de dizer coisa muito pior. Você me conhece quando meu lado víbora toma conta de mim. Mas pensei: Raquel, controle-se!

Caio na gargalhada e, abraçando-a, insisto:

— Então seu casinho selvagem de mulher moderna terminou?

— Acho que sim, querida... mas ainda penso nele.

— Mas como assim, Raquel? Se você o ama e ele te ama, por que não explica tudo direitinho e propõe a ele que...?

— Que ele venha morar na Espanha? — me corta. — Não... não... imagina, a empresa dele vai a falência e ele vai me culpar depois por isso. Não. Nem pensar!

Conversamos por mais um tempinho, mas nada muda. Raquel está inflexível e não consigo fazê-la raciocinar direito. Depois dizem que a teimosa da família sou eu... Olha só minha irmã, muito pior!

A porta se abre e Eric entra com Björn e meu bebezinho. Björn traz um lindo buquê de rosas. Cumprimenta minha irmã, depois vem falar comigo e murmura:

— Felicidades, mamãe.

— Obrigada, bonitão.

Meu amor deixa nosso filho no bercinho e pergunto:

— Está tudo bem?

Eric concorda com um gesto e volto a perguntar:

— E meu pai?

— Ficou com a minha mãe e as crianças na cafeteria. Já estão subindo.

Em seguida, apaixonada pelo meu pequerrucho, me viro para Björn e digo:

— E aí, o que você achou?

Com cuidado para não falar alto, meu querido amigo me olha e responde:

— É lindo, Judith. Vocês têm um filho lindo.

— Quer segurá-lo?

Björn dá rapidamente um passo para trás com cara de espanto.

— Não. Me dá nervoso quando ainda estão assim tão pequenininhos. Prefiro quando já têm a idade do Flyn e posso me comunicar com eles.

Todos rimos e ele brinca, agora olhando para Eric:

— Espero que ele puxe o temperamento da Judith. Porque, se puxar o teu, meu caro, a gente já sabe o que vem por aí...

— Mas se puxar a fofinha da minha irmã também não vai ser mole — brinca Raquel.

Estamos todos rindo quando ouvimos batidas na porta. Fico feliz quando vejo que é Mel, a garota do elevador.

— Posso?

— Claro, Mel, entra — digo e sorrio.

Ela traz um carrinho com uma bebezinha linda que está dormindo. Coloca o carrinho num canto do quarto, deixa umas flores sobre a cama e diz:

— Ela acabou de pegar no sono. Espero que fique assim um instante!

Eric a cumprimenta com dois beijinhos. Mel dá uma olhada no meu bebê, que também está dormindo, aproxima-se de mim e diz:

— Que lindo e que gordinho. — E acrescenta com cumplicidade: — Então, Medusa é menino ou menina?

— Um menino lindo — respondo orgulhosa.

Ela me dá um abraço carinhoso e murmura:

— Parabéns, Judith.

Quando se afasta de mim, esbarra em Björn e, ao reconhecê-lo, diz:

— Opa... olha só quem está aqui: o James Bond em carne e osso!

Björn não sorri. Olha para ela de cima a baixo e responde com gozação:

— Caramba, *superwoman* mandona... Você por aqui?

Eric e eu nos olhamos e, antes que a gente possa dizer qualquer coisa, ela quer saber:

— Quanto tempo você demorou ontem pra chegar com seu Aston Martin? Oito minutinhos?

Björn, que costuma ser um conquistador e tanto, ao ouvir isso, em vez de sorrir e entrar no jogo, contrai as sobrancelhas, olha para ela com indiferença e responde:

— Um pouquinho mais, engraçadinha.

Noooooossssa. O que deu nele?

Será que essa mulher o impressionou por não ter caído aos seus pés?

Estranho muito por ele não usar seus dotes de don Juan com ela. Isso me surpreende. Ainda mais quando Björn acrescenta, olhando para Eric:

— Vou estar na cafeteria com Manuel e Sonia. Mais tarde, quando tiver menos gente aqui, eu subo de novo.

— Vou contigo — responde Eric.

Quando os dois homens saem, minha irmã olha para mim e eu olho para Mel, que, achando graça, dá de ombros e solta:

— O metido ali é um pouco grosso, hein?

Não respondo. Apenas rio. É óbvio que minha nova amiga e Björn não vão se dar bem.

Conversamos então só nós três sobre filhos, gravidez e parto. De repente me dou conta de que já faço parte do time das mães e falo sobre meu parto como algo único e surreal. Raquel e Mel fazem o mesmo. Antes eu não entendia essa mania das mães de ficar contando como foi o parto, mas, agora que eu tive o meu, me divirto contando e lembrando.

Samantha acorda e, quando Mel a retira do carrinho, minha irmã e eu caímos de amores por ela. É uma bonequinha loura com os mesmos olhos azuis da mãe. A menina sorri e nos deixa completamente bobas.

Uma hora depois, Mel e a menina vão embora, mas o quarto volta a se encher de gente.

Sonia e meu pai, os vovôs orgulhosos do pequeno Eric, querem estar com ele. Raquel desce um minutinho com Lucía, e as outras crianças estão com Björn e Eric. Pouco depois aparecem Marta, Arthur e uns amigos do Guantanamera. Quando Sonia vê Máximo, eles se cumprimentam e não consigo segurar um risinho. Mas o momento em que morro de rir mesmo é quando Eric surge e vê o argentino falando com a mãe. Fica de bico calado e finge não saber de nada.

Nessa noite, quando todos vão embora e o quarto fica mais calmo, enquanto Eric exerce suas funções de pai e troca a fralda do nosso filho do jeito como eu explico, pergunto a ele:

— Está feliz?

Ele me olha, coloca o bebezinho no berço e responde:

— Como nunca na minha vida, querida.

No dia seguinte nos dão alta e toda a família, agora com um a mais, volta para casa.

35

O pequeno Eric tem quase dois meses.

É um bom menino, encantador, e com uns olhões azuis e cativantes como os do pai. Ficamos babando por ele o tempo todo.

Depois dos primeiros dias, em que tudo é um caos, começamos a nos acostumar com os novos horários. O pequeno é o rei da casa. Ele manda e todos giramos ao seu redor.

Come a cada duas horas dia e noite. É exaustivo, porque, além de ser comilão, não dorme muito.

Eric se ocupa dele. Quer que eu descanse, mas vejo que está morrendo de cansaço, quando um dia, após uma noite movimentada com as cólicas do bebê, Eric acorda às onze da manhã. Até ele se assusta!

Duas noites mais tarde, acordo sobressaltada e vejo Eric sentado na cama, balançando-se sozinho. Olho surpresa para ele. O bebê não está em seus braços, mas mesmo assim ele movimenta o próprio corpo, como se estivesse ninando a criança, que na verdade está no berço, dormindo quietinho. Acho graça da situação. Me aproximo dele e murmuro:

— Querido, deita e dorme.

Ele obedece. Está zonzo de sono e, quando se encaixa entre meus braços, me sinto a mulher mais feliz do mundo por tê-lo ao meu lado.

Flyn é um irmão maravilhoso. Não tem um pingo de ciúme e está mais carinhoso do que nunca. À tarde, depois de fazer o dever de casa, quer pegar o neném no colo. Está na cara que está todo orgulhoso por ser o irmão mais velho.

Todos falamos tatibitate. Até Norbert!

Volto a ser eu mesma. Deixo de ser a Judith balofa para ser novamente a Judith normal, a moreninha de sempre, apesar de uns cinco quilinhos que se recusam a me abandonar. Isso é de tanto comer sorvete e bolo. Mas não estou nem aí. O importante é que meu pequerrucho está bem.

Meus hormônios se acalmaram e estou feliz. Já não choro, não fico rosnando e não cheguei a ter nem mesmo a tão conhecida depressão pós-parto.

Meu pai e minha irmã vêm duas vezes nos visitar nestes dois meses. Ele não cabe em si de tanto orgulho cada vez que encontra seu netinho, e Raquel também, apesar de estar meio abatida pelo fim da relação com o mexicano.

Tento conversar, fazê-la mudar de ideia, mas ela não quer. Acabo desistindo. Quando quiser falar, vai tomar a iniciativa e me procurar. Sei disso.

O pequeno Eric é a coisa mais maravilhosa que já me aconteceu, e agora, quando olho para ele, tenho certeza de que voltaria a engravidar mil vezes só para tê-lo comigo.

Como uma boba, estou observando-o dormindo no berço quando Eric entra no quarto, chega perto de mim e, depois de se certificar de que o neném não está acordado, me beija e diz:

— Vamos, pequena. Precisamos ir.

Arrumada com um deslumbrante vestido de noite e com uns saltos enormes, admito:

— Dá uma peninha deixá-lo aqui...

Eric sorri, me beija no pescoço e diz:

— É nossa primeira noite só pra nós dois. Eu e você sozinhos.

Sua voz me faz reagir. Estamos planejando essa saída desde que a ginecologista avisou que já podíamos voltar a ter relações normalmente. Por fim, após me convencer de que a vida segue e de que preciso recuperar um pouco da normalidade, me levanto. Dou um beijinho no meu bebê lindo e caminho de mãos dadas com meu amor.

Quando chegamos à sala, Sonia, que está jogando Wii com Flyn, olha para nós dois e exclama:

— Uau! Como vocês estão lindos!

— Juuuuuud, que gaaaaaaaaaaaata! — grita Flyn.

Como sempre, adoro ouvir esses elogios. É a primeira vez que me arrumo desde que o neném nasceu. Dou minha tradicional voltinha diante do garoto para que ele me veja. Flyn sorri, me abraça, e eu anuncio:

— Essa noite é você quem manda na casa. É o irmão mais velho.

Flyn concorda e Sonia diz, piscando para mim:

— Podem ir tranquilos. Eu cuido dos dois pequerruchos.

Sorrio, lhe dou um beijo e pergunto:

— Você tem nossos celulares, né?

— Tenho, querida. Há muito tempo. Anda... vão indo e divirtam-se.

Eric lhe dá um beijo também.

— Obrigado, mãe. — Entrega um pedaço de papel e acrescenta: — Vamos estar nesse hotel. Pode ligar a qualquer hora se acontecer alguma coisa, tá?

Sonia pega o papel e diz, nos empurrando:

— Pelo amor de Deus, o que vai acontecer? Vão logo de uma vez.

Em meio a risadas, saímos de casa. Susto e Calamar se aproximam e nós fazemos festinha para eles. Depois subimos no carro de Eric e partimos, ansiosos para nos divertir.

Quando chegamos ao hotel e fechamos a porta do nosso quarto, nos olhamos. É nossa noite. Hoje finalmente vamos poder transar do jeito que queremos e sem interrupção. Vejo sobre a mesa um balde com champanhe.

— Eba... rótulo rosa — murmuro e Eric sorri.

Nos olhamos...

Nos aproximamos...

E solto a bolsa, que cai no chão.

Em seguida meu amor me agarra pela cintura e faz aquilo que tanto adoro. Chupa o lábio superior, depois o inferior e, após dar uma mordidinha, pergunta:

— Quer jantar?

Mas eu sei o que quero:

— Prefiro ir direto pra sobremesa.

Eric sorri e murmura com voz rouca:

— Tira a roupa.

Sorrio insinuante. Me viro para ele abrir o zíper do vestido. Quando minha roupa desliza para o chão, Eric me pega nos braços e me leva até a cama.

Assim que me solta, com um olhar sedutor, vejo meu lindo se despir. Tira a camisa, depois a calça, depois a cueca boxer.

Ah, delícia... que visão maravilhosa ele me oferece!

Minha nossa, meu Paul Walker particular. Fico com água na boca!

Tenho na minha frente o homem mais sexy do mundo, com um sorriso perigoso e provocante. Deita sobre mim e me beija. Me delicio com seus lábios, seu sabor, seus beijos ardorosos. É a primeira vez que vamos transar depois do nascimento do nosso bebê e sabemos que temos que ir com cuidado.

Passeia seus dedos por minhas coxas. Me enlouquece.

Sussurra palavras *calientes* no meu ouvido. Me tira dos eixos.

E, quando arranca minha calcinha, que sai despedaçada, me deixa louca e fico aliviada por ter trazido outras de reserva. A noite vai ser longa.

— Quero entrar em você.

— Entra — sussurro excitada: — Mas me pede de outra maneira.

Eric sorri. Sabe do que eu estou falando e murmura com paixão:

— Quero te foder.

— Sim... assim... assim.

Com cuidado, Eric coloca a cabeça do pau na minha vagina molhada. Meu Deus... que tesão!

Me provoca...

Me enlouquece...

Me estimula...

E, olhando fundo nos meus olhos, murmura:

— Se eu te machucar, diz pra eu parar, tá?

Aceno com a cabeça. Estou excitada, mas assustada.

Será que dói fazer sexo depois de ter um bebê?

Eric vai enfiando pouco a pouco. Seus olhos quase me perfuram atentos à alguma expressão de dor. Eu me arqueio, fecho os olhos e o recebo dentro de mim.

— Olha pra mim — exige.

Faço o que ele pede e me excito ainda mais.

Nossas respirações se aceleram e, com todo o cuidado do mundo, meu amor, meu Eric, meu marido, continua entrando em mim.

— Dói?

Ah, não... não dói. Gosto da sensação e respondo depois que ele morde meu lábio inferior:

— Não, querido... Continua... continua.

Um pouquinho mais...

Mais fundo, vai...

Sinto minha vagina se abrir por completo, ficar encharcada e latejar.

A excitação me domina totalmente. Não sinto dor alguma. Só prazer. Um prazer intenso. E, quando não aguento mais segurar e um espasmo transborda de dentro de mim, agarro a bunda dele e sou completamente possuída por Eric. Nós dois gememos. Ele olha para mim e digo:

— Já não estou grávida. Não sinto dor. Me dá o que eu preciso, Zimmerman.

Os olhos de Eric brilham. Ele sorri. Fico toda arrepiada ao saber o que isso significa.

Paixão em estado puro.

Curto cada segundo...

Ele curte cada segundo...

Nós dois curtimos...

A loucura toma conta de nós. Esquecemos que o mundo existe e apenas sentimos o roçar de nossos corpos enquanto nos beijamos enlouquecidos e fazemos amor à nossa maneira.

Cinco minutos depois, cansados e suados, estamos ofegantes na cama e eu sussurro:

— Maravilhoso.

— É.

— Foi maravilhoso!

A respiração de Eric continua agitada. Ele passa a mão na minha barriga, agora quase reta, e murmura:

— Como você diz, pequena, foi surreal!

Rimos e nos abraçamos, e dos abraços passamos aos beijos. Quando já estamos recuperados, pergunto:

— Vamos repetir?

Ele não pensa duas vezes. Levanta-se da cama com firmeza e me leva com ele. Me pega nos braços e, cheio de sensualidade, sussurra com um sorriso nos lábios:

— Não vou parar a noite inteira, pequena. Está preparada?

Balanço a cabeça como um bonequinho. Há meses que estou preparada! Eric morde minha orelha e murmura, deixando-me toda arrepiada:

— Vou fazer uma coisa que nós dois desejamos.

Sorrio. Sei o que ele vai fazer. E, quando me leva contra a parede e me imprensa ali, pergunta:

— Gosta assim?

Contra a parede? Ah, como gosto... Quanto desejei este momento!

— Gosto.

Eric sorri, aperta os quadris nos meus e diz:

— Agora sim, pequena, agora sim.

E, sem preliminares, entra em mim, enquanto ficamos olhos nos olhos e abro a boca num gemido. Recebo seu corpo e respiro ofegante.

Uma vez...

Duas...

Cem vezes ele entra e sai de mim, e somos completamente dominados por nosso instinto animal. Nos deliciamos.

Sexo. Força. Ardor. Paixão.

Tudo isso entre nós dois é *caliente*, passional. Mordo seu ombro. Saboreio o gosto da sua pele enquanto ele me come. Mas de repente ele para e diz:

— Olha pra mim.

Obedeço. Seu olhar é felino e, apertando-se contra mim para chegar mais fundo, pergunta com a voz entrecortada ao sentir minha vagina o apertando:

— Gosta assim, pequena?

Confirmo com um gesto de cabeça e, ao ver que não respondo, me dá um tapinha no traseiro e peço:

— Isso... Assim... Não para.

E ele realmente não para. Me deixa louca.

Meu doce e maravilhoso amor me possui várias vezes, até que chegamos ao limite do prazer, sem conseguir controlar, e gozamos.

Respiramos ofegantes e de repente começo a rir.

— Querido... como senti sua falta...

Eric, todo suado pelo esforço, murmura:

— Com certeza tanto quanto eu senti a sua.

Sem desgrudar dele, chegamos ao chuveiro, onde novamente fazemos amor como dois selvagens. A noite é longa e queremos aproveitá-la saboreando aquilo de que mais gostamos: nós dois.

Às três da manhã, esgotados após cinco transas espetaculares, ligamos para o serviço de quarto. Estamos famintos. Pedimos sanduíches e mais vinho rosé. Enquanto comemos, nus sobre a cama, Eric me olha e pergunta:

— Tudo bem?

Sorrio. Adoro quando ele pergunta isso, e confirmo com um gesto de cabeça.

Enchemos nossas taças, brindamos olhando um nos olhos do outro, e depois Eric diz:

— Björn me ligou ontem. Disse que daqui a dois fins de semana vai rolar uma festinha no Sensations. O que acha?

Uaaaaaaau! Definitivamente, nossa vida está voltando ao normal.

Levanto uma sobrancelha, sorrio e respondo:

— Um complemento nunca é demais, né?

Eric solta uma gargalhada, deixa o sanduíche em cima da bandeja, me abraça e murmura:

— Peça-me o que quiser.

Emocionada por essa frase que tanto significa para nós dois, também largo meu sanduíche, encaro Eric e murmuro enquanto abro as pernas para ele:

— Me dá prazer.

Nos beijamos. Eric começa a deslizar a boca pelo meu corpo. Ah, que delícia! Beija meu umbigo e solto um gemido, até que de repente um barulho nos interrompe. Meu celular!

Nos olhamos. Já passa das três da madrugada. O telefone tocar a esta hora não é um bom sinal. Assustados, pensamos em nosso bebê. Pulamos da cama. Eric chega antes de mim até o aparelho e atende.

Vejo como, angustiado, ele fala com alguém e tenta acalmar a pessoa. Pergunto quem é. Ele faz um gesto com a mão. Estou histérica e, antes de Eric desligar, eu o ouço dizer:

— Não sai daí. Estamos indo.

Com o coração prestes a sair pela boca, pergunto:

— Que foi? Eric está bem? Era tua mãe?

Ele me faz sentar na cama. Estou quase chorando.

— Calma, não era minha mãe.

— Quem era, então?

— Tua irmã.

— Minha irmã? — Meu coração dispara outra vez e, segurando-me na cama, pergunto, quase enfartando: — O que houve? Meu pai está bem?

— Todos estão bem. Anda. Se veste. Vamos buscar Raquel, que está no aeroporto de Munique nos esperando.

— Como assim?!

— Vamos, pequena... — me apressa.

Espantada, me reanimo e nos vestimos rapidamente. Às 4h05 da manhã e arrumados com roupa de noite, chegamos ao aeroporto. Estou nervosa. O que será que houve com minha irmã? Por que está ali a essa hora?

Ao nos ver chegar, Raquel nos olha surpresa e pergunta:

— Vieram direto de alguma festa?

Eric e eu concordamos e eu logo a bombardeio com perguntas.

— O que houve? Você está bem? O que está fazendo aqui?

Ela desmorona e diz:

— Ai, fofa, acho que me meti em outra encrenca.

Sem entender nada, olho para ela, depois para Eric, que nos observa, e sussurro:

— Não me assusta assim, Raquel. Já sabe que eu sou muito impressionável.

Ela concorda e eu insisto:

— Papai e as meninas estão bem?

Ela faz que sim com a cabeça.

— Papai não sabe que estou aqui.

— E as meninas? — pergunta Eric, preocupado.

— Estão com o pai. Ele levou as duas hoje a Menorca para dez dias de férias.

De repente a ficha cai. Coloco a mão em seu ombro e digo:

— Não posso acreditar.

— Em quê? — pergunta Eric.

Raquel me olha e eu rosno:

— Não me sacaneia! Não vai dizer que foi pra cama com José e está envolvida de novo com aquele... aquele... imbecil.

Ela cai em prantos e eu xingo. Não acredito nisso!

Por acaso minha irmã tem um parafuso a menos?

Eric tenta me acalmar e, quando Raquel por fim para de chorar, se vira para mim e explica:

— Não, fofinha. Não fui pra cama com José, nem estou de novo envolvida com ele. Que tipo de mulher você acha que sou?

Agora sim que não estou entendendo mais nada! Fico olhando para ela à espera de uma explicação. Até que minha irmã diz, chorando:

— Estou gráááááááááááávida!

Eric e eu nos entreolhamos. Grávida?

Raquel berra no meio do aeroporto de Munique e não sei o que fazer. Olho para meu amor em busca de ajuda, mas Eric me cochicha:

— Não aguento mais esses hormônios e essas choradeiras, querida, não aguento!

Caio na risada. Tadinho... Causei um trauma desgraçado nele durante minha gravidez.

No fim das contas consigo reagir. Faço minha irmã sentar numa cadeira e digo:

— Mas vem cá, Raquel, se você não foi pra cama com José, de quem é o bebê?

— O que você acha?

Pisco e respondo:

— Mas, como é que vou saber? Você me disse que não saiu com ninguém nesse período.

As lágrimas brotam de seus olhos e de repente ela diz:

— Do meu casinho selvagem.

— De Juan Alberto? — pergunta Eric, espantadíssimo.

— É.

— Como assim, Raquel?! O que você está me contando?

— Exatamente isso que você ouviu, fofinha.

— Mas vocês não tinham terminado? — insiste Eric.

Minha irmã grávida enxuga as lágrimas e esclarece:

— Sim, mas a gente continuou se vendo sempre que ele ia à Espanha.

Boquiaberta, digo:

— Mas você não me contou nada.

— É que não havia nada pra contar.

— Merda, mas agora você tem muita coisa pra contar pro papai, pra sua filha e pro mexicano — brinco.

Ao ouvir o que digo, minha irmã se levanta e, como uma louca histérica, começa a gritar no meio do aeroporto:

— Pro mexicano eu não tenho que contar nada! Absolutamente nada!

— Calma, mulher, calma — pede Eric.

— Não estou a fim de me acalmar! — grita ela.

Eric me olha com vontade de esganá-la. Me viro para ele e cochicho:

— Não liga pra isso, querido. Sabe como é, né? São os hormônios...

— Danem-se os hormônios! — protesta ele.

Puxo Raquel pelas mãos. Está tremendo e fora de si.

— Não quero ver esse cara nunca mais na vida! Nunca mais! — grita.

As pessoas olham na nossa direção. Os policiais do aeroporto se aproximam e perguntam o que está acontecendo. Eric tenta pôr panos quentes e diz que são problemas familiares. Eles aceitam a desculpa e se afastam.

Eu e meu lindo nos entreolhamos. Estamos desconcertados. Nossa noite incrível acabou no aeroporto, com minha irmã grávida e chorando como uma histérica.

Eric decide assumir as rédeas da situação. Segura Raquel pelo braço e diz:

— Vem, vamos pra casa. Você precisa descansar.

Andamos até o carro. Minha irmã não trouxe mala nem nada. No caminho, me conta que estava em Madri para levar as meninas à casa do pai e que Juan Alberto telefonou enquanto ela botava Lucía para dormir. Luz pegou o celular e disse a ele que estavam jantando com José e que seus pais estavam no quarto. Quando Raquel pegou o telefone, Juan Alberto soltou os cachorros e ela o mandou à merda e desligou na cara dele.

Chegamos em casa. Sonia, que acabou de dar mamadeira ao meu filho, se surpreende ao nos ver. Ao ver minha irmã e seu aspecto, e depois de falar com Eric, decide não se intrometer na confusão.

Eu e Raquel vamos ver meu pequerrucho, que dorme como um anjinho. É lindo. Minha irmã chora e eu vou com ela até um dos quartos. Entrego um pijama e a convenço a descansar. Me deito a seu lado. Não quero deixá-la sozinha, e no escuro do quarto pergunto:

— Está melhor?

— Não, estou péssima. Foi mal ter estragado a festa de vocês dois.

— Isso não importa, querida.

Um gemido de lamento escapa da sua boca e ela diz:

— Já consegui o divórcio.

— Quando você soube?

— A sentença chegou há dois dias. Legalmente voltei a ser uma mulher solteira, fofinha. E eu... eu... — Não tem condições de continuar, pois as lágrimas caem outra vez.

Que situação! Tadinha da Raquel! Quando consigo fazê-la parar de chorar, pergunto:

— O que você vai fazer?

— Em relação a quê?

— Ao bebê. Vai contar pro Juan Alberto?

— Eu pensava em falar isso junto com a notícia do divórcio. Tinha comprado uma passagem pro México e pretendia fazer uma surpresa, mas agora não quero vê-lo. Esse cara me acusou de ser uma filha da mãe, uma pessoa sem o menor caráter. Deve ter pensado que eu estava botando um chifre nele, como fez sua ex-mulheeeeeeeeer.

Acho engraçado o jeito como minha irmã fala. Mas não é hora de rir. Ela começa a chorar de novo. Tento consolá-la, mas é difícil. Sofrer por amor estando grávida é uma merda, nada pior. Quando Raquel adormece, saio de fininho e vou para o meu quarto. Ali está Eric, com nosso neném no berço. Ao me ver, pergunta:

— Como ela está?

— Péssima. Tadinha.

Ficamos um tempo em silêncio, até que ele diz:

— O que fazemos? Ligamos pro Juan Alberto ou não?

Não sei o que fazer. Jamais gostei de me intrometer nas questões amorosas dos outros e no fim das contas decido não telefonar. É problema de Raquel e é ela quem deve tomar a decisão. Abraço Eric e, ao sentir seus lábios em meu pescoço, murmuro:

— Desculpa por toda essa situação, querido. Não deixam a gente em paz.

Ele sorri.

— A gente aproveitou bastante, é isso que importa. E logo, logo vamos repetir.

Na manhã seguinte, quando minha irmã acorda, vejo que seu estado continua o mesmo. Suas olheiras estão enormes. Simona se assusta com a aparência dela, mas, quando conto o que aconteceu, ela fica com pena.

Maldita dor de amor!

Sonia leva Flyn para sua casa para tirá-lo do meio da confusão, e Eric decide se afastar desses hormônios em ebulição e se tranca em seu escritório com o bebê. Diz para eu não me preocupar com nosso filho, porque vai cuidar dele enquanto eu dou atenção à minha irmã.

Há dias não assisto a *Loucura Esmeralda*, mas Simona deixou tudo gravado. Temos três capítulos para ver, incluindo o último da novela. Mas, antes de sentar para assistir, falo com minha irmã e a convenço a ligar para nosso pai e a tomar um chazinho calmante.

Ouço a conversa dela com papai. Ela chora e conta da gravidez. Depois chora de novo, sem descanso, até que não aguento mais escutar isso e tiro o telefone de suas mãos.

— Pai, não sei o que você disse a ela, mas agora Raquel não para de chorar.

Meu pai suspira do outro lado da linha.

— Caramba, moreninha. Vocês são só duas, mas às vezes parece que são cem. — Seu comentário me faz rir e ele acrescenta: — Eu disse pra ela não se preocupar com nada. Onde cabem quatro, cabem cinco, e meu novo netinho vai ser bem recebido em casa. Falei apenas pra ela não ficar angustiada com isso e disse que ela deveria conversar com Juan Alberto.

Mais uma vez meu pai demonstra a boa pessoa que é. Apesar de saber que a gravidez da minha irmã vai ser a nova fofoca de Jerez, ele a apoia. Apoia nós duas, como sempre.

Depois de conversar com ele um tempinho e dizer para não se preocupar com nada, que eu mesma vou cuidar de Raquel, mando-lhe um beijo e desligo. Consigo levar minha irmã até o quarto após lhe dar mais um pouquinho de chá. Quando ela pega no sono, respiro aliviada.

Saio do quarto e passo para ver meus meninos. Pai e filho estão no escritório. Eric trabalhando no computador, e meu pequerrucho dormindo quietinho. Depois de dar mil beijos em cada um, procuro Simona e, como duas garotas que acabam de ganhar sapatos novos, vamos para a sala superempolgadas para ver nosso programa favorito.

Simona coloca os capítulos que gravou e, juntas, com nossa caixa de lenços de papel, sentamos para assistir.

Quando o último capítulo começa, minha irmã aparece na sala. Damos *stop* e, como sei que ela vai chorar mais ainda, se assistir à novela, proponho:

— Raquel, por que não vai dar um mergulho na piscina? Talvez isso te ajude a relaxar, querida.

Mas não. Minha irmã sabe muito bem o que vamos fazer e, aconchegando-se no sofá, responde:

— Quero ver *Loucura Esmeralda* com vocês.

Ai, minha nossa... minha nossa, já sei que vai ser o maior chororô. Minha irmã grávida, arrasada pelo amor de um mexicano e assistindo a *Loucura Esmeralda*. Isso não vai dar certo! Mau negócio!

Tento convencê-la. Digo que a novela vai fazê-la se lembrar mais ainda do seu problema. Mas não adianta. Ela se recusa a sair dali. No fim das contas decido botar a gravação e, como diz meu pai, seja o que Deus quiser!

A musiquinha de abertura já a faz chorar e, quando aparecem o México e os mexicanos, seus olhos viram as cataratas do Niágara, de tanta lágrima que rola. Eu e Simona tentamos acalmá-la, mas ela pede que a deixemos ver a novela. Só matando! Que teimosa!

Então nos concentramos, e Simona e eu ficamos superfelizes vendo o casamento de Esmeralda Mendoza e Luis Alfredo Quiñones. Até que enfim!

Como estão lindos! Deslumbrantes! Merecem essa felicidade tão maravilhosa ao ritmo dos *mariachis*, e nós, que acompanhamos seu calvário, também merecemos presenciar esse momento. Esmeralda e Luis Alfredo juram amor eterno, olhos nos olhos, e eu e Simona choramos. Minha irmã berra. Quando o filhinho dos dois aparece e diz ao pai "Te amo muito, papai lindo", não é só minha irmã quem berra, mas nós três.

E, quando a novela acaba com esse final lindo, com os três montados num cavalo, galopando em direção ao horizonte, a caixa de lenços de papel já está vazia e a gente se debulha em lágrimas.

Nessa noite, depois de jantar, Raquel vai dormir. Está morta de cansaço. Eu também. Estou psicologicamente esgotada.

Eric e eu vamos para nosso quarto. Dou a mamdeira ao bebê, que em seguida nos dá uma trégua e dorme no berço. Pouco a pouco nós o estamos conhecendo e já sabemos que esse intervalo dura pelo menos três horas.

Exausta, desabo na cama e fecho os olhos. Preciso de cafuné. Mas de repente começo a ouvir baixinho as notas de uma música. Eric chega pertinho de mim e diz:

— Quer dançar?

Sorrio. Me levanto e o abraço enquanto ouvimos:

Si nos dejan,
Nos vamos a querer toda la vida.
Si nos dejan,
Nos vamos a vivir a un mundo nuevo.

Não dizemos nada. Apenas dançamos, escutamos a música e nos abraçamos.

Do abraço passamos ao beijo. Eu o desejo, ele me deseja e queremos continuar o que tivemos de interromper na noite anterior. Mas de repente o celular de Eric toca. Faço cara de impaciência e protesto furiosa:

— Mas... quem é que está ligando agora?

Ele sorri. Entende minha frustração. Me dá um beijo e pega o telefone. Fala com alguém e sai do quarto rapidamente. Sem entender nada, visto um roupão e, quando chego ao andar de baixo, vejo Eric abrindo a porta de casa e noto as luzes de um carro se aproximando.

— Quem está chegando?

Mas, antes que ele possa responder, um táxi para na nossa porta e eu fico sem palavras quando vejo quem é.

Ai, meu Deus, quero só ver a confusão que vai ser quando minha irmã vir o mexicano aqui.

Eu e Eric nos entreolhamos e ele diz:

— Desculpa, querida, mas quem tem que aguentar os hormônios da sua irmã é o homem que a deixou assim.

Acho graça do seu comentário. Em vez de ficar irritada, morro de rir.

Com barba de vários dias, Juan Alberto pergunta ao entrar:

— Onde essa mulher se enfiou?

E, antes que eu e Eric digamos qualquer coisa, ouvimos:

— Se você chegar perto de mim, te juro que quebro sua cabeça.

Minha irmã!

Me viro e a vejo no meio do hall de entrada, com um copo d'água nas mãos. Caminho em sua direção, mas meu marido me segura. Protesto.

— Eric...

— Não sai daí, pequena — sussurra e eu obedeço.

Com o olhar cravado em Raquel e sem temer por sua integridade física, Juan Alberto passa ao nosso lado, se aproxima dela e diz sem tocá-la:

— Agorinha mesmo você vai me beijar e me abraçar.

Sem pensar duas vezes, minha irmã joga a água na cara dele.

Uau! Começamos bem!

Mas o mexicano, em vez de ficar com raiva, dá outro passo à frente e diz:

— Obrigado, gostosa. A água clareou minhas ideias.

Raquel ergue as sobrancelhas.

Lá vem bomba...

— Agorinha mesmo você vai sair por onde entrou, cara — solta ela.

Juan Alberto larga a mala que estava carregando e responde:

— Por que não atendeu o celular? Fiquei igual a um louco te ligando, minha rainha. Desculpa pelo que te disse na última vez que nos falamos. É que fiquei morrendo de ciúmes ao imaginar um monte de coisas. Mas eu te amo, linda. Te amo e preciso que você me ame e que fique ao meu lado.

Nossa... isso até parece *Loucura Esmeralda.*

Minha irmã se derrete toda. A cada palavra bonita e carinhosa dele, ela desmorona. É uma romântica incorrigível e sei que as coisas que Juan Alberto está dizendo tocam fundo no seu coração.

Mas fico sem entender sua passividade diante do homem que eu sei que ela ama. Ele acrescenta:

— Sei que você está grávida e esse bebezinho que está na sua barriga é meu. Meu filho. Nosso filho. E vou agradecer eternamente ao meu bom amigo Eric por ter me ligado pra me contar. Por que você própria não me falou, minha rainha?

Raquel fulmina Eric com o olhar.

Eu a entendo. Num momento como esse, eu faria a mesma coisa.

Ao ver a cara que ela faz, meu marido dá de ombros e diz com firmeza:

— Desculpe, cunhada, mas alguém tinha que avisar o pai da criança.

A tensão toma conta do ambiente. Eu não falo nada. Minha irmã também fica em silêncio, e Juan Alberto se aproxima um pouco dela e sussurra com voz melosa:

— Diz, lindona. Diz aquilo que eu adoro ouvir dessa sua boquinha doce.

O queixo de Raquel volta a tremer. A confusão está armada. Temo pelo pior. Acho que ela vai quebrar o copo na cabeça do sujeito... Mas, de repente, contrariando minhas previsões, Raquel diz:

— Eu te... te como inteirinho.

Juan Alberto a abraça, ela retribui e os dois se beijam.

Boquiaberta, pisco os olhos várias vezes para ter certeza de que não estou sonhando. O que está acontecendo aqui? Inacreditável!

Eric me pega no colo, me manda ficar quieta e me leva direto ao nosso quarto. Assim que entramos, ele liga novamente a música que estávamos dançando e, sem me soltar, murmura:

— Agora sim, pequena. Agora sim vão nos deixar em paz.

Sorrio. Enfim, tudo, absolutamente tudo, está bem. Beijo meu amor e digo num tom sensual:

— Tire a roupa, senhor Zimmerman.

Epílogo

Assim como conseguiu o divórcio a jato, minha irmã organiza um casamento a jato.

Em agosto, toda a família se reúne em Vila Moreninha e celebra o casório de Raquel e em seguida o batizado do pequeno Eric. Decidimos fazer tudo junto. Reunir todos os parentes de novo não seria nada fácil, e não queríamos que ninguém faltasse.

Desta vez, unimos o México com a Espanha. Os amigos do meu pai riem e dizem que nossa família é como a ONU.

Dexter e sua mãe cantam músicas mexicanas, e meu pai e Bicho puxam umas *bulerías*, canções típicas da Andaluzia. Não preciso nem dizer que, quando a Pachuca entra com a rumba, uma orquestra caótica toma conta do ambiente.

Nós, espanhóis, gostamos mesmo de uma boa diversão!

Todos nos esbaldamos e Raquel está radiante. Ela merece. De novo é uma mulher casada, apaixonada por um homem que a ama também, e com perspectivas de viver na Espanha. Especificamente em Madri. Juan Alberto está organizando toda a mudança. Ela e seu bebê estão em primeiro lugar para ele. Nunca teve dúvidas disso.

Meu pai não cabe em si de tanta alegria. Está orgulhoso de suas filhas e genros. Segundo ele, Eric e Juan Alberto são homens de verdade, homens com H maiúsculo, responsáveis e ajuizados. Ora essa!

É só ver sua cara para saber o quanto está feliz. Sentimos falta da mamãe, mas sabemos que lá do céu ela curte nossa felicidade e está tão contente como todos nós.

Frida e Andrés, junto com Glen, vieram da Suíça. Estão bem e felizes e eu rio quando Frida me conta que na Suíça eles encontraram pessoas para participarem dos seus jogos eróticos.

Björn veio sozinho. Mas sozinho mesmo ele só ficou uns cinco minutos. Minhas amigas e as da minha irmã passam o tempo todo babando por esse gato alemão. Ficam caidinhas, e ele joga charme para todas elas. Björn é incrível!

Sonia veio com seu novo casinho, um homem mais novo que ela. Dá para ver que ela quer continuar curtindo a vida e o amor e que nada, nem os olhares de reprovação que seu filho às vezes lhe dirige, vai fazê-la parar. Como ela costuma dizer: viva e deixe viver!

Eric demorou a entender, mas acho que a ficha caiu.

Só se vive uma vez!

Marta aproveita a noite com seu namorado Arthur. Dança até se acabar e algumas vezes gritamos juntas "*Azúcar*!".

Enquanto Susto e Calamar correm de um lado ao outro de Vila Moreninha, Simona e Norbert estão admirados com tudo que veem. México e Espanha não têm nada a ver com Alemanha, e nesse casamento/batizado isso fica bem evidente.

Dexter e Graciela continuam sua lua de mel particular. Eles nem falam em casamento, mas tenho certeza de que não vai demorar a acontecer.

A mãe dele, ao ver o casamento a jato de Juan Alberto e minha irmã, já sonha com o casório do filho. Sei que ela vai conseguir e que nós, seus amigos, presenciaremos esse momento.

Flyn e Luz continuam se dando superbem e aprontando muito juntos. Apesar de terem colocado uma bombinha no bolo de casamento, conseguiram se safar e não foram castigados, porque explodiu na cozinha e não no salão. Não quero nem imaginar a confusão que seria se isso tivesse acontecido na frente da Raquel e do marido dela. Só de pensar nessa possibilidade já caio na gargalhada.

Meu filho, meu bebê lindo, meu pequeno Eric, vai de colo em colo durante toda a festa. Todos querem pegar meu pequerrucho e ele aceita numa boa. Não chora, e parece até gostar, e eu mais ainda. Assim consigo aproveitar o casamento da minha irmã junto com meu amor. O homem mais maravilhoso do mundo, que me ama loucamente.

Bem, claro que a gente continua discutindo de vez em quando. Sou como a noite e ele o dia, e muitas vezes quando um diz branco o outro diz preto. Mas, como diz Malú na nossa música, nos damos amor e nos damos vida. Sem Eric minha vida não teria sentido e sei que ele sente a mesma coisa.

No fim de agosto, após passar vários dias em Jerez, eu e Eric, junto com Simona e Norbert, as crianças e os cachorros, voltamos para casa. Um pouco de tranquilidade antes da volta às aulas e ao trabalho cairá muito bem.

Para minha surpresa e sem que eu diga nada, Eric me pergunta se voltei a pensar na ideia de trabalhar na Müller. Sinceramente, eu pensei, sim, mas agora, com meu bebê, não quero. Sei que voltarei ao trabalho daqui a um tempo, quando ele for para a creche, mas por enquanto decido ficar em casa e aproveitar antes que ele cresça, saia com garotas, veja revista de mulher pelada e fume baseado, como diz minha irmã.

Ao saber da minha decisão, Eric sorri com ar de aprovação. Isso o deixa feliz.

Numa manhã de setembro, saímos com nossos dois filhotes para dar um passeio por Munique. Faz um dia bonito e queremos aproveitar. Somos uma família e planejamos algo para surpreender Flyn, nosso filho.

Desde que o pequeno Eric nasceu, Flyn sempre tem nos chamado de mamãe e papai. Sua felicidade nos deixa alegres, e mais de uma vez tivemos que disfarçar para que não nos visse emocionados feito dois bobos.

Estacionamos o carro, caminhamos um pouco e, sorridentes, chegamos à ponte de Kabelsteg, onde está nosso cadeado. O cadeado do amor.

Eric e eu vamos de mãos dadas, enquanto Flyn empurra o carrinho com seu irmão.

— Uaaaaaaau, quantos cadeados! — diz, surpreso.

Eric e eu sorrimos e, após localizar o nosso, paramos.

— Olha, Flyn! — digo. — Olha só os nomes que estão escritos nesse aí de cima.

O menino dirige o olhar para onde apontei e, surpreso, pergunta:

— São vocês?

— Sim, mocinho, somos nós — respondo, agachando-me para ficar da sua altura. — Essa é uma das pontes do amor de Munique, e Eric e eu queríamos fazer parte disso.

Flyn balança a cabeça e Eric pergunta:

— O que achou da ideia?

Ele dá de ombros e responde:

— Legal. Se é uma ponte de namorados, acho legal que os nomes de vocês estejam aí. — E, olhando para os outros cadeados, continua: — E por que nesses cadeados há outros menores?

Abaixando-se também, Eric explica:

— Esses menores são o fruto do amor dos cadeados grandes. Quando os casais têm filhos, eles os incluem nesse amor.

Flyn olha para nós dois e pergunta:

— Viemos colocar o cadeado de Eric?

Nego com a cabeça. Em seguida meu amor tira do bolso dois cadeados pequenos, mostra ao garoto e diz:

— Viemos colocar dois cadeados. Num deles está escrito Flyn, e no outro Eric.

Ele pisca e diz, emocionado:

— Com meu nome também?

Sorrio e, abraçando-o, respondo:

— Você é nosso filho assim como Eric, querido. Se não colocarmos quatro cadeados, nossa família não estará completa, concorda?

Flyn faz que sim com a cabeça e diz:

— Maneeeeeeeiro!

Eric e eu sorrimos e, entregando-lhe os cadeados, explicamos como ele deve prendê-los no nosso. Depois, todos nós beijamos as duas chaves e as jogamos no rio.

Meu lindo me olha e eu pisco para ele. Sempre fomos uma família, mas agora esse sentimento é ainda mais forte.

Quinze minutos mais tarde, enquanto Flyn corre na nossa frente e eu empurro o carrinho do bebê, pergunto:

— Está feliz, querido?

Eric, meu amor, meu Iceman, meu louro, meu homem, minha vida, me aperta contra si, dá um beijo no alto da minha cabeça e responde:

— Você não imagina o quanto. Contigo e com as crianças ao meu lado eu tenho tudo o que preciso na vida.

Sei disso: ele demonstra esse sentimento todo dia. Mas estou com vontade de deixá-lo curioso e falo baixinho:

— Tudo... tudo, não.

Eric fica me olhando.

Eu paro.

Aciono o freio do carrinho, abraço meu amor pelo pescoço, e ele insiste:

— Tenho tudo o que quero, pequena. Do que você está falando?

Brincalhona, digo:

— Tem uma coisa que você sempre quis e que eu ainda não te dei.

Surpreso, contrai as sobrancelhas e pergunta:

— O quê?

Tento controlar o riso e lhe dou um beijo. Eric é uma delícia. Eu o adoro. A poucos centímetros da sua boca, sussurro:

— Uma moreninha.

Me olha estarrecido.

Prende a respiração.

Fica pálido.

Morro de rir. Ele entende minha brincadeira e, achando graça, pergunta:

— Quer me deixar louco outra vez com seus hormônios?

Dou um tapinha no seu traseiro e, beijando-o, murmuro:

— Calma, Iceman, por enquanto você está a salvo, mas quem sabe? Talvez algum dia...

1ª EDIÇÃO [2013] 15 reimpressões

ESTA OBRA FOI COMPOSTA EM ADOBE GARAMOND PELA ABREU'S SYSTEM
E IMPRESSA EM OFSETE PELA LIS GRÁFICA SOBRE PAPEL PÓLEN DA
SUZANO S.A. PARA A EDITORA SCHWARCZ EM MAIO DE 2025